LA SOCIÉTÉ DES BELLES PERSONNES

Ethnopsychiatre, disciple de Georges Devereux, professeur de psychologie, un temps diplomate, Tobie Nathan est également essayiste et romancier. Il a publié, entre autres, *La Nouvelle Interprétation des rêves, Ethno-roman* (prix Femina de l'essai 2012), *Ce pays qui te ressemble* (finaliste du prix Goncourt 2015), *L'Évangile selon Youri* et *La Société des Belles Personnes.*

Paru au Livre de Poche :

LES ÂMES ERRANTES
CE PAYS QUI TE RESSEMBLE
ETHNO-ROMAN
L'ÉVANGILE SELON YOURI

TOBIE NATHAN

La Société des Belles Personnes

ROMAN

STOCK

ISBN : 978-2-253-07877-7 – 1re publication LGF

Pour Sett Zaïda

Ce roman est inspiré de faits réels.
Certaines intrigues sont fictives,
certains personnages aussi...

On se figure en Europe le peuple arabe très grave. Ici il est très gai, très artiste dans sa gesticulation et son ornementation… L'autorité est si loin du peuple que ce dernier jouit (en paroles) d'une liberté illimitée. Les plus grands écarts de la presse donneraient une idée faible des facéties que l'on se permet sur les places publiques. Le saltimbanque, ici, touche au sublime du cynisme. Si Boileau, qui trouvait que le latin dans les mots blesse l'honnêteté, eût connu l'arabe, qu'aurait-il dit, bon Dieu !

Gustave FLAUBERT
(à propos de l'Égypte),
lettre à Jules Cloquet du 15 janvier 1850

L'Allemagne nazie est vaincue militairement. Où que survive son esprit, c'est lui qu'il faut traquer et vaincre, maintenant.

Valeurs. Revue de critique et de littérature
Le Caire, n° 2, juillet 1945

de douleur. Et il est venu jouer de la tabla, l'enjôleur. Je suis si vieux, lui ai-je dit, laisse-moi mourir de ma mort. La musique te réclame, Ali la candeur. Lève-toi et danse ! Nous sommes les compagnons de Bab el-Zouweila ; les bateliers du dernier voyage. »

Et les autres de reprendre et tous de frapper dans leurs mains.

Et le jeune homme à peine pubère s'avance en dansant. Il maîtrise le rythme et le pas. Flammèche tournoyante, il met le feu, jusqu'aux tombes qui rougeoient.

Soudain, tous sont saisis, comme un arrêt sur image, une alarme, le cri d'un animal en pleine nuit : sa voix parfaite, aiguë, fixe la note qui traverse les nuages en une longue balafre électrique. Les larmes me montent aux yeux. Je ne suis pas seul à pleurer.

« Nous sommes les compagnons de Bab el-Zouweila, chante-t-il, les marins du dernier voyage. Moi, le premier d'entre eux, l'enfant de la rue, j'ai trouvé dans une poubelle une lyre et un maître pour m'apprendre à en jouer. Allez, ô compagnons, le bateau arrive à quai, embarquez-le, dans le navire des morts. Souque, batelier, souque, jusqu'à trouver le vent de ta felouque. »

Et ils frappaient dans leurs mains, et certains tenaient un tambourin et le vieux un triangle...

Pantin, 17 avril, le cimetière. Le cortège arrive face au trou, un trou parfaitement rectangulaire, creusé profond en pleine terre. Le plus jeune s'élance. On dirait qu'il veut devancer le cercueil, être le premier dans la fosse. Le vieux le rattrape par le col, tout au bord, et se met à chanter : « Reste avec nous, garçon, laisse le mort partir avec les morts. Toi, la musique te réclame. Reste avec nous, chante et danse ! Les enfants sont si sensibles à l'âme des jeunes morts. »

Ce matin, fine bruine qui s'insinue, il pleut sur Pantin. Malgré la musique, je suis triste. Donne-moi du courage, prends-moi par la main.

Soudain, un son étrange, puissant, comme le mugissement d'une horde de bœufs, ou un concert de klaxons de camions. C'est un deuxième groupe. Ils sont au moins une dizaine à souffler chacun dans une corne de bélier, la même note qui se prolonge à déchirer la grisaille. Puis de petites notes brèves, j'en compte neuf. Et à nouveau la même, longue... Des hommes, tous vêtus de noir, le chapeau à large bord, noir, la barbe en longues tresses, noires, les lunettes embuées, cerclées de plastique noir. Ce sont les Juifs, des religieux. Ils posent leurs cornes et s'assoient sur les pierres tombales, autour du trou, se mélangeant aux compagnons de Bab el-Zouweila. Et voilà qu'ils frappent de la paume de leurs mains, sur leurs cuisses, sur leur sac de cuir, sur la pierre. Ils sont la société sacrée des morts. Ils chantent. C'est presque du jazz. Ils chantent en hébreu.

— Cet hébreu, je le comprends ; c'est celui de la prière.

— Que disent-ils ?

— Ils parlent de la vie et de la mort. Écoute :

« Si Dieu ne distribuait la mort à sa guise, comment distingueriez-vous les morts des vivants ? Les vivants sont les vrais morts. Les avez-vous jamais vus prononcer une parole nouvelle ? Ils ne savent que répéter ce qu'ils ont déjà entendu. Toutes les paroles des vivants ont déjà été prononcées par quelqu'un qui aujourd'hui est mort. Oui ! Les vivants ne sont pas vivants, eux qui n'ont aucune idée nouvelle, ils sont morts. »

Les Juifs tapent à nouveau sur la pierre, sur leur sac de cuir, sur leurs cuisses, dans leurs mains.

« Mais les morts sont bien vivants, eux qui insufflent leurs idées aux vivants. Compagnons, comment appelle-t-on le cimetière ? » Et tous de répondre en chœur : « On l'appelle *Beit el-'haïm*, "la maison des vivants" ! »

C'est une de ces musiques qui vous restent longtemps dans la tête comme si elle partait s'accrocher au rythme de votre cœur, de votre tempe, de votre pouls.

Et ils reprennent les deux mêmes couplets, une deuxième fois, une troisième, et encore… L'un, d'entre eux, un gros, la barbe rousse, les interrompt de sa voix de ténor :

« Nous sommes la société sacrée. Nous lavons les morts, nous habillons les morts, nous nourrissons les morts, nous les équipons de leur bagage, nous les déposons à l'embarcadère pour leur dernier voyage. »

Et voilà qu'ils soufflent à nouveau dans leur corne de bélier. Puis, les autres lui répondent :

« Crois-moi, charlatan, toi qui crois m'effrayer en brandissant la mort… Crois-moi, car je n'ai pas peur de la mort. Les morts sont les vrais vivants ! »

Le ténor pose une nouvelle question :

« Et celui-là, ce vivant que nous portons pour son dernier voyage, celui que nous allons déposer dans le navire des morts, celui-là, tu le connais aussi ? »

C'est le moment qu'ils choisissent pour débuter la prière juive des morts, qu'on prononce en araméen, celle qu'on appelle *kaddish*… « Sanctification ». Mais je n'en ai jamais entendu de pareil. Ce *kaddish* n'est pas récité mais chanté, rythmé, avec des frappes dans les mains, jazzy, presque un gospel. Je reconnais les paroles – tout le monde les connaît. Par moments, cependant, ils changent un mot comme dans ce refrain :

« Que son nom soit magnifié, sanctifié, qu'il se répande à travers le monde, celui qui a su créer un univers ! Que son royaume se déploie, de notre vivant, dans notre monde, au sein de nos jours et le plus vite possible. Et maintenant répétez après moi : amen. »

Peu à peu, comme s'il s'agissait d'un ballet bien réglé, elles viennent se poser là, attirés par une onde, par une puissance : ce sont les femmes. Des Égyptiennes et des Juives, aux bijoux d'or ; des Africaines et des Bretonnes, en silence, et encore, des femmes aux mouchoirs trempés, aux yeux rougis, la démarche alourdie. Il y en a tellement, dix, cent ou mille, je ne sais les compter – pourtant les femmes n'aiment pas accompagner les morts.

La pluie a cessé. Le rabbin est très jeune, trente ans, trente-cinq peut-être. D'où sort-il celui-là ? Il s'adresse aux Égyptiens, aux compagnons, aux Juifs religieux, aux femmes. Il leur demande le silence. Il crie : « Silence ! » Il veut parler, prononcer l'éloge funèbre. Il se lève, escalade un terre-plein mais une jeune femme se dresse devant lui. Elle est si belle, les formes pleines, le visage rieur, les yeux pétillants. Elle s'approche à le toucher et se met à chanter d'une voix parfaite, aiguë, la voix d'un ange, ou du ciel, peut-être… Il est subjugué, le rabbin, interloqué, la bouche ouverte. Elle chante en français :

« Il était l'ami des princes et des rois. Mais il savait le plaisir des femmes. La pierre qu'il touchait devenait de feu. Le champ qu'il labourait, il l'offrait aux miséreux. La femme qu'il approchait devenait une reine. Il a ensemencé le désert de nos âmes. Pour l'accompagner dans son dernier voyage, sereines de le voir s'élever en un dernier nuage. Chacune d'entre nous est sa femme. L'homme aux mille épouses dont aucune n'était jalouse. »

La lyre égyptienne reprend les notes de la dernière phrase, puis les voix graves des hommes braves qui ne craignent pas la mort, celles des compagnons et celles de la société sacrée, aussi, reprennent : « L'homme aux mille épouses dont aucune n'était jalouse. »

Silence. Le rabbin peut enfin parler :

« Zohar de son nom, Zohar de son prénom. L'homme que nous portons en terre s'appelait Zohar Zohar. Né en Égypte, du temps du roi Fouad, il a traversé les années de braise, celles du roi Farouk, et les années de plomb de la seconde moitié du XXe siècle, et il en est sorti entier, sans même perdre un seul fragment de son âme. Je l'ai peu connu, seulement ces derniers mois. Il fréquentait notre oratoire de Paris, la synagogue des Égyptiens. Mais il n'était pas très bavard. Tout le monde l'aimait. Lorsque son fils François, ici présent – que Dieu l'accompagne dans son deuil –, m'a appelé au téléphone pour m'annoncer son décès, une peine, comme un poids de cent kilos, s'est posée sur ma poitrine. Elle pèse encore, cette peine. Mais moi, je ne peux me permettre de pleurer. Il me faut soutenir les endeuillés. Pour vous parler aujourd'hui, j'ai cherché à en savoir davantage sur lui, sur sa vie, les œuvres qu'il a réalisées, la famille qu'il laisse derrière lui… À dire vrai, j'ai eu beau chercher, demander, je n'ai guère trouvé de famille à part ce fils, vertueux et bon. Lorsque j'ai questionné les anciens avec lesquels il priait quelquefois à l'office du shabbat, nul ne savait que dire de lui sinon qu'il avait les yeux pétillants et doux. Même son fils, que Dieu lui prête longue vie, son aîné et son benjamin, son seul enfant, ne pouvait me raconter la vie de son père tant l'homme était secret. Comment un homme de bien, connu de la communauté, peut-il ainsi échapper au récit de sa vie ? Je me suis longuement interrogé. Et j'ai fini par me dire que c'était peut-être un *shalia'h*, un “envoyé”, un messager de Dieu. On dit dans le Talmud que ceux-là ne se font pas remarquer. Ils ne miment pas la piété, ne serrent pas les lanières des phylactères pour faire rougir leurs avant-bras, ne vous abreuvent pas de sermons, eux, les “envoyés”. C'est, dit-on, au fait que rien ne les distingue qu'on les reconnaît. Zohar ne priait pas souvent, ne portait pas la kippa, ne laissait pas traîner sous sa veste les franges de son châle de prière. Durant l'office, il semblait accaparé par ses pensées. Mais, certains s'en souviennent, lorsque, à l'office de Pâque, il entonnait les vers du Cantique des cantiques… Sa voix montait au-dessus des autres, une voix grave, profonde, qui détonnait avec son allure fluette. Beaucoup ont raconté que, durant les minutes où il a chanté, les oiseaux de Paris sont venus se poser sur les toits de la synagogue, les pigeons et les mouettes, les corneilles et les moineaux et même un épervier… Certains ont prétendu que ces oiseaux n'étaient pas des oiseaux mais des âmes de disparus sans sépulture. C'est peut-être lui prêter un trop grand pouvoir.

« On définit souvent le Juif comme celui qui est sorti d'Égypte. On raconte dans nos commentaires talmudiques que la sortie d'Égypte doit être considérée comme un symbole, la délivrance de l'esclavage que nous procure la rencontre avec Dieu. Mais lui, Zohar Zohar, fils de Mordechaï Zohar, cet aveugle, ce voyant, qu'on appelait Motty, et de Rachel bar-Zohar qu'on appelait "la sorcière", lui est vraiment sorti d'Égypte. Il est sorti comme dans nos textes sacrés, expulsé et fugitif, il a erré sa vie durant à la recherche de la Terre promise. On connaît sa date de naissance, le 25 octobre 1925, voilà bien plus de quatre-vingt-dix ans… On ne peut dire qu'il est mort – non ! Rien ni personne ne l'a tué. Il est parti de son propre gré, ni blessé ni accidenté, ni malade ni désespéré, la tête entière et le corps encore vaillant, inentamé. Il est parti comme on dit de nos anciens, de nos patriarches : "rassasié de jours". »

Dans un coin, appuyé contre un arbre, le fils, la cinquantaine encore vigoureuse, le crâne dégarni, saupoudré d'argent, chemise blanche, costume noir, un imperméable noir, aussi. Le fils, c'est moi ! Je pleure. Pour la première fois de ma vie d'adulte, je pleure. À côté de moi, le vieux Mabrouk, le joueur de tabla. Je serre son bras. « Donne-moi du courage, le vieux, prends-moi par la main pour traverser le gué. »

Et le rabbin reprend :

« Encore tout jeune, après une enfance trépidante dans la ville du Caire, le voilà qui arrive en Europe. Imaginez cet homme, seul, sans sa famille, sans aucun ami, sans un sou vaillant, débarquant d'un rafiot sur le port de Naples. Il avait vingt-sept ans, la seule force de ses bras et ses yeux pour pleurer. S'est-il lamenté ? Toute lamentation sur son propre sort, nous dit le Talmud, est une prière vaine. Non ! Il ne s'est pas lamenté. Il a pris sur lui-même. Il s'est enfoncé plus avant dans la jungle des hommes, sans doute pour leur porter la parole… »

Mabrouk se tourne vers moi :

— Tu es son fils. C'est à toi maintenant de chanter la prière des morts pour ton père. Va !

Jette l'homme chanceux dans le Nil et il remontera avec un poisson dans la bouche

Sans doute étaient-ils arrivés d'ailleurs, ceux qui ont fondé Naples, d'un endroit où l'on parlait grec. Naples, Napoli en italien, du grec *Neo Polis*, « nouvelle cité », celle d'où tout peut recommencer et repartir le monde.

Port de Naples, le 19 septembre 1952. La mer rougissait en voyant approcher le soleil. Il devait être dix-huit heures. Il était assis sur une bitte d'amarrage. Il portait de beaux vêtements, ceux de sa splendeur égyptienne. C'était son seul trésor, ces quelques habits de riche, une chemise de soie, un léger pardessus de laine douce, douce comme la voix de cette femme, une prostituée, qui s'est approchée de lui.

— Tu viens de loin, bel étranger ?

— De très loin ! D'un pays qui n'existe plus.

— ... Qui n'existe plus ? Comme tu y vas ! Peut-être ne voulait-il plus de toi, ce pays. Il ne t'aurait pas vomi, par hasard, ton pays ? Tu n'oses l'avouer... Il t'a vomi comme la baleine a vomi l'autre, là, je ne sais plus son nom déjà... Oui, Jonas, jeté comme toi sur un port. Qu'as-tu fait là-bas ? Tué ? Volé ? Ah, le monde est parfois dur avec les voyous. Mais si tu es un voyou, tu as peut-être de l'argent... As-tu de l'argent ?

Elle portait un chemisier rouge, serré à lui faire exploser les seins, et une jupe noire qui dessinait deux fesses bien rondes de déesse mésopotamienne. Elle caressa la joue de Zohar d'un geste gracieux. Il sortit de sa poche une pièce de monnaie, une belle pièce de dix piastres, une pièce d'avant-guerre, en argent, qu'il fit rouler entre ses doigts.

— De l'argent, lui dit-il, regarde. C'est la dernière ! Je ne pourrais même pas m'offrir un verre de vin mousseux avec ça.

Elle s'approcha de lui, tout près, jusqu'à lui souffler sous le nez la fumée de sa cigarette. Elle le regarda jusqu'au fond de ses yeux noirs, comme si elle examinait le contenu de ses pensées. Elle lissa la tissure du manteau, glissa une main sur la chemise de soie…

— Dis donc ! Il est doux ce manteau… Il doit bien valoir quelques millions de lires. Tu as laissé ta fortune dans ce pays, dis-tu… Tu devais être très riche pour t'offrir de pareils vêtements. Où as-tu perdu tout cet argent ?… Au casino… Non ! Tu n'as pas l'air d'un joueur… Alors peut-être avec les filles ?… Avec les filles ! C'est ça ! Tu as bien une tête de naïf ! Elles t'ont plumé, les belles…

Et elle eut un petit rire désabusé. Il leva les épaules, l'air de dire : « Crois-tu donc que je pense aux filles dans la situation où je me trouve ? » Elle lui tournait autour. Elle le trouvait peut-être à son goût. À moins qu'elle ne voulût seulement récupérer le manteau pour le vendre… Elle soupesa la petite valise de cuir qu'il avait posée à ses pieds, bien carrée avec les coins renforcés.

— Ce n'est pas bien lourd. Des billets de banque, peut-être ? Pas des kilos, en tout cas…

Il lança en l'air la pièce de dix piastres et la rattrapa au vol pour la plaquer sur le dos de sa main. « Face ! » s'écria-t-il. Et il lui montra l'effigie gravée sur la pièce de monnaie. Elle représentait le profil d'un homme jeune, la tête couverte d'un fez.

— Tu sais qui est cet homme ? lui demanda-t-il. C'est le roi, bien sûr… Enfin… *c'était* le roi ; le roi d'Égypte. Il s'appelle Farouk. Tu as sans doute entendu parler de lui. Il est intelligent… non, pas intelligent, malin plutôt… et un peu fou. Il y a quelques semaines, il a perdu la tête et son trône. Et moi, j'ai gagné le monde et le bonheur de bavarder avec toi.

Il avait un beau sourire ce jeune homme perdu sur un quai, seul avec sa valise. Et elle était belle, la Livia au corps généreux et au cœur bienheureux.

*

Huit mois plus tôt, le samedi 26 janvier, Le Caire avait brûlé. Nul ne savait qui l'avait embrasé. Les syndicats antibritanniques noyautés par le parti fasciste « Jeune Égypte » avaient certainement mis le feu aux poudres. Mais la confrérie des Frères musulmans, qui voulait se venger de l'assassinat de son fondateur, le cheikh Hassan el-Banna, société secrète forte de deux millions de membres, avait préparé le terrain de longue date. Elle avait infiltré le petit peuple des grandes villes qui s'était répandu comme un seul homme, dès qu'on lui en avait donné le signal.

Avant cela, ils avaient préparé leur coup, fabriqué à l'avance des centaines de cocktails Molotov dans des bouteilles de Coca-Cola, s'étaient armés de bâtons pour assommer les récalcitrants, équipés de barres de fer pour forcer les devantures et les grilles. Ce jour-là, ils étaient des dizaines de milliers dans les rues d'Isma'leya, d'Alexandrie et du Caire. Il y avait aussi cette rébellion militaire, qui se faisait appeler les « officiers libres », menée par le bikbachi, le lieutenant-colonel, le beau Gamal Abd el-Nasser, qui avait noyauté l'armée… Elle aussi avait préparé le terrain. Si bien que pas une seule unité ne s'était opposée aux manifestants, ni l'armée ni la police. À moins que ce ne fût le roi, l'énorme Farouk, ramolli par l'angoisse et les plaisirs, qui en avait eu assez de jouer la comédie du pouvoir. Avait-il lui-même allumé la mèche en envoyant ses sbires agiter les agitateurs ? Peut-être tout ce monde à la fois, avec d'autres encore ; peut-être toutes les factions de cette société égyptienne en ébullition s'étaient-elles donné rendez-vous pour une gigantesque catharsis. Ce samedi 26 janvier, que l'on appelait désormais *The black Saturday*, « Le Samedi noir », avait démontré une fois de plus que le peuple égyptien, placide et soumis, n'était qu'eau dormante dans le cratère d'un volcan.

Zohar avait tout fait pourtant pour éviter la catastrophe. Dès qu'il avait compris ce qui se tramait, il avait foncé au palais d'Abdine alerter le roi. La ville n'était plus qu'émeutes. Le peuple avait envahi les rues, réclamant la tête du souverain. S'il continuait à faire la sourde oreille, il finirait comme Louis XVI. Ils avaient commencé à s'en prendre aux biens étrangers, les banques internationales, les bureaux des grandes compagnies, les grands hôtels ; aux lieux de plaisir, les clubs sélects, les cinémas, les brasseries ; aux grands magasins ; aux demeures des bourgeois... Et, comme toujours, depuis des temps immémoriaux, aux Juifs ! Et tandis que se propageait l'incendie, que brûlaient les cinémas Métro et Rivoli, quelques employés de la Barclays Bank transformée en torche, réfugiés dans la cave, y périssaient asphyxiés. Les émeutiers s'en prenaient aux gens, aux étrangers, comme cette dizaine d'Anglais qui tentaient de fuir le Turf-Club, qu'ils avaient rejetés dans le brasier. Ils détruisaient les beaux immeubles, les beaux objets qu'habituellement ils avaient tout juste le droit de regarder. Mais l'incendie des âmes déferlait plus vite encore que celui des choses. Les émeutiers se joignaient aux émeutiers. Chaque heure qui passait voyait de nouveaux quartiers rejoindre la révolte ; les badauds se mêlaient aux révoltés, les quelques policiers fraternisaient avec les incendiaires. Et tous commençaient à poursuivre les Juifs aux cris de *dabba'h, dabba'h !* « Égorge, égorge ! », *dabba'h el-yahoud !* « Égorge le Juif ! »

Et le roi s'est montré indifférent aux alarmes de Zohar. Ce jour-là, il recevait deux mille convives pour fêter la naissance de son fils, Ahmed Fouad, son premier garçon, son successeur... « Laisse-les donc s'amuser... », avait-il répondu. Et Zohar était reparti dépité, abandonnant à ses ripailles ce moderne Néron qui regardait brûler sa capitale depuis son balcon.

Pris dans le tumulte des émeutes, encerclé par une foule en délire, Zohar avait tenté de se réfugier dans le club qu'il dirigeait, Au rendez-vous des pachas. Mais alors qu'il cherchait à récupérer des papiers, et surtout son passeport, laissé dans le tiroir de son bureau, un groupe de Frères musulmans avait fait irruption. Ils hurlaient contre ce lieu de débauche. « Dieu nous a ordonné de lapider le Sheytan ! Allez, allez, jeunes gens ! Crevez ses yeux de porc, arrachez sa langue de serpent ! Allez, jeunes gens ! » Ils se mirent à lancer des pierres, à fracasser les bouteilles d'alcool et les verres, briser le mobilier, arracher les tentures. Quand un meneur s'avança vers lui en brandissant un long couteau, une sorte de machette, il se dit qu'il n'en réchapperait pas. Aucun secours à attendre ! Dehors, des émeutiers par dizaines de milliers, et lui, coincé là, assailli par une vingtaine de « Frères » qui tenaient leur Juif. « Égorge, égorge ! » répétaient-ils sans cesse comme un *dhikr*, un mantra.

Il était né pauvre dans le misérable quartier juif du vieux Caire, 'Haret el-Yahoud, la ruelle aux Juifs. À l'âge de onze ans, il avait déjà un métier, sabbarsagueya, « ramasseur de mégots », dont il récupérait les miettes de tabac pour reconstituer des cigarettes entières. Grandi dans la rue, il connaissait ses dangers. Encore enfant, il s'était frotté aux voleurs, aux assassins et aux agents de police. Il avait défendu son coin de trottoir contre les fous et les gardiens de la morale. Ce jour-là, il n'avait pas eu peur, seulement pensé qu'il allait mourir. Il ne lui restait plus qu'à s'abandonner aux mains de ses maîtres, ceux qu'en Égypte, comme dans bien des pays, on appelle les « propriétaires ». Il invoqua son dieu qui, il le savait, ne répondait jamais dans l'urgence. Il prononça distinctement le credo, le *Shema' Israël*. Les « Frères » s'interrompirent un moment, suffoqués par son culot. Ils pensèrent que ce foutu Juif jetait des imprécations dans sa langue de singe. Peut-être leur lançait-il quelque malédiction ? Ils redoublèrent de rage. L'homme brandit la machette. Zohar se saisit alors de l'amulette, cette griffe que la « mère des esprits », celle qu'on appelait la kudiya, lui avait confiée lors de sa dernière visite à Bab el-Zouweila. Il la serra dans sa main et regarda son agresseur dans les yeux en attendant le coup de grâce. À ce moment précis, Nino était apparu. Nino, c'était l'ami, son complice, son associé, juif pourtant, soudain converti par les Frères musulmans. Lui qui était un Cohen, il se faisait maintenant appeler Abou l'Harb, « le père de la guerre », et prononçait les prêches les plus incendiaires contre les Juifs. S'était-il souvenu de leur amitié ou avait-il seulement voulu moraliser le comportement de ses compagnons d'émeute ? Nino les avait retenus, leur avait ordonné de le laisser partir. « Nous ne te voulons pas de mal, avait-il dit, seulement détruire les idoles, comme le fit notre ancêtre Ibrahim, les instruments du diable qui ont envahi cette maison. » Les autres s'étaient arrêtés net dans leur élan, hochant la tête pour lui donner raison. « Va-t'en ! Tu as une semaine pour quitter le pays. Après cela, si on t'attrape, on t'arrachera le cœur. » Et Nino ajouta encore : « Sale juif ! »

— Qu'as-tu fait ? lui demanda Livia.

— Je ne suis pas parti. Je veux dire que je n'ai pas quitté le pays ; du moins pas tout de suite. Mais j'ai aussitôt quitté le Rendez-vous des pachas, ce club qui m'appartenait pourtant. Je les ai laissés détruire cet écrin de luxe et de volupté, où Mistinguett et Maurice

Chevalier avaient chanté ; où Samia Gamal et Taheya Carioca avaient affolé le public en faisant tourbillonner des pompons sur leurs seins. Il a brûlé jusqu'à la dernière boiserie, jusqu'au dernier rideau, jusqu'au dernier châssis de fenêtre. Il n'en est resté qu'un tas de gravats. Tu me demandais où j'avais perdu mon argent… Il est simplement parti en fumée, ce jour-là, ce samedi noir.

Il a encore fait sauter la pièce de dix piastres dans sa main et l'a tendue à la femme à la voix douce.

— Tiens ! Prends-la, lui dit-il, elle est à toi.

— Mais que veux-tu que je fasse de ta monnaie ? Je ne pourrais même pas l'échanger contre un caramel.

— Prends-la, je te dis. Elle te portera bonheur.

Cette fois, il ne lui restait plus rien, pas un centime. La vie pouvait recommencer de zéro ! Il ne savait pas, l'innocent, que lorsqu'on croit recommencer, on ne fait que répéter, et parfois, ce sont de très anciennes histoires.

Il n'y a pas de poche dans un linceul

C'était une femme expérimentée, une professionnelle. Cela faisait bientôt dix ans qu'elle battait le pavé. Elle avait commencé pendant la guerre, peu après le débarquement des alliés, à l'automne 43. Il faut dire que c'était la misère. Le prix du pain avait atteint des sommets. Les autres aliments, il ne fallait même pas y songer ; le beurre, les œufs, le fromage étaient devenus des produits de luxe. Quant à la viande, elle était réservée aux nababs. À l'époque, il existait quelques riches et c'étaient des trafiquants. Tout se négociait au marché noir, les choses et les gens. Si l'on voulait continuer à vivre, il fallait y participer, échanger. Et les petites gens ne possédaient que leur corps. Alors, ce furent d'abord de jeunes mères de famille qui sortirent l'offrir aux soldats, pour nourrir leurs enfants. C'était déjà du temps des Italiens – pour les Napolitains, les Italiens étaient presque des étrangers –, puis des Allemands. Mais, en 1943, quand les Américains ont débarqué, le marché a soudain explosé. Livia avait du mal à s'expliquer le phénomène. Certains prétendaient que les combats dans les Abruzzes étaient si violents que chaque soldat qui arrivait en permission à Naples était un rescapé de l'enfer. Demain, il y retournerait et n'en reviendrait sans doute pas. Alors, avant de quitter le monde, une dernière fois, une nuit avec une femme… « Tu comprends ? lui expliquait-elle, ce soldat-là, qui se pensait au dernier arrêt avant le paradis, il était prêt à donner tout ce qu'il avait. Comme on dit : "Il n'y a pas de poche dans un linceul." » Et Livia lui avoua qu'elle avait gagné de l'argent, beaucoup d'argent.

C'était un dimanche matin. Ils étaient couchés dans cette petite chambre du Vico Mercato, à deux pas du port. Ce n'était pas l'endroit où elle travaillait, l'hôtel borgne du Vicolo San Stefano. Cette chambrette, elle l'avait achetée avec ses économies. Elle lui appartenait, c'était chez elle ! En entrant, la première chose qu'on remarquait, c'était ce crucifix planté sur le mur au-dessus du lit, immense, un Jésus en ivoire sur une croix de bois d'olivier. Et sur la petite commode dans l'entrée, une image de santa Rita, belle, auréolée, irradiante, tenant amoureusement un crucifix identique à celui du lit. Elle avait surpris le regard de Zohar qui ne pouvait détacher les yeux de ces deux christs. Elle avait souri. Pour elle, le Christ, c'était lui, cet ange sorti des eaux, démuni de tout, sauf de son doux sourire, ce Juif venu d'Égypte – et d'ailleurs, le Christ n'était-il pas juif ? Et ne s'était-il pas réfugié en Égypte ?

On ne peut pas dire qu'il l'avait séduite ; elle ne l'avait pas davantage pris en pitié, mais, Dieu sait pourquoi, elle l'avait comme adopté. Avec seulement quelques années de plus que lui, elle se comportait comme une mère ou une grande sœur. Elle le logeait, lui rapportait nourriture et vêtements et ne lui demandait pas grand-chose en échange, rien que des paroles… C'est qu'elle aimait par-dessus tout l'entendre raconter. Livia raffolait des histoires. Sitôt qu'elle avait appris à lire, dès l'âge de sept ou huit ans, elle se perdait des journées entières dans des livres pieux. La vieille qui initiait au catéchisme les enfants du quartier ne se doutait pas que la petite rêvait chaque jour de Jésus. Il était tellement gracieux. Elle chavirait devant les images de Pietàs, ces dames à la fois dignes et sensuelles qui tenaient un homme nu sur leurs genoux. Elle pouvait les contempler des heures durant. À neuf ans, elle s'en souvient, c'était bien avant sa première communion, elle avait senti une chaleur dans son sexe. Elle n'avait pas mis la main – non, pas encore ! – mais elle avait très fort serré les cuisses. Et c'était venu ainsi, sa première fois. Elle appelait ça ses « illuminations ». Un orage qui s'emparait de tout son corps et la foudre qui tombait sur son cerveau pour finir en une grande lumière, exactement comme sur les images pieuses… peut-être en contemplant une photographie de la *Pietà* de Michel-Ange, mais elle n'en était pas certaine. Elle en connaissait tellement ! C'est que, depuis, elle les collectionnait. Et elle était partie chercher une pile de cartes postales rassemblées par un élastique.

— Tiens, regarde !

Zohar examina longuement chaque image, la retournant, la parcourant du doigt. Il connaissait si peu le christianisme ; les seules images pieuses qu'il avait croisées en Égypte étaient les icônes des églises coptes, tellement stylisées. Celles-là étaient certes précieuses, raffinées, mais statiques ; elles avaient plutôt la beauté des bijoux. Alors que celles de Livia étaient pleines de sentiments, elles respiraient la vie. C'était comme du cinéma !

Il ne lui avait pas posé la question ; il n'aurait pas osé. C'est elle qui en avait parlé la première, comme si elle avait voulu le rassurer. Non ! Elle n'avait jamais ressenti un tel orage avec l'un de ses clients, seulement avec Jésus… Elle avait même juré. Un instant plus tard, elle se ravisa. « Bon, j'exagère… parfois avec des saints, aussi… comme toi ! » Elle lui posa un baiser sur les lèvres.

Zohar était gêné. Il était conscient de ce qu'il devait à Livia. Il n'avait rien. Elle l'avait accueilli – et cela dès son arrivée au port –, elle avait guidé ses premiers pas dans ce monde qui lui était totalement inconnu. Il se disait qu'une fois de plus il avait eu de la chance. Il n'allait tout de même pas cracher dans la soupe… Il trouvait néanmoins ses sentiments excessifs. Il en éprouvait une certaine crainte. Alors, il détournait la conversation.

— Connais-tu l'église suspendue ? lui demanda-t-il.

— Où ? À Naples ?

— Mais non ! Au Caire ! C'est une église extraordinaire, sans doute la plus ancienne d'Égypte. Elle daterait du IIIe siècle. Peut-être est-ce l'une des Vierges qui résident là depuis des millénaires… Peut-être est-ce l'une d'elles qui m'a sauvé la vie…

— Raconte…

Et elle s'était lovée tout contre lui pour une journée, pour une nuit, pour combien d'autres nuits…

*

Pour l'ultime musique, seulement deux bendirs, ces grands tambours égyptiens qui frappent comme des battements de cœur, et une flûte qui laissait monter une mélodie, belle et simple, le son d'une âme qui prend son envol.

« Toi, le compagnon de Bab el-Zouweila, le marin du dernier voyage, viens, le bateau va partir. Allez, viens ! Nous n'aimons pas les cimetières. Nous allons sortir. Ô… la nuit ! Ô ma nuit ! Mes yeux se sont assombris. Les formes se sont fondues dans le noir. Ô nuit, Ô ma nuit qui descend doucement sur les vivants. »

La pluie s'est arrêtée et je les regarde partir, les compagnons de Bab el-Zouweila et les Juifs de la société sacrée des morts. Personne ne me salue ; aucun ne veut regarder en arrière sauf le rabbin qui s'approche de moi. Sans un mot il se saisit de ma chemise et l'entaille d'un coup de cutter sur une bonne dizaine de centimètres.

— C'est notre coutume, m'explique-t-il, de déchirer un morceau du vêtement de l'endeuillé. Mais étant donné la force du disparu, je vous conseille de ne pas vous contenter du symbole. Arrivé chez vous, brûlez tous les vêtements que vous portiez aujourd'hui.

Voulait-il m'expliquer que certains morts, trop puissants, n'abandonnent pas facilement le monde des vivants ?… Qu'ils risquent de s'accrocher à vos vêtements ?

Les femmes quittent le cimetière à leur tour, par deux ou trois, silencieusement. Une femme âgée s'approche de moi. Elle a dû être belle avec ces grappes de taches de rousseur qui criblent son visage.

— Vous êtes son fils ?

— Oui ! Je m'appelle François.

— Je sais ! Si le cœur vous en dit, passez donc chez moi un après-midi. Votre père y a déposé quelque chose. Il me semble que cela vous revient. J'habite Paris…

Et elle me tend une carte de visite : Livia Iacopetti, productrice. Productrice de quoi ?… D'histoires de fous ?

Tu as l'avantage sur la colère quand tu te tais

Le Caire, samedi 26 janvier 1952. Après avoir quitté le Rendez-vous des pachas, Zohar avait erré un long moment à travers les ruelles du vieux Caire, cherchant à retrouver ses esprits. Où se cacher maintenant ? Même si son ancien ami devenu Frère musulman l'avait sauvé, il ne pouvait lui faire confiance. Nino connaissait son adresse et celle de ses parents, dans le quartier juif. Il était donc exclu qu'il s'y réfugiât. Hors de question de s'aventurer jusqu'à la confrérie de Bab el-Zouweila, il n'y serait pas arrivé, les quartiers populaires pullulaient de Frères musulmans. Impossible de demander à ses connaissances d'affaires, des bourgeois aisés pour la plupart, ils devaient également être surveillés. Il lui fallait disparaître un moment, se fondre dans le décor en attendant que s'apaise la folle excitation de ces journées d'émeute. Il décida de se rendre dans un petit hôtel du centre, le Qasr el-Medina, hôtel sans prétention où les voyageurs de commerce avaient l'habitude de descendre lorsqu'ils étaient de passage au Caire. De là, il était ressorti chaque jour, vêtu d'une galabeya, la grande robe des gens du peuple, la tête couverte de cette large calotte ajourée qu'appréciaient les musulmans pieux. Toute la semaine qui avait suivi l'incendie, ainsi vêtu, Zohar s'était approché de la rue du Docteur Tawfik, de ce lieu qu'il appelait « la fabrique », le magasin qui distribuait un excellent gin de fabrication locale appelé « l'Eau bleue », sa boutique. S'il parvenait à y entrer sans se faire remarquer, il pourrait récupérer un peu d'argent, grimper jusqu'à l'appartement qu'il occupait au dernier étage de l'immeuble pour y prendre quelques vêtements. Il s'installait à quelques centaines de mètres, à la terrasse d'un café, et observait les allées et venues. À nouveau, les cafés étaient bondés. Quelques jours auparavant, la ville était en feu, les cendres fumaient encore, pourtant la vie avait repris comme avant, comme toujours. L'Égypte est ainsi, inconstante, imprévisible. On est seulement certain que le soleil se lèvera tous les matins et enflammera le sol au point de vous brûler la plante des pieds. Pour le reste, on ne peut rien prédire. Même durant les quelques minutes qui précèdent une révolution, on boit son café, on joue sa partie de cartes ou de tawla, de jacquet, on déguste un *foul oué ta'meya* dégoulinant, le sandwich de fèves bouillies avec un grand verre de limonade. Zohar parlait à ses voisins de café, devisait, racontait une fausse vie, une fausse identité. Il leur disait que sa boutique avait brûlé, *ma'lesh*, « ça ne fait rien ! ». Le destin en a décidé ainsi... Je suis ruiné... *ma'lesh* ! Tous les trois mots, les Égyptiens disent « *ma'lesh* », « ça ne fait rien ». On pourrait l'appeler ainsi, ce pays : Ma'lesh ! « Ça ne fait rien ! » Ce fut ainsi alors que cela aurait pu être autrement... – *ma'lesh* ! –, peut-être une autre fois, dans un autre temps, dans une autre vie, cela sera-t-il différent...

Comme cette façon de raconter les histoires aux enfants qui débutent par la formule : *Kan ouala makan*, « Cela fut ou cela ne fut pas… » Qui sait ?

Il ne lui fallut pas longtemps pour repérer les Frères musulmans qui gardaient l'entrée. Quatre d'entre eux campaient là et une dizaine d'autres patrouillaient alentour. Tout ce monde pour le surveiller ? Pourquoi lui attribuaient-ils une telle importance ? À moins que ce lieu, la Compagnie de l'Eau bleue, les ait attirés pour d'autres raisons. « Ils viennent sans doute me régler mon compte, pensa-t-il, terminer le travail. Sans doute veulent-ils aussi détruire cet antre de Satan où l'on fabrique et vend de l'alcool. C'est pour cette raison qu'ils ne décramponnent pas. » Au bout de cinq jours, voyant que la surveillance ne s'était pas relâchée, de guerre lasse, il décida tout de même d'y pénétrer. Maintenant, il guettait, attendant que les gardes détournent le regard.

Mais qu'est-ce qui lui a pris ?

Oh, Zohar, enfant de la chance, fais attention ! Pourquoi relâches-tu ta vigilance ? Aurais-tu l'esprit troublé par cette sensation de fin du monde ?… Oh, Zohar, j'ai peur pour toi !

L'immense Mahmoud, le portier nubien, se précipita vers lui avec de grands signes. S'il voulait l'avertir que des hommes l'y attendaient, il le savait déjà. Il poursuivit donc son chemin, tête basse, sans même le saluer. Il grimpa vivement l'escalier en direction de son bureau. À l'étage, le couloir était étrangement silencieux. Il eut un pincement au cœur. Cet endroit n'était jamais désert, toujours envahi d'ouvriers, de secrétaires, de clients… Il aurait dû rebrousser chemin à ce moment-là, dégringoler et filer sans demander son reste. Le sais-tu seulement, enfant de la rue, que le destin se trouve dans tes pieds et non dans ton cerveau ? Avant qu'il ne l'atteignît, la porte de son bureau s'ouvrit brutalement. Un militaire armé d'une mitraillette lui fit signe d'entrer. Et là, deux gradés, avec des casquettes et des insignes, l'un dans son propre fauteuil, l'autre dans celui destiné au visiteur. Le premier, le visage crispé, la moustache drue et le regard haineux, avait une tête de tueur. Le second l'inquiéta davantage, avec ses yeux clairs et ses cheveux si blonds qu'ils semblaient décolorés. Un Européen, c'est certain ! Comment un Européen se trouvait-il affublé d'un uniforme de l'armée égyptienne ?

— *Molazem Sala'h Badreddine* ! aboya le premier sans se lever.

— *Molazem Sami Ibrahim* ! dit lentement l'autre.

Celui-là faisait mine de parler l'arabe, mais il avait un accent à couper au couteau… Qui était-ce ? D'où venait-il ?

— Honoré de recevoir deux capitaines dans mon bureau, répondit calmement Zohar.

— Sachez que ce n'est pas votre bureau, monsieur… monsieur…

Ils le connaissaient certainement ; sans doute voulaient-ils l'impressionner. Il déclina néanmoins son nom en arabe.

— Gohar ! Gohar ebn Gohar ! (« Gohar fils de Gohar »).

— Quel drôle de nom pour un Égyptien, dit le blond.

— C'est la première fois que j'entends un nom pareil, renchérit le brun.

— Peut-être n'est-il pas égyptien…

— Un étranger, alors…

Zohar n'avait pas répondu. Il aurait pu lui enseigner, à ce 'homar, « à cet âne », cet analphabète, que le fondateur du Caire s'appelait aussi Gohar, Djauhar en arabe classique, Djauhar al-Sikili. Il aurait aussi pu lui rappeler qu'ici les Juifs n'étaient pas des étrangers, qu'ils résidaient dans ce pays bien avant l'arrivée du premier musulman. N'avait-il pas entendu dire qu'ils avaient bâti les pyramides ? Ou bien croyait-il comme tant d'Égyptiens que les pyramides étaient l'œuvre des djinns, des *'afarit*, des esprits du Nil… Mais il se contenta de répondre qu'il était né en Égypte, que son père et son grand-père étaient nés là et qu'aussi loin que portait la mémoire de sa famille ils étaient tous nés en Égypte, de père en fils, depuis mille, deux mille ou trois mille ans.

— Vous êtes sans doute titulaire de la nationalité égyptienne, alors, persifla l'officier blond.

Comment lui répondre que non, qu'il n'était pas égyptien, que l'on n'accordait pas la nationalité égyptienne à un Juif, ou si rarement… et après quelles complexités administratives…

Et cet accent, il en était certain maintenant, c'était un Allemand ! Un Allemand en uniforme d'officier égyptien… Il crut halluciner. Rommel n'avait-il pas perdu la bataille d'El-Alamein en 1942 ? On avait bien parlé durant la guerre d'officiers allemands infiltrés qui se faisaient passer pour des Arabes. L'armée britannique avait même placardé des affiches pour inciter à la prudence, à prendre garde aux espions. On savait aussi que la plupart des gradés de l'armée égyptienne rêvaient de voir l'Afrikakorps triompher des Anglais, qu'ils détestaient. Certains avaient même cherché à établir le contact avec l'armée de Rommel. Un jeune lieutenant appelé Mohamed Anouar el-Sadate, qui communiquait aux Allemands les plans de bataille, avait été emprisonné par les Anglais. On racontait que le roi Farouk lui-même fournissait des renseignements militaires sensibles à l'ennemi. Mais l'intégration d'officiers allemands dans l'armée égyptienne… Ah, de cela, non, il n'avait jamais entendu parler.

— La nationalité égyptienne, balbutia Zohar, quelle nationalité égyptienne ?

— Nul n'est censé ignorer la loi. Vous êtes bien l'administrateur de la société nommée Compagnie de l'Eau bleue, n'est-ce pas ?

— À ce que je sais, oui !

— Et d'après ce que nous, nous savons, vous êtes sans nationalité… « Abatride », ajouta-t-il en un mauvais français, pour montrer qu'il était malgré tout un peu polyglotte.

— Pardon, se rebiffa Zohar en exhibant son passeport, je suis italien…

L'autre le lui arracha des mains, l'examina quelques instants en le tenant à l'envers. Puis il s'écria d'une voix courroucée :

— *Bassaborto falso* ! C'est un faux passeport !

C'était le premier coup. Zohar était resté interdit. Il venait de comprendre que ses ennuis étaient loin d'être terminés, qu'en vérité ils commençaient là, à ce moment, dans son propre bureau. Le second officier prit alors la parole dans un arabe hésitant.

— Italien ou apatride, cela ne change pas grand-chose. La loi du 29 juillet 1947 stipule que soixante-quinze pour cent des administrateurs d'une société égyptienne doivent impérativement être de nationalité égyptienne.

Cela, Zohar le savait fort bien. Voilà déjà une vingtaine d'années que l'administration égyptienne, par toutes sortes de réglementations, transformait les Juifs, pourtant autochtones, en étrangers. Cette dernière loi avait pour fonction de les écarter des responsabilités administratives, tant dans la fonction publique que dans la gestion des sociétés privées. Alors, pour la contourner, comme tous les Juifs patrons de sociétés, il avait intégré des prête-noms, des amis égyptiens qu'il payait grassement pour figurer dans son conseil d'administration. Mais, curieusement, les trois Égyptiens qu'il employait avaient démissionné la semaine qui avait précédé l'incendie. Chacun avait invoqué un motif différent. C'était le dernier des trois, le plus naïf, qui avait vendu la mèche en lui avouant qu'il avait subi des pressions. S'il avait su quelles sortes de pressions, Zohar se serait méfié. Peut-être aurait-il alors suivi le conseil de Nino de quitter le pays au plus vite. Un soir, alors qu'il était en famille, des Frères musulmans avaient fait irruption chez cet homme. Deux gaillards l'avaient immobilisé alors qu'un troisième lui pressait un poignard sur la gorge. D'autres s'étaient emparés de sa femme et de sa fille qu'ils avaient commencé à déshabiller. « La femme et la fille d'un mécréant ne sont pas respectables », ricanaient-ils… et ils leur palpaient les fesses, les seins, leur tiraient les cheveux… « Ces femmes, tu peux les traiter comme des prises de guerre… ou comme des dromadaires perdus que tu as trouvés au plus profond du désert. » En un instant, le pauvre homme avait perdu toute contenance. « Mais je ne suis pas un mécréant, s'était-il récrié, mes cinq prières et le Ramadan… » Ils ne le laissèrent pas poursuivre. « Tu fais bien partie du conseil d'administration d'une entreprise juive… Une entreprise juive ! Et qui vend de l'alcool, qui plus est… Est-ce vrai ou non ? Sommes-nous des menteurs ? » Il eut tellement peur que, dès le lendemain, il annonçait à Zohar qu'il démissionnait et même qu'il renonçait à son jeton mensuel.

Zohar avait attribué le revirement de ses administrateurs à l'ambiance qui était de plus en plus hostile aux Juifs depuis la défaite des armées arabes contre Israël en 1948 et surtout l'humiliante déconfiture des Égyptiens. Mais il n'avait pas imaginé que des groupes organisés s'étaient constitués, encadrés par les Frères musulmans, que leurs dirigeants avaient établi des listes et qu'une sorte de pogrome silencieux et ciblé était en marche.

— Soixante-quinze pour cent, reprenait l'Allemand, vous êtes loin du compte. À moins d'imaginer qu'un seul quart de votre personne est italienne…

C'est alors que l'autre officier, l'Égyptien qui avait l'air d'un Égyptien, avait sorti le revolver de l'étui qu'il portait à la ceinture, l'avait brutalement posé sur le bureau en hurlant :

— Ça suffit maintenant ! Ouvre le coffre !

— Le coffre, s'étonna Zohar, mais il est ouvert !

— Ouvert ?

— Bien sûr ! Il suffit de tourner la poignée. Regardez, dit-il en se levant.

L'autre brandit son revolver. Zohar leva les bras en l'air. Il s'approcha précautionneusement du coffre, tourna la poignée. La porte s'ouvrit en grinçant. Il était vide, totalement vide. Pas un billet de banque, pas une pièce de monnaie, pas un papier… Rien !

— Où est l'argent ?

— Il n'y a pas d'argent. Je veux dire pas d'argent liquide, pas de billets de banque. Les clients ont déjà réceptionné la marchandise. Ils doivent payer sous six semaines. Nous recevrons des chèques grâce auxquels nous honorerons nos traites. C'est le commerce, c'est ainsi… Ça va, ça vient.

— Ah, c'est vrai ? Ça va, ça vient ? cria l'officier arabe.

Et il lui administra deux gifles avec force, un aller-retour qui claqua comme une explosion.

D'aussi loin que remontait sa mémoire, Zohar n'avait jamais été frappé. Enfant, il filait comme un diable entre les jambes des adultes. Nul ne pouvait le rattraper, ni ses tantes ni ses oncles, encore moins ses parents qui, du reste, n'en avaient jamais eu l'idée. Jusqu'à l'adolescence, aucun plus grand n'était parvenu à le saisir. Sa résistance était celle de la gazelle et ses muscles durs comme le bois si bien qu'il était capable d'escalader sans effort le mur d'un immeuble en s'accrochant aux balcons. À partir de ses treize ans, il avait changé de stratégie. Progressivement, il avait appris à user de son sourire, d'une gentillesse qui lui était naturelle, pour séduire plutôt que fuir. C'est ainsi qu'il s'était faufilé avec une certaine réussite dans les ruelles du vieux Caire, terribles aux miséreux. Étrange paradoxe que cet enfant, à la fois rêveur et commerçant, charmeur et fuyant. Il trafiquait ses cigarettes avec bonheur, plus tard, ses fumées bleues, ses herbes et ses poudres de rêve, unique, peut-être parmi les milliers d'enfants des rues à n'avoir jamais été arrêté par un chaouiche, un agent de police ; à n'avoir jamais tâté du bâton ni pris des corrections dans les « karakols », les sinistres commissariats où il pouvait tout vous arriver, y compris disparaître sans laisser de trace. Et voilà qu'une gifle, en un instant, avait fracassé la stratégie d'une vie. Une simple gifle d'un policier véreux avait déchiré d'un seul coup un contrat millénaire entre les communautés.

Une bouffée de larmes lui monta aux yeux. Il se ressaisit aussitôt. Puis il ressentit une colère qui venait des tréfonds, comme une boule de feu, une colère qui n'était pas tout à fait la sienne, comme si une bête, un animal sauvage – un varan, un varan du Nil ! – avait pris les commandes de son corps. La violence du varan est patiente. Il mord de sa bouche venimeuse et poursuit sa proie durant des heures, parfois des jours entiers, jusqu'à ce qu'elle succombe au poison. C'est alors seulement qu'il la dévore.

Zohar se redressa et avança vers l'officier arabe en se dandinant. Ils étaient presque de la même taille mais lui avait le corps frêle des hommes jeunes. Il s'approcha à le toucher. L'autre était musculeux et massif. Il dégageait l'âcre odeur des hommes enserrés dans un uniforme de mauvaise toile en pleine chaleur. Lorsque Zohar se mit à parler, sa voix résonna comme si deux personnes prononçaient la même phrase au même moment, en écho. Il lui dit :

— Lorsqu'un arbre tombe, ça fait un fracas épouvantable, n'est-ce pas, mais lorsque pousse une forêt, on n'entend rien, pas un bruit. M'as-tu entendu crier, ô fils d'Adam ? Méfie-toi de l'arbre qui pousse. Il peut devenir immense, jusqu'à crever le ciel.

L'autre s'énerva. De toute sa force il envoya son poing dans l'estomac de Zohar. Puis, le prenant au collet :

— Comment tu t'appelles ?

— Gohar ebn Gohar, ô mon prince.

Cette fois, il lui assena un coup de tête sur l'arête du nez. On entendit un bruit sinistre, comme lorsqu'on casse la coquille d'une noix et le sang se mit à gicler.

— Non ! Ce n'est pas correct. Je te demande encore : comment tu t'appelles ?

Il le frappa, le frappa encore, des coups au ventre, sur la tête, sur le visage, dans les reins, sur les tibias. « Comment tu t'appelles ? » Et chaque fois la même question obtenait la même réponse. Jusque-là, Zohar tenait encore debout. Le dernier fut un terrible coup de pied dans les testicules. Il plia comme un roseau brisé et l'Égyptien, apparemment satisfait, ricana :

— Mais non, tu ne t'appelles pas Gohar, tu t'appelles Fatma. Ne le sais-tu pas que tu es une femme ? Espèce de pédé !

Cette fois, Zohar s'était effondré sur le sol. Il respirait avec difficulté. L'Allemand s'est accroupi près de lui. Il avait des mains fines, aux ongles soignés. Avec un mouchoir il a essuyé le sang qui lui couvrait le bas du visage.

— Vous comprenez, monsieur Gohar, lui dit-il dans son arabe hésitant, vous comprenez que votre entreprise est désormais placée sous séquestre. Autrement dit, l'État égyptien est devenu à ce jour le nouveau propriétaire. Vous devez par conséquent nous remettre les liquidités en votre possession ainsi que tous vos objets de valeur, montres, bijoux, objets précieux qui serviront de gage jusqu'à ce que nous récupérions la totalité des sommes indûment acquises. Faute de quoi, nous serons contraints de vous questionner jusqu'à ce que vous nous révéliez l'endroit où vous les avez dissimulées.

Ils ignoraient donc qu'il louait un petit appartement au sixième étage, sans cela ils l'auraient déjà mis à sac et fait main basse sur tout ce qui présentait la moindre valeur. Les sbires des systèmes totalitaires, les membres des polices politiques, des milices, des cagoules, des « ordres noirs » et autres phalanges, sont partout les mêmes. Ils ne s'adonnent à la violence que pour obtenir de petits avantages, arrangements administratifs, utilisation des facilités de l'État, détournement de biens confisqués. En plus d'être des bourreaux, ce sont toujours de petits voleurs de casseroles ou de vieux vêtements. Zohar se dit que sa seule chance de rester en vie résidait dans sa capacité à leur faire miroiter un extra, un petit bénéfice de plus.

L'officier allemand ajouta en montrant son acolyte du pouce :

— Dites-lui donc ce qu'il veut savoir. Dites-lui où vous avez caché l'argent. Je le connais. Il est têtu. Il ne renoncera pas. Il va vous battre encore. Pourquoi souffrir inutilement puisque vous finirez par parler…

La rage de Zohar n'avait pas disparu sous les coups. Il l'avait seulement enfouie. Comme dit le proverbe : « Tu as l'avantage sur la colère quand tu te tais. » Et il ajouta pour lui-même : « Plus encore quand tu mens ! » Il fit signe à l'Allemand de s'approcher plus près et murmura :

— Il n'y a rien ici, pas un sou. Croyez-moi, tout se trouve chez le roi.

Prends une femme blanche pour ses yeux mais, pour le plaisir, choisis une Égyptienne

En ce temps-là, dans les salons du Caire et d'Alexandrie, circulait une femme d'une beauté à faire pleurer – je veux dire : comme on pleure lorsqu'on entend une poésie qui s'adresse directement à l'âme. Sa beauté s'emparait de la vôtre. Quelquefois, la beauté rend fou qui l'admire. On la comparait à Marlene Dietrich à qui elle ressemblait un peu, mais sans le côté un peu hautain de la star. On disait qu'elle avait la voix de Lauren Bacall... Peut-être, mais surtout, comme elle, une sensualité absolue de son corps et de chacun de ses gestes. Et ces yeux immenses, si clairs qu'ils lui donnaient un regard flou, impossible à soutenir. Et ces jambes longues, fines, dessinées dans des bas délicats ; et ces formes prononcées et discrètes dans des étoffes à caresses ; et ces lèvres qui lançaient l'invite aux anges... C'était une puissance, un être étrange. Qui posait son regard sur elle, fût-il homme ou femme, jeune ou vieux, en tombait aussitôt amoureux. Lorsqu'elle apparaissait, silence gêné, elle aimantait l'atmosphère. C'était là, l'endroit précis où elle se tenait, que se situait le centre de l'univers.

Elle s'appelait Thalia, Thalia de Ménascé-Politi. Elle provenait d'une grande famille juive patricienne, les « de Ménascé », anoblis au XIXe siècle par François-Joseph, l'empereur d'Autriche-Hongrie. Un de ses ancêtres avait introduit en Égypte la machine à vapeur pour égrener le coton et elle était de fabrication autrichienne. Il avait fait fortune, vendu ses matières premières en Europe, commercé avec l'Empire, enrichi ducs viennois et barons hongrois et considérablement augmenté son patrimoine. Il avait eu la sagesse d'investir ses bénéfices dans la finance. Depuis, tous ses descendants étaient dans la banque. La coquetterie de la famille, du moins jusqu'à la Seconde Guerre mondiale, était de donner des prénoms germaniques aux enfants. L'arrière-grand-père s'appelait Otto, le grand-père, Friedrich (tout le monde l'appelait Fritz), et le père, Frantz. Le baron Frantz de Ménascé passait son temps dans les bureaux de la banque de Ménascé, place Soliman-Pacha, et Adèle, son épouse, le sien à organiser les réceptions quasi quotidiennes dans les salons de leur palais de Gezira.

Thalia était leur seule enfant. Trop occupés, ils avaient confié son éducation à des nurses anglaises et des bonnes françaises. Plus tard, elle attribuera sa liberté d'esprit à la chance d'avoir eu des parents trop riches pour s'intéresser à un enfant. Lorsqu'elle fut âgée de cinq ans, ils réalisèrent qu'elle avait besoin de nourritures intellectuelles d'une autre qualité que les inepties que lui délivraient servantes et préceptrices. C'est ainsi qu'ils l'expédièrent en Suisse, chez les religieuses catholiques, pour recevoir une éducation à l'ancienne. Adulte, elle en avait gardé un refus viscéral de toute religion, de solides connaissances, y compris en matière de théologie et une pointe d'accent suisse en français. Lorsqu'elle atteignit sa dix-neuvième année et réussi brillamment sa propédeutique à l'université de Genève, son père la rappela en Égypte pour épouser l'un de ses associés, un homme d'affaires immensément riche, Samuel Politi, de vingt ans son aîné. Elle continua encore quelques années à se conformer aux désirs de sa famille et aux règles de bienséance. Elle tomba enceinte, accoucha d'un beau garçon joufflu qu'ils nommèrent Élie, du nom du père de son mari. Comme le firent jadis ses parents, elle confia l'enfant à des gouvernantes. Mais, ayant d'autres prétentions intellectuelles que sa mère, les salons qu'elle organisait étaient littéraires. On pouvait y rencontrer les belles plumes du pays, comme Mourad Farag, ce poète karaïte polyglotte qui écrivait en arabe, en hébreu et en français, ou Jean Dideral, évidemment admirateur de Diderot dont le nom véritable était Édouard Lévy ou encore Mohammed Hussayn Haykal. Il arrivait même à l'immense Tawfik el-Hakim, prince du récit, de venir y animer une causerie sous les yeux admiratifs du jeune Edmond Jabès. La grande amie de Thalia, sa complice en littérature comme dans la vie, était l'incroyable Out-el-Kouloub, à la fois femme de lettres et maîtresse de cérémonie dans une confrérie soufie, qui publiait des romans dans les plus grandes maisons d'édition françaises. À la fin des années 30, au Caire, tout le monde parlait français ; tout le monde croyait à l'existence de ce paradis où le loup vivait avec l'agneau, l'Anglais avec l'Allemand et le Juif avec l'Arabe.

Et puis ce furent les années de guerre. Alors que les hommes d'affaires faisaient des affaires comme jamais, les questions politiques envahissaient les salons. On y parlait de nazis, de communisme et de démocratie. Les musulmans d'Égypte espéraient une victoire allemande qui les débarrasserait une fois pour toutes des arrogants Britanniques alors que les Juifs, de plus en plus au courant des massacres antisémites commis par les Allemands, étaient transis d'angoisse. Durant l'année 1942 qui voyait se succéder les victoires de Rommel dans le désert de Tunisie et de Libye et jusqu'aux portes d'Alexandrie, les plus riches, craignant l'invasion, commençaient à fuir en Palestine. Quant aux pauvres, il ne leur restait que la foi en leur dieu qui, il faut l'avouer, était assez modérée. Il fait trop chaud pour être vraiment pieux sous le soleil d'Égypte.

Thalia se sentait étouffer dans son rôle de mère de famille. Elle ne supportait plus d'être tenue à l'écart de la véritable existence. C'est précisément durant cette année 1942 qu'elle décida de plonger dans la bataille. Elle utilisa ses connaissances et surtout celles de son père pour décrocher un emploi de journaliste à *Akhbar el-Yom* («Les Nouvelles du jour»), l'un des plus grands quotidiens du pays. Au début, elle y tenait la rubrique féminine. Mais, après quelque temps, devant la limpidité de son style en arabe, on lui confia les portraits. Elle croquait d'une plume vive et acide les artistes à la mode, les chanteurs et les acteurs de cinéma, les hommes célèbres, les écrivains, les millionnaires mais aussi les politiques, et même, quelquefois, les militaires en vue. Et quand son fils Élie fut âgé de cinq ans, voulant mener une véritable carrière de journaliste sans être gênée par ses obligations d'épouse, elle divorça.

Au palais, on passait tout à la belle Thalia, les coups de griffe aux notables, les sarcasmes sur la famille royale et les dénonciations des corruptions financières. Quoi qu'elle écrivît, elle restait la coqueluche de la classe dirigeante. On voulait penser qu'il n'y avait dans ses articles que bavardages et humeurs de femme. Temps de machos où il était impossible d'imaginer qu'une telle beauté pût aussi avoir des idées. Fascinante et belle, et distinguée, et sensuelle, et magique, Thalia était aussi une sorte de caution pour le pouvoir. « Regardez, disait volontiers le roi aux journalistes étrangers, ici la liberté de la presse est totale. A-t-on jamais causé le moindre ennui à la Thalia qui, comme vous avez pu le constater, n'épargne ni notre famille ni nos ministres ? » Redoutée, admirée, désirée, courtisée... Parmi les dirigeants de l'Égypte, c'était une évidence, Thalia connaissait tout le monde, tout le monde la connaissait.

Et pourtant, elle n'avait pas encore passé une soirée seule avec le roi. Une fois de plus, il l'avait invitée, et c'était au Rendez-vous des pachas. C'était encore l'été en cette année 1951 ; le pays s'enfonçait dans le marasme économique et on sentait la crise politique imminente. Pour quelle raison Thalia, qui s'y était refusée jusque-là, avait-elle enfin accepté l'invitation du roi ? À la table, juste devant la scène, sous le nez de Zohar qui tenait le bar, le couple devisait gaiement. Farouk, qui avait l'esprit caustique, plaisantait comme toujours. Il était clair qu'il voulait en faire sa maîtresse… d'une nuit, peut-être, ou de mille nuits supplémentaires, lui qui cherchait inlassablement sa Schéhérazade. L'attirance du roi pour les femmes juives était connue. On racontait qu'il se conformait ainsi au conseil de son père, le roi Fouad, qui lui aussi avait une maîtresse juive et, pour justifier la passion amoureuse qu'il nourrissait pour elle, avait quelque peu déformé un proverbe égyptien : « Prends une femme blanche pour ses yeux, avait-il conseillé à son fils, mais crois-moi, pour le plaisir, choisis-toi une juive égyptienne. »

Le roi, pourtant suspicieux, s'était laissé aller aux confidences. « Huit mille cinq cents, s'était-il vanté, je possède huit mille cinq cents pièces d'or. Je les ai comptées. J'en possède plus qu'aucun pirate n'en a jamais laissé couler entre ses doigts, même du temps de la découverte de l'Amérique ! Je vous les montrerai si vous voulez… » Sentant qu'elle était peu sensible à son pouvoir, il voulait la séduire avec son or. Une légende de l'Antiquité raconte que Zeus parvint à s'accoupler à Danaé, pourtant enfermée par son père, en s'infiltrant par les fentes du toit sous forme d'une pluie d'or. Il est possible que Farouk ait eu vent de cette légende.

Entre Thalia et Zohar, la compréhension avait été immédiate. Un simple regard, et voilà qu'ils se connaissaient depuis l'origine des temps ou, plus exactement, depuis le sixième jour de la Création. En l'observant, il comprit qu'elle cherchait à en savoir le plus possible sur le roi, ses politesses et ses tristesses, ses peurs et ses vapeurs, ses habitudes et ses turpitudes… En vérité, elle mesurait, la subtile Thalia, les chances qu'avait un tel personnage de demeurer au pouvoir. Mais pour quelle raison ? Elle ne se donnerait pas tant de peine pour un simple article de journal...

Farouk apostropha Zohar :

— Oh, Gohar fils de Gohar, approche, enfant des rues ! Toi qui nous regardes parler, saurais-tu prédire la suite de notre dîner ?

La question était transparente. Le roi voulait savoir si Thalia répondrait à ses avances. Et Zohar, qui redoutait les sautes d'humeur du monarque, se contenta de répondre :

— Ce repas, c'est certain, vous portera chance, ô Votre Présence !

— Que veux-tu dire, mon garçon ? En saurais-tu plus que moi sur ce que Dieu me réserve ? Parle, voyons ! Ou bien aurais-tu l'arrogance de faire attendre le roi ?

Zohar réfléchit encore un moment avant de lâcher :

— Je veux dire... Cette soirée vous portera chance, ô Majesté ! Quelque chose que vous souhaitez depuis longtemps vous sera enfin accordé.

— Tu es malin ! s'esclaffa Farouk. Tu fais mine de deviner, mais tu dois savoir que l'on m'a annoncé ce matin même la grossesse de la reine.

— Peut-être, ô Votre Présence, mais vous a-t-on dit que la reine accoucherait d'un héritier ?... Je veux dire d'un mâle, d'un garçon ? Eh bien moi, ô Majesté, je peux le prédire.

Il se garda d'ajouter que cette naissance lui ferait perdre son royaume.

— Très bien ! s'exclama le roi, satisfait. Voilà une prédiction qu'il sera facile de vérifier. S'il me naît un garçon, tu auras une pièce d'or, mais si c'est une fille, ce sera cent coups de bâton. C'est ce qu'on appelle un pari à un contre cent, glousssa le roi, joueur.

Zohar savait qu'il ne ferait ni l'un ni l'autre, qu'il n'octroierait ni récompense ni punition. Et ce roi de timbre-poste éclata de rire, de ce rire énorme, presque mythologique qu'on lui connaissait, un rire qui le secoua du ventre au menton, le rire d'un diable ou d'un homme ayant renoncé à tout.

Plus tard, Thalia invita Zohar dans le somptueux appartement qu'elle habitait, rue Saad-Zaghloul. Il arrivait en pleine nuit, après la fermeture de son club et en repartait au matin, au premier appel du muezzin. L'immeuble, d'apparence banale, ne laissait rien soupçonner du luxe de l'installation de la belle journaliste. Elle occupait deux étages entiers, les deux derniers. On accédait à sa demeure par un ascenseur privatif qui vous déposait dans une sorte de hall où vous étiez accueilli par deux gardes armés. S'il existait le moindre soupçon sur vos intentions, vous étiez fouillé jusqu'à l'intimité. C'est alors seulement qu'arrivait le majordome qui vous demandait d'exposer l'objet de votre visite.

C'était là, s'était dit Zohar dans une demi-inconscience, là qu'il irait se réfugier une fois qu'il se sera débarrassé des deux officiers.

— Qu'est-ce qui se trouve chez le roi ? demanda encore l'officier allemand.

— Ma fortune ! souffla Zohar en un murmure, des pièces d'or… des centaines de pièces d'or.

— Tu ne vas pas prétendre que tu entres selon ton désir dans le palais du roi.

— Pas chez le roi, répondit Zohar, mais chez sa maîtresse.

Il sentit qu'il avait commis une erreur, qu'il venait de révéler sa relation avec Thalia que les autres ne manqueraient pas d'utiliser.

— Laquelle ? demanda l'autre officier égyptien, celui qui s'appelait Badreddine.

Zohar tenta de se rattraper. Voulant les induire en erreur, il répondit :

— Vous ne la connaissez pas. Je vous y conduirai.

— Une Juive, sans doute. Ce gros poussah raffole des femmes juives.

— Non ! Celle-là est copte.

— Tu mens ! Je lui ferai rendre son âme à cette chienne de Juive ! Allons-y ! Allons-y tout de suite !

Il piaffait d'impatience, le gros Badreddine, agitant ses grosses mains d'assassin, imaginant qu'il ferait d'une pierre deux coups, qu'il égorgerait deux Juifs le même soir.

L'Allemand l'avait calmé d'une voix douce qui sonnait faux. Puis, s'adressant à Zohar :

— Regarde comme le musulman connaît la peste qui empuantit le monde ! Tu ne dois pas la sentir, toi. On ne sent pas sa propre odeur. Car c'est vous, les Juifs ! La peste, c'est vous ! Il avait les yeux exorbités ; on aurait cru qu'il était en transe. Et il avait poursuivi : Heureusement qu'il y a eu le prophète Mohammad, que Dieu lui accorde Sa grâce et Sa paix, sinon les Juifs auraient occupé toute l'Arabie. Ce que Mohammad a réalisé en son temps, stopper les Juifs au Levant, nous autres Allemands, l'avons accompli dans le nôtre : faire disparaître les Juifs d'Occident !

C'est alors que Zohar, pourtant meurtri, les mains ligotées derrière le dos, c'est alors que Zohar lui a posé une question :

— Qui êtes-vous ? Comment vous appelez-vous ?

— À quoi cela te servirait-il de connaître mon nom ? Là où l'on te conduira, tu n'auras guère l'occasion de t'en servir.

Il se fit un long moment de silence. Puis, parce que toute personne revendique son action, l'homme de bien tout comme le brigand, le sage tout comme le fou, l'Allemand finit par dire :

— Boehm, espèce de cafard ; je m'appelle Boehm, Hauptsturmführer Dieter Boehm.

En passant de main en main, il grandit et gagne en importance

En 1952, Dieter Boehm avait déjà une carrière. Mais qui acquiert rapidement renommée et fortune dans un monde devenu fou est soit un pervers, soit un fou lui-même. Dieter, c'est certain, était les deux.

Il était né en 1905 à Pullach im Isartal, un bourg de Bavière à la périphérie de Munich. Nul ne pourra invoquer l'enfance difficile pour expliquer ses bizarreries de comportement car il connut dès sa naissance le bonheur de vivre. Son père, Mathias, petit fonctionnaire tranquille, avait épousé une ravissante jeune fille rencontrée dans un bal de campagne. Elle était blonde, très blonde, le teint rosé des paysannes. Ils avaient dansé une nuit entière. Elle sentait fort la sueur et lui la bière. Les grandes amours naissent parfois d'humeurs délétères. Ce soir-là, ils conçurent leur première fille dans une grange, sur un épais tapis de paille. Dans les deux familles très catholiques, le scandale fut vite étouffé. Le jeune homme était sérieux et, comme on disait alors, ses intentions honnêtes… Mathias Boehm épousa donc Irmgard Hillebrandt trois mois plus tard. Quoiqu'ils connussent sa famille, les parents de la jeune fille n'aimaient pas le nom du fiancé. « Boehm, prétendaient-ils, ce sont probablement des bohémiens. Allez savoir s'ils ne sont pas juifs par-dessus le marché... » Six mois plus tard, une première fille était née, puis trois autres coup sur coup. Leur mère s'était vite révélée excellente maîtresse de maison. Elle ne se contentait pas de tenir le ménage, elle cultivait aussi de beaux légumes dans le petit lopin de terre que ses parents lui avaient laissé. Des années heureuses passèrent ainsi, avec un seul regret, l'absence d'héritier mâle. Il finit par naître alors qu'on ne l'attendait plus, dix-sept ans après leur fille aînée. Comme souvent en pareil cas, la famille, les voisins murmurèrent que le père n'était peut-être pas celui que l'on connaissait. D'autant que, bientôt, on constata que le garçon ne lui ressemblait ni par les traits ni par le caractère.

Voulant corriger la mauvaise impression laissée par le nom de famille qui sonnait « étranger », le père lui avait trouvé un prénom qui sentait bon l'Allemagne traditionnelle : Dieter, « le combattant du peuple ». On dit que le prénom agit sur les personnes comme une destinée. C'est parfois vrai...

Enfant, Dieter était beau comme un ange, avec ses fins cheveux soyeux et ses yeux clairs écarquillés qui évoquaient l'innocence. Par la suite, il jouera souvent de la confusion que laissait planer son apparence. Que pouvait-on redouter d'un ange, sinon ses bienfaits ? Adoré par sa mère, adulé par ses sœurs, dès qu'il sut parler, ce fut pourtant pour se plaindre d'être mal aimé. Un événement incompréhensible vint bientôt exacerber ses plaintes. Un jour, alors qu'il avait dépassé sa cinquième année, il revint du jardin en se frottant sans cesse les yeux. Sa mère l'examina, cherchant la poussière, puis elle lui appliqua des compresses d'eau tiède, mais rien n'y faisait. Durant trois jours, ses yeux étaient tellement enflammés qu'il pouvait à peine les ouvrir. Et puis, le quatrième jour, un œil était devenu marron alors que l'autre était resté bleu. Il s'était regardé dans le miroir et avait poussé un cri. Depuis, il était devenu intenable, pleurant, tempêtant, exigeant toujours plus d'attentions. Que voulait-il de plus ? La vénération, les prosternations comme devant un dieu ? Bientôt, ses sœurs qui subissaient ses sarcasmes et ses violences commencèrent à se détourner de lui, sauf l'aînée qui continuera à le traiter comme sa poupée, lui offrant sans cesse des cadeaux… Un jour, elle finit à son tour par déchanter. Installée à quelques maisons de ses parents, elle était mariée et mère d'un petit garçon. Dieter avait une quinzaine d'années. Elle avait laissé son bébé prendre le soleil au jardin alors qu'elle était occupée dans sa cuisine. Il s'empara de l'enfant, l'abandonna dans les bois tout proches et revint l'air guilleret, avec ce même regard angélique. Mais la deuxième sœur qui passait par là l'avait vu prendre l'enfant. On l'interrogea, il nia, on le gifla, il nia encore. On appela le gendarme qui le corrigea. Le temps qu'il avoue, qu'on parte en expédition, avec fourches et bâtons, qu'on retrouve le chemin, l'enfant était resté deux heures seul en pleine forêt. Il ne pleurait même plus, était immobile, figé, comme hébété. Le pire aurait pu arriver. On savait Dieter maladivement jaloux, mais on ne l'imaginait pas capable d'une telle perfidie. On passa une longue soirée à tenter de comprendre, réunis autour de la table familiale. Le père s'en mêla. On interrogea encore l'adolescent. Mais enfin, qu'avait-il derrière la tête ?

Lorsque ces faits se sont déroulés, en l'année 1920, l'Allemagne sortait de la guerre, exsangue. Munich n'était pas loin, à quelques kilomètres de Pullach, Munich où explosaient toutes sortes de violences, celles des révolutionnaires qui voulaient instituer les soviets et celles des ultras qui cherchaient à militariser le pays. C'est cette année, précisément, que, dans une brasserie de la ville, Hitler avait prononcé sa première harangue. Boehm avait sans doute été sensible à l'air du temps, fasciné surtout par la disparition des notions de bien et de mal que lui promettait l'époque. À quinze ans, il était déjà fasciné par le négatif. Son père, le bon Mathias, désemparé, décida de l'expédier en pension à Munich, dans un collège religieux. Il voulait croire que son fils y retrouverait le droit chemin ; il ne savait pas, le malheureux, qu'il lui offrait ainsi les aliments nécessaires au développement de sa perversité.

Car c'est au collège qu'il découvrit la revue de Dietrich Eckart, *Auf gut Deutsch*, qui signifie littéralement « En bon allemand », expression qui fait surtout référence à la clarté du propos. Car si l'on est un « bon Allemand », on parle clair ! Et elles étaient claires, les options des rédacteurs de cette revue, on ne peut plus claires ! On pouvait du reste les résumer en une idée simple : le Juif est la cause du mal – de tous les maux ! Cause de la défaite de 1918 en ayant lâchement poignardé la vaillante armée allemande dans le dos, cause de la dégradation morale du pays en ayant introduit les idées communistes, cause de sa faillite économique en ayant initié le système capitaliste, cause de l'inefficacité politique en ayant installé cette diabolique démocratie parlementaire. S'il n'y avait pas eu les Juifs, l'Allemagne serait victorieuse et prospère ; si l'on se débarrassait des Juifs, elle le redeviendrait.

Dieter n'avait jamais rencontré de Juif ; il n'y en avait pas un seul à Pullach, pas davantage au collège des frères, bien entendu. Mais il fut immédiatement convaincu. Peut-être avait-il imaginé, aux confins de son esprit baigné de miasmes amers, que ses propres sœurs étaient juives, elles qui avaient détourné une part de l'amour maternel à leur profit... Ne murmurait-on pas là-bas que la famille de son père avait des origines douteuses ? Lui seul était blond, comme sa mère ! Est-il possible qu'un frère ne soit pas de la même race que ses sœurs ? Mystère ! Peut-être est-ce pour le résoudre qu'il pénétra plus profondément les arcanes des philosophies *völkisch*. Il lisait ; il lisait sans cesse, dévorant les ouvrages de ces philosophes qui racontaient les racines pures et blondes des Allemands. Il sentait que ces livres parlaient de lui, lui, lui. Lui, pur et blond, comme les Germains des origines, et animé, et violent, comme eux... Il lisait Friedrich Max Müller qui expliquait que, dans un passé oublié, ils avaient été puissants, unis et victorieux. C'était avant... avant les mélanges avec les races dégénérées. Avant le mariage du bohémien Mathias avec la blonde Irmgard.

Dès lors qu'il avait constitué un cadre à ses sensations diffuses, Dieter Boehm commença à révéler de réelles capacités intellectuelles. Il fut admis à l'université où il retrouva des semblables, des aigris, des violents, des radicaux, des militants. Il ne fut pas long à découvrir les articles d'Alfred Rosenberg, qui venait de fonder un journal de plus en plus populaire dans la jeunesse étudiante, le *Völkischer Beobachter.* Rosenberg expliquait au long d'articles interminables que les bolcheviques avaient réussi à imposer la pensée juive au peuple russe et que ça s'appelait le communisme. Maintenant, ils voulaient l'introduire dans le cerveau de la jeunesse allemande. Et Dieter se mit à haïr les Slaves presque autant que les Juifs. En ces années, Dietrich Eckart, leur maître à tous, travaillait à son œuvre fondamentale qui ne serait publiée qu'après sa mort, un ouvrage qui expliquerait tout : *Le Bolchevisme, de Moïse à Lénine.* Ses idées avaient largement diffusé dans le petit milieu des nationalistes extrémistes.

Dieter avait dix-huit ans et réussissait brillamment sa première année de droit lorsque Hitler et ses acolytes tentèrent leur putsch à Munich, le 8 novembre 1923. Plongé dans ses ouvrages théoriques, il n'avait pas été prévenu que le grand soir était arrivé. Il pensa longtemps que s'il avait été présent il aurait su faire le coup de poing, renverser la situation, triompher en un jour de cette république à la dérive.

Animé par une sourde colère et des exigences de vengeance, les pires, celles qui ne trouvent aucun motif, qui ne s'alimentent que de leur propre violence, Dieter rejoignit les nervis qui se réunissaient dans les tavernes, comme la fameuse Hofbräuhaus. C'est là qu'il fit la connaissance d'Alfred Rosenberg à qui Hitler, emprisonné à Landsberg, avait confié la direction du NSDAP, le jeune Parti national-socialiste. Rosenberg s'enticha de ce jeune homme mince, souriant et quelque peu efféminé. Il commença à lui déléguer des responsabilités au sein du journal. Il voyait en lui un futur penseur, un fils spirituel. Mais Dieter, comme tous les intellectuels radicalisés, ne se contentait pas de la pensée. Il rêvait de coups de poing et de coups de feu. Lorsqu'il commit son premier meurtre, il n'avait pas vingt ans. La victime était un cordonnier de Schwabing, un pauvre Juif à qui il devait le prix du ressemelage de ses souliers. Il l'attendit un soir à la sortie de sa boutique, le suivit à travers les ruelles jusqu'à un endroit désert et sombre. Et là, il se jeta sur lui et le larda d'une vingtaine de coups de couteau. Puisqu'ils avaient poignardé l'Allemagne dans le dos, il leur rendait la monnaie de leur pièce. Nul n'eut vent de son forfait, à l'exception d'Alfred Rosenberg qui le félicita. « C'est ton premier acte de véritable Germain, lui avait-il solennellement déclaré. Te voilà maintenant initié ! » À partir de ce jour, Rosenberg l'introduisit partout, chez les dirigeants du parti, et même dans l'entourage de Hitler. Mais, se méfiant malgré tout des passages à l'acte du jeune homme, il ne lui confiait que des rédactions d'articles et des élaborations théoriques qu'il utilisait ensuite dans ses livres.

Lorsque, des années plus tard, installé au Caire, il raconta son ascension à son ami de cœur, Ahmed el-Badaoui, l'autre lui répondit par un proverbe égyptien qu'il ne comprit pas vraiment. « De main en main, lui dit-il en arabe, il grandit et gagne en importance. » C'était un compliment dans la bouche d'Ahmed qui voulait dire qu'il avait su tirer parti de toutes ses rencontres pour devenir un homme éminent. Mais Dieter s'était fâché, l'avait même giflé en répliquant qu'il était né ainsi, déterminé et puissant, que ça lui venait de ses ancêtres et certainement pas de ses influences. Ils en étaient restés là. Ahmed évitait d'affronter la colère de son maître, mais il accumulait sa rancune.

C'est à Dieter Boehm que l'idéologie nazie naissante devait les plaidoyers pour un retour aux vraies valeurs médiévales, telles que le culte du sang versé qui purifie les vainqueurs. Dès 1930, l'année de son doctorat, une rencontre avec Heinrich Himmler le convainquit de rejoindre les rangs de la Schutzstaffel, qu'on avait l'habitude de désigner par ses initiales : « la SS ». Dès lors, il poursuivra une double carrière, celle d'officier au sein de l'escadron noir et d'intellectuel qui gravira sans peine les échelons de l'université. Et c'est du haut de sa chaire de professeur que, dès 1935, en uniforme SS, il distillera d'un verbe acéré les principes de la nouvelle morale qu'il entendait ériger en religion. Le judaïsme, expliquait-il, avait infiltré l'esprit des peuples germaniques par l'entremise du christianisme. Il fallait donc se débarrasser de l'un pour éradiquer l'autre. Il attaquait la morale chrétienne et sa prétendue compassion pour les faibles qui n'avait d'autre objectif que d'affaiblir les forts. Il se mit à faire l'éloge de la polygamie qui devait permettre de régénérer les Germains en ne laissant pas une seule femme célibataire et sans enfant. Il prônait aussi le rapprochement stratégique avec les musulmans, ennemis des Français et des Anglais qui les avaient colonisés, et surtout ennemis des Juifs qui les chassaient de leurs terres, en Palestine. Il mélangeait des connaissances réelles en histoire de l'Antiquité et en philologie avec ses délires politiques. Il racontait qu'au VIIe siècle les Juifs étaient sur le point de conquérir l'Arabie. Heureusement qu'était apparu le prophète Mohammad qui sut stopper leur avancée en les poursuivant partout, par la parole et le cimeterre.

C'est ainsi que, connaissant ses intérêts, en 1941, Himmler lui présenta Mohammed Hadj Amin el-Husseini, le Grand Mufti de Jérusalem, en exil à Berlin. Dieter regarda le Mufti au fond des yeux et se pâma de plaisir en constatant qu'ils étaient bleus, du même bleu que ses propres yeux, ou plutôt d'un de ses yeux. C'est peu dire que ces deux-là se sont compris. Ils se sont collés l'un à l'autre comme deux bactéries fusionnent pour donner naissance à une nouvelle, plus forte, plus toxique. Le Mufti, conquis par l'éloge du Prophète, vit en Dieter un esprit original et profond. Quant à Dieter, il apprécia la radicalité sans états d'âme de l'Arabe qui insistait sur l'urgente nécessité de se débarrasser de tous les Juifs, en tout endroit et surtout dans les pays musulmans. Et la meilleure façon était pour lui leur destruction physique, radicale et totale. Dieter obtint de Himmler de s'occuper personnellement du Mufti, de son logement, de son bien-être lors de son séjour en Allemagne. C'est ainsi que débuta leur longue amitié.

On connaît les efforts incessants du Mufti dès les années 1930 et durant toute la guerre, pour mobiliser les musulmans contre les puissances occupantes, c'est-à-dire, de fait, les alliés. Il vociféra d'abord en Palestine, où il appelait à la révolte armée contre les

Anglais, puis, par l'entremise d'émissions de radio, dans tout le Moyen-Orient et jusqu'au Maghreb, contre les Français. En 1941, il s'était rendu en Irak où il avait soutenu de tout son poids moral le coup d'État de Rachid Ali al-Gillani, qui avait déclaré son allégeance aux nazis jusqu'à arborer une petite moustache modèle Führer. Depuis Bagdad, le Mufti avait publié une fatwa appelant à la guerre sainte contre les alliés. Les Anglais ne s'étaient pas laissé faire. Ils lui avaient expédié un corps d'armée commandé par le fameux John Bagot Glubb, le célèbre « Glubb Pacha ». Les Anglais avaient bousculé sans mal l'armée irakienne ; mal équipée, mal entraînée. Mais, alors qu'ils investissaient les faubourgs de Bagdad, les 1er et 2 juin 1941, le jour de *Shavouot*, la Pentecôte juive, les hommes d'al-Gillani déclenchèrent le plus terrible pogrom contre les Juifs qu'a connu une terre arabe, un pogrom resté dans les mémoires sous le nom de *Farhoud* qui, en arabe, signifie « la dépossession ». Pendant deux jours, on pilla les commerces juifs, on lapida, on égorgea, on viola… Nul ne sait précisément le nombre de morts, des centaines assurément, et un ou deux milliers de blessés. Pour arrêter le carnage, les Anglais avaient fini par intervenir, instaurant un couvre-feu, tirant à vue sur les émeutiers. Après l'échec de leur tentative de prise du pouvoir, Al-Gillani et le Mufti se réfugièrent en Iran. Mais une nouvelle poussée de la coalition anglo-soviétique les contraignit à prendre à nouveau la fuite, cette fois vers l'Europe. À Rome où il se rendit d'abord, le Mufti lança un nouvel appel aux peuples musulmans du monde, invitant les Yougoslaves musulmans, les Bosniaques, mais aussi les Indiens, les Indonésiens à rejoindre le combat des forces de l'Axe. Et c'est à la fin de l'année 1941 qu'il parvint enfin à Berlin.

Dieter Boehm, qui s'occupait de son accueil et de son installation, lui arrangea une rencontre avec le Führer. Surpris par la vivacité, fasciné par la ruse et les yeux bleus du personnage, Hitler avait ordonné de le loger dans le palais impérial, à Berlin, et même autorisé que le drapeau de la Palestine flottât au-dessus des toits, plus haut que celui du Reich. Durant les trois années qui suivirent, le Mufti produisit des centaines d'émissions de radio en arabe, diffusées dans les pays musulmans pour inciter les populations à se révolter contre la présence des alliés. Il forma des espions, des terroristes et organisa même une légion de combattants qui rejoignit la SS. Si, durant la guerre, toutes ses gesticulations n'obtinrent guère le succès qu'il escomptait, il avait semé des graines qui ne finissaient pas de germer.

Quai d'Orsay, ministère des Affaires étrangères, Paris

J'ai rencontré mon père à l'âge de quarante-neuf ans. Je veux dire que j'avais quarante-neuf ans, et lui… je ne sais plus ! Chaque fois que je veux retrouver l'âge de mon père, je suis obligé de calculer. J'avais quarante-neuf ans et lui quatre-vingt-neuf. Et, chaque fois, je retombe sur le même constat : quarante ans de différence. C'est facile. Je pourrais le retenir… Eh bien, je n'y arrive pas.

Ma mère m'avait dissuadé depuis toujours. Chaque fois que j'émettais le désir de le retrouver, elle me répondait : « Quand il nous a abandonnés, tu n'avais pas deux ans. Il nous a laissés tomber comme une paire de vieilles chaussettes. Tu ne vas pas lui courir après. S'il veut revoir son fils, c'est à lui de faire la démarche, pas à toi ! » C'était aussi ce que me disait ma psychanalyste, pour autant que je comprenais ses phrases alambiquées. Je l'ai recherché malgré tout, durant des années, sans succès.

Mon père, je ne l'ai pour ainsi dire pas connu. Je n'en garde aucun souvenir sauf un, sans doute reconstruit, de l'avoir aperçu dans une pièce sombre, en train de nettoyer un pistolet. Il paraît que c'était le jour de son départ. Il avait fouillé dans des vieux papiers jusqu'à retrouver cette arme. Il l'avait démontée, longuement nettoyée. Puis il avait encore cherché les munitions, fini par mettre la main dessus au fond d'un tiroir, cachées derrière un amas de chaussettes. Il avait chargé son pistolet, l'avait glissé dans la ceinture de son pantalon, posé un petit baiser sur les lèvres de maman. Arrivé à la porte, il m'avait regardé. Puis il avait détourné le visage et claqué vivement la porte. Je suis certain de l'avoir vu pleurer.

Après cela, il a disparu de ma vie. Il ne m'a pas élevé, n'a versé aucune pension à ma mère, ne m'a pas écrit, ne m'a pas envoyé de cadeau pour mes anniversaires ; il n'a donné aucune nouvelle. Je suis longtemps resté seul avec ma mère, jusqu'à l'âge de onze ans… jusqu'à ce qu'elle se marie. Son mariage ? Ce n'était ni bien ni mal. C'était ainsi, voilà tout ! Elle avait souvent été triste, mais pas toujours, et puis de moins en moins. J'ai assisté à son mariage, bien sûr. Et je n'ai pas éprouvé grand-chose, peut-être un vague soulagement. En vérité, je m'en fichais. Un homme est arrivé dans la maison, que je ne connaissais pas. On m'a demandé de l'appeler papa et je l'ai appelé papa, je l'appelle toujours papa. Il s'appelle Hervé Le Guirec. Puis sont arrivés un petit frère et encore une petite sœur. Quant à mon vrai père, celui qui m'a engendré, celui dont je porte le nom, il s'appelait Zohar Zohar. En hébreu, je le sais, le mot *zohar* signifie « la splendeur ». Il paraît que quelquefois il se faisait appeler « Splendeur des splendeurs », un peu comme on appelle le Négus le « Roi des Rois ».

Mon père, je ne l'ai pas connu et je sens pourtant qu'il m'habite depuis toujours, comme si j'étais possédé par lui. Quelquefois, je fais des mouvements et je me demande si ce sont les miens ou les siens, ma façon de marcher, par exemple, à longues enjambées en bougeant les bras comme des balanciers. Il paraît que c'était aussi sa démarche. Et ma voix… Il avait exactement la même. Ce n'est pas une impression ou un fantasme, j'ai un enregistrement. C'est troublant. On ne saurait décider s'il s'agit de lui ou de moi.

Lorsqu'il s'est manifesté en 2014, je l'ai entendue en vrai, cette voix ! J'étais à mon bureau, au Département. « Le Département », c'est ainsi que nous autres, les fonctionnaires du Quai d'Orsay, appelons notre ministère. Je me demande si ce n'est pas pour singer les Américains et leur fameux « Département d'État ». J'étais donc à mon bureau lorsque le standard m'a transmis un appel provenant de l'étranger, du Qatar, m'a-t-on prévenu.

— François Zohar ?

— Oui ! Qui êtes-vous ?

— Zohar, a répondu la voix. Puis cette voix a précisé : Zohar Zohar.

J'ai senti une sorte d'orage, comme un bouleversement dans tout mon corps, une chaleur qui montait jusqu'à mes oreilles et mes pieds qui devenaient glacés. Quand j'y repense, il y a eu un phénomène étrange. Au moment où j'ai entendu la sonnerie du téléphone, une idée m'avait traversé l'esprit, plus qu'une idée, une certitude : c'était lui, celui que j'espérais sans l'attendre. Il paraît que notre cerveau anticipe de quelques instants les grands événements, ceux qui nous traumatisent ou nous bouleversent. Selon ces nouvelles théories neurologiques, nous serions tous capables de deviner l'avenir, de précéder le temps, mais seulement de quelques secondes. Au téléphone, il ne m'a pas dit qu'il était mon père, simplement répété qu'il s'appelait Zohar Zohar. Puis il m'a annoncé qu'il rentrait en France définitivement. « Il faut bien raccrocher un jour... », a-t-il ajouté avec un petit rire. Raccrocher... mais quelle arme, quel outil allait-il raccrocher ? Que faisait-il ? Pourquoi se trouvait-il au Qatar ? C'était en 2014, au moment de la crise entre le Qatar et l'Arabie Saoudite, au moment où l'on redoutait un conflit armé dans la région. Quant à moi, je n'avais pas fait le lien entre sa présence là-bas et les bouleversements politiques.

— J'aimerais vous rencontrer, François.

Alors là, je l'ai trouvée mauvaise ! Il aurait aimé me rencontrer ? Et ça le prenait comme ça ? Moi, ça faisait des siècles que je voulais le rencontrer, sentir son odeur, voir la tête qu'il avait, les expressions qu'il utilisait, sa façon de tenir son couteau ou sa fourchette. J'ai répondu par un sarcasme. Il paraît que c'est une spécialité du Quai d'Orsay, surtout de la direction où je travaille que l'on appelle par ses initiales, ANMO... « Afrique du Nord, Moyen-Orient », cette direction que les mauvaises langues surnomment : « La Rue arabe ».

— Vous voulez me rencontrer, dites-vous. C'est professionnel ?

Et là, il a franchement éclaté de rire.

— J'espère que vous êtes comme moi, mon garçon, m'a-t-il répondu. Tout ce que je fais est professionnel.

Je l'ai donc rencontré, un après-midi, à la brasserie Lipp, boulevard Saint-Germain, un petit bonhomme très mince, des cheveux de neige et de petits yeux noirs en amande. Une bouille qu'on n'oublie pas ! Plié par l'âge, il paraissait plus petit encore. On reconnaissait immédiatement l'étranger ; c'en était même une caricature. Une élégance d'un autre temps, d'un autre lieu... Un complet clair, un gilet de couleur, des chaussures bicolores. Il marchait lentement, regardant partout. Il me cherchait parmi les clients attablés qu'il dévisageait sans vergogne. Dans ma tête une musique de Barbara. « Dis, quand reviendras-tu ? Dis, au moins le sais-tu ? » Au début, c'était seulement la mélodie, et lorsque je me suis souvenu des paroles... je me suis trouvé sentimental, ridicule – complètement con !

J'aurais eu mille questions à lui poser, mais à quoi bon ? Il m'aurait peut-être fourni des réponses, et alors ? Je ne cherchais pas de réponses, je voulais tout de lui, les images qu'il avait engrangées durant près d'un siècle, les émotions qu'il avait éprouvées, les pensées qui l'avaient habité... tout ! Je voulais tout partager en un instant pour réparer cinquante ans d'absence. Il me fallait la copie intégrale de son disque dur. Alors, puisque j'attendais tout, je ne lui ai rien demandé. Et c'est moi qui ai parlé. J'ai parlé sans cesse durant trois heures. J'ai parlé de moi, de mon job au ministère, des postes de conseiller que j'avais occupés à l'étranger, secrétaire d'ambassade en Iraq, conseiller de presse en Algérie, Premier conseiller au Yémen et au Liban... Cette fois, j'attendais d'être nommé ambassadeur. Le poste de Tel-Aviv était vacant. J'étais incontestablement le mieux placé mais, au Quai d'Orsay, je le sais, rien n'est jamais acquis. Tant que vous n'avez pas présenté vos lettres de créance au chef d'État du pays dans lequel vous allez exercer, jusqu'à la dernière seconde on peut encore vous rappeler. Un télégramme vous tombe dessus et basta ! Direction l'aéroport ! « Le Département », c'est le ministère des caprices et de l'entourloupe.

Mon père sirotait lentement son thé au lait en souriant. Une sorte de bonté émanait de lui. Je ne lui ai montré aucune émotion, ni joie, ni peine, ni récrimination, ni colère, droit comme un « I » dans mon costume gris, chemise bleu ciel, cravate bleu sombre. Je n'ai même pas souri. Je le regrette aujourd'hui qu'il a disparu. On ne se sera jamais expliqués. Et cette chanson, encore : « Le sais-tu... que tout le temps qui passe ne se rattrape guère, que tout le temps perdu ne se rattrape plus. »

Je l'ai à nouveau rencontré, à plusieurs reprises, chaque fois dans cette même brasserie du boulevard Saint-Germain. Il y avait ses habitudes. Le maître d'hôtel l'appelait par son nom, les garçons de table se précipitaient pour le servir. Il parlait peu, ne me posait aucune question. J'avais l'impression que je ne l'intéressais pas. Il ne souhaitait manifestement pas visiter mon monde, ni mon bureau ni mon appartement ; n'a pas demandé à connaître mon épouse ou mes fils ; n'a rien exigé de moi, sauf une chose : que j'apprenne le *kaddish*, la prière des morts. J'ai balayé sa demande d'un revers de main, pour chasser cette idée saugrenue. Je le voulais immortel. Je voulais croire que j'avais le temps devant moi... N'a-t-il demandé à me revoir que pour que je prononce son *kaddish* le jour de son enterrement ? Je ne parviens pas à en être persuadé.

J'ai été surpris par ma tristesse. Car je dois l'avouer ici, la nouvelle de sa mort m'a anéanti. J'ai demandé à ma psy de me recevoir en urgence. Elle m'a répété que je me réfugiais dans mon deuil parce que je ne voulais pas affronter mes ennuis professionnels. Les psys disent toujours le contraire de ce que vous pensez, histoire de justifier leur salaire. D'un côté, je sentais qu'elle avait raison. Pourquoi serais-je aussi triste à la mort d'un père que je n'ai pas connu ? Mais c'était tout de même mon père ! Quant aux problèmes professionnels qu'elle invoquait, je dois convenir que j'ai été choqué. Moi qui ai toujours été considéré comme un fonctionnaire irréprochable, Sciences-Po-ENA, vingt ans de maison, me faire un coup pareil... Ce fut comme un coup de poing au ventre alors qu'on ne s'y attend pas.

Une semaine avant le décès de mon père, j'ai été convoqué par le chef de cabinet du ministre qui m'a appris, comme ça, d'un jet, avec la brutalité qui convient aux professionnels de la diplomatie que nous sommes, que je pouvais renoncer au poste de Tel-Aviv. J'ai blêmi. Dans les mois qui précédaient, j'avais « fait mon tour », comme on dit, rencontré mes supérieurs, « pris la température ». J'avais même bénéficié d'un long entretien avec le ministre lui-même. Et il avait conclu par cette phrase qui m'accompagnait depuis : « Zohar, le poste est pour vous ! Vous parlez les langues, vous connaissez la région, vous avez rédigé plusieurs études sur les problèmes qu'elle traverse, vous connaissez et partagez nos options politiques. Vous êtes incontestablement l'homme de la situation. Ne vous impatientez pas. La décision définitive sera prise dans les semaines à venir en Conseil des ministres. » Et voilà qu'on me plantait là, sans tambour ni trompette ! Et lorsque j'ai demandé au chef de cabinet le motif du rejet de ma candidature, il m'a répondu par une question :

— Vous êtes bien l'auteur de ce mémoire sur le Mufti de Jérusalem ?

— Oui, monsieur ! J'en avais déjà dessiné les contours dans ma thèse de fin d'études à Sciences-Po. Je l'ai étoffé depuis grâce aux documents récemment mis à disposition depuis que l'affaire a été déclassifiée. Ces documents sont accessibles, notez-le bien. Ils figurent dans les archives du Quai d'Orsay.

— C'est bien vous qui avez incriminé la France dans l'évasion pour l'Égypte du Mufti en 1946 ?

— Mais enfin, monsieur, c'est un fait historique. C'est ce que vous pouvez lire, inscrit noir sur blanc, dans nos archives... Je n'ai rien inventé.

— Vous reconnaissez donc être l'auteur du mémoire...

J'ai haussé les épaules. Je venais de lui répondre. Pourquoi insistait-il ? C'est alors qu'il a ajouté :

— On est souvent l'agent de son propre malheur. Vous devriez commencer une psychothérapie, mon cher...

Ça fait dix ans que je traîne sur le divan de ma psychanalyste deux ou trois fois par semaine, tentant de mettre en mots mes douleurs imaginaires...

Qui te rapporte les injures des autres t'injurie

Ils l'avaient abandonné dans son propre bureau, couché sur le côté, les mains ligotées derrière le dos, le corps meurtri, le sang séché sur son visage tuméfié. À quoi pouvait-il ressembler le pauvre Zohar Zohar, en cet après-midi du 31 janvier 1952 ?

Il entendait s'agiter dans le couloir, aboyer des ordres, courir dans les escaliers. « Hauptsturmführer », avait dit l'autre… Le grade n'existait que dans la SS. Ce Dieter Boehm devait être un nazi échappé aux armées alliées, un nazi réfugié en Égypte. Il avait sans doute participé à des massacres durant la guerre pour être contraint de se cacher au loin sous un faux nom. Des massacres de prisonniers ou de Juifs… « Cet homme est un serpent aux yeux clairs », pensa-t-il. Quelquefois, des phrases s'imposent à l'esprit et se répètent des heures durant, refusant de s'éteindre. « Cet homme est un serpent, un serpent aux yeux clairs… »

Zohar, qui était un Égyptien malgré tout, un homme du peuple, issu de la glaise du Nil, avait toujours vu dans les rues les ânes battus jusqu'au sang. Ils rouspétaient en brayant, bien sûr, refusaient d'avancer, parfois, mais finissaient par trotter, couverts de baluchons plus lourds que leur propre poids. Serait-il moins courageux qu'un âne ?

Puis les bruits s'étaient estompés, la nuit était tombée. Personne n'était revenu. L'avaient-ils oublié ? Les mains ankylosées par les liens, les jambes devenues bâtons de bois, la tempe palpitant comme un oiseau blessé, Zohar pensait à Thalia. « Ô mon amie, lui avait-il murmuré ce premier soir, au club, alors qu'elle s'ennuyait à la table de Farouk. Ô mon cœur, ô ma nuit, devrai-je seulement t'admirer aux bras des puissants ? Ô mon amie, je vois ton esprit gambader sur les dunes. Et mon âme saigne à ton ennui. » Elle n'avait pas levé la tête, pas cillé. Mais une demi-heure plus tard, alors que le roi échangeait des plaisanteries avec un général installé à la table voisine, elle lui avait répondu, parlant sans un seul mouvement de ses lèvres, en ventriloque : « Ô mon ami, ô ma douceur, viens demain soir, à ton heure, je t'attendrai derrière le moucharabieh. Quand tu arriveras, je me précipiterai pour t'ouvrir. » Il avait souri. L'intelligence de cette femme, son humour le rendaient heureux. Et puis, ils s'étaient pris au jeu, tous les deux, ils avaient poursuivi un échange à éclipse. « J'ai peur, ô mon amie, j'ai peur des puissants ! » lui avait-il glissé en passant. La réponse était arrivée quelques minutes plus tard : « Ne crains ni mon époux ni mon père, ni le prince ni le roi. Nous sommes libres comme des enfants. »

À ce moment, il ignorait tout de cette femme, sinon qu'elle semblait sortir d'un film américain, l'étole de renard argenté négligemment posée sur l'épaule, nue dans sa jupe en peau de soie, mieux que si elle eût été dénudée. « Caresser la peau de ton dos, ô mes yeux, ô mon âme… », lui avait-il encore soufflé. « Toutes les tendresses de tes rêves, pour toi, ô mon aimé ! » lui avait-elle répondu sans broncher. S'il avait connu les complexités de la vie de Thalia, peut-être ne se serait-il pas aventuré. Mais, en ces jours de 1951, il était encore ainsi, Zohar Zohar, non pas téméraire, mais ne percevant pas les aspérités de l'univers, comme si pour lui tout n'était que rondeurs.

Malgré sa beauté, son art de l'apparence, son goût pour les belles toilettes, Thalia était une intellectuelle. Elle avait besoin de pensée, d'une cause, aussi, d'un enthousiasme. Elle aurait certes pu se consacrer à la littérature, elle avait l'esprit acéré et sa plume était précise, mais l'époque s'y prêtait mal. Dans le courant de l'année 1947, sa destinée avait pris un tour singulier.

Il s'appelait encore Moshé Chertok. C'était l'un des plus brillants hommes politiques que comptait le *Yishouv*, « l'implantation », l'embryon du futur État d'Israël. Chertok parlait une multitude de langues, le russe de son Ukraine natale, l'allemand, si proche du yiddish familial, le turc de ses apprentissages en Palestine, l'arabe du village de 'Eïn Saniya, au nord de Ramallah, où s'installa sa famille les premiers temps de leur immigration, sans oublier l'hébreu, ce qui allait de soi, mais aussi l'anglais et le français. Son don pour les langues avait du reste été reconnu au sein de l'armée ottomane où il servit pendant la guerre de 14, en tant que traducteur et interprète.

Au Mapaï, le Parti travailliste d'orientation socialiste, auquel il avait adhéré dès sa création en 1930, on avait utilisé ses compétences. Il était devenu l'adjoint de Haïm Arlozoroff, le responsable des affaires étrangères. À la mort de ce dernier, en juin 1933, tout naturellement, il lui avait succédé. On l'envoyait tout à travers le monde, là où vivaient des communautés juives, pour drainer vers la Palestine subsides et volontaires, et tout particulièrement en cette année, où l'on s'attendait au pire. En 1947, il avait donc multiplié ses visites, en Amérique, en premier lieu, mais aussi en France, au Maroc et, bien sûr, en Égypte. Chertok était un exceptionnel orateur.

Thalia était venue l'écouter à l'hôtel Intercontinental du Caire. Plutôt bel homme, du maintien et de la classe dans ses costumes de lin et ses chemises de soie, et puis cette voix de crooner, à tomber... Elle était tombée sous le charme. Il lui avait donné rendez-vous pour le lendemain, au bar de l'hôtel. Ils avaient bu un verre. Elle pensait qu'il lui proposerait de monter dans sa chambre. Elle aurait refusé, bien sûr – pas la première fois, tout de même ! Mais il lui avait parlé de tout autre chose. Oh, il n'avait pas pris de gants :

— Thalia, vous êtes juive. Un jour ou l'autre, ils vous chasseront. Peut-être vous jetteront-ils en prison après vous avoir dépouillée... Je devine votre personnalité. Vous n'êtes pas du genre à partir à l'abattoir comme un mouton.

Surprise, elle avait réagi avec force. Déçue aussi, peut-être, d'avoir été manipulée, elle qui avait cru à une entreprise de séduction...

— Pourquoi me parlez-vous de ça ? Des malheurs qui m'attendent ?... Je ne crois pas un seul mot des annonciateurs de mauvaises nouvelles. Il existe un proverbe en arabe, vous devez le connaître. Elle le lui dit : « Qui te rapporte les injures des autres t'injurie. »

Elle était furieuse. Déjà, elle rassemblait ses affaires pour quitter le bar en plantant là ce goujat. Il lui avait barré le chemin.

— Calmez-vous, Thalia ! Écoutez-moi. Les choses semblent parfois tranquilles. Mais je sais que le feu couve sous la braise, ici en Égypte plus que dans n'importe quel pays arabe. On aura beau faire, les dés sont jetés. Certains pensent l'éviter, mais la guerre est déjà là. Les survivants de la Shoah, les réfugiés juifs affluent en Palestine de partout, par centaines de milliers. Les Arabes ne l'accepteront jamais. Sitôt que les Britanniques auront quitté le pays, ils nous attaqueront. Dès lors, dans tous les pays musulmans, la situation des Juifs deviendra intenable… Ici, tout comme en Irak, au Yémen, en Syrie ou au Liban. N'avez-vous pas entendu ce que le ministre égyptien des Affaires étrangères a déclaré à l'ONU ? Eh bien moi, je vous propose ce que vous ne pouvez pas refuser : ne pas vivre passivement de tels événements.

Elle avait reposé ses affaires sur la chaise, fixé Chertok dans les yeux. Elle venait de comprendre.

— C'est une offre d'emploi…, avait-elle balbutié.

— … Oui, mais je vous préviens tout de suite, il s'agit d'un emploi sans salaire. Nous n'en avons pas les moyens !… Aucune rémunération, si ce n'est la fierté de travailler à la sauvegarde de votre peuple…

En un mot, il lui proposait d'espionner les Égyptiens pour le compte des Juifs de Palestine. Elle qui rencontrait chaque jour ministres et hommes d'affaires, elle devrait recueillir puis transmettre les informations militaires dont ils avaient besoin. Thalia s'était encore renseignée, lui demandant quel type d'informations... Tout ! avait répondu Chertok, tout ce qu'elle pouvait récolter, les noms des généraux, la taille des régiments, leur équipement, les plans, les stratégies... Ils avaient aussi besoin d'analyses de la situation sociale et politique du pays, les forces en présence, le nom et les orientations des personnalités montantes.

Chertok était fin psychologue. Il ne s'était pas trompé, Thalia ne supportait pas d'être passive, c'était précisément ce qui avait motivé son divorce. Mais un petit grain de sable s'était glissé dans la machinerie qu'il avait imaginée : Thalia avait du mal à s'identifier au « peuple juif ». Juive de naissance, c'est certain, elle l'était restée par fierté familiale. Mais elle connaissait si peu le judaïsme, savante surtout en christianisme qu'elle avait appris dans son pensionnat suisse, et si proche de l'islam, elle qui rédigeait ses papiers en arabe, qui côtoyait chaque jour l'intelligentsia égyptienne, qui en avait adopté les modes de pensée et les références. Thalia aurait certainement été plus à son aise comme ambassadrice plutôt que comme espionne. Elle lui avait répondu d'abord qu'elle n'avait aucune formation, qu'elle ne saurait comment procéder. Il s'était amusé en lui apprenant qu'à Tel-Aviv ils avaient réfléchi avant de lui proposer de les aider ; ils s'étaient renseignés sur son compte et en avaient finalement déduit qu'excellant en tout elle serait parfaite dans ce rôle, comme pour le reste. Excitée par le défi, Thalia s'était laissé embarquer.

— Bon ! avait-elle conclu. Quand est-ce que je prends mes fonctions ?

— C'est déjà fait ! avait répondu Chertok. Vous venez de m'apprendre qu'en Égypte, quoiqu'on la prépare, on ne croit pas à la guerre…

Depuis, elle avait fourni quantité d'informations aux Israéliens par tous les canaux, des lettres codées adressées à des parents imaginaires en Europe, des télégrammes à des pseudo-amants de passage. Mais le plus remarquable, le plus imaginatif, était les signaux codés, chaque fois qu'elle le jugeait nécessaire, dont elle truffait le corps des articles qu'elle continuait à écrire pour son journal et que les responsables juifs se faisaient expédier là-bas, à Tel-Aviv.

Longtemps, nul ne l'avait soupçonnée mais, en cette année 1951, lorsqu'elle avait rencontré Zohar, des rumeurs commençaient à circuler dans les couloirs du pouvoir. Elle aurait, durant la guerre de 1948, transmis aux Israéliens les plans de bataille des armées égyptiennes dans le désert du Néguev, contribuant de manière significative à leur débâcle. Alertés par les services de renseignement, les ministres avaient repoussé l'idée, considérant que c'étaient des racontars, des jalousies. Était-il seulement possible de mettre la main sur de tels documents ?… Et cette femme parlait un si bel arabe, l'écrivait avec une telle perfection. Elle n'avait rien d'une espionne, et surtout, c'était une si jolie femme. « Si on ne le savait pas, avait même confié Ali Maher, le Premier ministre à son roi, si on ne le savait pas, nul ne serait allé imaginer qu'elle était juive. » Une Égyptienne de haut rang, comme le pays en avait connu quelques-unes depuis une cinquantaine d'années. Elle lui rappelait Hudâ es-Sha'raoui, avait-il encore ajouté, cette féministe qui, dans les années 20, avait incité les Égyptiennes à jeter leur foulard.

Mais, en ces jours de tumulte, ça commençait à sentir le roussi. Thalia avait peur. Par les canaux habituels, elle avait prévenu Chertok qui, depuis la création de l'État d'Israël, se faisait appeler Sharett. Il lui fallait arrêter maintenant ses activités d'espionnage, avant d'être totalement grillée, de se retrouver en prison, interrogée, et de finir pendue... À Tel-Aviv, ils avaient fait la sourde oreille. Le travail de Thalia était trop précieux. Devant son insistance, ils lui avaient proposé de rejoindre le jeune État, pour souffler un peu. Que dirait-elle de quelques semaines sur la plage de Tel-Aviv... Pas question ! Elle ne voulait pas entendre parler d'un voyage qui aurait préfiguré une éventuelle émigration en Israël. Elle était égyptienne, jusqu'au bout des ongles, jusqu'à la racine de ses boucles dorées, jusqu'aux plus infimes mouvements de son âme. Elle aurait plutôt souhaité disparaître quelque temps, en Suisse où elle avait conservé quelques amis, ou en France, à Paris, son rêve de toujours...

Un soir qu'ils s'étaient retrouvés, comme souvent, à deux heures du matin, après la fermeture du club, elle avait parlé à Zohar. Elle était vêtue d'une simple chemise de nuit en satin bleu sombre, les cheveux harmonieusement arrangés en boucles vagabondes, maquillée, les yeux immenses, profonds, hypnotiques. Zohar avait remarqué qu'elle n'était pas dans son état normal. Énervée et excitée tout à la fois, elle buvait cul sec de petits verres de vodka. Et elle avait fini par craquer, s'était effondrée en larmes. Elle n'était pas entrée dans le détail – elle jugeait qu'elle n'en avait pas le droit – mais elle s'était tout de même confiée, lui laissant entendre qu'elle s'était engagée aux côtés des Israéliens. Il avait été effrayé.

Et ce soir, ligoté, douloureux, plongé dans les ténèbres, il avait peur pour elle. Où dérivait-elle, la belle Thalia ? Dans l'une de ses soirées mondaines, dans un restaurant avec un galant, dansant aux bras d'un pacha ? Rien n'était moins sûr ! Nombre d'hôtels, de bars, de clubs, de lieux de plaisir avaient brûlé dans l'incendie. Les bords du Nil qu'il avait connus, refuge des sensualités secrètes, leurs discrets palais des délices, leurs jardins cachés, prenaient des allures de ville bombardée. On sentait planer le danger. Et il était réel. On pouvait être rattrapé à tout moment par une police secrète, celle du gouvernement ou celle de l'armée, par les milices des Frères musulmans, par la queue d'un cortège de rebelles… Il suffisait que quelqu'un vous désigne comme étranger, comme Juif, comme ennemi de la nation, et c'en était fini.

Les temps devenaient difficiles au libertinage.

Porte ta mère comme elle t'a porté

Les nouvelles de l'arrestation de Zohar étaient remontées jusqu'à la congrégation de Bab el-Zouweila par des canaux inattendus. Une femme était venue pleurer aux pieds de la kudiya, la maîtresse des esprits. Elle lui pétrissait anxieusement la robe en gémissant. « Ton fils, ton préféré, celui que tu as enveloppé d'une peau de serpent pour le protéger, l'étrange Gohar, l'étranger, je l'ai vu dans un rêve. Il pleurait comme un mouton qui refuse le sacrifice. Depuis, je tremble, ô ma mère, j'ai peur ! »

Elle n'était pas impressionnable, la maîtresse, la sheikha. Elle en avait vu, ici même, dans cette chambre à coucher, qu'elle appelait sa khalwa, sa caverne initiatique, des terreurs et des folies, des hommes déchirés de l'intérieur par un démon, ou des femmes effondrées de détresse, recherchant à travers leurs nuits le bébé enlevé par un 'afrit, par un diable. C'est là qu'elle les avait calmés, les avait caressés de son huile, massés de ses onguents. Pour chacun, elle avait appelé ses musiciens, ses tambourins et ses crotales, ses tarabokas et ses bendirs, et le nay, la flûte à six trous héritée des pharaons, et le tanbura, la petite lyre, qui fait tinter chaque note comme des graines de sésame tombant une à une sur une cymbale de cuivre. Ô mélodies du tanbura qui s'adressent en un même mouvement à l'âme et au corps, que l'on appelle simsimiyya, de semsem, « le sésame », graine de l'amour et du secret. En Égypte, le sésame est partout, au creux de la lyre, dans les pâtisseries, dans les clochettes qui ornent les mouchoirs. On le presse pour extraire cette huile puissante dont on fabrique la douceur des douceurs, la 'halawa, la « gourmandise du sultan ». Mange, mon enfant, préfère la miette de douceur aux plats débordant de chairs. La douceur restera dans ta mémoire, la chair ira se perdre dans les tiennes.

Pour chacun de ceux qui étaient réunis autour d'elle ce soir-là, qui avaient autrefois été ses quémandeurs, ensuite ses élèves, aujourd'hui devenus ses enfants, pour chacun, tout avait commencé dans cette chambre aux murs délavés, sur le matelas crasseux sur lequel elle se tenait assise, sur les trois chaises boiteuses, recouvertes d'étoffes, de voiles, de poudres et de fioles, et sur le sol de terre battue, sur ce sol, surtout !

Leurs pieds n'avaient jamais connu d'autre contact que la terre. « Assieds-toi là, assieds-toi par terre, tu n'es qu'un enfant ! Retrousse ta galabeya, offre tes fesses à la terre, tu n'es qu'un enfant ! Et maintenant que tu as grandi, embellis ta peau à la poudre de terre, parfume-toi aux fleurs des orangers et des citronniers, aux pétales de rose. Ô la beauté que tu es devenue ! Être de la terre, ne crois pas les images de ta tête. Regarde tes pieds ! Tu tires ta nourriture de la terre, ta force de la terre, ta beauté de la terre ! » Pour chacun de ceux qui étaient réunis autour d'elle ce soir-là, cette chambre, ce gourbi était un royaume, l'autel des Seigneurs, leur demeure lorsqu'ils s'aventuraient dans notre monde.

Dans le patio, lorsque la musique s'élevait, pour porter secours à une malade ou pour honorer les Seigneurs, les pieds des femmes du souk Khan el-Khalil, et même jusqu'à Bab el-Futuh, se mettaient à bouger selon une volonté inconnue, à danser des pas mystérieux, qui les guidaient inéluctablement vers la maison de la kudiya. Les milans, ces buses gardiennes du Caire, venaient se poser en silence sur les murs des maisons alentour. Les enfants se taisaient enfin et les chats arrêtaient de mendier. Les chats du Caire, le savez-vous, sont les réincarnations des mendiants du passé, morts de n'avoir pu obtenir leur nourriture en leur temps. C'est là, dans ce patio, qu'elle avait entonné les daqas, les devises, que les autres reprenaient et répétaient encore. Et, charmés de mélodies, conquis de poésies, ils étaient descendus, les maîtres, les Mlouk, propriétaires des terres, des animaux et des hommes, ceux qu'on appelait les « Seigneurs ». Ils s'étaient emparés de leurs sujets pour les soustraire à la banalité, au respect, aux devoirs. Rite païen, dites-vous ? Mais non ! Chaque fois, elle avait commencé par la Fati'ha, la première des sourates du Coran, que les danseurs répétaient après elle, sept fois, en se dandinant d'arrière en avant, pour annoncer aux puissances qu'ils pénétraient l'espace des insoumis. Et puis c'était toujours l'agitation, les crises de folie sous la main experte de la kudiya pour les protéger du délire, les hurlements pour empêcher les voix du silence, le balancement avec un invisible, jusqu'à l'orgasme, pour écarter l'ennui du sexe commun. Ils avaient avalé des sabres jusqu'à la garde sans se blesser, mordu des cobras tenus à bout de bras sans se faire mordre, tenu le feu à pleine main sans se brûler. Ici, dans cette maison, la maison Wafâ'i, la maison de la sheikha.

Elle qui ne craignait rien, ni la violence des hommes érigés, ni la déréliction de la misère, ni la déraison des malheurs, elle qui régnait sur les deux mondes, celui des ombres et celui qui n'en avait pas, en entendant le récit du rêve de sa disciple elle s'était mise à trembler, Wafa', la fidèle, la kudiya.

— Viens, approche ! Dis-moi encore, Ta'beya, dis-moi ce qui arrivait dans le rêve. As-tu vu du sang ?

— Oh oui, ma mère, beaucoup de sang, une mare dans laquelle je trempais mes pieds.

— C'est bon ! C'est très bon ! Cela signifie qu'il nous faudra égorger plusieurs moutons. Le sang que tu as vu était celui du sacrifice... Et dis-moi, ô ma fille, as-tu vu des lumières ?

— Oui, ma mère, des bougies par dizaines, qui illuminaient ta chambre, que Dieu te préserve et nous fasse bénéficier de Sa grâce dans ce monde et dans l'autre.

— C'est bon ! Je comprends que les Seigneurs ordonnent d'organiser une grande réunion, si grande qu'il faudra des centaines de bougies... Et dis-moi encore, dans ton rêve, as-tu vu un chameau ? Réfléchis bien avant de répondre, peut-être était-il tapi dans l'ombre, peut-être as-tu seulement entendu sa zammala, son blatèrement ?

Et la femme, toute vêtue de noir, la Ta'beya, qui avait posé sur ses cheveux un grand voile rouge, est repartie un instant dans son rêve.

— Oh non, ma mère ! dit-elle en rouvrant les yeux. Il n'y avait aucun chameau. Je ne me souviens ni de l'avoir vu ni de l'avoir entendu, ni même senti sa présence.

La kudiya fronça les sourcils. Elle réfléchissait.

— C'est que ton rêve aurait pu indiquer que tu allais à ton tour être maîtresse du balancement du chameau.

— Mais je suis encore une enfant, ô ma mère…

Elle était pourtant ménopausée depuis des années, la Ta'beya ; c'était l'une des premières à avoir rejoint la kudiya, dans cette maison que l'on disait vieille de près de huit cents ans, contemporaine de la fondation de la ville, lorsque Sala'h el-Din réunit les deux jumelles, Fustât et el-Qâhira, pour créer Le Caire, dont le nom signifie « la conquérante ». Elle n'y dormait pas mais s'y rendait chaque jour. C'est elle qui choisissait les essences, les résines, les racines et les écorces et les mélangeait pour faire naître des senteurs – car le parfum est esprit, il est volonté. Au marché, elle savait comme personne attendre l'instant pour rafler les derniers légumes invendus. Elle connaissait les chants, les daqas, leur ordonnance et le nom de l'esprit qu'ils louaient… Elle était capable, la Ta'beya, c'est certain, mais maîtriser le chameau, c'était diriger la danse, devenir kudiya à son tour… Une telle idée ne lui avait jamais effleuré l'esprit, la pauvre. Wafa' secoua la tête de droite à gauche avec tendresse. Elle aimait sa Ta'beya comme elle aimait tous ses enfants, leur naïveté, leur bonté, leur franchise, leur vulgarité, elle dont les bébés avaient disparu avant leur première année, happés par une fente dans son mur, emportés par leurs pères dans le monde des Seigneurs.

— Bon ! dit-elle. Viens me laver et me parfumer. Prépare-moi à la révélation des énigmes. Je vais dormir avec ton rêve sous l'oreille droite et sur la langue les louanges à mon Sayed, mon Seigneur. Et la vision qu'il me consentira, je l'appliquerai à la lettre. Par Dieu, je le jure !

Wafa' avait cette singulière capacité de s'endormir dans la minute où elle posait la tête sur l'oreiller. Était-ce seulement un sommeil ou plutôt un voyage ? Cet étrange sommeil de sieste, elle l'appelait « la révélation des énigmes ». On vit encore ses lèvres murmurer alors que ses yeux se perdaient dans le vague. On entendit dans un murmure le nom que l'on ne prononçait que durant les cérémonies, celui du grand Nofal. « Nofal, Nofal », avait-elle balbutié, et ses yeux s'étaient retournés et sa tête était tombée en avant.

Les autres avaient arrêté de parler puis s'étaient affalés, par terre, sur une pierre ou sur un coussin. Lorsque la kudiya dormait, c'était comme si leur lumière s'éteignait. Elle était partie, ils le savaient, à la poursuite des traces, des indices, kachef, c'est comme ça qu'ils disaient, « la révélation » des choses cachées.

Elle s'était assoupie une vingtaine de minutes, assise sur son matelas, le dos appuyé contre un coussin, juste le temps d'un rêve, d'une vision et, aussi soudainement, elle s'était réveillée. Elle était en larmes. Ils se sont précipités à ses pieds, ses fidèles, les femmes et les quelques musiciens qui se trouvaient dans le patio, et des voisines, aussi, et le beau parleur, dont le surnom signifiait « Celui dont la parole se déverse comme un torrent » – Barrabant ! Il portait une veste de khawaga, une veste de Monsieur, noire à rayures, par-dessus sa galabeya. « Ôh mon Dieu ! Que t'arrive-t-il, ô ma mère ? »... Et il lui embrassait les mains. « Que Dieu préserve de tout malheur ! »... « Je préférerais mourir à l'instant ! »... « Ô que je meure ! Que je meure ! » Elle a soudain pouffé de rire, la kudiya. Il la faisait toujours rire, son Barrabant. Elle l'avait attrapé par la joue, avait approché son visage du sien :

— Tu as encore mis du khôl sur tes paupières. Combien de fois t'ai-je déjà interdit de le faire ? Veux-tu que je te dise de quoi tu as l'air ? Et elle lui administra une gifle tout en éclatant de rire.

Tout le monde connaissait l'orientation amoureuse de Barrabant et nul ne s'en offusquait. Il n'était pas le seul à préférer les garçons dans la petite congrégation qui s'était constituée autour de la kudiya. Mais l'Égypte est le pays des apparences. Il ne fallait pas le montrer et surtout ne jamais en parler ! On le voyait quelquefois déambuler, les yeux langoureux, main dans la main avec un beau jeune homme. On ne lui en faisait pas la remarque sauf quand il s'agissait d'étrangers, d'Anglais, surtout, de peur de voir débarquer la troupe dans les ruelles de Bab el-Zouweila.

— Pourquoi pleurais-tu, ma mère ? demanda Ta'beya.

C'est que la kudiya l'avait vu, elle aussi, elle l'avait vu en rêve, Zohar, son fils, celui qu'elle avait trois fois sauvé, trois fois arraché aux griffes des ténèbres. Et dans son rêve, il s'approchait de sa propre mère dans l'intention de s'accoupler. Sa mère, elle ne parlait pas d'elle, ni de sa nourrice, ni de sa tante, mais de sa vraie mère, Esther, la Juive, celle qui vivait dans le Mouski, à 'Haret el-Yahoud, la ruelle des Juifs.

— Mais tu la connais, toi, Esther la Juive ? avait demandé une disciple.

— A-t-on besoin de la connaître pour savoir qu'il a une mère ? la reprenait une autre.

— Que peut donc signifier un rêve où l'on s'accouple avec sa mère ? s'interrogeait encore Barrabant. N'est-ce pas tout simplement un cauchemar envoyé par le Sheytan ?

— Un Sheytan… Pourquoi prononcer de telles paroles ? Éloigne ces mots de ta bouche ! Que Dieu statue selon Sa loi, se lamentait Amal, la jeune beauté.

Ils ont parlé un moment, y allant de leur étonnement et de leurs hypothèses, non que quiconque prétendît l'interpréter comme seule la kudiya savait le faire, mais parce qu'ils savaient qu'un rêve a besoin d'être délié, dilué, avant d'être incorporé ; un rêve, c'est comme un sirop, nul n'aurait l'idée de le boire sans le mélanger à un grand verre d'eau glacée. L'eau du rêve, ce sont les paroles de la communauté qui diluent le récit du rêveur. Alors ils ont parlé et encore parlé. Et comme souvent, pour finir, la kudiya a proposé une solution pour que le rêve se réalise dans le monde des apparences, notre monde commun, celui de la souffrance, mais aussi de la joie.

— Savez-vous pourquoi je pleurais en me réveillant ? C'est que mon rêve n'était pas un bon rêve. Ah non ! Mais ce n'était pas un cauchemar adressé par le Sheytan, tout au contraire ! C'était un rêve que les Seigneurs m'ont envoyé pour m'alerter. Si quelqu'un te prévient d'un malheur qui peut survenir, il t'aide, n'est-ce pas ? J'ai pleuré parce que, si je ne comprenais pas le message, le malheur risquait d'arriver. C'est pour cette raison que je pleurais.

— Ô ma mère, gémissait Amal, submergée d'émotion. Quel malheur ? Ô ma mère, dis-nous…

— Chacun d'entre nous, expliqua alors la kudiya, même les étrangers, même les Juifs, même les païens, que Dieu leur pardonne, et même les Anglais… Nous avons tous la même mère – et c'est la terre ! Et elle frappa du pied sur le sol. Nous venons tous de la terre et nous y retournerons tous, quelles que soient notre race ou notre foi, c'est ce que nous enseigne notre saint Coran. Alors, s'accoupler avec sa mère, c'est entrer dans la terre, vous comprenez ? Et qui fait-on entrer dans la terre ? Ce sont nos défunts…

— Ô ma mère ! Que Dieu te protège ! Qu'il éloigne le sort !

— Tu me comprends, n'est-ce pas ? Si, dans le rêve, on m'a montré Gohar ebn Gohar, que Dieu brûle Sa foi, notre fils, notre aimé, notre chéri, voulant s'accoupler avec sa mère, c'est qu'on voulait me prévenir qu'il pourrait mourir… Que Dieu me pardonne ces paroles. On n'invoque pas en vain le nom de la maîtresse de la nuit.

Et Wafa', la kudiya, la grosse Wafa', la sublime, s'effondra à nouveau, en larmes. Et elle hurlait sa douleur. C'est à cela qu'on reconnaissait une maîtresse des esprits, à sa capacité de passer du rire aux larmes, d'éprouver dans le même temps un sentiment et son contraire, ou même la gamme des sentiments, la joie et la tristesse, la peur et la moquerie. Et tous alors de se lamenter avec elle.

— Je ne peux l'accepter ! s'écria la jeune Amal qui s'effondra en larmes à son tour. Gohar ne peut pas mourir !

Il se fit un silence.

— Avons-nous vu le soleil ce matin pour répandre à son coucher les cendres sur nos têtes ? se lamentait Barrabant, excessif, comme toujours. Ne pouvons-nous tirer Gohar des bras de sa mère la terre, même s'il y a glissé un pied ?

— Ah, Barrabant ! s'exclama la kudiya, un jour tu sauras lire les rêves comme on écoute les histoires de la bouche de ses aînés. Un jour prochain ! En attendant, écoute, écoute-moi bien ! Je n'ai pas dit que Gohar, ce fils de chienne, mon chéri, mes yeux, s'accouplait avec sa mère mais qu'il *désirait* s'accoupler avec elle, ou peut-être qu'il était sur le point de le faire. Ai-je dit qu'il l'avait fait ? Non ! Je ne l'ai pas dit ! Un rêve se comprend avec l'âme limpide comme l'eau de la source, ni avec la peur ni avec la violence. La clé du rêve, écoute encore, n'est pas dans le cri que pousse le rêve, l'image bouleversante qui reste en mémoire, mais dans le détail qui la prépare ou la présente. Puisqu'il veut coucher avec sa mère, ce chien, fils de chien, mon aimé, mon âme, il devrait savoir que sa vraie mère, c'est nous, la Wafaeyya, la congrégation... Ta mère n'est pas celle qui t'accouche, puisque alors elle te rejette, elle te repousse hors de son corps. Non, ta mère est celle qui t'accueille. N'est-ce pas nous qui l'avons accueilli à trois reprises ? Serait-il si ingrat qu'il ne voudrait pas de nous, ce fils de rien, cet enfant des rues ? Comme dit le proverbe : « Ce que ta mère t'a donné, tu le lui rendras en double. Porte ta mère comme elle t'a porté ! » Voici la clé du rêve ! Et elle répéta une seconde fois : « Porte ta mère comme elle t'a porté ! »

Et tous de s'exclamer : « Dieu est unique et Ses saints sont parmi nous ! » Et ils frappèrent dans les mains, et les femmes poussèrent des zaghloutas, des youyous. Et Barrabant se munit d'un bâton, et les femmes saisirent leurs couteaux de cuisine et les musiciens leurs instruments. La kudiya alla chercher dans sa chambre, sous son matelas, son exemplaire du Coran, un immense livre manuscrit, recouvert de sept châles, chacun d'une couleur. Elle le brandit au-dessus de sa tête et expliqua en quelques mots : « Le rêve m'ordonne de partir délivrer mon fils, mon Gohar ! »

Et elle prit la tête du cortège.

« Dieu est unique et Ses saints sont parmi nous... », chantait la compagnie, la Wafaeyya, en déboulant dans les ruelles, devant la grande mosquée El-Azhar, sur les chemins de la ville riche. Et plus ils avançaient, plus les petites gens s'agglutinaient, les pauvres, les miséreux, les mendiants, les curieux et les ânes valeureux, la fierté cachée de la ville du Caire.

Aux yeux de sa mère, le singe est une gazelle

Les petites gens l'avaient aimé à la folie lorsque, à la mort de son père, quittant l'Académie royale militaire de Woolwich en Angleterre, Farouk avait rejoint l'Égypte, son royaume. Grand, élégant, d'une beauté troublante, il les avait impressionnés. Il leur avait parlé, du haut de son balcon, il leur avait parlé dans son landaulet, son automobile découverte, assailli par la foule, il leur avait parlé à la radio, aussi et, à la différence de son père, il parlait en arabe, un bel arabe, recherché. Ils avaient aimé sa piété, lui qui n'hésitait pas à se mêler à eux, dans la grande mosquée du Caire, pour la prière du vendredi. Une quinzaine d'années avaient passé. Étrange métamorphose à rebours des contes de fées, le beau prince aux yeux clairs s'était transformé en monstre de cauchemar.

À force de compromissions avec les Anglais, de provocations envers les puissants et de scandales sexuels qui révoltaient les petites gens, le roi avait perdu tout crédit. Il n'était pas un jour sans le récit d'une de ses frasques. Il aurait dévoré une trentaine d'œufs au petit-déjeuner, acheté une quatre-vingt-dix-neuvième automobile, une nouvelle Rolls, peinte de ce même rouge cerise métallisé qu'il interdisait aux

Égyptiens du commun. On ne peut confondre la voiture d'un simple particulier avec celle du roi ! Il aurait une nouvelle fois enlevé une jeune fille de quinze ans, disparue à l'issue d'une nuit d'orgie dans une villa isolée près de Gizeh… Et il était devenu énorme, frôlant les trois cents livres, alors que le petit peuple, les fellahs qui marchaient pieds nus dans la boue du Delta, les vendeurs à la sauvette des ruelles du Caire criaient famine. Le pire fut sans doute son long voyage en Europe, pour faire des achats, avait-il prétendu, durant tout le Ramadan. On racontait que, ne pouvant se passer de manger, il avait déserté son pays durant le mois sacré pour fréquenter à longueur de journée les grands restaurants de la Riviera italienne, de Nice ou de Monaco.

Un chef d'État, même le plus raisonnable, excite l'imagination du commun, mais celui-ci, ce roi glouton, était devenu l'incarnation d'une figure mythologique, celle de l'ogre insatiable qu'en Égypte on appelle le « ghoul », celle d'un moderne Barbe bleue, à l'esprit pervers, seulement préoccupé de ses plaisirs, celle d'un malade, aussi, incapable de prêter attention aux affaires de l'État. En 1951, les élites ne le craignaient plus, le peuple le détestait et l'armée complotait pour le renverser.

En vérité, Farouk faisait une sorte de caprice, un caprice qui durait depuis plus de quinze ans. On l'avait couronné roi sans pouvoir, roi aux mains liées, les Anglais se réservant les affaires importantes, l'économie, la politique internationale et le canal de Suez… Il aurait certes pu louvoyer, négocier des miettes, chercher l'appui des petites gens qui lui était acquis lorsque, tout jeune prince, à peine âgé de dix-huit ans, il était arrivé sur le trône. Non ! Il avait pris la voie de la névrose. Puisqu'on le frustrait des attributs du souverain, il lui resterait son propre corps. Et il démontrait chaque jour qu'il en était le seul maître, le gratifiant de tous les plaisirs.

Chaque apparition publique du roi relançait les rumeurs car il ne quittait plus ses lunettes noires, même au crépuscule, même durant les réceptions du soir, même la nuit. Nul ne pouvait désormais apercevoir son regard. Et même si son entourage expliquait dans les journaux que, souffrant d'une maladie des yeux, il ne supportait pas la lumière, le peuple pensait qu'il dissimulait ses intentions. Qui voile ses yeux est soit un brigand, soit un fou.

Pour retrouver quelque crédit, ce roi, qui se prenait pour un fantasme de roi, s'était jeté dans une aventure militaire. Il avait pris la tête de la coalition des pays arabes pour attaquer le jeune État d'Israël. La défaite avait été terrible. L'armée, les Frères musulmans et le peuple avaient hurlé à la trahison. Sa tentative de reconquérir la confiance s'était retournée contre lui. Abandonné de tous, il tentait maintenant d'unir les Égyptiens contre l'ennemi qu'il leur désignait : le Juif. Il n'était pas crédible dans ce rôle, lui qu'on savait amateur de belles Juives et qui invitait à sa table de jeu les notables de la communauté. Cette fois, le peuple ne l'avait pas suivi. Il l'avait précédé !

Ce pays est terre de paradoxes. Les Juifs faisaient partie de l'Égypte depuis des temps immémoriaux. Ils avaient été garnison grecque au temps d'Alexandre, et avaient même bâti un temple sur l'île

Éléphantine; ils avaient été communauté prospère au temps de Philon, animant la vie intellectuelle et commerciale d'Alexandrie – Flavius Josèphe estimait à un million le nombre de Juifs vivant alors dans la perle de la Méditerranée; ils avaient été à la fondation du Caire, proches de Saladin qui suivait à la lettre les conseils de son maître et de son médecin, le philosophe Maïmonide. Et, depuis le XIXe siècle, ils étaient au cœur de la «Nahda», la Renaissance arabe. L'un des fondateurs du parti Waqf, le premier parti libéral égyptien, s'appelait Jacob Sanoua, surnommé Abou Naddara, «L'homme aux lunettes», et c'est de ce nom qu'il baptisa son journal. Les deux fondateurs du parti communiste égyptien s'appelaient Joseph Rosenthal, c'était l'Ashkénaze, et Henri Curiel, le Sépharade... Et si l'histoire de l'Égypte déborde de Juifs, la Bible est pleine d'Égypte! Dieu sait combien de centaines de fois y figure «Misraïm», le mot qui la désigne en hébreu. Et chaque jour, dans sa prière, le Juif pieux le prononce plusieurs dizaines de fois.

Et voilà que, en quelques semaines, en quelques mois, les Juifs étaient devenus cause des malheurs du pays. Les caricatures antisémites, les hommes griffus à nez crochu, qui avaient connu leurs heures de popularité en Europe, commençaient à envahir les pages de journaux et même les murs de la ville. Deux textes étaient devenus en quelques années la référence, les nouvelles paroles d'Évangile, pour ainsi dire: *Kifa'hi* («Mon combat», traduction en arabe de *Mein Kampf*) et *Kitab birutukulat hukama' Sahiun*, version locale des *Protocoles des Sages de Sion*. Ils étaient partout;

on pouvait se les procurer pour quelques piastres chez le marchand de journaux et même dans les épiceries grecques.

Si Farouk appelait à la haine du Juif pour retrouver grâce aux yeux de son peuple, les Frères faisaient de la surenchère, martelant dans leurs prêches qu'il était du devoir sacré de chaque musulman d'éliminer chaque Juif qu'il rencontrait. Quant à l'armée, elle piaffait dans ses bottes en attendant de prendre sa revanche contre les Juifs.

Dans 'Haret el-Yahoud, sentant que la violence dirigée contre lui était d'une autre nature que celle qu'il avait toujours connue, non plus celle des bagarres et des bâtons, mais celle des cocktails Molotov et des pogroms, le petit peuple juif priait sans conviction dans les synagogues malodorantes en transpirant de chaleur et d'angoisse. Et leur rabbin, le 'akham Mourad, répétait qu'il ne fallait pas s'inquiéter, qu'il en avait été ainsi depuis la nuit des temps...

— C'est toujours la même histoire ! s'exclamait-il avec emphase, on est bien, on vit heureux – comme des pachas – en Égypte, et voilà que se lève un nouveau roi qui veut nous anéantir. N'est-il pas écrit dans la Torah : « Et un nouveau roi se leva sur l'Égypte qui n'avait pas connu Joseph » ?

— Joseph ? Mais de quel Joseph parles-tu ? lui demanda David, l'oncle de Zohar, que tout le monde appelait Doudou.

— Joseph notre père, le fils de Jacob.

— Ah ! dit l'autre en ricanant, je croyais que tu parlais de Soussou Pardo. Lui aussi s'appelle Joseph. Je me demandais comment ce crétin de Soussou aurait pu connaître le roi. Il ne sait même pas lire le nom des stations de tramway.

— Et pourquoi faudrait-il lire les noms puisqu'on les connaît déjà ? s'étonnait sincèrement Motty l'aveugle, le génial comptable, le père de Zohar.

— Bande de bahayèmes, de bœufs, je voulais vous apprendre un peu comment lire notre texte sacré. Il ne s'agit pas seulement de le répéter bêtement par cœur comme les musulmans leur Coran. Nous, nous faisons de la philosophie !

— Un falyasouf, un philosophe, qu'est-ce que c'est ? ironisa Doudou. C'est celui qui parle tout le temps parce qu'il se prend pour le cheikh de la ruelle ?

— Ou comme le 'akham Mourad, ajouta Poupy, un autre oncle de Zohar, ce rabbin qui sait tout et n'est le cheikh de rien, au point qu'on l'a affecté au gourbi de 'Haret el-Yahoud…

— Arrêtez vos quolibets, tas de simplets ! L'ignorance ne peut être considérée comme une vertu, ni dans notre foi ni dans celle des idolâtres.

— Il a raison, renchérit Motty que tout le monde respectait, écoutons au moins ce qu'il va nous dire…

L'un alluma une cigarette faite du tabac de vieux mégots, l'autre mit les mains sur ses hanches, retroussant sa galabeya mais Mourad voulait encore citer la Torah :

— « Et les Égyptiens, voyant que nous nous étions enrichis… »

— Ça veut dire « nous nous sommes enrichis », hein, hein…, ricana Doudou en glissant les pouces dans les replis de sa galabeya comme s'il s'agissait du gilet d'un costume trois-pièces. Hein, hein… Ça veut dire… Regarde-nous… Comme nous sommes riches, riches de goudron… riches ? Hein, hein… la boue qui est au fond du Nil est plus riche que nous !

— Je veux dire, reprit patiemment Mourad, qu'il y en a parmi nous qui se sont enrichis… Et il énuméra en comptant sur les doigts de sa main : Mosseri, Cicurel, Smouha, Suares, Cattaoui, Ben Tzion… tu veux que je te cite encore des noms ? Piciotto, Curiel, Ménascé… Tu vois, les Égyptiens, voyant que nous sommes devenus riches et puissants…

— Ah, puissants, oui ! Ça, c'est vrai ! explosa le vieil oncle Élie avec un clin d'œil grivois.

Et imperturbable, le rabbin poursuivait :

— Voilà ce qu'on lit dans la Torah.

Et pour les impressionner il leur récita d'abord la phrase en hébreu.

— Ça veut dire ? demandèrent les hommes de 'Haret el-Yahoud, ces produits de la terre d'Égypte, ces citoyens des millénaires, qui connaissaient le texte de la Bible par cœur sans en comprendre un mot. Et le 'akham Mourad le leur traduisit en arabe, pour être certain qu'ils le comprendraient :

— Je vous racontais que les Égyptiens redoutaient la puissance des enfants d'Israël et ils dirent…

— Accouche ! Tu vas enfin nous dire ce qu'ils ont dit ?

— Ils ont dit : « Empêchons qu'il ne s'accroisse, et que, s'il survient une guerre, il ne se joigne à nos ennemis, pour nous combattre. » Vous voyez bien que c'est la même histoire. Aujourd'hui, les Égyptiens craignent que nous ne devenions des Israéliens et que nous ne les combattions…

— Les Israéliens, qu'ils crèvent ! asséna Doudou, très sérieux.

Les autres levèrent vers lui des yeux étonnés.

— Oui, qu'ils crèvent ! Que nous ont-ils apporté, à nous les pauvres gens de la ruelle ? Le ouesse-ouasse, la rumination mentale qui nous empêche de dormir... C'est cela qu'ils nous ont apporté. Qu'ils crèvent dans le feu et qu'on les éteigne avec la benzine ! Et il ajouta pour finir : tes Israéliens !

C'est alors qu'ils entendirent venir du fond des ruelles du Mouski les chants de la Zaouia, de la congrégation de la kudiya qui avait décidé de venir jusqu'au quartier juif prévenir les parents de Zohar qu'il était en danger... Tout devant, d'un bon pas, marchait fièrement Wafa', la guide, la prêtresse, brandissant toujours son coran enrubanné des sept étoffes de couleur. Et derrière elle, le jeune 'Adel, qui tenait le tanbura, la lyre à trois cordes, et Barrabant, avec sa flûte, et les femmes avec leurs tambourins et leurs crotales, et des dizaines, et encore des dizaines de va-nu-pieds, qui frappaient dans leurs mains, joyeux, en reprenant les couplets.

« Dieu est unique et ses saints sont parmi nous ! Ah ! Prends mon corps, prends mes jambes. Ah ! Prends mes mains qui agitent les instruments. Ah ! Prends mes fesses et mon ventre qui dansent au rythme de la terre. Ah touche-moi, caresse mon dos de mes cheveux. Ah ! Prends ma bouche, prends ma langue, pour chanter tes louanges. Dieu est unique, incréé, et Ses saints sont parmi nous. »

Et les Juifs de la ruelle, se sentant entraînés par la musique, regardaient le spectacle, ébahis.

— Regarde les Égyptiens, ricana encore Doudou. Regarde-les ! Est-ce que tu vois des guerriers dressés sur leur char tiré par quatre chevaux ? Moi, je vois seulement des traîne-misère comme nous. Mais eux, au moins, ils savent chanter !

— Comme tu t'égares, Doudou chéri, le reprit l'oncle Élie. Regarde bien. Ils nous ont copiés. Ils tiennent leur coran et le suivent en chantant comme nous le faisons à *Sim'ha Torah*, la fête du don de la Torah, derrière nos rouleaux. Nous aussi nous brandissons la Torah enveloppée de son manteau cousu d'or. Et toi, n'embrasses-tu pas les rouleaux sacrés avec tes tsitsitt, les franges de ton châle de prière ? Tu le fais, je le sais, et tu supplies : « Dieu, bénis-moi et toute ma descendance. » N'est-ce pas ce que tu dis ? Eh bien, ils font comme nous.

Et puis, la cohue s'est calmée et la kudiya a demandé à voir Esther, la mère de Zohar.

Il existe des dieux de la nuit, il existe aussi des dieux du jour. Apollon était du soleil, tout comme Amon Râ, l'Égyptien, ou Aton, celui d'Akhenaton, le fameux pharaon soi-disant monothéiste. Il existe des dieux de la mer, mais aussi des dieux des sources et des rivières. Il existe des dieux du ciel et des dieux de la terre. Le dieu des Juifs est du ciel, du feu de la foudre et des volcans, comme Zeus ou Jupiter. Les dieux de la terre, ce sont souvent des femmes, des déesses. Celles-là, elles appartiennent à tout le monde. Elles traversent les temps et se moquent des civilisations. Car les civilisations vivent et meurent, la terre reste. Restera-t-elle encore longtemps ?

Esther, la mère de Zohar, avait dansé avec la kudiya pour adorer les divinités de la terre. Cela faisait longtemps, très longtemps ; voilà maintenant vingt-sept ans ! Oh ! Elle ne s'en était pas vantée auprès des Juifs de la ruelle, ils auraient crié à l'idolâtrie. Motty, son mari bien-aimé, l'avait deviné et n'en avait soufflé mot. C'est qu'il savait, lui, le pieux, le doux, l'aveugle, le voyant, qu'elle l'avait fait pour leur donner un enfant. Et il était venu, l'enfant, Zohar, la splendeur – sa splendeur entre les splendeurs ! Quand elle aperçut la kudiya, Esther se précipita à ses pieds. Cela faisait si longtemps ! Et elle lui embrassait les mains, et elle bénissait le ciel.

— Je peux mourir aujourd'hui, maintenant que je t'ai revue, ô ma mère ! Entre chez moi. Je sais que la maison de terre où je vis deviendra aussitôt le palais d'un roi. Dieu bénisse ! Dieu bénisse ! répétait-elle.

Alors la kudiya lui expliqua, sans aucune précaution, qu'elle savait que son fils était retenu par de mauvaises personnes, des fourbes, ne connaissant que la violence, des sournois, qui n'avaient même jamais entendu parler ni de Dieu ni d'amour. « Vois-tu, ce sont des gens, ils sont sales ! Ils veulent prendre le monde, le monde entier, par les armes et par l'argent... des policiers, des militaires, des fous, des assassins, des mécréants, des sorciers, voilà ce qu'ils sont ! Ils le tiennent attaché, à moitié inconscient, dans son bureau de 'Abasseya. » Elle lui ordonna de venir avec elle, avec eux, avec tous ses fidèles qui voulaient délivrer l'un des leurs, des mains des tortionnaires. Et Esther, apprenant le malheur survenu à son fils, hurlait de douleur.

— Akh ! Akh ! Oh, que Dieu statue selon Sa loi ! Mais comment ? Mais pourquoi ? Akh ! Que je meure ! Il a survécu à tout, mon fils, ma splendeur. À la rue qui salit les pieds, à l'argent qui salit les mains, au pouvoir qui salit les âmes. Il se jouait des violents et des malicieux. Il n'a jamais connu la difficulté. Il se jouait des limites, celle des murs et même celles du vent de sable. Il n'a jamais connu le malheur. Oh, le pauvre, mon petit, ma splendeur…

Elles étaient seules toutes les deux, chacune tenant à la main la tasse de thé bouillant. Soudain Wafa', la kudiya, la maîtresse des esprits, demanda à Esther de lui tenir sa tasse. L'autre, étonnée, la lui prit des mains. Et Esther tenait les deux tasses, et elle pleurait, et elle criait, elle suppliait Dieu, les Anges du ciel et tous les démons de la terre et du fleuve… « Ô mon fils, ô mon petit, ô ma splendeur ! » C'est alors que la kudiya lui administra une gifle qui retentit comme un cri. Elle avait la main leste, la maîtresse des êtres de la nuit !

— Il n'est plus temps de se lamenter, la sermonna-t-elle avec force. Maintenant, il est temps d'agir.

Esther s'interrompit tout net.

— Celui qui ne bat pas ses enfants ne les aime pas ! ajouta la kudiya.

Et elle éclata de rire, la rouée !

Esther se redressa. Du bas de sa robe, elle sécha ses larmes. Elle ne prit pas la peine de se couvrir et sortit ainsi, dans cette robe d'un autre temps, qui n'avait plus couleur ni forme. Les cheveux en bataille, l'air d'une ménade, elle regarda le groupe assemblé. Et ils étaient des cents, elle ne pouvait les compter. Elle ne put se retenir de répéter néanmoins :

— Mon fils, le pauvre ! Mon âme, mes yeux, ma splendeur…

— Sa splendeur… Ça veut dire… Sa splendeur ou son malheur…, souffla Doudou aux oreilles de Poupy qui pouffa.

— Sa splendeur, sa splendeur, il est moche, tout noir, comme un pou…

— Comme dit le proverbe : « Aux yeux de sa mère, le singe est une gazelle »…

Et Poupy lui répondit :

— Tu as raison, ce petit Zohar, il a l'air d'un singe, un singe à gilet !

Il voulait parler de ces singes que promenaient parfois les mendiants au bout d'une chaînette pour attirer les passants. C'est vrai qu'on leur enfilait de petits gilets pour leur donner un air plus humain. Et ils éclatèrent de rire, tous les deux, en emboîtant le pas à la compagnie. Le singe à gilet, ça les faisait toujours rire.

Les coups donnés par un amant semblent comme la dégustation de grains de raisin

En 1945, Dieter avait été capturé par les Américains, marchant sur une route entre Bourg-en-Bresse et Lyon. Sans arme, un uniforme de caporal sur le dos et des papiers au nom de Konrad Schmidt dans la poche, il fut d'abord transféré dans un camp américain de prisonniers allemands. Il semblait trop âgé pour un grade aussi peu élevé. Du coup, on l'inscrivit sur une liste comptant des milliers de « suspects », des personnes dont il fallait « examiner le cas avec attention ». On l'interrogea mais on ne s'attarda guère, il y avait tellement de prisonniers, des dizaines de milliers. De plus, celui-là commençait à présenter des troubles psychiatriques. Ses crises de panique, ses réveils en pleine nuit, ses hurlements, ses pertes de connaissance affolaient la surveillance du camp. Il fut donc transféré à six cents kilomètres de là, dans l'hôpital militaire d'un immense camp, une véritable ville de soixante mille habitants, en Normandie. Comme il prétendait qu'il ne parlait que l'allemand, il attendit des jours qu'un psychiatre germanophone pût lui accorder une consultation. Le médecin mit en œuvre des méthodes modernes, médication légère, séances de psychothérapie et d'hypnose. Et Dieter se révéla bon acteur sous hypnose. Lui, professeur d'université et titulaire de deux doctorats, en droit et en histoire, réussit à se faire passer pour un simplet, ravagé de culpabilité, objet des sarcasmes de ses camarades à cause de ses yeux vairons et de ses habitudes sexuelles. Finalement, le psychiatre considéra que ce soldat, encore célibataire à quarante ans, sans doute homosexuel, présentait une névrose de guerre. En ce temps-là, pour un psychiatre américain, l'homosexualité était une maladie psychiatrique. Dans son dossier il consigna en quelques mots ses conclusions : « Symptômes de type hystérique, consécutifs à de graves traumatismes subis au combat chez un homme d'une quarantaine d'années, probablement déjà perturbé avant-guerre. » Lorsqu'il parlait de lui, il disait : « Le pauvre homme, il a tant souffert. » L'étrange regard de Dieter n'était sans doute pas pour rien dans la naïveté du jeune médecin. Au bout de six mois, sur ses conseils, on transféra le prétendu soldat Schmidt aux autorités françaises afin qu'il servît à la reconstruction du pays, comme des centaines de milliers de prisonniers de guerre allemands. C'est ainsi qu'il atterrit pour finir au camp de Novel, à Annecy, où la vie était plus tranquille que dans les camps américains. Tous les jours, on venait chercher les prisonniers en camion pour les conduire sur les lieux de leur emploi. Lui, c'était dans une ferme isolée, en montagne, près d'Allinges.

C'était le matin du 23 mars 1947, vers six heures trente. Il avait l'habitude de se rendre directement à l'étable pour débuter la traite des vaches avant le réveil des fermiers. Il récupéra des vivres qu'il avait dissimulés dans une grange, sous la paille, et prit aussitôt la poudre d'escampette. Le temps qu'on s'aperçût de sa disparition, qu'on trouvât une voiture pour descendre au bourg, qu'on téléphonât au camp de Novel et que le camp finît par dépêcher un sous-officier, Dieter était déjà loin. Il avait franchi à pied, en deux jours, les quarante kilomètres qui le séparaient de Genève. De là, il avait tout simplement pris le train jusqu'à Rome et s'était directement rendu à la Chiesa di Santa Maria dell'Anima. Cette église, longtemps lieu d'asile pour les pèlerins allemands et autrichiens, gérait depuis une centaine d'années un collège pontifical, dans un beau bâtiment de style classique adjacent à l'église. Là régnait en maître un étrange évêque appelé Alois Hudal, réincarnation d'un inquisiteur du XVe siècle.

Hudal était autrichien, originaire de Graz, mais jusqu'à la fin de la guerre il se présentait comme « l'évêque allemand de Rome », laissant entendre qu'il était une sorte de délégué du IIIe Reich au Vatican. De grande taille, le visage dur, des yeux d'illuminé, il avait le ton cassant en privé et la parole échevelée en public. Parmi ses pairs, on connaissait ses opinions politiques. Il proclamait publiquement que les Juifs avaient entrepris de conquérir le monde pour réduire les non-Juifs en esclavage et que c'était dans cette intention qu'ils avaient tué le Christ. Il ajoutait, grandiloquent : « Ne croyez pas qu'il s'agit d'un méfait commis une fois, dans des temps oubliés… Non ! Regardez autour de vous, les Juifs tuent le Christ tous les jours ! Ce sont eux qui nous ont conduits à la guerre. » C'est peu dire qu'il apprécia les lois de

Nuremberg, il en félicita personnellement le Führer. Il commit même un traité théologico-politique dans lequel il plaidait pour le national-socialisme, qu'il aurait toutefois préféré un petit peu plus chrétien. Il fit parvenir un exemplaire de son livre à Berlin avec la dédicace : « Au Siegfried de la grandeur allemande. »

Alois Hudal avait un autre ennemi qui l'obsédait plus encore que les Juifs, un ennemi rampant, aussi violent qu'insidieux. En 1937, déjà, il avait appelé à la constitution d'une armée chrétienne, pour combattre les bolcheviques. Après-guerre, l'invasion de la Russie lui semblait indispensable, la prise de Moscou étant pour lui l'équivalent moderne de la conquête de Jérusalem au Moyen Âge. Dans ce combat mythique, certainement prélude à l'apocalypse, les nazis avaient perdu une bataille, sans doute faute de suivre ses conseils, mais pas la guerre ! En l'absence des grands chefs disparus – et dans la foi ! –, il fallait par tous les moyens endiguer l'invasion communiste qui infestait les villes européennes, et jusqu'à Rome, et même au sein de l'Église… Pas de bulle papale ou d'appel *urbi et orbi*. Cette nouvelle croisade, adaptée au temps, il avait entrepris de la débuter de son propre chef et secrètement. Il n'appelait plus aux armes comme jadis, mais instrumentalisait les institutions. Dans le chaos de l'après-guerre, des foules immenses de réfugiés erraient sur les routes, des centaines de milliers, des soldats libérés tentant de regagner leur patrie, des survivants de camps de concentration cherchant une destination, des réfugiés allemands chassés des territoires de l'est de l'Europe, désormais apatrides… Revendiquant sa vocation de compassion universelle, le Vatican avait créé une commission pontificale d'assistance aux réfugiés. C'est là, au sein de cette commission, que l'« évêque brun » – c'est ainsi que les journaux italiens commençaient à l'appeler – allait conduire sa croisade.

Dieter arriva à pied, comme un pèlerin, frappa à la porte du collège et demanda Walter, le professeur d'allemand.

— Vous êtes un de ses amis, peut-être ? demanda le moine préposé aux visites.

— Oh oui ! répondit Dieter, nous avons grandi ensemble à Munich. Il fit un effort pour se remémorer la phrase et la prononça d'une traite : Saint Boniface était un vrai chrétien !

Le visage du franciscain s'illumina.

— Oui ! Saint Boniface de Mayence... Et saint Lambert aussi ! Dans l'église, nous avons un tableau représentant son martyre.

Le moine attendait. Dieter savait qu'il fallait répondre par le nom du peintre, mais il ne s'en souvenait plus. Curieusement ne lui revenait que la date du tableau.

— Magnifique tableau, je le connais... Heu... il date de 1618, je crois... il a été peint par...

L'autre considéra alors qu'il en savait assez...

— Saraceni, lui souffla-t-il

— C'est ça ! Carlo Saraceni. Le nom m'échappait...

— Entrez ! Ici, vous pourrez vous restaurer. J'imagine que vous ne savez pas où dormir...

Il le conduisit à travers de longs couloirs. Ils descendirent des escaliers, en remontèrent d'autres, sortirent de l'église, traversèrent un jardin clos jusqu'à parvenir à une sorte de petit pavillon totalement isolé. Le moine le mena jusqu'à une chambre et le mit à son aise.

— Vous verrez, l'endroit est tranquille.

Dieter se répandit en remerciements, répétant les quelques bénédictions qui lui restaient en mémoire : « Monseigneur ! Mon père ! Oh, merci mon Dieu... Grâce soit rendue à Marie... » Lui qui ne croyait ni à Dieu ni à Diable. Peut-être quand même un peu à Diable...

Les chambres que l'évêque réservait aux nazis en cavale étaient situées à proximité d'un passage secret auquel on accédait par une porte dissimulée à la vue, passage que l'on pouvait suivre jusqu'à la tour, puis par la cave, à un second passage qui débouchait dans la crypte de l'église. De là, on pouvait passer dans la nef, sortir par la grande porte, Piazza Navona, et se perdre parmi les touristes qui déambulaient ou paressaient aux terrasses des cafés. Le moine lui communiqua les consignes de sécurité et lui annonça qu'il préviendrait Walter. Ce Walter, il ne le retrouva que trois jours plus tard.

Walter Rauff avait un visage que l'on n'oublie pas, un nez aquilin entre deux grosses joues et des yeux noirs, tout ronds, qui lui donnaient un air étonné, comme s'il restait éberlué devant les dizaines de massacres qu'il avait commis. Car lui aussi avait une carrière ! Standartenführer dans la SS (colonel), il avait été chargé par Heydrich, l'adjoint de Himmler, de fabriquer des camions spéciaux dont les gaz d'échappement étaient réintroduits dans un fourgon hermétiquement clos pour asphyxier les occupants.

Ces camions à gaz (*Gaswagen*), conçus sur le modèle expérimenté dans les années 1930 par le NKVD soviétique, avaient fait des ravages aux mains des Allemands – sept cent mille morts ! Aux Américains qui l'avaient capturé, Rauff s'était vanté. D'après lui la méthode était plus humaine que les exécutions par armes à feu qui, quelquefois, choquaient les soldats de la Wehrmacht. Cette réalisation lui valut plus tard de rejoindre l'Afrikakorps de Rommel à la tête d'un Einsatzkommando de plusieurs centaines d'hommes avec la mission d'exterminer les Juifs d'Égypte, de Palestine et du Moyen-Orient.

Ah, Zohar, enfant de la ruelle aux Juifs, même avec toute ta ruse, ton adresse et ta grâce, tu n'aurais pas survécu longtemps si Walter Rauff était parvenu au Caire dans le sillage de Rommel ! Il s'en est fallu d'un rien. Te souviens-tu quand les vendeurs de journaux criaient : « *Supplemento !* Les Allemands ont franchi la frontière. Ils sont à cent kilomètres du Caire et bombardent Alexandrie ! *Supplemento !* » Te souviens-tu comme vous avez tremblé, vous autres, les Juifs de la ruelle ? Vous aviez raison d'avoir peur, vous auriez sûrement péri dans l'un de ces camions, ou sous les coups des bourreaux, ou fini dans la chambre à gaz d'un camp d'extermination.

La défaite de Rommel à El-Alamein avait empêché Rauff d'atteindre l'Égypte et la Palestine. Mais l'idée d'anéantir les Juifs du Moyen-Orient ne l'avait pas quitté. Il s'était juré d'accomplir cette mission que lui avait personnellement confiée le Reichführer SS. Il l'accomplirait même après le suicide de Himmler, même après la disparition du

Führer, même après l'effondrement de l'Allemagne nazie. Capturé à la fin de la guerre, dans le nord de l'Italie, à Rimini, où il dirigeait le service de renseignement militaire, il était parvenu à s'échapper et s'était réfugié chez l'évêque, à Rome, où il menait ses petites affaires. Là, il avait commencé par un modeste emploi de jardinier, puis Hudal l'avait nommé professeur de français, puis d'allemand. Mais tout cela n'était qu'une façade. Ce n'était pas ainsi qu'il gagnait sa vie. Les contacts que Rauff avait établis pendant la guerre en Tunisie et en Libye lui avaient permis de tresser un réseau à travers tout le Proche-Orient dont il connaissait personnellement les nouveaux dirigeants. À Rome, il s'était tout naturellement inscrit dans la croisade secrète d'Alois Hudal. Car derrière sa couverture d'enseignant, sa véritable mission consistait à recruter pour les Égyptiens et les Syriens des nazis prêts à poursuivre le combat contre les Juifs. Et Dieter Boehm, c'est certain, était une recrue de choix !

Dieter et Walter Rauff s'étaient rencontrés en Tunisie à la fin de l'année 1942. Et en 1947, alors qu'il était détenu, Rauff avait réussi à le contacter dans son camp, en Savoie. Il lui avait indiqué la filière, jusqu'à Rome, jusqu'au collège pontifical. Ils s'étaient retrouvés là, dans le bureau de l'évêque. Un secrétaire en soutane assistait à l'entretien, silencieux.

— Nous avons entendu parler de vous, bien sûr, commença l'évêque. Mais vous comprenez que nos commanditaires, ceux qui pourraient envisager de vous employer dans un avenir proche, veulent des garanties.

Cette fois, plus de faux-semblants, de crises de larmes ou de lamentations teintées de culpabilité comme dans le cabinet du psychiatre. Dieter Boehm se raidit sur sa chaise, rajusta d'un geste machinal le col de sa chemise – encore un peu, il se serait levé en tendant le bras.

— Je suis un combattant, mon… il hésita… mon… Monseigneur ! J'ai manié deux armes, la mitraillette et les idées, et je dois dire avec quelque succès, avec l'une comme avec les autres. J'ai longtemps été l'un des adjoints du ministre du Peuple et de la Propagande… Notre si regretté Joseph Goebbels…

— Un adjoint, l'interrompit Rauff qui voulait l'aider, bien plus qu'un adjoint ! Vous avez fréquenté Johann… Johann von Leers.

Dieter se gonfla comme un coq.

— Johann était mon ami intime, reprit-il. Nous étions comme des frères. Nous accomplissions les mêmes tâches. Rédaction des discours, propositions de nouveaux arguments de combat… Car la guerre ne se gagne pas seulement contre l'ennemi, elle se gagne avant cela en éradiquant les mauvaises idées de son propre peuple. Il faut le convaincre, déclencher sa passion, la porter à son point de fusion, comme le métal, et cela durant des années s'il le faut, jusqu'à obtenir l'alliage le plus dur, le plus impitoyable… Pour cela, il faut de la matière. C'était notre tâche, fournir à nos chefs la matière brute : les idées. L'idée, par exemple, que l'Allemagne ne faisait la guerre à aucun peuple, qu'elle agissait pour le bien de l'humanité en détruisant des nuisibles, les Juifs… Ou bien l'idée que la guerre n'était pas imputable à l'Allemagne mais aux Juifs qui finiraient par récolter ce qu'ils avaient semé… Et l'idée qu'il fallait s'allier avec les Arabes dans leur combat contre les Anglais et les Juifs… À chaque fois, nous mettions en œuvre ces idées. Ah ! Du temps du Führer, on savait l'importance des idées !

— Pourquoi avez-vous finalement quitté le ministère de la Propagande ? demanda encore Hudal.

— Le pays était gagné. Les Allemands étaient tous convaincus. Vous n'en auriez pas trouvé plus de cinq pour cent qui ne partageaient pas les idées de notre Führer. Et moi, j'avais besoin d'action.

— C'est alors que nous nous sommes rencontrés, dit Rauff. Dieter a été muté dans mon commando avec le grade de Hauptsturmführer (commandant). Je n'ai eu qu'à me féliciter de son travail. Je suis certain que nos commanditaires s'en féliciteront à leur tour.

Walter Rauff avait tout intérêt à convaincre Hudal, il touchait un pourcentage sur chaque contrat signé. Et Alois Hudal était heureux d'intégrer un nouveau combattant dans son armée secrète de croisés. Quant à Dieter, il avait toujours eu confiance en sa bonne étoile, qui devait le conduire, il en était convaincu, jusqu'aux pointes extrêmes de la négativité, lui, le cavalier solitaire, l'explorateur du continent noir. Chacun était somme toute satisfait de l'entretien. Pour finir, l'évêque ordonna à son secrétaire :

— Vous me rédigerez une notice biographique détaillée à partir des éléments que vous fourniront le Standartenführer et le Hauptsturmführer. Une fois que je l'aurai validée, vous la transmettrez en Égypte par le canal diplomatique. Lorsque nous recevrons leur accord, vous commencerez la procédure habituelle pour les papiers d'identité, les titres de séjour et les documents de voyage. Puis, se tournant vers Dieter :

— Il faudra vous armer de patience. Il est parfois fastidieux de réunir la paperasse administrative. Entre-temps, vous êtes naturellement notre hôte. Puis, sévère : À condition de vous conformer strictement aux consignes.

Dieter se raidit. Un instant, on vit réapparaître le Hauptsturmführer SS.

— À vos ordres, Monseigneur !

Quant au jeune secrétaire, il connaissait le travail qu'il avait déjà accompli des dizaines de fois. Il se leva cérémonieusement, s'agenouilla pour embrasser l'anneau de l'évêque et quitta la pièce.

Les assistants d'Alois Hudal, tous franciscains, fabriquaient une nouvelle identité aux fugitifs et parvenaient à leur décrocher, par l'entremise de la Croix-Rouge, des billets de bateau ou d'avion. Pour Boehm, cela prit des mois, presque une année. Ils avaient d'abord trouvé des personnes, des quidams, qui, pour quelques dizaines de lires, avaient attesté que cet homme s'appelait bien Konrad Schmidt, né à Bolzano, en 1908 (et non en 1905). Puisqu'il fallait lui inventer un état civil, autant le rajeunir de quelques années ! Ensuite, ils s'étaient débrouillés pour obtenir les papiers de l'état civil, ce qui prit le plus de temps, et un permis de séjour. Sur le formulaire de demande de titre de voyage adressé à la Croix-Rouge, à la rubrique « nationalité d'origine », ils avaient inscrit : « Tchèque », et à la rubrique nationalité actuelle : « Allemande ». Le dénommé Schmidt était par conséquent un Allemand des Sudètes, né au Tyrol et désormais apatride depuis que la Tchécoslovaquie avait expulsé ses Allemands. De ce fait, il relevait bien de la commission d'assistance aux réfugiés. Aux faux documents d'état civil, à l'attestation d'identité monnayée à des témoins de circonstance, au titre provisoire de séjour et au formulaire du CICR, l'évêque avait ajouté une lettre de recommandation personnelle, validée par le sceau du Vatican, certifiant que Schmidt était bien Schmidt et qu'il était dans un état de dénuement total. Qui allait s'aventurer à remettre en doute la parole d'un évêque, ami personnel du pape Pie XII, qui plus est ? Et à la rubrique « destination », ils avaient inscrit trois pays : l'Argentine, l'Uruguay et l'Égypte. À la fin de cette longue procédure, Dieter savait qu'il se rendrait en Égypte. Il avait déjà signé son contrat d'embauche et était en possession de son visa d'entrée.

C'est ainsi que Dieter Boehm, idéologue nazi flamboyant et criminel de guerre ayant commis quelques meurtres en Allemagne et des dizaines d'assassinats en Tunisie, était parvenu au Caire, où il s'était installé dans un immeuble de style haussmannien faisant l'angle de la rue Fouad et de la rue Soliman-Pacha. Il avait aussitôt manifesté sa volonté d'apprendre l'arabe. Au ministère, on le mit en relation avec un jeune étudiant, un peu germanophone et très démuni, qui accepta de lui donner des leçons quotidiennes. Il s'appelait Ahmed el-Badaoui. Il était gracieux et fort bien élevé. Ce fut un véritable coup de foudre ! Dieter fit longtemps une cour assidue au jeune homme qui n'avait, quant à lui, pas de goût particulier pour l'amour entre garçons. Mais l'amour, quelquefois, vient en mangeant et le jeune homme avait faim. Ahmed finit par s'installer à demeure. Il faisait tout pour Dieter, le secrétariat en langue arabe, l'organisation de sa maison et, bien sûr, il peuplait ses nuits.

Ayant échappé à la justice des vainqueurs, ayant réussi en quelques mois à s'intégrer dans un monde totalement nouveau, Dieter, une nouvelle fois, se crut aimé des dieux. C'est alors qu'il commença à révéler son caractère. À la maison, il se mettait en rage, injuriait les domestiques pour des motifs futiles. Au bureau, il déambulait armé d'une badine dont il cinglait ses subordonnés qu'il traitait sans cesse d'ânes ou de demeurés. Et dans la rue, dans cette ville à la fois si populaire et si pudique, il apostrophait les passants en se moquant de la forme de leur nez ou de leurs vêtements. Ahmed tentait de le raisonner. « Oh, mon pacha, n'agis pas ainsi avec des inconnus. Ce n'est pas convenable. » Et c'était alors lui, Ahmed, qui recevait les coups de badine. Une fois calmé, Dieter revenait vers lui en pleurant, le suppliant de lui pardonner. Ahmed, malgré sa jeunesse, lui répondait avec philosophie :

— Ce n'est rien, mon seigneur, mon pacha. Comme dit le proverbe égyptien : « Les coups donnés par un amant semblent comme la dégustation de grains de raisin. »

Le bien qu'on accomplit est un trésor caché

Le Caire, ville des folies infinies. On raconte que le calife el-Hakim, qui régna aux alentours de l'an 1000, avait perdu la tête. Voulant faire régner l'ordre islamique dans une ville incontrôlable depuis la nuit des temps, il avait interdit la molokheya, la soupe d'herbe gluante au goût raffiné. En français, on appelle la plante dont on fait cette soupe la corète potagère ou encore « la mauve des Juifs ». C'est que les Juifs en raffolent depuis la nuit des temps. Il avait aussi interdit les lupins, ces graines que l'on propulse de leur membrane d'un geste adroit des deux doigts, tout en bavardant autour d'un thé sucré. Il voulait bannir le plaisir de la parole futile, celle des fêtes familiales et celle des discussions de café. Étrange retour des temps, un tyran nazi qui avait élu domicile au Caire, le Hauptsturmführer Dieter Boehm, détestait lui aussi les graines de lupin. Il corrigea son éromène, son « Bédouin des villes », comme il l'appelait, qui paressait au lit en les suçotant.

Il faisait un temps superbe sur la ville du Caire ce vendredi 1er février 1952. Vingt degrés et pas un nuage. À sept heures, le soleil brillait déjà de mille feux et une brise légère, venue du Nil, caressait langoureusement les visages. Ce matin-là, Dieter était d'abord passé au ministère. Il avait examiné la tenue du planton, dépenaillée comme toujours, ce qui lui valut un bon coup de badine sur les fesses. Il passa ensuite par le bureau d'Abd el-Karim, de son vrai nom Wilhelm Boeckler, qui travaillait au département « Israël » de la section spéciale des renseignements. Il partageait son bureau avec Erich Bunzel, devenu Abou Hussein depuis sa conversion à l'islam. Ils se levèrent tous deux d'un même mouvement, le bras haut levé.

— Vous avez avancé sur l'affaire Thalia ? leur demanda-t-il sans même les saluer.

— Nous sommes certains qu'elle continue à transmettre des informations à Tel-Aviv. Mais les preuves sont légères. Quelques lettres au contenu douteux que nous avons ouvertes, des rendez-vous en ville avec des sionistes connus... Mais rien de plus !... Pas assez pour convaincre l'entourage du roi.

Et il avait piqué sa seconde crise de rage de la journée, Dieter, le fou aux étranges yeux clairs, frappant sur les tables avec sa badine.

— Vous savez ce qui se serait passé au temps de Goebbels ? Il s'interrompit un instant pour sécher du doigt une larme imaginaire. Notre regretté Joseph Goebbels... Et puis il explosa. Vous auriez été arrêtés séance tenante. On aurait appelé la Gestapo et vous vous seriez retrouvés à Oranienburg, au camp de concentration, avec un beau triangle vert sur le poitrail. Voilà ce qui vous serait arrivé... Et regardez-moi. Il s'approchait d'eux à les toucher, visage contre visage. Regardez-moi ! Me manque-t-il quelque chose ? N'ai-je pas un nez et deux yeux. Quelque chose de moins que Goebbels ?... Non ? Alors, réglez-moi cette affaire... Et en vitesse ! Je veux qu'on coffre cette salope !

Et il sortit en claquant la porte.

Il se rendit alors dans le bureau d'Ibrahim Mustapha, qui, dans sa première vie, s'appelait Joachim Daemling, un vrai, un dur, celui-là, qui avait dirigé longtemps la Gestapo de Düsseldorf. Lui s'occupait avec Sala'h Badreddine d'organiser les actions de terrain, arrestations musclées, capture et interrogatoire d'opposants – on disait que jusqu'alors aucun suspect n'avait résisté à leurs questions, en tout cas aucun de ceux qui étaient restés en vie après les séances de torture.

— Prends ton matériel, Daemling, lui ordonna-t-il en allemand. Nous allons nous occuper d'un suspect.

Ils rejoignirent tous trois leur voiture, une américaine, une Chevrolet Bel Air coupé de 1950, presque neuve, saisie à un homme d'affaires juif qu'ils avaient réussi à inculper pour complot communiste et expédié au camp Huckstep. Sala'h prit le volant et ils roulèrent vers 'Abasseya, le doigt rivé sur le klaxon, à la vitesse du Sheytan. Ils se retrouvèrent bloqués au niveau de Bab el-Futuh, devant la grande mosquée Al-Hakim, du nom du calife fou. Les passants avaient envahi la chaussée, bloquant la circulation.

— Que se passe-t-il encore ? demanda Dieter prêt à une nouvelle colère.

— Nous sommes vendredi, c'est le jour de la prière, bougonna Badreddine.

— Mais il n'est que huit heures trente. Pourquoi se prépareraient-ils déjà à la prière de treize heures ?

— Vous avez raison. Il se passe quelque chose d'inhabituel. Peut-être un enterrement…

— Si tu ne veux pas que ça devienne le tien, débrouille-toi pour nous sortir de cette mêlée ! hurla Dieter.

Sala'h joua des pare-chocs, klaxonna plus longtemps et plus fort que ses voisins, s'intercala entre un camion et le tramway, pour finir totalement bloqué un peu plus avant. De là où ils étaient parvenus, les trois militaires aperçurent ce qui bloquait leur chemin. Une procession ! Une gigantesque procession, des centaines, peut-être mille ou même deux mille personnes. Et autour, sur les bas-côtés, bien plus nombreux, les passants et les curieux, les habitants du Caire, musulmans et mécréants, coptes, ou juifs, ou grecs, ou italiens, ou communistes, hommes d'affaires et paysans, et la foule innombrable des va-nu-pieds et des crève-la-faim, fascinés par le spectacle et la musique. Et, comme toujours, un magdoub, un fou en haillons, un possédé de Dieu, qui hurlait des paroles incompréhensibles. Ceux qui en avaient les moyens ne manquaient pas de lui glisser une pièce. Qui sait ? C'était peut-être, de retour dans sa ville, le calife el-Hakim, dont le corps disparut le jour de sa mort, si bien que nul ne connaît le lieu de sa sépulture… Et le magdoub hurlait : « Ô les croyants ! Ô musulmans ! Repentez-vous ! Vous faites souffrir les étrangers comme autrefois vous avez assassiné Ali ! Cette fois, Dieu ne vous le pardonnera pas. » Et nul ne comprenait ce qu'il disait.

Là-bas, en tête du cortège, montée sur une bufflonne dont on avait recouvert le dos de voiles de couleurs, revêtu les cornes de papiers d'or, peint les sabots au henné, trônait la kudiya. Son visage était illuminé de bonheur. Il était rare que la congrégation s'offrît ainsi aux regards. Ce n'était qu'une fois par an, durant le Grand Baïram qui fête la fin du jeûne du Ramadan, qu'ils montraient au grand jour leur nombre et leur joie de vivre. Mais ce jour-là, tout le monde en avait conscience, cette procession était exceptionnelle. Les fesses confortables de la kudiya sautillaient au pas de l'animal, dont elle accompagnait le lent balancement. D'elle et de la bufflonne, qui des deux avait le plus beau derrière, le plus volumineux, le plus harmonieux ? Tous de l'admirer car, pour l'occasion, elle s'était mise à chanter, et Barrabant précédait la mélodie sur sa flûte. Elle savait tenir la note, l'inspirée, la sibylle, comme Om Kalsoum, comme Leila Mourad… peut-être mieux encore ! Un long « Aaaahh… » Une lamentation ou l'appel désespéré d'un animal blessé. Et puis l'appel à son maître, à son seigneur, « Ah Nofal, ô Nofal, maître des jardins et de la nuit… Aaaahh… Ah Nofal, ô Nofal, un rayon de lune éclaire ta poitrine. Les jours malheureux et les jours de joie, c'est toi qui nous conduis. À travers les sables du désert et les ondes marines. » Elle regardait en arrière, vérifiant la présence de ses fidèles, et, chaque fois, un immense cri : « Dieu est unique et Ses saints sont parmi nous ! »

Les marchands ambulants avaient rejoint la foule. Gazouza glacée, lamounada frappée, sirop de tamarin ou d'orgeat ; certains avaient même traîné leurs braseros à roulettes et plongeaient dans la friture les petites galettes de ta'meya, de fèves broyées, qu'ils offraient à la criée, enveloppées dans des cornets de papier journal. C'était comme si les divinités de la nuit, ordinairement interdites, tout au bonheur d'être célébrées, invitaient le peuple à festoyer. Et le peuple était sorti, le petit peuple des ruelles, la tête couverte d'une calotte, et les khawagat, aussi, les messieurs en costume, avec leurs tarbouches sur le côté du crâne, et les fonctionnaires au costume élimé, tête nue, tous là, tous mélangés et joyeux. Aucune voiture ne pouvait passer, sauf à écraser la populace comme un essaim de sauterelles. Alors, les conducteurs se laissaient prendre au rythme et à la musique et par la fenêtre de leur portière commandaient un café ou un jus de réglisse. Et les garçons de café traversaient la rue, leur plateau à la main pour servir les automobilistes. Le cortège avançait au rythme de la bufflonne, et plus il approchait de 'Abasseya, plus la foule grossissait. Coincés en plein milieu, Sala'h frappait de la paume contre son volant, et Dieter fulminait, et Ibrahim Mustapha, alias le gros Joachim, le boucher de Düsseldorf, prononça en allemand cette phrase qui eût mérité les annales : « Ah, si l'on avait encore nos lance-flammes, Herr Hauptsturmführer... »

1951 avait été l'année des manifestations. Celles, si nombreuses, des Frères musulmans contre les Anglais, à Isma'leya, Alexandrie et au Caire, qui s'étaient soldées par des coups de feu, des incendies et des morts. Mais la plus terrible fut celle des étudiants, pour la plupart communistes. Ils arrivaient de l'université de Gizeh, et voulaient atteindre la place Soliman-Pacha. La police les avait laissés s'engager sur le pont de Qasr el-Nil. Une brigade se trouvait sur l'autre rive, une autre les suivait. Une fois qu'ils furent engagés sur le pont, la police a tiré. Elle a tiré devant, elle a tiré derrière. Encore une fois, il y eut des centaines de morts. Mais cette fois, la coupe avait débordé. Tirer avec des fusils sur des gamins désarmés, le peuple s'était révolté. Cette fois, le Premier ministre, Nahas Pacha, ne put faire autrement que d'exiger le départ des troupes britanniques. Le pouvoir vacillait et voulait ménager le peuple de peur d'une véritable révolution. C'est ainsi que pour l'improbable procession de la kudiya, fête spontanée que personne n'avait anticipée, nulle police n'avait été mandée, sauf cette Chevrolet, trouvée là par hasard, coincée dans le cortège, qui se balançait sur ses suspensions sous le poids des enfants des rues.

La kudiya est arrivée la première rue du Docteur Tawfik, devant la Compagnie de l'Eau bleue, la boutique de Zohar. Une dizaine de Frères musulmans gardaient la porte. C'étaient de rudes gaillards, les mains armées de bâtons et l'esprit, de certitudes. Derrière elle, les musiciens avaient accéléré le rythme à trois temps, celui du chameau qui cadence ses pas sur la rocaille des pistes des caravanes. Elle leva la main. Les musiciens arrêtèrent de jouer. Derrière elle, peu à peu, le peuple arrêta de chanter. Ses fidèles se réunirent autour d'elle, toujours juchée sur sa bufflonne, l'entourant comme le plus précieux de leurs biens. Elle apostropha le premier gardien, le plus âgé, celui qui semblait leur chef.

— Que la paix soit sur toi, mon fils.

— Que sur toi soit la paix, mère d'un croyant.

— Dieu est unique et Ses saints sont parmi nous, lui lança-t-elle.

— Ah non, ma mère, ce que tu dis là, c'est 'haram, c'est péché. Dieu est unique et le Coran nous recommande de ne l'associer à nul autre. Il n'y a d'autre dieu que Dieu. Nous n'adorons ni des saints ni des hommes.

Du fond de la procession, un tumulte est alors monté, comme si la terre s'était mise à gronder. Les femmes poussèrent des zaghloutas, des youyous – toutes les femmes ! Et les hommes frappèrent dans leurs mains. Et les bendirs de résonner et les tambourins de vibrer. Ce fut un bruit, comme on n'en avait jamais entendu, un bruit de fureur, un bruit de joie. La kudiya leva la main à nouveau. Silence.

— Que fais-tu ici, mon fils ?

L'homme prit un air d'importance.

— Nous gardons la place sur ordre de l'armée, dit-il en esquissant un salut militaire. Dis aux gens qui sont avec toi, tous ceux-là, dis-leur de repartir.

Et, du doigt, il montrait la foule d'un geste dédaigneux.

— Parce que toi tu ordonnes aux éléments, tu commandes aux nuages et aux montagnes ? Les gens qui sont ici, derrière moi, c'est un fleuve qui déferle. As-tu déjà demandé au fleuve de changer son cours ? Essaie donc ! Je vois que tu tiens un bâton. Peut-être es-tu un prophète ? Ton bâton, là, c'est peut-être celui de notre père Moussa. Alors, lève les mains au ciel comme il le fit autrefois devant le pharaon et exige que le Nil, notre pourvoyeur, notre père nourricier, exige donc qu'il descende à la mer par le Tchad et la Libye.

Derrière elle, ses fidèles ont éclaté de rire.

— Ne te ris pas de notre prophète, ma mère, sinon tu vas en tâter de mon bâton.

— Regarde ! s'esclaffa la kudiya. Regarde-le bien ton bâton. Tu verras comme il va se transformer en ficelle.

Et ce fut le signal. Les femmes se précipitèrent sur les gardiens, la Ta'beya, en tête, et la Khadouga, et la Fassi'ha, et la Zaïda, et la Durriyah, et même Esther, la Juive, qui n'était pas la moins virulente. Toutes ces commères, musclées d'avoir porté sur les terrasses les seaux de lessive, d'avoir frotté les galabeyas à l'eau du fleuve, d'avoir lustré, astiqué, rangé, pétri, parfois bêché, parfois sarclé, toutes se jetèrent sur eux, déchaînées. Ils n'osèrent pas répliquer, lever la main sur des mères. Ils cherchaient seulement à se protéger des coups, se cachant derrière leurs bras. Et elles y allaient de leurs ongles pour griffer leurs joues, de leurs pieds pour fatiguer leurs tibias, de leurs mains pour les tirer, les pousser, les frapper. Elles leur arrachèrent leurs bâtons et enroulèrent les gaillards dans des mètres de ficelle. Et quand les dix Frères furent saucissonnés serré, et qu'ils se tenaient debout devant elle, la kudiya demanda à leur chef :

— Ne t'avais-je pas dit que ton bâton deviendrait ficelle ? Les hommes croient toujours qu'ils ont un bâton bien dur alors que ce n'est qu'une peau de poulet qui pendouille entre leurs jambes.

Et elle éclata de rire en se retournant vers ses fidèles. On la reconnaissait là, la sheikha, la maîtresse, mélange de philosophe et d'indomptable révoltée, de mystique des profondeurs et de femme de la rue. Humilié, l'homme fulminait. À sa bouche lui vint l'insulte qu'on utilisait dans son désert, là-bas, aux confins de la Libye :

— Akhba ! Putain ! Tu verras, vieille pute, tu verras ce que je te ferai demain lorsque la police viendra t'arrêter.

La kudiya se dressa sur le dos de sa bufflonne et, retroussant sa jupe sur sa nudité jusqu'à la taille, elle lui désigna sa vulve de son doigt…

— Akhba, as-tu dit ? Chien, fils de chien ! Vois-tu le con de ta mère ? C'est de là que tu viens, avorton ! Honte sur toi ! La malédiction des mères est plus puissante que la plus grande des armées. Le sais-tu ?

À nouveau le tumulte, le grondement de la terre qui se dérobe sous les pieds. Zaghloutas, youyous et martèlement des bendirs, le bruit fut plus terrible encore. Et toutes les femmes qui étaient là, celles qui avaient frappé, mordu, ficelé, toutes ont retroussé leurs robes pour exhiber leur vulve aux gardiens terrorisés qui ne parvenaient pas à détourner le regard.

Et Barrabant, le gai compagnon, éclata de rire, d'un rire énorme qui résonna sur les murs des immeubles comme le son d'une trompette. Il fut le premier à se ruer dans l'escalier à la recherche de Zohar. Les hommes de la confrérie le suivirent, alors que les femmes surveillaient les gardiens en les couvrant de sarcasmes.

Et une fillette, âgée d'une dizaine d'années, vêtue d'une robe de toutes les couleurs, passait sous le nez des prisonniers, leur présentant ses pâtes d'amande. « Une demi-piastre la bouchée, criait-elle. Ô Monseigneur, parfume la saveur de ta bouche, ta belle offrira ses lèvres à tes baisers ! Amandes, pour vous Messieurs. Goûtez, c'est délicieux ! »

— Essayez-vous à faire le bien désormais, ajouta enfin la kudiya à l'adresse des gardes. Savez-vous que le bien qu'on accomplit est un trésor caché pour l'avenir ?

Qu'importe au ciel l'aboiement des chiens ?

« […] à Bubastis[1] : on s'y rend par eau, hommes et femmes pêle-mêle et confondus les uns avec les autres ; dans chaque bateau il y a un grand nombre de personnes de l'un et de l'autre sexe. Tant que dure la navigation, quelques femmes jouent des castagnettes, et quelques hommes de la flûte ; le reste, tant hommes que femmes, chante et bat des mains. Lorsqu'on passe près d'une ville, on fait approcher le bateau du rivage. Parmi les femmes, les unes continuent à chanter et à jouer des castagnettes, d'autres crient de toutes leurs forces, et disent des injures à celles de la ville ; celles-ci se mettent à danser, et celles-là, se tenant debout, retroussent indécemment leurs robes. La même chose s'observe à chaque ville qu'on rencontre le long du fleuve. »

Hérodote, *L'Enquête*, *Livre II*, LX
(œuvre achevée en 425 av. J.-C, environ)

1. Aujourd'hui cette ville s'appelle Tell Basta. Elle se trouve à quatre-vingts kilomètres au nord-est du Caire, tout près de la ville de Zagazig.

— Mon Dieu ! Mais ce n'est pas possible ! Ces histoires n'ont jamais eu lieu, n'est-ce pas ?

— François ! C'est votre père qui me les a racontées. Moi aussi je ne croyais pas que les femmes avaient exhibé leur sexe, dans la rue, à la vue de tous. Alors, il m'a montré un passage d'Hérodote pour me prouver que les Égyptiennes se comportaient ainsi depuis l'Antiquité.

— Madame Iacopetti, je ne peux y croire. Ce sont des légendes, celles d'Hérodote, tout comme celles de mon père. Mon père, m'a-t-on dit, avait le don de raconter des histoires.

Elle sourit.

— Ah ça ! Je ne saurais vous contredire.

Et voilà que ses yeux s'absentent, se perdant dans le vague. Elle repense à lui, c'est certain.

— Des histoires ! Oui ! reprend-elle après quelques instants. Je ne pourrais vous les raconter comme ça, à brûle-pourpoint. Mais si un jour vous vous armiez de patience, on tirerait le fil ensemble… Vous pourriez par exemple me poser des questions… Oh ! Je les retrouverais ! Même que, une fois partie, vous ne pourriez plus m'arrêter… Venez ! Je vais vous montrer ce qu'à mon sens je dois vous transmettre. Je ne suis pas certaine que vous sauterez de joie.

Elle fouille dans son secrétaire, en sort un papier, le regarde puis me le tend. C'est un mandat international d'un montant de mille dollars, adressé en Égypte, au Caire.

— Tous les mois, il envoyait la même somme, et, un certain mois, je ne sais plus lequel, c'était le double. Il disait que c'était sa garantie sur la vie. Et même lorsqu'il était totalement fauché, comme c'était le cas à la fin…

— Il était fauché ?

— Il n'avait plus même de quoi se payer un café.

— Il ne m'a rien dit…

— Oh oui, je sais ! Ce n'était pas son genre de quémander.

— Il faut dire que nous nous sommes rarement rencontrés. Très rarement… Mais dites-moi encore, Livia, qui étaient les destinataires de ces mandats ?

Elle sourit.

— Il appelait ces gens : « les gens ».

— Les gens ?

— Oui !

Je reprends le mandat, l'examine plus attentivement. À la rubrique « nom du bénéficiaire », je lis, écrit en lettres françaises : « en-nass ». J'ai étudié l'arabe. Je sais que le mot signifie précisément : « les gens ». Et à la rubrique prénom : « el-'helwin », ce qui veut dire « les beaux ». En accolant les deux termes, « en-nass el-'helwin », on obtient une expression que l'on pourrait traduire par : « les belles personnes ». Si on le lit en français, cela pourrait passer pour le nom d'une personne dont le prénom serait Elhelwin et le nom Ennass, mais, lorsqu'on le traduit, il devient évident qu'il s'agit plutôt d'une société ou d'une association. Je demande à Livia :

— « Les belles personnes »… ou quelque chose d'approchant. Ça vous dit quelque chose ?

— Non ! Votre père disait simplement : « les gens ». Les derniers mois, c'est moi qui ai payé les mandats. Depuis son décès, je n'y voyais plus aucun sens. J'ai arrêté. C'est à vous de voir, François. Si vous voulez prendre la relève…

— Il l'a demandé ? Je veux dire : il vous a demandé de me transmettre cette obligation ? Il vous a chargée de me convaincre de poursuivre le paiement ?

— Bien sûr que non ! Vous savez comment était votre père… Ah non ? Vous ne savez pas… Il est vrai qu'il n'aimait pas expliquer. On devait comprendre à un regard, le plus souvent deviner. Il appelait cela : « être civilisé ». Raconter, oui, mais expliquer… comment dire… Ce n'était pas son truc, quoi ! Il m'a simplement dit un jour : « Livia, cet argent, c'est comme l'eau qu'on verse dans le bac d'une plante. S'il n'y a plus d'eau, la plante dépérit et finit par mourir. La plante c'est ma lignée, celle des Zohar. Nous sommes une plante rare, fragile. À chaque génération, nous risquons de disparaître. Ne me demande pas si je sais pourquoi il nous faudrait continuer d'exister. Je ne le sais pas. Après tout, on pourrait tout aussi bien disparaître… »

Je suis troublé. À qui mon père payait-il cet impôt ? Je veux en savoir davantage. Je demande encore à Livia :

— Alors… Si l'on interrompait les virements, si l'on arrêtait d'envoyer cette somme aux « Belles Personnes », les Zohar disparaîtraient ? C'est-à-dire… Enfin, vous voulez dire que je pourrais en mourir…

— Cette fois, François, vous allez trop loin. Je n'ai pas réfléchi jusque-là. Je me trouvais seule avec ce secret, sans savoir qu'en faire. Alors, lâchement, c'est vrai, je viens de le déposer entre vos mains. Oubliez-le ou saisissez-le à bras-le-corps. Si vous le souhaitez, faites votre propre enquête ou bien laissez tout cela dans un coin de votre mémoire, et ces papiers, jetez-les dans la première poubelle… Vous restez seul juge.

Je hausse les épaules. Je dois avoir l'air perdu. Elle sourit encore. Son visage s'éclaire, ses yeux pétillent. Elle ajoute :

— Votre embarras me désole. Je vous aime bien, François. Revenez me voir à l'occasion. Ça me ferait plaisir. Vraiment !

Payer… Quelle faute ai-je commise ? À la rigueur, je pourrais payer. Mais j'aimerais savoir pour quelle raison. Et à qui devrais-je payer ?

Je repars de chez Livia, l'esprit brumeux. Je ne sais que penser.

*

Barrabant, suivi d'une troupe d'excités, s'était rué dans les couloirs, avait ouvert toutes les portes du rez-de-chaussée. N'ayant trouvé personne, il avait vivement grimpé les marches. Parvenu à l'étage, il avait traversé le couloir comme une flèche. Quand il avait ouvert la porte du bureau et aperçu Zohar ligoté, il s'était écrié : « Ouay, ouay, ouay ! Que la foi de leur mère soit maudite, et maudite la foi de leur père, et du père de leur père, ces chiens, ces fils de chien, ces enfants de putain ! » Et il s'était précipité. De son couteau, il avait tranché les liens qui l'entravaient. Zohar s'était redressé avec difficulté. Son visage, ah son visage ! C'était comme une immense plaie béante. Il faisait peine à voir. Il ne parvenait à prononcer qu'une parole : « Tha… Thalia… »

— Thalia ? Ça veut dire quoi, Thalia ?

Et Zohar répéta :

— Thalia !

— Les femmes te perdront, mon frère ! plaisanta Barrabant. Allez, viens !

Deux autres compagnons ont soulevé le blessé, l'un à droite, l'autre à gauche. Ses pieds touchaient à peine terre. Ils le portèrent ainsi, et Barrabant précédait la compagnie.

— Mon Dieu, faites vite ! les pressait-il.

Derrière eux, la bande de joyeux danseurs ; ils étaient dix, vingt, ou davantage qui frappaient dans leurs mains en chantant. Étaient-ils maîtres de leurs personnes ou possédés par leurs Seigneurs ? Car, malgré leur course, leur mélodie était juste et leur chant était clair. « Qu'importe au ciel l'aboiement des chiens ? (C'était leur refrain.) Les hommes ont peur, détournent leur chemin. Les enfants lancent des pierres. Et le cœur des voleurs se serre. Mais tout cela n'est rien, rien que le bruit d'un monde qui s'ébroue. Rien que des terreurs de vaurien. Qu'importe au ciel l'aboiement des chiens ? » Et tous de reprendre en chœur, d'une seule voix : « Rien ! »

Ils dégringolèrent l'escalier. Se disant bien qu'il serait trop risqué de sortir par la porte de l'immeuble, ils cherchaient une autre issue. Un escalier descendait vers l'entresol. Ils s'y engouffrèrent jusqu'à une porte de service qui débouchait sur Abdou el-Hamoli, perpendiculaire à la rue du Docteur Tawfik. Là, des femmes attendaient. En apercevant Zohar, elles poussèrent des zaghloutas, des youyous.

— Taisez-vous, espèces de demeurées ! se fâcha Barrabant, soucieux de ne pas attirer l'attention.

Croyez-vous que nous sommes à un mariage, ou quoi ?

Il arracha l'étoffe dont l'une s'était drapée, le châle qui recouvrait les épaules d'une autre. Il prit là un foulard, ici un voile et entreprit d'en couvrir Zohar. En quelques minutes, il avait l'air d'une femme, d'une musulmane pudique, toute couverte de noir, comme on en croisait quelquefois aux alentours des mosquées. Il trouva même un masque de cuir dont parfois certaines recouvraient le bas de leur visage. Et ils hissèrent Zohar ainsi déguisé dans une charrette tirée par une mule. Barrabant criait : « Dégagez la route, la dame va accoucher. »

Et ils partirent cahin-caha, au pas de la mule, ceux dans la carriole, précédée de Barrabant, et ceux qui la suivaient. Et Barrabant annonçait l'accouchement imminent et les passants s'écartaient. Et les chanteurs entonnaient leur couplet : « Allez ! Allez ! Laissez-nous passer. Qu'importe au ciel les aboiements des chiens. » Et les passants prenaient peur. Car ils n'aiment pas qu'on évoque les chiens. Dans les rues du Caire, regardez bien, vous ne verrez pas un seul chien, ils pullulent pourtant dans les injures des Égyptiens.

Alors qu'ils parvenaient au carrefour, devant la mosquée El-Rahman, ils entendirent une rumeur qui montait du boulevard. Ils se sont arrêtés pour regarder. Là-bas, la Chevrolet était arrivée. En étaient sortis, comme des diables, Dieter Boehm, d'abord, ce faux Arabe aux yeux de serpent, qui se faisait appeler Sami Ibrahim. Il tenait une mitraillette, il en menaçait la foule, et Sala'h Badreddine, l'air d'une brute, qui brandissait un pistolet, et Ibrahim Mustapha, qui eut du mal à s'extirper de son siège, tellement il était imposant, sinistre Joachim Daemling, armé d'un fusil. Dieter Boehm, qui durant ses campagnes dans les bataillons de la Waffen SS en Tunisie avait égorgé de ses mains des aviateurs britanniques éjectés de leurs appareils, exécuté à l'arme blanche des prisonniers anglais et australiens qui s'étaient pourtant rendus selon les lois de la guerre, et, en Libye, brûlé au lance-flammes, en pleine nuit, tout un village où, lui avait-on dit, vivaient des familles juives ; ce même Dieter Boehm, qui avait contribué de tout son talent à la fabrication de slogans, de fausses nouvelles, de fausses biologies pour justifier les condamnations à la famine et les gazages de populations entières, Dieter Boehm restait là pantois devant la kudiya dressée sur sa bufflonne. Et la foule riait, applaudissait, poussait des cris et des youyous à chaque saillie de son héroïne.

— Toi, la grosse, tu vas demander à ta troupe de déguerpir, ordonna Dieter. Ne vois-tu pas que nous sommes l'armée ? Je suis le capitaine Sami Ibrahim.

— Et moi je suis la reine ! La reine de la nuit ! Le jour, je t'ordonne de lécher ton cul mais la nuit, crois-moi, tu ne trouveras pas un seul des êtres qui l'habitent qui ne viendra se prosterner devant moi. Je suis la reine des chats et des hiboux. Tremble devant leurs yeux auxquels n'échappe aucune de tes noirceurs. Assassin !

Et elle riait, la cheffe des diables, la sheikha, d'un rire qui n'en finissait pas. Il la menaça de son arme en lui demandant de le laisser passer. Badreddine, sentant que l'affaire pourrait se gâter, s'est alors interposé.

Fort de sa connaissance des coutumes et de la langue des quartiers populaires, il essaya la façon douce.

— Ô ma mère, comprends-nous ! Nous pourrions être tes enfants, n'est-ce pas ?

— Éloigne de moi cette vision de cauchemar, l'interrompit la kudiya. Si cela avait été le cas, si j'avais eu un enfant qui te ressemble, je me serais moi-même tranché la tête.

— Je voulais parler de notre âge, ô ma mère. À considérer notre âge, nous pourrions être tes enfants, n'est-ce pas…

— Des enfants, homme sale, regarde autour de toi, j'en ai des mille et des cents. Mais tu pourras les examiner un par un, leur âme est pure comme les gouttes de rosée. La tienne, je la vois ! Ton âme a le groin du porc et la queue du singe, elle est opaque et noire comme le goudron.

Et elle cracha par terre aux pieds de Badreddine en ajoutant : « Tfou sur toi, fils de chien ! » Et le militaire ne broncha pas.

Après cet échange, un silence inquiet s'installa. La situation semblait se figer. Une vieille femme qui en imposait entourée d'une centaine de fidèles bloquait l'entrée de la fabrique, la Compagnie de l'Eau bleue. Devant elle, trois hommes armés s'agitaient, chasseurs cannibales frustrés, pressés de remettre la main sur une proie qui leur avait échappé. La tension était partout, dans la toux nerveuse des femmes, dans l'hésitation des brutes qui ne cessaient de caresser la gâchette de leurs armes. La tension était surtout dans l'attente de l'événement, du faux pas, de la parole de trop, qui mettrait le feu aux poudres. Ce fut la kudiya qui la prononça.

— L'homme que tu recherches, bougre d'âne, toi qui ne connais ni Dieu ni la terre, qui a même oublié le cul de ta mère, l'homme que tu recherches comme la hyène immonde poursuit le veau blessé, cet homme est parti depuis longtemps. Ne dit-on pas que la hyène rit lorsqu'elle capture sa proie ? Eh bien aujourd'hui, toi, tu vas pleurer, fils de chien ! Et nul n'en ressentira la moindre émotion. Qu'importe au ciel l'aboiement des chiens ?

Fou de rage, Dieter lâcha une rafale de mitraillette.

On raconta plus tard qu'un jaillissement de feu surgit du sol à l'endroit où tomba la kudiya. On raconta aussi que la bufflonne se mit à parler, oui, la bufflonne, dans la langue des vivants et qu'elle dit : « Je suis l'âme heureuse qui s'en va à la rencontre de Dieu. » On raconta encore que des nuées de milans piquèrent sans pitié du haut du ciel sur le crâne des trois meurtriers. Mais ce que j'ai entendu de personnes dignes de foi, c'est que les fidèles de la kudiya se jetèrent sur les trois gredins comme une horde de sauvages. Ils voulaient déchiqueter leurs chairs de leurs mains. Ils hurlaient en exigeant le prix du sang.

Seul Dieter Boehm put en réchapper, Dieu sait comment. Les serpents finissent toujours par glisser entre les pieds des êtres humains.

Et la carriole de Barrabant était loin, emportant Zohar meurtri, traînant derrière elle la bande de danseurs qui sautillaient en marchant.

Si votre père est un oignon et votre mère une gousse d'ail, comment pourriez-vous sentir bon ?

La collaboration des militaires égyptiens et des nazis avait débuté durant la guerre, il est vrai à bas bruit. À cette époque, on aurait pu la penser seulement circonstancielle. En 1942, près d'un million de soldats britanniques stationnaient dans le pays, devenu la base des alliés au Moyen-Orient. Dépossédés de toute mission militaire, de hauts gradés de l'armée égyptienne, rêvant de se débarrasser de la tutelle anglaise, complotaient avec les Allemands. Certains avaient versé dans l'espionnage, comme le fameux général Aziz Ali al-Masri, chef d'état-major qui, avec l'aide du jeune lieutenant Anouar el-Sadate, avait tenté de rejoindre, dans un petit avion, l'avant-garde de Rommel. Longtemps, les Anglais n'avaient pas réagi. Mais lorsque les divisions blindées de l'Afrikakorps s'emparèrent coup sur coup de Derna, de Tobrouk, de Sidi-Barrani, s'enfonçant profondément en Égypte par l'ouest, lorsque Rommel se présenta avec ses tanks et ses canons à El-Alamein, à une centaine de kilomètres d'Alexandrie et que, déjà, les Égyptiens s'apprêtaient à accueillir les Allemands en libérateurs, c'est alors qu'ils commencèrent à prendre des mesures. Al-Masri et Sadate furent jetés en prison avec quelques autres. Quant au roi Farouk qu'ils soupçonnaient de dissimuler une radio dans son palais pour transmettre des renseignements militaires, les Anglais le contraignirent par la force à destituer son Premier ministre Ali Maher pour nommer à sa place Nahas Pacha, qu'ils savaient profondément réfractaire aux pensées nazies. Le soir où le roi d'Égypte se laissa corriger comme un gamin par l'ambassadeur britannique, sir Miles Lampson, ce 3 février 1942, un jeune lieutenant âgé de vingt-quatre ans suffoqua d'indignation. « Quoi ? s'écria-t-il, notre roi, censé incarner la souveraineté du pays, s'aplatir ainsi devant l'ambassadeur d'un pays étranger ? J'ai honte… Honte pour lui, honte pour notre pays, honte de notre armée qui n'a pas su réagir, honte de moi ! » Il s'appelait Gamal Abd el-Nasser. Ce jour-là, il prit la décision de tout faire pour renverser le régime. Il commença dès lors à organiser une société secrète composée de militaires sympathisants qu'il nomma les « Officiers libres ». Il recrutait ses membres dans tous les corps de l'armée, organisait des réunions dans des lieux secrets, établissait des relations avec les autres oppositions qu'étaient alors les Frères musulmans et les communistes. En dix ans il avait infiltré toute l'armée, si bien qu'en 1952 son mouvement était prêt à passer à l'action.

Vendredi, le 15 février 1952. Après la correction que lui avaient infligée les femmes de Bab el-Zouweila, dans le camion qui l'avait recueilli, secoué par les cahots, c'était lui qui revenait toujours dans ses cauchemars. Boehm s'était assoupi. Et comme à chaque fois qu'il se laissait glisser dans un bref sommeil de sieste, ce même cauchemar l'avait assailli. C'était un Juif, toujours le même, ce cordonnier de la Belgradstrasse à Schwabing, l'homme qu'il avait assailli un soir d'hiver et lardé de coups de couteau dans le dos. Son premier meurtre, son initiation. Mais dans son rêve, le Juif était immense, haut de deux mètres, au moins ! Il avançait vers lui, de face, tenant à la main une archaïque massue hérissée d'étoiles de David. Et comme à chaque fois, le visage du Juif s'était élargi, s'étalant sur l'écran de son rêve comme une grimaçante méduse en Technicolor. Et Dieter se sentait devenir petit, tout petit, comme s'il allait être aspiré par la gigantesque bouche qui s'ouvrait devant lui. Paralysé d'effroi, il restait cloué au sol. Il savait qu'il voulait s'enfuir mais ses jambes ne répondaient plus ; qu'il voulait crier mais aucun son ne sortait de sa bouche. Le visage démesuré continuait de s'approcher jusqu'à se plaquer contre le sien. Il voulait respirer mais c'était comme si une membrane de caoutchouc se collait à son visage. Il se sentait étouffer, il voulait l'arracher. C'est alors que, comme chaque fois, il s'était réveillé en sursaut, haletant. Le soldat, près de lui, essuyait de son mouchoir le sang qui coulait des blessures de son crâne. Il le repoussa violemment.

— Espèce de demeuré ! hurla-t-il, tu me touches de tes doigts pleins de microbes et de parasites. Recule, bougre d'abruti !

Et l'autre, les yeux écarquillés, ne réagissait pas. C'est que Dieter l'avait injurié en allemand et le malheureux soldat ne parlait que l'arabe. Lorsqu'ils parvinrent à la caserne, les militaires, qui n'étaient pas au courant du recrutement d'anciens nazis dans l'armée égyptienne, ne savaient comment traiter cet homme qui, bien que vêtu du même uniforme que le leur, avait les yeux clairs d'un serpent et parlait une langue incompréhensible. Ils le collèrent donc en cellule en attendant l'arrivée d'un gradé. Le hasard voulut que ce fût le lieutenant-colonel Youssef Mansour, qui faisait alors une tournée d'inspection dans les casernes de la ville.

Youssef Mansour était un homme compliqué, attiré depuis l'adolescence par les pensées philosophiques. À l'Académie militaire de 'Abasseya où il avait été admis avec les honneurs, ses camarades, cadets tentés par la modernité occidentale, parlaient de Karl Marx, s'échangeaient ses ouvrages. Youssef avait dans un premier temps viscéralement repoussé le communisme, pour lui synonyme d'athéisme. On pouvait tout penser, tout imaginer, mais réfuter l'existence de Dieu, tout de même... Non ! C'était au-delà de ses capacités. Son attitude changea quelque peu au lendemain de la guerre. Jeune officier imprégné de théories nouvelles, il s'interrogeait néanmoins. L'Union soviétique avait triomphé de la plus puissante armée du monde ; elle avait vaincu à Stalingrad, libéré les pays conquis et pris possession de Berlin. Tout cela n'était pas possible sans l'aide de Dieu. Il se dit alors qu'il lui fallait regarder le communisme de plus près, trouver ce qui, dans cette doctrine, avait agréé le Tout-Puissant au point qu'il avait soutenu les Russes pendant la guerre. Il résolut alors de lire attentivement les textes marxistes – non pas Marx qui lui était antipathique. Pour qui se prenait-il, celui-là, à prédire l'avènement d'un communisme généralisé au monde entier ? Qui lui permettait ainsi de voir l'avenir ? Ce n'était pas un prophète ! De plus, les textes de Marx étaient bien trop anciens. Chaque jour la science venait bousculer les certitudes d'hier. Qui sait si, lorsqu'on enverrait des fusées sur la Lune, on n'y trouverait pas les preuves irréfutables de l'existence de Dieu ? La doctrine sociale du marxisme l'intéressa davantage. Il s'immergea dans la littérature socialiste qui circulait alors en Égypte mais, tel un plongeur en apnée, il s'amarra solidement à Dieu avant de se jeter à l'eau. Il multiplia les prières, se rendit chaque jour à la mosquée, jeûna pour toutes sortes de raisons, après un mauvais rêve ou simplement pour racheter une mauvaise pensée… L'illumination lui apparut enfin : les socialistes recherchent la justice sociale, l'islam aussi ! Ils veulent établir l'égalité entre les individus, l'islam aussi ! La conclusion s'était imposée à lui : le socialisme n'était rien qu'un islam qui aurait perdu Dieu en chemin. Rien de plus ! Jusqu'à leur condamnation obsessionnelle de l'exploitation de l'homme par l'homme… Les marxistes avaient de toute évidence pioché cette idée dans l'islam qui, depuis sa création, interdit l'usure et tout profit tiré de l'argent. Pour Youssef Mansour, l'affaire était claire : il n'y avait rien dans le socialisme qui ne figurât déjà dans l'islam. Restait la question primordiale, celle-là même qui l'avait conduit à tous ces raisonnements : pourquoi le socialisme réussissait-il alors que l'islam échouait à produire une société moderne et dynamique ? Et là, il ne savait répondre. Sauf à reconnaître que l'islam avait été dévoyé, mis au service d'ambitions personnelles, de régimes corrompus, comme la royauté égyptienne. Il fallait donc retourner à l'islam véridique, non pas celui du roi et des exploiteurs... L'islam du peuple !

Et Youssef Mansour s'était laissé approcher, comme tant d'autres officiers en cette période, par les militants des Frères musulmans. Il avait même été initié à la confrérie – on ne pouvait appeler autrement leur rite d'intégration, c'était bien une initiation à l'ancienne, la ba'eya. On lui avait donné rendez-vous, en pleine nuit dans le quartier de Saliba. Là, on l'avait mené durant un long moment à travers les ruelles obscures jusqu'à une masure isolée. On l'avait fait grimper au deuxième étage, par un escalier branlant, jusqu'à une grande salle à peine éclairée où des centaines de Frères l'attendaient. Un homme s'était alors approché et lui avait ordonné de s'asseoir à une table où l'on avait déposé un coran à sa droite et un revolver à sa gauche. Alors, une main sur le livre sacré, l'autre sur le revolver, il avait répété les phrases que son guide lui soufflait à l'oreille. « Je jure d'être loyal à la confrérie musulmane jusqu'à la mort... Je jure d'obéir aveuglément à son guide, notre maître bien-aimé, Hassan el-Banna... Je jure que, troublé par les richesses que l'on pourrait me promettre, ou soumis aux pires des tortures, je ne trahirais sur ma vie les secrets de la confrérie. » Un bruit s'éleva alors comme un roulement de tambours, c'étaient les voix des hommes réunis là, dans l'obscurité. Il avait été effrayé par le concert de ces voix d'hommes qui avaient soudain salué Dieu en chœur : « Allah est le plus grand ! » Puis, on avait éteint les quelques bougies. Dans la plus totale obscurité, Youssef Mansour fut conduit jusqu'à une petite salle où il dut rester seul, une heure durant, assis à une table sur laquelle il pouvait distinguer, dans la faible lumière de la lune, un revolver auquel il n'osa pas toucher. C'était le temps de la méditation. Il comprit qu'il devait réfléchir à l'engagement qu'il venait de prendre, mesurer son importance. Mais, contre toute attente, la seule pensée qui s'était imposée à son esprit était : « On essaie de m'impressionner. Je ne suis pas un enfant ! » Manifestement, quelque chose n'avait pas pris.

Sans rompre avec les Frères, Youssef Mansour s'en était progressivement éloigné. Cet islam-là, avait-il fini par penser, était tout aussi dévoyé que celui du roi et de la Cour, mis au service d'une autre cause, certes plus acceptable, mais tout de même détourné. Dieu était bien au-dessus des contingences politiques du moment, Lui qui était capable de préférer aux musulmans pieux des Russes, pourtant athées et à moitié sauvages. Dès lors, chaque fois qu'il pensait à la confrérie, la même formule lui venait à l'esprit : « Les Frères voulaient soumettre Dieu et non se soumettre à Lui. » Et c'est pour cette raison que Dieu ne leur donnait pas la réussite politique. Voilà la vérité ! Mais il savait les Frères puissants, bien implantés dans les milieux populaires et dans l'armée. Il valait donc mieux ne pas se fâcher avec eux. Prendre ses distances sans faire d'histoires, tout en gardant le contact pour éventuellement nouer des alliances ponctuelles, voilà ce qu'il convenait de faire.

Deux ans plus tôt, il s'était aussi séparé de ses amis communistes, il est vrai bien moins nombreux dans l'armée que les adeptes des Frères. Leur groupe,

HADITU, acronyme en arabe de « Mouvement pour la libération nationale », fondé en 1947 par Henri Curiel, se perdait en discussions infinies. Fallait-il œuvrer à la chute de la monarchie ou travailler avec les partis frères à une révolution prolétarienne étendue à l'ensemble du Moyen-Orient ? Et ça discutait, et ça se disputait à coups de citations de Gramsci ou de Rosa Luxemburg. Et, pendant ce temps, la société égyptienne continuait de se déliter et les nations occidentales de se développer à ses dépens. De plus, le chef de Haditu, ce fameux Henri Curiel au sourire de curé, par ailleurs fils de Daniel Curiel, le banquier le plus riche d'Égypte, venait d'être expulsé après avoir passé un an et demi dans les sinistres geôles du camp Huckstep. Lassé des palabres et inquiet des surveillances de plus en plus rapprochées des Mukhabarat, les services de renseignement, Youssef Mansour avait fini par rejoindre les Officiers libres de Nasser. Eux, au moins, se préparaient à agir. Il avait progressivement acquis la conviction que le seul espoir de rénover le pays résidait dans l'armée.

C'est donc ce Youssef Mansour, lieutenant-colonel à la mise aristocratique, qui ressemblait à un officier britannique avec sa fine moustache soigneusement taillée et son uniforme repassé de frais, qui entra dans la cellule où sommeillait Dieter Boehm.

— Garde-à-vous ! aboya l'Égyptien.

Dieter se leva d'un bond et fit machinalement le salut hitlérien.

— Excusez-moi, mon général, balbutia-t-il. Voilà des heures qu'on me tient enfermé dans cette cellule, sans eau, sans nourriture et sans aucun soin.

— Commencez par apprendre les grades de notre armée, soldat. Je ne suis pas général, mais bikbachi, c'est-à-dire lieutenant-colonel. Que faites-vous dans cet accoutrement ?

Et l'autre lui expliqua qu'il avait combattu vaillamment dans l'armée de Rommel, qu'ils étaient sur le point de délivrer le peuple égyptien du joug des colons britanniques lorsque le sort en avait décidé autrement durant cette maudite bataille d'El-Alamein. Mais lui, Dieter Boehm, Hauptsturmführer SS, n'avait pas renoncé. Il avait décidé de poursuivre le combat jusqu'à la victoire finale. C'est dans ce but qu'il avait accepté la mission sacrée que lui avaient confiée les plus hauts gradés de l'armée égyptienne dont il ne pouvait révéler le nom. La curiosité de Youssef fut piquée au vif. Il ordonna aux plantons d'apporter deux tasses de café et quelques confiseries et s'installa sur une chaise face au détenu.

— Alors comme ça, nos supérieurs vous ont confié une mission dans notre armée, commença Youssef.

— *Jawohl, mein Führer* ! lâcha Dieter qui s'était levé comme mû par un ressort. La première des missions de la vaillante armée allemande était de débarrasser le monde de ses parasites, les Juifs. Apprenant que vous étiez aux prises avec les plus coriaces d'entre ces vermines, les Israéliens, j'ai répondu à l'appel sans aucune hésitation.

— Dans quel bureau avez-vous été affecté ?

— Le bureau Israël, *mein Führer* !

Youssef Mansour n'en revenait pas.

— Il existe donc un bureau « Israël » dans notre armée...

— Mais oui ! Enfin, dans les services de renseignement de l'armée. Nous l'avons fondé avec Wilhelm Boeckler... enfin, je veux dire Abd el-Karim... Vous comprenez, il a changé de nom depuis sa conversion à l'islam. C'est un combattant d'une vaillance inouïe. C'est lui qui a contribué à liquider le ghetto de Varsovie. Soixante-dix mille Juifs d'un seul coup !

Il lui fit du doigt le signe d'approcher.

— Israël, cette entité fantoche que des va-nu-pieds s'entêtent à appeler un État, savez-vous ce que c'est ? Un gigantesque ghetto ! Rien d'autre qu'un ghetto dans lequel les Juifs se sont enfermés eux-mêmes. Il ne reste plus qu'à constituer une nouvelle Wehrmacht, aussi puissante, aussi déterminée que celle dans laquelle j'ai combattu, pour nettoyer cette lèpre une fois pour toutes.

Youssef était de plus en plus étonné.

— Vous êtes nombreux dans cette section « Israël » ?

— Nous sommes quelques-uns, oui ! Mais vous voulez savoir s'il y a d'autres Allemands, n'est-ce pas ? Il y a aussi Joachim... enfin Ibrahim Mustapha, je veux dire... C'est mon second. Nous avons été tout spécialement chargés de la répression. Enfin, je veux dire, d'organiser une section spéciale chargée de traquer les Juifs et les traîtres... Une sorte de Gestapo égyptienne, si vous voyez ce que je veux dire...

— Égyptienne ? demanda-t-il encore.

— Oui ! Des Égyptiens sont affectés dans le service. J'ai personnellement recruté le molazem Sala'h Badreddine, un remarquable capitaine, qui exécute mes ordres de manière exemplaire. Qui sait ce qu'il est devenu, le malheureux, depuis que nous avons été attaqués par une émeute en pleine rue.

Youssef Mansour commençait à comprendre à qui il avait affaire, une espèce d'excité à moitié fou, mais capable de coups de main tordus. Imaginant le parti qu'il pourrait en tirer, il ordonna :

— Garde-à-vous ! Tenez-vous prêt, ainsi que tous les hommes de votre section. Nous envisageons une action d'envergure dans les jours qui viennent. Attendez-vous à être convoqué dans mon bureau.

En quittant la caserne, Youssef se laissa aller à ses pensées. Voilà un homme qui avait commis les pires exactions, probablement poursuivi dans son pays et peut-être dans toute l'Europe. Plutôt que de disparaître, de se faire oublier, il ne cherchait qu'une chose : recommencer, recommencer encore… La nature humaine est-elle ainsi faite qu'aucun événement n'a jamais prise sur elle ? Comme dit le proverbe égyptien : « Si votre père est un oignon et votre mère une gousse d'ail, comment pourriez-vous sentir bon ? »

Ils m'ont maltraitée, les gens, ils m'ont maltraitée

Ce n'était pas une mince affaire que d'enterrer une maîtresse des esprits, une kudiya, car sa mort libérait des légions qui, on le savait, viendraient l'honorer le jour de sa mise en terre. Les démons, débarrassés de leurs entraves par la mort de leur reine, se jetteront sur les pleureuses et les danseurs en deuil, sur les membres de la famille ou même sur de simples promeneurs. On craignait par-dessus tout les cérémonies de funérailles, ces longues processions qui se terminaient en gigantesques transes où nul ne parvenait plus à distinguer la douleur de la frénésie, la liberté de la folie, les humains de leurs diables.

En Égypte, les esprits, diables et démons ont toujours terrorisé les gouvernants, les khédives et les sultans, et les rois. Autrefois, les plus subtils essayaient de se les concilier, couvrant de cadeaux les lieux où ils se manifestaient. Ils ne manquaient pas d'honorer les confréries du zar, les lieux de danse et de transe, les palais des parfums, les bouges des faubourgs où se déroulaient les sacrifices de coqs, leur octroyant privilèges et liberté des cultes. Régulièrement, néanmoins, se levait quelque souverain grincheux, triste parano, qui s'en venait gâcher la fête. Confondant pouvoir et puissance, il tentait de les interdire. À chaque fois, c'était la même histoire. Les cultes disparaissaient au regard. Nul ne savait plus dire où ils se pratiquaient. Si l'on posait la question à l'habitant des ruelles, il levait les épaules en montrant le ciel. Les cultes avaient rejoint la nuit, sans doute, en ces endroits sauvages où la terre continuait à exsuder ses sources, à éclore les graines et à gonfler la peau des fruits. Mais quel que fût cet endroit, cloaque des bas-fonds ou simple tente en plein désert, c'était toujours un jardin, un Éden. Les cultes disparaissaient donc derrière les murs, derrière les fortifications, au-delà des limites. Le souverain perdait alors tout contact avec la poésie de son peuple, et le peuple sombrait dans la léthargie. Car la poésie, sachez-le, est action, son absence, dépression. Si bien qu'un nouveau roi finissait par arriver au pouvoir, qui descendait dans le peuple pour danser, tourner jusqu'à l'extase, se griser de parfums et de couleurs. Et le monde, comme par enchantement, reprenait vie, retrouvait son ordonnancement millénaire, avec, comme il se doit, un maître du jour et une maîtresse de la nuit.

Tel était le partage de la vie sociale depuis des temps immémoriaux, entre jour et nuit, entre visibles et invisibles. Mais, avec la modernité, les choses avaient changé. On y voyait la nuit comme en plein jour et la noirceur avait envahi l'âme des humains. Certains prétendaient que c'était depuis le creusement du canal de Suez ; que de voir passer des vapeurs faisait fuir les zars qui partaient, de plus en plus tôt chaque année, prendre leurs quartiers d'hiver à Zanzibar. Toujours est-il qu'au tout début du XXe siècle, la sagesse millénaire avait fini de se diluer. Commencèrent alors à pleuvoir décrets et lois cherchant à réglementer l'apparition des démons. On nomma des ministres des Cultes (A-t-on idée ? Des sortes de papes des rites aux démons...), comme le *Cheykh macheyikh al-turuq alsufiyya*, cheikh des cheikhs, maître des maîtres des voies du soufisme. On contraignit les congrégations à se conformer à des règlements. Comme si les esprits pouvaient respecter les lois des hommes... On vit même un jour une femme se rendre au tribunal pour se plaindre du comportement de l'esprit qui la possédait. « Ô Votre Présence ! Monseigneur le juge, je vous supplie de punir mon 'afrit ! » Et le public, nombreux ce jour-là au palais, d'éclater de rire. Mais le juge était sage. Il questionna la plaignante. « Ô la Dame, lui répondit-il, confie-toi à la cour. N'aie crainte. Ici, nous écoutons toute plainte. Quel mal te fait donc cet honorable 'afrit ? » Dans la grande salle du palais, il se fit un étrange silence. On ne s'adresse pas directement aux démons si l'on n'est pas prophète ou au moins protégé de Dieu... Certains vieux qui y avaient assisté, racontant la scène, parlaient encore de la peur qui avait saisi le public, du bourdonnement qui avait fait vibrer les vitres au point que l'on avait cru qu'elles allaient exploser. Mais la vendeuse de morue séchée ne tressaillit même pas. Se redressant fièrement dans sa robe tachée d'huile, elle affronta la cour sans vergogne : « Ô Votre Présence ! Ô mon pacha ! Monseigneur le Juge, je te le dis sans détour. Ce 'afrit ne me laisse aucun repos. Non pas une fois, non pas deux fois, non pas dix ni vingt... » Et elle comptait avec ses doigts. « Que Votre Présence n'en soit pas offusquée, je vous en supplie. Il exige tant d'amour de moi toutes les nuits. Il n'a pas sitôt fini qu'il recommence, et encore, et encore... Son sexe ne connaît aucun répit. » Et le public éclata de rire à nouveau. Le juge frappa violemment de son marteau, menaçant de faire évacuer la salle. Puis, avec le plus grand sérieux, il s'adressa directement au démon. « Honorable 'afrit, l'admonesta-t-il, pourquoi t'acharnes-tu à tourmenter ainsi cette honnête femme ? Si tu ne cesses tes manigances, si tu ne connais les lois de l'amoureuse bienséance, je saurai t'obliger à respecter les limites des humains ! » Et l'on entendit une voix, une toute petite voix d'enfant, répondre depuis les entrailles de la femme : « Oui, Monsieur le Juge, Votre Honneur ! Sois certain que je t'obéirai, Votre Majesté. Demain, à l'aurore, j'aurai quitté les entrailles de cette grosse bufflonne. » Et la femme, pas vraiment convaincue, repartit comme elle était venue, traînant la savate, comme elle laissait traîner son accent de paysanne du Delta. Ne demandez pas si le 'afrit a respecté les engagements pris devant la cour. Bien sûr que non ! Il ne les pas respectés. Le soir même, il a bousculé son hôtesse, et en tous sens, plus encore qu'à l'accoutumée, depuis l'apparition de la première étoile, celle qu'on appelle parfois « étoile du Berger », mais qui, en vérité, est Vénus, jusqu'au lever du soleil. Les plus sages disent que si le juge avait prononcé une sentence aussi clémente, aussi ridicule, c'est qu'il avait compris l'inanité de tout exorcisme. Car la vérité, tout le monde la connaît, est qu'on ne chasse pas les esprits, on ne peut que les accueillir, de peur de laisser la tristesse et la mort envahir cultures des champs et sable des villes.

Ainsi, les esprits, les 'afarit, au pluriel dans la langue d'Égypte, commençaient-ils à déserter ce pays qui les avait si bien accueillis durant des millénaires. Ces intenses années d'après-guerre rendaient la présence de ceux qui y demeuraient encore plus difficile chaque jour. On commença à soupçonner les confréries de faire des jeux politiques, de soutenir tel ou tel mouvement. Quelques années plus tôt, en 1946, Farouk avait destitué le cheikh Ahmad Murâd al-Bakri, le cheikh des cheiks alors en fonction, qu'il soupçonnait de soutenir les Soudanais contre l'Égypte. Wafa', la kudiya, appartenait à la famille de ce cheikh. C'est pourquoi la police avait interdit toute manifestation publique lors de son enterrement. Alors, on vit gonfler les rues de la vieille ville, sortir par dizaines les femmes en robes bariolées, le tambourin à la main, la gorge pleine de zaghloutas, de youyous. Devant elles avançait, porté par les hommes vigoureux, le cercueil enveloppé des sept couleurs. D'autres portaient à bout de bras la photo de la kudiya dans ses plus beaux habits, le regard caché par des lunettes de soleil, telle Om Kalsoum. Barrabant avait tablé sur une ressemblance avec l'illustre chanteuse pour dérouter les policiers. Et si c'était la diva qui était morte, et si c'était son enterrement, personne ne viendrait l'interrompre, ni la police, ni l'armée, ni le roi, ni même Dieu, peut-être... Et d'énormes haut-parleurs diffusaient une chanson d'Om Kalsoum, une chanson que tout le monde connaissait : « Ils m'ont maltraitée, les gens, ils m'ont maltraitée. » Et les hommes à la voix grave de reprendre en chœur : « Ils m'ont maltraitée, les gens, ils m'ont maltraitée... » Et la chanson devenait soudain inquiétante. « Ils m'ont battue, les gens ; alors que j'étais dans mon droit, ils m'ont battue… » Et les hommes de répéter, et les enfants une octave plus haut. « Ma vie n'a été que souffrance… Ah… Ils m'ont battue, les gens, ils m'ont battue. »

Le cortège avançait en rangs serrés, occupant toute la chaussée. Soudain, une femme en sortit qui sautait comme un démon, faisant tourbillonner châles et foulards. Les tambourins de s'affoler, les joueurs de tambour de multiplier les roulements et les triolets, et, sur la musique d'Om Kalsoum, la voix d'une autre femme, sortie du fond de cortège, montait dans les aigus. « Regarde-moi, mon amour, je m'en vais. Regarde-moi partir, comme un soleil déclinant. Je m'en vais tout droit sur le chemin. Le monde est si beau devant moi. Tout vit, tout meurt. Le monde est si beau devant moi… » Et sa voix montait encore, montait si haut. Déjà, dans les haut-parleurs, Om Kalsoum reprenait son refrain : « Ils m'ont maltraitée, les gens, ils m'ont maltraitée. Et le monde s'est retourné contre moi me laissant seule, le cœur brisé, mes yeux emplis de larmes. » Et les pleureuses de hurler, et les hommes de rugir et les tambours de battre les cœurs. N'y tenant plus, la mère de Zohar Zohar, Esther la Juive, Esther l'initiée, se lança à son tour. Et elle tourbillonna dans ses foulards rouges, la tête retournée en arrière, ses cheveux fous caressant son dos dénudé, et ses pieds effleuraient à peine le sol. Et elle se mit à hurler : « Ô ma mère, ô ma mère ! Les gens ont été injustes envers toi alors que tu étais dans ton droit. Ils t'ont battue et ils t'ont brisée. L'injuste reçoit les honneurs alors que l'opprimé est réprimé. Ils t'ont maltraitée, les gens, ils t'ont maltraitée. » Et puis, ce fut une autre, et encore une autre, et encore, qui sortaient des rangs pour tourbillonner et tomber sur la chaussée. Et chaque fois, les tambours et les pleureuses et la même voix de femme du plus profond de la foule : « La fleur voit le soleil, puis se fane et meurt. Avant de partir, elle dépose ses graines sur le sol. Nous sommes les graines, ma mère, nous sommes les graines ! » Et à nouveau Om Kalsoum : « Ah... Ils m'ont battue, les gens, humiliée, traînée dans la boue. » Et Barrabant, de sa voix de ténor : « Mère, ô ma mère, tu n'es pas partie. Je te sens dans mon âme, dans mon cœur... »

Sur le trottoir, un homme, qui contemplait le spectacle, montra le ciel du doigt. « Regardez, cria-t-il, regardez ! Un cortège funéraire dans le ciel... » Autour de lui, ils levèrent la tête et ne purent réprimer leur cri. Un nuage survolait le cortège, une nuée d'oiseaux qui volaient en ligne avançaient, négociaient un gracieux demi-tour, revenaient, se posaient sur les terrasses des immeubles, repartaient, précédant ou suivant la procession. « Que veux-tu, lui répondit le vieil homme qui le côtoyait, que veux-tu, nous ne sommes pas seuls... » Il était clair qu'il n'y avait pas que les enfants d'Adam pour porter en terre la dépouille de Wafa' la noble kudiya, les milans défilaient aussi, et les corbeaux et les pigeons et les âmes des disparus venus l'honorer de leurs chants. Et les oiseaux criaient et les femmes poussaient des zaghloutas, des youyous. Et lorsque le cortège parvint devant le palais royal, le somptueux palais Abdine, dont la façade s'étire sur des centaines de mètres, les femmes se mirent à tomber comme des mouches devant les grilles.

Et voici la Khadouga, la bonne vieille, qui, la veille encore, semblait porter sur ses épaules le poids de siècles de servitude, transformée en un instant. La voici devenue antilope sautant par-dessus les broussailles, volant de lieu en place, hurlant la devise des débuts : « Il n'y a de Dieu qu'Allah, ma maîtresse est de la lignée du prophète Mohammad. » Et toutes de reprendre : « Au nom de Dieu, gloire à son prophète Mohammad ! » Malgré ces paroles, elles savaient toutes, sans même se le dire, que les chants de l'ouverture, ceux qu'on entamait au début de la danse, invoquaient Dieu et son prophète pour se protéger des véritables maîtres qui, déjà, se manifestaient – ceux que l'on appelait « les Seigneurs » !

Car, sachez-le, se fier à un seul dieu est folie !

Et voici Ta'beya, la bagarreuse, celle dont la parole ne connaissait ni honte ni détours. Elle se mit à parler, à parler... dans une langue que nul ne comprenait, sans doute la langue des oiseaux qui semblaient lui répondre. Et c'étaient des roulements, et des gloussements, et des hululements, et des sifflets. Ta'beya, accrochée des deux mains aux grilles du palais, avait entamé une danse endiablée. Et les joueurs de taraboka qui l'avaient entourée accéléraient le rythme. C'est alors que Fassi'ha, la sage, la prêtresse, avait invoqué le maître des maîtres, Nofal el-a'hmar, Nofal le rouge. « Nofal, Beauté de la nuit, ô Nofal ! J'ai tué le coq et le bouc, ya Baba, ô mon père ! Et j'ai brûlé l'encens tout au long de ma route, celui que tu préfères, de 'oud et de santal. Veille sur l'âme de ta fille, Wafa', la lumineuse, la kudiya. »

À ces mots, toutes les femmes de pousser les zaghloutas, les youyous, et les pigeons de roucouler et les milans de crier. Ta'beya a jeté par-dessus les grilles les têtes de coqs sacrifiés et la tête de bouc avant de s'effondrer sur la chaussée, prise de convulsions. Et les femmes la recouvraient de voiles rouges. Et ce fut comme un signal. Car elles se mirent à tomber l'une après l'autre, elles tombaient aux pieds du roi.

Et voici que Sett Zaïda à la chevelure rouge, à la fois foudre et volcan, feu du ciel et des entrailles, voici que Sett Zaïda se mit à chanter. Sa voix transperçait le ciel comme un soleil. « Je suis l'œuvre de tes mains, ô seigneur ! Protège-moi de ceux qui m'oppressent. Partout j'ai cherché. Nulle part je n'ai trouvé de puissance comme la tienne. Seigneur, ô Seigneur, je mets ma vie entre tes mains. »

Le vacarme était devenu assourdissant, d'autant que les passants, sensibles à la beauté des chants, frappaient dans leurs mains, reprenant les paroles de la diva, d'Om Kalsoum, la divine. « Ils m'ont maltraitée, les gens, ils m'ont maltraitée. Ils n'ont pas eu pitié de mon fils, pourtant si petit, si faible. Ils m'ont battue, les gens, alors que j'étais dans mon droit. Ils m'ont maltraitée, les gens, ils m'ont maltraitée. »

Avec une telle chanson, n'importe quel peuple ferait une révolution ! Mais, comme toujours, le roi n'entendit de la rue que le bruit. Il se présenta au balcon, accueilli par des hurlements qu'il ne sut comment interpréter. Il contempla la foule échevelée aux grilles de son palais. Il n'y comprenait rien, ce monarque névrosé, perdu dans ses ruminations. Était-ce une fête, une manière de carnaval ou bien une émeute ? Il haussa les épaules et fit signe à la garde de disperser la foule. Ah, Farouk aux yeux clairs, roi inquiet, que n'es-tu descendu danser avec les femmes, tourbillonner parmi les reines… En place de quoi tu imaginas que les armes du jour triompheraient des puissances de la nuit. Ô roi, pauvre roi ! Les Seigneurs protègent ceux qui tournoient et abandonnent à leur folie ceux qui se contentent de regarder. C'est ce jour-là, le sais-tu, pauvre roi, que tu as perdu ton trône !

Le menteur ment encore quand il dit la vérité

Vous pourriez questionner les habitants des ruelles du vieux Caire, autour de la grande mosquée, devant les arches de Bab el-Zouweila, tout au long de la longue rue El-Mu'ez et même ceux de Darb el-Barabra ou du vieux souk El-Kheyameya, ils vous répondraient que Farouk aurait pu garder son trône malgré tout s'il avait demandé à Dieu son pardon la nuit du vendredi 20 juin 1952, cette nuit qu'on appelle *Leïlat el-Qadr*, la « Nuit de la Destinée ».

Selon la tradition, c'est durant la vingt-septième nuit du mois de Ramadan de l'année 610 que l'archange Djibril descendit pour la première fois révéler la parole sacrée du Coran au prophète Mohammad. Depuis lors, tous les ans, à la même date, Djibril revient sur Terre, accompagné de myriades d'anges, tous en mesure d'intercéder auprès de Dieu. Il s'agit de ne pas rater le rendez-vous qui s'annonce aux musulmans en prière sous forme de boules de feu dans le ciel. Il n'est cependant pas donné à tout le monde de les voir. La lumière n'apparaît qu'aux élus, aux méritants et, parfois, dit-on, aux chanceux. Alors, veillent les croyants par milliers, par dizaines de milliers. Toute la nuit, ils prient en guettant dans le ciel l'arrivée des visiteurs.

Cette nuit-là, Esther, la mère de Zohar, avait déserté 'Haret el-Yahoud pour rejoindre ses sœurs en confrérie, toutes filles de la malheureuse kudiya, abattue d'un tir de mitraillette par un barbare. Elle ne pouvait refuser de participer à la Nuit de la Destinée qui suivait le décès de la maîtresse des esprits, son initiatrice, sa guide. Elle s'était échappée au premier sommeil de son mari, Motty l'aveugle, après lui avoir murmuré à l'oreille : « Je m'en vais protéger notre fils. Dors tranquille ! » Esther se tenait là, au milieu de ses compagnes, sous les arches de Bab el-Zouweila, Sett Zaïda sur sa gauche, Ta'beya sur sa droite qui répétaient inlassablement la Fati'ha, la première sourate qu'on appelle encore « la mère du Coran ».

— Mais je ne connais pas les prières arabes, se plaignait Esther la Juive qui ne savait qui ni comment prier.

— Répète après nous ! Aurais-tu honte de la foi de ta mère ?

— Mais non ! J'ai seulement peur de ne pas prononcer les paroles qu'il faut.

— Qu'est-ce que tu racontes ? se moqua Sett Zaïda. Ici la prière est en arabe. Alors qu'à la synagogue tu ne comprends pas un mot de la prière en hébreu.

— C'est vrai ! convint Esther de mauvaise grâce. C'est vrai que je ne comprends pas tout de la prière en hébreu – pas tout, je dis bien. Mais au moins, celle en hébreu, je la connais par cœur.

Ta'beya ajouta :

— Les prières que tu adresses aux Seigneurs, tu les fais bien en arabe… Et de ricaner : Alors que les Seigneurs, notre mère me l'a enseigné, les Seigneurs ne parlent pas l'arabe… Ah ça, vous ne le saviez pas…

— Ah oui ! Et quelle langue parlent-ils puisque, dans tous nos chants, nous nous adressons à eux en arabe ? s'étonnait Sett Zaïda.

— Ils parlent le copte ! Mais attention, pas le copte des Coptes… Non ! Tss tss… Non, le copte des Égyptiens !… Ô la beauté ! Enfin, pas des Égyptiens comme ça, façon… Non des Égyptiens, ça veut dire des pharaons !

— Et toi, ma chérie, toi la Ta'beya, la cheffe de la ruelle, toi tu parles la langue des pharaons, peut-être… Comme moi je parle l'anglais, embrasse mon cul !

Un peu vexée, Ta'beya, qui était la plus âgée, se renfrogna et les rappela à l'ordre.

— Il faut prier, non pas bavarder ! Qu'arriverait-il si la lumière survenait alors que nous sommes en train de jacasser comme des perruches ? Hein ? Dites-le-moi !

Et Sett Zaïda lui répondit avec logique :

— Rien ! Justement ! Il n'arriverait rien… Et c'est ce qu'on redoute.

Pendant que ces deux-là se disputaient, elles ne se préoccupaient plus d'Esther qui s'était figée sur place, les yeux exorbités. Campée sur ses deux pieds, elle regardait le ciel en criant : « Ya rabbi ! Ya rabbi ! Ô mon dieu ! Ô mon dieu ! » Elle venait de la voir, à l'endroit de la lune qui s'était écartée pour lui laisser place, une roue de feu éblouissante qui tournait en projetant des étincelles. Et c'étaient couleurs et lumières en pleine nuit, comme si les ténèbres se contractaient pour laisser place à une part de jour. Elle se frottait les yeux, puis s'essuyait les mains sur les hanches. Elle continuait d'appeler son dieu sans savoir si c'était celui de ses ancêtres, celui des musulmans en pleine prière de Ramadan ou l'un des Seigneurs de la confrérie puisque le mot « rabbi » convient à chacun des trois. « Ya rabbi ! » répétait-elle sans cesse.

Autour d'elle, les autres ne voyaient rien. Elles avaient beau scruter le ciel, il était limpide comme toujours, percé de milliers d'étoiles. Pour elles aucun astre magique, aucune lumière, rien qu'une nuit comme toutes les autres nuits. Elles n'en étaient pas fâchées. Elles savaient que c'était ainsi, que la vision est réservée à une seule personne et ne peut être partagée. Elle vient à qui a été désigné, voilà tout.

— Dis ton vœu ! hurla Sett Zaïda à Esther. Dis-le à haute voix. Dis-le vite !

Car elles savaient que la lumière ne durait que quelques instants. Elles savaient que, qui le prononce avant la fin de la vision verra réalisé son vœu, même le plus fou. Et Ta'beya de secouer Esther :

— Vite ! Dis-le, au nom de Dieu et de toutes les puissances, réveille-toi !

Et Esther finit par sortir de sa prostration. Sa voix était celle des esprits de la nuit, une voix grave, éraillée. Elle dit lentement les phrases qui avaient sans doute mûri dans son esprit au long des longues nuits d'inquiétude. Elle les prononça distinctement, mot après mot.

— Ô Dieu ! N'abandonne pas mon fils aux mains de ses ennemis ! Fais qu'il échappe à leur étreinte. Remets-le debout, qu'il se dresse à nouveau, beau et vaillant comme toujours. Accorde-lui ta protection aujourd'hui comme chaque jour. Ô Dieu ! Ô mon Dieu !

À ce dernier mot, la lumière disparut, la nuit occupa tout le ciel à nouveau et Esther entendit les paroles des femmes qui l'entouraient.

— Alors, tu l'as vue ?

Et elles insistaient.

— Est-il vrai que la lumière est plus forte que celle du soleil ?

— Tu l'as entendu, aussi… tu l'as entendu ?

— Qui ? Qui est-ce que j'aurais vu ? Qui est-ce que j'aurais entendu ? balbutiait Esther l'esprit embrumé.

— *Leïlat el-Qadr*, voyons, la Nuit de la Destinée, tu l'as vue ?

— Regarde dans tes poches si elle ne t'a pas laissé des pièces d'or.

Et Esther éclata de rire. Elle n'avait pas de poches. Rien qu'une vieille robe défraîchie. Elle montra ses mains à ses compagnes. Elles étaient aussi vides que toujours. Mais son visage rayonnait et ses yeux brillaient comme des diamants.

On raconta plus tard dans 'Haret el-Yahoud que Zohar Zohar, le fils d'Esther et de Motty l'aveugle, à l'instant précis où sa mère avait terminé l'énoncé de son vœu, caché au fond du grenier de la synagogue Ben-Ezra, perdue au milieu du quartier copte, entre l'église Saint-Georges et l'église suspendue… on raconta que Zohar Zohar s'était dressé en pleine nuit, les yeux grands ouverts, le corps intact, les blessures disparues, le visage épanoui. Mais il y avait toujours quelqu'un pour dire : « Comment pouvez-vous le savoir, il fait noir comme dans un four dans le grenier de Ben Ezra ? »

Cette même nuit du vendredi 20 juin 1952, la Nuit de la Destinée, à deux kilomètres de Bab el-Zouweila, dans son gigantesque palais d'Abdine, Farouk offrait une réception. Après la défaite de 1948 que tous lui imputaient, tant les militaires que les Frères musulmans, les militants de la «Jeune Égypte» que les politiciens du Wafd, Farouk avait perdu tout soutien politique. Disparus de sa cour comme par enchantement les aristocrates orgueilleux aux titres ronflants, les princes et les princesses, les nabils et les nabilas, les beys et les pachas qui maintenant le disaient fou, envisageant même de l'assassiner pour préserver leurs prérogatives. Disparus les hommes d'affaires, les grands propriétaires et les notables, qui tentaient de mettre leurs biens à l'abri. Depuis l'incendie de janvier, il ne lui restait plus qu'un majordome en qui il pouvait encore avoir confiance, le mélancolique Antonio Pulli qui le suivait comme une ombre depuis son enfance. Mais le roi ne supportait pas la solitude, surtout en ces temps d'angoisse. Alors, il multipliait les soirées et les réceptions. Nombreux étaient les intrigants à sa table, qui vibrionnaient autour de lui pour bénéficier des derniers avantages avant l'effondrement. Et le premier d'entre eux, le général Mohammed Haydar-Pacha, commandant en chef des forces armées, principal responsable de la débâcle militaire, qui insistait pour obtenir le portefeuille de ministre de la Défense. Il était présent ce soir-là, ainsi que son rival, le général Hussein Sirri Amer qui tentait désespérément d'avertir le roi du coup d'État que les Officiers libres de Nasser s'apprêtaient à déclencher. Haydar-Pacha, quant à lui, s'efforçait d'apaiser le roi, d'autant qu'il avait déjà entamé les pourparlers avec les putschistes. Mais Farouk était insensible, tant aux avertissements qu'aux réassurances, son angoisse n'était pas conjoncturelle, elle le tenait au corps de longue date, viscérale, essentielle. Avant de passer à table, le journaliste Karim Tabet, récemment promu « conseiller de presse du roi », multipliait les apartés. Car c'était à lui que l'on s'adressait pour obtenir, et toujours contre paiement en devises, décorations et postes de gouverneur. Et Elias Andraos, ce millionnaire grec dont le roi s'était récemment entiché car il avait l'élégance de toujours perdre au poker, s'essayait à quelques plaisanteries grivoises qui tombaient à plat. Il y avait aussi le docteur, Youssef Rachad, son médecin, dont il était le seul patient, les poches pleines de fioles et de flacons, prêt à se précipiter à son secours à la moindre alerte. Il avait tout de même une autre fonction, ce bon docteur, il renseignait Anouar el-Sadate et les conjurés, les alertait à chaque décision que prenait le roi. À table, deux Américains, reconnaissables à la raideur de leur costume, avaient été introduits chacun par un général égyptien. Ils soufflaient à l'oreille de Farouk qu'ils pourraient lui arranger certaines affaires diplomatiques et lui obtenir le soutien des puissances étrangères. S'il acceptait d'adoucir sa position à l'égard de la Grande-Bretagne, proposait le premier… S'il entreprenait des pourparlers de paix avec les Israéliens, susurrait le second… Farouk n'en pouvait plus. Il ne parvenait à écouter ni les uns ni les autres. On ne peut rien décider si l'on est le roi de personne. En plein milieu du repas, alors que les maîtres d'hôtel commençaient à servir la viande, il se dressa soudain.

— Ici, tonna-t-il, vous êtes accueillis dans la demeure du roi. Un roi... Je prononce bien haut ce mot que vous ne voulez pas entendre. Le roi, je suis le roi ! Vous ne connaissez pas votre bonheur d'avoir un roi. Et vous, vous voulez seulement vous repaître à sa table, et comploter en sourdine pour vous partager sa dépouille. Mais le roi n'est pas mort ! Et moi, je vous dis : vive le roi !

Il jeta violemment sa serviette sur la table et tourna les talons. Pulli se précipita derrière lui et finit par le rattraper sur le perron. Dehors, on entendait la foule des Égyptiens en prière, et c'était comme un grondement, comme si la terre elle-même rugissait. Farouk était cramoisi de rage.

— Écoutez-moi, Majesté, je vous en supplie.

— Parle ! Dis ce que tu veux me dire mais dis-le vite ! Je ne suis pas d'humeur à entendre des balivernes.

— Majesté, il ne s'agit pas de rumeurs. C'est une certitude.

— Quoi donc ? Parle, voyons, bougre d'imbécile !

— Vous ne voulez pas y prêter attention, Votre Altesse alors que tout le monde ne parle que de ça.

— Vas-tu enfin me dire de quoi il s'agit ?

— Un coup d'État, Votre Altesse !

Et Farouk éclata de rire, de ce rire énorme, ce rire de géant qui rebondissait en écho sur les murs du palais.

— Un coup d'État ? Rien que ça...

— L'armée s'apprête à vous renverser, Sire... Il est encore temps de réagir. Sirri Amer détient la liste des insurgés. Donnez-lui le feu vert et demain, à l'aube, il les jettera tous en prison. Vous sauverez votre trône, et ensuite, vous engagerez les réformes qui vous ouvriront le cœur des Égyptiens…

— Allons, mon brave Pulli, l'angoisse t'égare. L'armée est à mes côtés, à part quelques trublions sans aucune influence. Et le peuple m'adore. Tu peux dormir sur tes deux oreilles, et moi, ce soir, je m'en vais à la rencontre d'une femme, une vraie !

Farouk appela Abdel Aziz, le directeur des garages royaux.

— Aziz, ordonna-t-il, prépare la Cadillac, la noire, la décapotable, je veux me rendre discrètement en ville.

Pulli insista une dernière fois.

— Ô mon roi, je vous en supplie, recevez le général Sirri. Ordonnez-lui de mater la rébellion. Voyez comme je tremble. Je ressens votre inquiétude dans mon corps.

— Tu te racontes des histoires, mon pauvre Pulli. Je ne suis pas inquiet, pas le moins du monde ! Je suis simplement fatigué d'entendre des niaiseries.

Et Pulli de penser qu'une fois de plus le roi mentait mais il ne savait décider s'il mentait seulement aux autres ou s'il se mentait aussi à lui-même. Car, comme dit le proverbe égyptien : « Le menteur est un menteur. Il ment encore quand il dit la vérité. »

L'urine d'un chien ne souille pas la mer

Neuilly-sur-Seine. L'après-midi.

Était-ce la première, la troisième ou la dixième nuit qu'ils passaient ensemble ? Livia ne s'en souvient plus. Mon père parlait tellement. Il l'étourdissait. Sans doute était-ce après l'amour qu'ils avaient ces longues discussions. Je les imagine couchés tête-bêche, le corps repu, tirant sur leur cigarette, lui la tête appuyée au creux de sa main, elle adossée à un gros coussin. Sans doute étaient-ils nus dans la moiteur d'une journée ensoleillée ; peut-être s'enveloppait-elle d'un drap laissant apercevoir le haut de ses seins criblés de taches de rousseur… S'il parlait autant c'est qu'il lui fallait décharger l'inquiétude accumulée durant des mois, en une sorte de psychothérapie spontanée… Je ne sais pas.

— Je ne garde en mémoire que les images de sa vieillesse, à Paris, lorsque nous nous sommes retrouvés. Je ne saurais dire à quoi ressemblait votre père quand je l'ai connu. Il n'avait pas grand-chose d'un Égyptien, en tout cas. Non, plutôt un Mongol, voyez-vous, avec ses yeux en amande et ses cheveux lisses et si noirs. Il racontait sans cesse, et je dois avouer que j'étais incapable de déterminer si tous ces récits étaient le produit de son imagination ou s'il relatait des événements réels. La différence m'importait peu à l'époque, tellement j'aimais l'écouter. Mais je peux vous assurer d'une chose, mon cher François, votre père connaissait Farouk. Il le connaissait même fort bien. De ça, j'en ai eu la preuve quelques semaines plus tard… Mais essayons de garder le fil, voulez-vous ? Où en étais-je arrivée ? Je crois que le roi n'avait pas encore abdiqué, n'est-ce pas ? »

J'ai pris l'habitude de venir passer l'après-midi à Neuilly, chez Livia Iacopetti, tous les quinze jours, parfois plus souvent lorsque mon emploi du temps me le permet, dans ce petit pavillon entouré d'un jardinet, rue du Château – un après-midi qui se prolonge souvent jusqu'à une heure avancée de la soirée. Ça me fait un bien fou. Et chaque fois, je m'étonne de sa mémoire exceptionnelle. Installée dans son fauteuil, elle parle en regardant ses pieds posés sur une chauffeuse. Quelquefois, elle se lève pour me montrer une photo qu'elle va piocher dans une boîte à chaussures. Malheureusement, elle en possède très peu de mon père, à croire qu'il refusait de se laisser photographier. Cette fois, je ne me suis pas contenté de mon smartphone, j'y ai ajouté un enregistreur. J'ai bien trop peur de laisser échapper ne serait-ce qu'un fragment de ces récits.

Voilà plusieurs entretiens que j'essaie de la diriger sur le Mufti de Jérusalem. Je lui pose des questions. Je veux absolument savoir si mon père a eu maille à partir avec lui. Je voudrais croire que les passions qui l'ont habité m'auraient mystérieusement été transmises, par une sorte de télépathie génétique.

J'aimerais tant découvrir que si j'ai écrit mon doctorat sur les relations troubles entre la diplomatie française et le Grand Mufti de Jérusalem dans les années 1946-1948, c'est qu'une mystérieuse intuition atavique m'avait inconsciemment guidé jusqu'à ce sujet. Mais Livia ne répond pas à mes questions. Elle ne se laisse pas dérouter, continuant imperturbablement son récit en respectant sa propre chronologie.

— Selon l'expression de votre père, commença Livia, « en ce temps-là, la rue du Caire était chaude »... Il ne se passait pas un jour sans émeute, cortège de manifestants, enterrement de martyrs ou que sais-je encore...

*

Le Caire. Palais d'Abdine. Nuit du vendredi 20 juin 1952.

En 1952, Cadillac venait de sortir la série 62. Sa ligne fluide et élancée, avec les petits ailerons en bout de queue, la craquante prise d'air verticale à l'avant des ailes arrière et surtout ces deux énormes butoirs de pare-chocs en forme de seins de femme, avait séduit Farouk qui ne put s'empêcher de commander l'un des premiers exemplaires. L'usine l'avait spécialement livrée par avion-cargo, noire avec un luxueux intérieur en cuir rouge et les armoiries royales gravées sur la planche de bord. Le roi, qui se croyait incognito avec ses lunettes de soleil en pleine nuit et son large borsalino incliné sur le côté, s'installa au volant.

— Aziz, nettoie encore le pare-brise, je n'y vois rien !

Et le pauvre Abdel Aziz, qui ne cessait de frotter, n'osa faire remarquer au roi que s'il retirait ses lunettes de soleil, il verrait certainement mieux la route.

— J'appelle un chauffeur, ô Votre Présence…

— Pour quoi faire, espèce d'âne bâté, tu vois bien que je conduis moi-même la voiture.

— Je pensais au retour, Votre Majesté.

— Comment sais-tu que je vais rentrer ? T'es-tu mis en tête, toi aussi, de m'espionner ?

Et il démarra en trombe. Les deux cents chevaux du V8 firent patiner les roues sur le gravier de l'allée. Il sortit par un portail situé à l'arrière du palais et fila en direction de la rue Saad-Zaghloul. Il n'avait pas eu le temps de prévenir Thalia de son arrivée. Bah, si elle était absente, il se rendrait à l'Anglo-Egyptian, à l'Automobile-Club ou au Rendez-vous des pachas. Il y trouverait bien une table de jeu pour passer la soirée et une partie de la nuit.

Cette nuit que les musulmans appelaient la Nuit de la Destinée, cette nuit l'inquiétait. Il ruminait en son cœur : « Et pourquoi cette nuit serait-elle différente de toutes les autres nuits ? Et pourquoi ce foutu mois de Ramadan serait-il différent de tous les autres mois ? » Ses questions pseudo-philosophiques auraient dû l'aider à surmonter son sentiment de culpabilité, mais il ne parvenait pas à se convaincre de son propre raisonnement. Et l'angoisse de commettre un sacrilège, lui, roi musulman, protecteur des croyants, venait s'ajouter à son angoisse fondamentale. Farouk n'était pas un dévot, loin de là ! La religion ne l'intéressait pas ; mais il était superstitieux. Il redoutait surtout le moment où Dieu viendrait lui demander des comptes.

Et dans les événements qui agitaient l'Égypte ces trois dernières années, il ne pouvait s'empêcher de voir le doigt de Dieu. Farouk avait défié tous les pouvoirs auxquels il avait été confronté, en premier lieu celui de sa mère, la reine Nazli, puis de sa gouvernante anglaise, des Anglais par la suite, et tout particulièrement de sir Miles Lampson, l'arrogant ambassadeur de Grande-Bretagne... il les avait défiés à sa façon, faite d'opposition et d'ironie silencieuse. Mais avec son dieu, la confrontation était plus franche. Cette fois, se disait-il, il irait jusqu'au bout. Durant cette nuit du destin, non seulement il ne prierait pas, mais il irait faire la fête jusqu'à l'aube et le lendemain, Ramadan ou pas, il mangerait comme il n'avait jamais mangé, autant de spaghettis en sauce bolognaise qu'il pourrait engloutir, des saladiers entiers ! Et il verrait bien si ce dieu dont tout le monde parlait finirait par se manifester à lui.

Devant l'immeuble de Thalia, une Chevrolet décapotable était stationnée. Il avait déjà aperçu cette voiture, mais il ne savait dire ni où ni quand. Ce n'était pas la vieille guimbarde de Thalia, en tout cas ; il la connaissait son Austin Eight d'avant guerre, il s'en était suffisamment moqué. Il lui avait même proposé à plusieurs reprises de lui offrir une américaine décapotable, comme cette Chevrolet, justement ! Et elle avait refusé, comme elle refusait tout lien de subordination. Thalia était une femme libre ! C'était précisément ce qui attirait Farouk. Dans le hall d'entrée, un groupe de militaires montait la garde. Il hésita quelques instants, pensant qu'il serait reconnu et que l'on jaserait encore dans les gazettes le lendemain. Mais il était agité d'une telle furie intérieure qu'aucune pensée raisonnable ne parvenait jusqu'à son cerveau. Il surgit donc de la Cadillac et entra énergiquement dans l'immeuble.

Les hommes ne le reconnurent pas immédiatement. C'étaient de simples soldats, l'uniforme mal ajusté, la chemise au col trop grand, les manches descendant sur les poignets.

— Halte-là ! On ne passe pas ! Ordre du bikbachi Mansour ! aboya celui qui devait être leur sergent.

Farouk s'avança vers lui, le menaçant de sa taille et de sa corpulence. Le soldat eut si peur qu'il arma son fusil.

— Un pas de plus et je tire.

Farouk retira son chapeau pour se faire reconnaître.

— Je me demande qui te châtiera plus sévèrement de Dieu ou des hommes lorsqu'on apprendra que tu as tué le roi...

L'autre se figea sur place, comme si le diable en personne s'adressait à lui. Il balbutia « Bismila, bismila... », « Au nom de Dieu, au nom de Dieu... » comme lorsqu'on veut chasser un être démoniaque. Peut-être était-ce le diable, qui sait, en cette nuit extraordinaire durant laquelle tout pouvait arriver, y compris le Sheytan sous les traits d'un roi énorme et terrifiant. Le soldat se mit à trembler. Farouk déclina son identité, comme il le faisait parfois aux tables de poker :

— Le cinquième roi du jeu de cartes : Farouk Ier, roi d'Égypte et du Soudan ! Garde-à-vous !

Il fut si effrayé, le pauvre sergent, qu'il en laissa tomber son arme. Farouk le saisit par l'oreille.

— Et tu abîmes le matériel de l'armée, espèce d'âne. Sais-tu combien le fellah, le paysan, a transpiré son âme pour t'équiper d'un fusil ? N'as-tu pas honte, fils de chien ?

Il repoussa le sergent médusé de la paume de la main et s'avança vers l'ascenseur. Aussitôt, l'autre se précipita pour en ouvrir la porte en s'inclinant au plus bas qu'il lui était possible alors que les soldats, raides comme des quilles, présentaient le salut militaire à ce roi des alcôves.

Lorsque Farouk parvint à l'étage de sa maîtresse, Thalia la Juive, la préférée du moment, un soldat lui ouvrit la porte de l'ascenseur. Il était blond, des mèches dépassaient de sa casquette de capitaine et il remarqua son regard étrange, les pupilles dilatées, comme celles d'un animal nocturne. À l'arrière-plan, Thalia, les jambes et les bras ligotés sur une chaise, les cheveux en bataille, la chemise de nuit déchirée, des ecchymoses sur le visage, hurlait en arabe : « Venez à moi, jeunes gens, on m'assassine ! » Tout près d'elle, affalé dans un fauteuil, un gradé, qui ne semblait pas avoir entendu l'arrivée du roi, la regardait crier.

— Pleure toujours, ma belle, lui susurrait-il d'une voix mauvaise. Bientôt, tu pleureras toutes les larmes de ton corps. Ce qu'on va te faire maintenant, crois-moi, tu t'en souviendras !

— Qu'est-ce que c'est ? demanda Farouk.

Dieter Boehm, qui avait aussitôt reconnu le roi, restait paralysé, ne sachant quelle attitude adopter. Dans les semaines qui avaient précédé, on l'avait informé que le coup d'État était imminent. Il avait participé aux réunions des officiers rebelles qui se moquaient de Farouk et s'amusaient de le voir bientôt pendu par les pieds à l'exemple de Mussolini ou décapité au sabre en place publique après qu'on lui aurait coupé les mains comme le méritait le voleur qu'il était. Un instant, il fut tenté de se servir de son arme contre le roi. Mais le coup d'État n'avait pas encore eu lieu et Dieu seul savait comment l'affaire pouvait tourner. Et puis, cet homme gigantesque qui se tenait devant lui en costume civil, le dépassant d'une bonne tête, l'impressionnait. Il prit peur. Allait-il une nouvelle fois se faire rappeler à l'ordre ?... être limogé, accusé de sévices, emprisonné comme il le fut naguère par les Américains ? Paralysé d'effroi, le sinistre Dieter Boehm, statue de sel aux yeux exorbités ! Farouk le saisit par le revers de sa vareuse :

— Et vous, là, qui êtes-vous ? Que faites-vous ici ?

Dieter n'osa répondre, craignant de révéler ses origines par son accent. Le lieutenant-colonel Youssef Mansour, sentant que la situation pouvait déraper, se leva de son fauteuil, se mit au garde-à-vous et répondit au roi.

— Nous interrogeons une espionne israélienne, Votre Majesté !

— Bande de sauvages ! hurla Farouk. Est-ce donc là mon armée ? Un ramassis de couards sur le champ de bataille, qui courent de défaite en défaite et ne font acte de courage que pour torturer une femme sans défense ? Où étiez-vous lorsque de malheureux Arabes se faisaient tailler en pièces en Palestine ? Vous vous amusiez avec des femmes ligotées ? Vous n'êtes pas des militaires, non ! Les militaires ne se comportent pas ainsi, vous êtes des porcs !

Youssef Mansour tenta de s'expliquer :

— Sire, nous disposons de preuves accablantes. Cette femme juive entretenait des liens réguliers avec les services de renseignement israéliens. Voulez-vous examiner ces preuves, Votre Majesté ?

À ce moment, un chien se mit à aboyer dans la pièce voisine.

— Un chien ? s'étonna le roi. Vous avez amené un chien pour interroger une prétendue espionne. Mais pour quoi faire ? Montrez-moi ce chien.

Deux soldats se précipitèrent et revinrent en le tirant par une laisse. C'était un berger allemand de très grande taille. Farouk n'en avait jamais vu d'aussi grand. Le chien se mit à aboyer en direction du roi.

— C'était pour faire peur à l'espionne, Votre Majesté, balbutia Youssef Mansour.

C'est alors que Thalia appela Farouk :

— Sire, je vous en supplie, j'ai mal. Détachez-moi, par pitié.

Farouk s'avança vers Thalia, mais le chien lui barra le passage en aboyant. D'un geste décidé, le roi s'empara du revolver dans l'étui que Mansour portait à la ceinture et abattit le chien de deux balles en pleine tête.

Le roi Farouk, tout le monde le savait, était un chasseur émérite qui ne ratait jamais sa cible. Les coups de feu firent tressaillir Dieter. Il savait qu'on pouvait passer en un instant de la position de chasseur à celle de gibier. Il se réfugia derrière une colonne. Thalia se plaignit à l'adresse du roi :

— Le chien, Votre Majesté… Oh ! C'est horrible…

— Il est mort.

— Ils voulaient…

— Quoi ?

— Oh, Sire, je ne peux pas…

— Quoi ? insistait le roi. Que voulaient-ils faire ?

— Ils voulaient m'accoupler avec ce chien…

À ces mots, Farouk ressentit une grande lassitude. Il s'affala dans un fauteuil. Il était scandalisé. Non pas qu'il fût particulièrement attaché aux préceptes moraux, il lui était arrivé de condamner d'un mot un opposant que ses sbires abattaient ensuite d'une balle dans le cœur en pleine rue, comme Hassan el-Banna, le guide suprême des Frères musulmans, assassiné trois ans auparavant, le 12 février 1949. Il lui était aussi arrivé d'ordonner la disparition de femmes qui voulaient le faire chanter, et certainement plus d'une, comme Camelia, la voluptueuse star de cinéma, disparue dans un mystérieux accident d'avion, le 31 août 1950. Mais ces exactions qu'il avait ordonnées restaient lointaines, presque abstraites. Cette fois, il avait devant les yeux la victime, les bourreaux et l'horreur de la torture. Dieu, pensa-t-il, lui imposait cette vision pour le punir. Il ouvrit les mains dans un geste de prière…

— Ya Rabbi ! Ô mon Dieu ! marmonna-t-il à plusieurs reprises. Puis, s'adressant à Mansour : L'urine d'un chien ne souille pas la mer. Cette femme est une déesse. Libère-la. Et puis foutez-moi le camp… Tous, autant que vous êtes ! Tas de porcs obscènes !

Après le départ des soldats, Farouk resta longtemps silencieux au chevet de sa maîtresse.

Comment les djinns domptent les chevaux et les ânes

L'Égypte était exsangue. Depuis le mois de mars, le cours du coton, principale exportation du pays, s'effondrait chaque jour. Les caisses vides, les maigres budgets du gouvernement servaient surtout à engraisser pachas et grands propriétaires terriens. La corruption sévissait à tous les niveaux de la société, depuis l'instituteur qui monnayait ses notes aux élèves jusqu'à l'entourage du roi qui facturait titres nobiliaires aux grands bourgeois et promotions aux fonctionnaires. La colère du peuple, portée à l'incandescence par la propagande des Frères musulmans et des communistes, devenait imprévisible. La rue était en feu.

Le 22 juillet 1952. Vague de chaleur. Depuis le début du mois, la température n'était pas descendue en dessous de quarante degrés. Pas un souffle d'air, Le Caire étouffait. Nul ne mettait le nez dehors avant la fin de l'après-midi. Un groupe d'officiers, tous âgés d'une trentaine d'années, était réuni chez le capitaine Sarwat Okacha. Dans cet appartement cossu aux murs couverts de bibliothèques, toutes les fenêtres étaient fermées et les rideaux tirés. L'épaisse fumée de tabac qui les enveloppait ajoutait encore à l'atmosphère de complot. En plein centre du grand salon trônait un piano à queue. Sarwat, la trentaine distinguée, les cheveux brillants, la raie bien à gauche et une petite moustache parfaitement taillée, à l'anglaise, avait tombé le veston. Assis sur le rebord du tabouret, il lissait sa cravate d'un geste mécanique. Il avait à cœur de dissimuler son embonpoint.

— La révolution, dit-il, est le paroxysme de la lutte des classes. Nous avons atteint le point de non-retour. Aujourd'hui, le peuple est à bout. Il ne supporte plus la morgue des occupants britanniques ni l'esclavage que lui imposent les propriétaires terriens. Nous y sommes, camarades. L'heure a sonné !

Du fond de la salle où il se tenait derrière une colonne, Gamal Abd el-Nasser l'avait interrompu. Grand, mince, le teint hâlé du Saïd, les cheveux noirs frisés, vêtu d'un simple pantalon gris et d'une chemisette blanche, il souriait avec dédain.

— Mon cher ami, nous discuterons du bien-fondé des thèses de ton idole Karl Marx une fois que nous aurons réussi. Pour l'heure, il s'agit de distribuer les tâches.

Gamal portait bien son nom – « la beauté » ! La sienne était sauvage, brute ; un charme singulier émanait de sa présence. Peu bavard, il inquiétait par son silence ; il impressionnait, aussi, par une détermination inébranlable et cette crispation machinale de la mâchoire. Ses camarades savaient qu'il valait mieux ne pas lui résister. À la façon dont ils le regardaient avec respect, guettant le moindre signe sur son visage, on ne pouvait se tromper, c'était leur chef. Oui, mais un chef singulier qui évitait de se mettre en avant, qui restait tapi dans l'ombre. Gamal était une panthère, évitant de se déplacer en plein jour et chassant la nuit. De la panthère, il avait la démarche, souple, puissante, secrète et le sourire, aussi, que l'on disait « carnassier ».

Voilà près de dix ans qu'il avait décidé de renverser ce roi de carnaval et son régime pourri. Son idée, plus encore, son obsession, il ne l'avait jamais lâchée depuis qu'il avait compris que seule l'armée y parviendrait – oh, pas l'armée des généraux corrompus, goinfrés de richesses et vautrés dans les palais des plaisirs, non, celle des jeunes officiers méritants issus de la petite bourgeoisie, premiers de leur famille à accéder à l'enseignement et à quelque responsabilité. La jeune garde réunie là, ce groupe de purs qu'il avait rassemblés autour de lui, provenaient tous de cette classe sociale, à l'exception de Sarwat, précisément, leur hôte de la soirée, fils aîné d'une famille aristocratique. C'est Gamal qui avait choisi le nom du groupe, les « Officiers libres ». Il en avait soigneusement recruté les membres, un à un, après les avoir observés, interrogés, testés. C'étaient à la fois ses pairs – lui-même avait tout juste trente-quatre ans –, ses amis et ses sujets. Ils ne partageaient pas tous les mêmes options politiques, néanmoins. Certains étaient proches des communistes, beaucoup des Frères musulmans, et l'un d'entre eux était même partisan d'un régime démocratique à l'occidentale. Mais ils étaient tous farouchement nationalistes et prêts à sacrifier leur vie pour la cause, le renversement de la monarchie. Ce jour-là, il n'en manquait qu'un seul, un trublion, un boute-en-train, jamais en retard d'une nokta, d'une plaisanterie, toujours excessif, aussi, dans ses positions, appelant en riant à la dictature des pauvres et à la vengeance sanglante contre les exploiteurs. Celui-là s'appelait Anouar el-Sadate. Il se trouvait alors en garnison aux confins du Sinaï, à El-A'rich.

— Sadate est prévenu, annonça Nasser, il rentre ce soir de son désert. J'irai moi-même l'attendre à la gare.

Quand Gamal prenait la parole, le silence était absolu, pas un mouvement, pas une respiration, pas un raclement de gorge. Mesurant ses effets, il avait poursuivi avec calme :

— Tout est au point. Chacun sait ce qu'il doit faire. Je résume : El-Shafei et Mohieddine, les blindés, Chawki et Youssef Mansour, le quartier général, Boghdadi et Ibrahim, la base aérienne, Sadate, la radio... Mais avant toute chose j'exige le secret le plus absolu. Vous n'en parlez ni à votre femme, ni à votre chauffeur, ni même à votre portier et surtout à aucun militaire ! Vous réunirez dans les casernes ceux qui ont accepté de nous suivre pour leur communiquer les instructions, mais pas avant vingt-deux heures.

— Alors, c'est vraiment pour ce soir ? avait demandé Sarwat.

La question était idiote. Il se repentit aussitôt de l'avoir posée. Il ne souhaitait certainement pas obtenir une réponse, seulement se rassurer. Nasser, sérieux comme toujours, avait répondu :

— Ce soir ! Oui ! Une heure du matin ! Et dis-toi bien, mon ami, que nous avons quatre-vingt-dix pour cent de chances de réussir. Pour nous donner du courage, ô Sarwat, tu vas nous jouer *Schéhérazade*...

Sarwat Okacha s'était penché sur son piano et les Officiers libres qui s'apprêtaient à commettre le coup d'État le plus audacieux que l'on pût imaginer, eux qui avaient été bercés aux interminables litanies de Om Kalsoum et aux chansonnettes de Farid el-Atrach, avaient écouté religieusement leur camarade interpréter du Rimski-Korsakov. Parce que Nasser en avait décidé ainsi.

Il était dix-huit heures.

*

Ce même mardi 22 juillet, Alexandrie.

Comme la plupart des Cairotes nantis, dès l'arrivée des grandes chaleurs, le roi Farouk avait pris ses quartiers d'été en bord de mer. Il s'était installé dans ses deux palais d'Alexandrie, l'immense Rass el-Tine et le surréaliste palais de Montaza, tout droit sorti d'un conte de fées. Il n'avait pu acheminer toutes ses voitures dans ses résidences d'été mais une bonne vingtaine tout de même, et surtout sa dernière, celle du moment, son Alfa Romeo 6C Super Sport, forte de près de cent cinquante chevaux. Durant toute la matinée, à Montaza, il avait erré sur la plage réservée à son seul usage, ruminant de noires pensées. Tous les hommes de valeur avaient déserté. Ne restaient auprès de lui que quelques imbéciles qui refusaient encore de croire à l'inéluctable et les charognards qui arrachaient les derniers lambeaux de chair au cadavre. Après la sieste, il avait pris le volant de son Alfa Romeo et parcouru la corniche, fenêtres ouvertes, cheveux au vent. Tout en conduisant, il déclinait les noms des belles plages qui se succédaient sous ses yeux. Peut-être voulait-il graver leurs noms dans sa mémoire, Sidi

Bichr, San Stefano, Stanley, Miami… Arrivé à Rass el-Tine, il était entré en renâclant dans son bureau, où l'attendait le cabinet de crise, le dernier carré de prétendus fidèles. D'un même mouvement, ils s'étaient levés en lui présentant le salut militaire. Farouk s'était effondré sur son fauteuil. On a dit plus tard que les ressorts avaient fait un drôle de bruit, un grincement sinistre, comme si, désormais, le fauteuil lui-même refusait le roi. Mais il y a tant de gens qui prétendent avoir perçu des signes avant-coureurs des catastrophes.

Depuis la veille, Farouk avait enfin compris que l'armée s'était reconnue dans le mouvement des Officiers libres du bikbachi, ce foutu lieutenant-colonel Nasser. Ses meilleurs conseillers l'avaient supplié de nommer enfin un Premier ministre vertueux. En désespoir de cause, pour redresser la situation, il avait désigné Ahmed Najib al-Hilali Pacha, qui avait immédiatement pris des mesures pour expurger l'armée. Mais c'était trop tard, d'autant que, dans un sursaut d'orgueil, Farouk voulait lui imposer Smaïl Sherine, son propre beau-frère, comme ministre de l'Armée. S'il avait voulu apaiser les militaires, le choix du général Mohamed Naguib, idole du peuple et égérie des Officiers libres, se serait pourtant imposé. C'était sur cette question que l'on discutait encore : Sherine ou Naguib ? Et le ton commençait à monter. Farouk était las, prêt à lâcher prise. Malgré les ventilateurs, il transpirait à grosses gouttes, s'essuyant sans cesse le front et le cou de son mouchoir. On s'attendait à ce qu'il argumente mais il restait silencieux. Il avait même fermé les yeux, s'évanouissant en secret dans ses pensées noires. Puis, sur une feuille de papier, il s'était mis à écrire, en français, une lettre à la belle Thalia. « Ma douce, ma tendre, mon adorée »... Non ! Il avait raturé le dernier mot. « Ma douce, ma tendre » ... C'était suffisant. « Je m'ennuie à mourir au sein d'un sinistre Conseil des ministres. Crois-moi, au moment où je risque de perdre le trône que m'ont transmis les huit générations qui m'ont précédé, au moment où, plus que jamais, ma vie est menacée, je ne pense qu'à une chose : la dernière nuit que nous avons passée ensemble... Tu sais, cette nuit après ton horrible séance de torture... Quand recommencerons-nous ? Dieu est le plus grand ! » Et il avait signé : « Ton Farouk, le roi foutu. » Soudain, la sonnerie du téléphone ! Il sursauta. Jamais une sonnerie n'avait retenti durant un conseil. Il fallait un événement exceptionnel pour que le standard transmît l'appel. Hilali s'empara vivement du combiné.

— Comment ? s'exclama-t-il... Ce soir ? Non, s'écria-t-il, non ! Ce n'est pas possible. Ils ont fait diablement vite... Comment ça dans la nuit ? Vous voulez dire cette nuit ?... Que leur race soit maudite !... Mais il nous reste quelques heures. Nous pouvons encore réagir !

Il raccrocha et se tourna vers Farouk qui, les yeux dans la vague, était perdu dans ses fantaisies amoureuses.

— Votre Majesté ! Ce soir, ils mettront la dernière main à leurs préparatifs. Le coup d'État devrait avoir lieu cette nuit...

Et Farouk laissa tomber avec mépris :

— Ce n'est rien qu'une association de maquereaux !

— Certainement, Votre Majesté, mais ils ont toute l'armée derrière eux !

*

Vieux Caire, 'Haret el-Yahoud, vingt heures.

Voilà des mois que le quartier juif était attaqué la nuit par les nervis en uniforme vert de Misr el-Fatah, le mouvement d'inspiration fasciste d'Ahmed Hussein, ou par les illuminés islamistes des Frères musulmans. Jusque-là, il n'y avait pas eu de morts parce que, à chaque fois, les voisins, coptes et musulmans, venaient à la rescousse, mais des cris, des injures, des vêtements déchirés et des échanges de coups de bâton. Quelquefois, on sortait les couteaux, ces longues lames avec lesquelles on égorgeait les moutons, et toujours ce même mot d'ordre auquel les Juifs avaient fini par s'habituer : « Égorge les Juifs, mon frère, où qu'ils soient, leur sang plaît à Dieu. » Car, depuis que l'Égypte avait perdu la guerre contre le jeune État d'Israël à peine créé, les démagogues appelaient à la vengeance. Incapables de vaincre les Israéliens, ils excitaient la haine du peuple contre des Juifs accessibles et sans défense, les Juifs d'Égypte qu'ils désignaient comme une cinquième colonne. Et il ne se passait pas un jour sans qu'un leader religieux appelât au pogrom.

Alors quand, ce soir-là, les militaires étaient arrivés en camion, qu'ils s'étaient déversés dans les ruelles au pas de course, les habitants du quartier avaient d'abord cru à un nouveau coup de main. Les portes et les volets s'étaient fermés à leur passage. Les femmes s'appelaient d'une maison à l'autre. « Éteignez les lumières ! Fermez vos maisons ! Courez chercher de l'aide ! » Et le chef des militaires, une espèce de fou aux yeux clairs, qui savait qu'il fallait faire vite avant que l'alarme soit générale, hurlait : « Yalla, yalla ! » « Allez, allez ! Trouvez-la, vite ! »

Les jeunes les plus hardis du quartier, habitués à faire le coup de poing, étaient restés là, cependant. Adossés aux murs des maisons, la cigarette au bec, ils avaient bravé les militaires :

— Que venez-vous faire ici ? Depuis quand l'armée s'intéresse-t-elle aux pauvres ? leur demanda Maurice, un jeune colosse qui exhibait ses muscles.

— Nous n'en voulons pas aux pauvres, répondit un soldat, mais aux espions !

— Des espions, ici, dans la ruelle aux Juifs, mais qu'est-ce que tu racontes ? Tu devrais partir les chercher à Zamalek, à Roda ou à Héliopolis. Crois-tu qu'un espion viendrait se rouler dans la boue de la ruelle comme un ânon ?

Mais les soldats ne s'étaient pas attardés à discuter. Ils avaient foncé droit jusqu'à la maison de Motty. Là, Esther se tenait sur le pas de la porte, les mains sur les hanches.

— C'est elle, je la reconnais ! s'écria Dieter.

Ils allaient se précipiter pour la saisir quand, soudain, les femmes ont surgi de l'obscurité. Elles avaient entouré Esther, lui dressant un rempart devant ces barbares. Et la plus vieille, la tante Maleka, qui ne pouvait plus bouger de son fauteuil, avait maugréé :

— Qui c'est celui-là avec sa gueule d'adepte de Loth ? Si je pissais dans le con de la pute qui l'a engendré, elle ne sentirait pas la différence avec tous les hommes qui l'ont montée.

Que voulaient-ils à leur Esther, tous ces gens ? Déjà le mois dernier, ceux de Bab el-Zouweila étaient venus la chercher pour l'enterrement de la kudiya et maintenant les soldats, tout un régiment... Et le pauvre Motty, son mari, qui était aveugle, il allait mourir d'une crise d'apoplexie à la fin. Pourquoi tout ça ? Était-elle donc si importante ? Certes, ils savaient Esther puissante, elle qui connaissait les poudres qui réveillent la colombe assoupie entre les jambes des hommes et les plantes qui endorment leur méfiance. Ils la savaient plus proche des esprits et des diables que des hommes, leur parlant parfois dans ses moments de solitude ou dansant avec eux aux fêtes de la kudiya. Bien sûr qu'ils se demandaient parfois si toutes ces diableries étaient bien licites ; si elles n'étaient pas 'haram, péché. Ils se gardaient de poser la question au rabbin, néanmoins, de peur de se voir interdire leurs consultations à Esther. Car, tout de même, elle avait soutiré aux esprits les informations les plus précieuses, comme la date du mariage de la petite Riquette ou la grossesse tant attendue de Fofo. Alors, ils s'en accommodaient des magies d'Esther. Mais de là à penser qu'elles pouvaient intéresser tout un camion de soldats... Alors, ça ils ne comprenaient pas ! Ce devait être autre chose qui les attirait là...

— Serais-tu donc possédé par un djinn pour t'en prendre à Esther ? demanda Tofa'ha à Dieter. Le 'afrit ne t'aurait-il pas giflé au détour d'une ruelle jusqu'à te retourner les yeux, ou bien lacéré de son fouet ? Je sais qu'il y en a parmi eux qui domptent les chevaux, mais c'est la première fois que je constate qu'ils s'intéressent à un âne.

— Mais non ! l'interrompit Adina, la troisième tante. Regarde-le comme il est monté à l'envers. Lorsque le djinn l'a dépecé pour se revêtir de sa peau, il s'est trompé de côté. Regarde-le bien. Lorsqu'il avance, ses pieds marchent en arrière… Et ses yeux, le pauvre, ses yeux ! Le gauche lorgne la poule alors que le droit a déjà mis l'œuf à cuire.

Et Maleka qui poursuivait ses malédictions :

— Que Dieu le Tout-Puissant lui mette une broche dans le cul et qu'elle lui ressorte par la bouche en lui trouant la langue. Et qu'Il le tourne pour le rôtir, tout vivant, au feu de la Géhenne. Maudite soit sa mère, cette putain au con puant, qui a accouché d'une telle ordure.

Elles riaient et criaient, elles se lamentaient et pestaient.

— Il est bête !

— Un demeuré…

— C'est un âne !

— Un âne, oui, un âne bâté.

— Il ne sait pas, le pauvre, que si Esther soufflait seulement sur lui, il s'envolerait comme un ballon.

Dieter ne comprenait pas les injures des vieilles Juives de la ruelle, mais il finit par se mettre en colère. Il ordonna aux militaires de se saisir d'Esther. Ils n'allaient tout de même pas reculer devant un ramassis de vieilles femmes… Et les soudards avaient cogné dans le tas comme des forcenés. Ils y étaient allés à la crosse de fusil pour éloigner les commères. Puis, ils avaient dû se mettre à six pour maîtriser la malheureuse Esther qui se débattait en hurlant comme un chat sauvage. Ils la tenaient par les bras et par les jambes, agenouillée, crachant de fureur. Les autres avaient fait un cercle autour et brandissaient leurs armes pour empêcher les hommes d'approcher.

D'une main, Dieter prit Esther par les cheveux et, de l'autre, il lui enfonça sa cravache sous la gorge. Il jubilait. Les coups de main en pleine nuit pour se saisir de ces rats puants lui procuraient un plaisir presque sexuel.

— Sale Juive ! Tu croyais t'en tirer ainsi ? Tu ne connais pas Dieter Boehm ! Et se tournant vers l'assemblée des habitants de 'Haret el-Yahoud, il précisa en haussant la voix : Hauptsturmführer Dieter Boehm. Les Juifs, moi, je les mange !

D'un geste machinal, il se frotta l'œil marron, et il éclata de rire.

La mère de toutes les nuits

Le Caire, ce même 22 juillet 1952, vingt et une heures trente.

Depuis qu'il s'était marié à la fidèle Tahia, Nasser avait quitté le minuscule appartement de l'impasse Khamis-el-'Ads qu'il louait au Juif Samouel, le karaïte, pour rejoindre un quartier plus convenable, dans l'est de la ville.

Tahia ne prenait pas la peine de s'asseoir, courant à sa cuisine d'où elle rapportait les plats de foul médammes, ces fèves noires parfumées au cumin et arrosées d'huile d'olive. Les Égyptiens en ont tant mangé depuis l'Antiquité, et chaque Égyptien depuis sa plus tendre enfance, chaque jour de sa vie, que ces fèves constituent la substance de leur être. Nasser huma le fumet qui s'échappait des casseroles et sourit.

— Que Dieu bénisse tes mains, ô Tahia ! Nul ne sait cuisiner le foul aussi bien que toi.

— Que cette nourriture contribue à votre bonheur et à votre santé, ô Gamal !

Et elle courait toujours du salon à sa cuisine.

— Tahia, veux-tu bien rester quelques minutes à table, j'ai quelque chose d'important à te dire.

Elle fit encore un voyage pour rapporter la salade

de tomates, de concombres et d'oignons puis revint près de lui. Elle ne posa qu'une fesse sur la chaise, prête à repartir.

— Qu'avez-vous, Gamal ? Vous semblez nerveux ce soir...

Elle n'avait jamais réussi à le tutoyer. Elle le respectait trop.

— Cette nuit est la mère de toutes les nuits. Cette nuit, mon aimée, soit nous serons libérés, avec l'aide de Dieu, soit nous disparaîtrons à jamais.

— Cette nuit ?

— Oui ! La mère de toutes les nuits ! Prépare mon uniforme.

— Que Dieu vous préserve, ô Gamal.

Elle ne posa aucune question, Tahia la droite. N'était-elle pas le poteau central qui soutenait la maison ? Elle prononça seulement une bénédiction, timidement, à mi-voix. Elle savait que Nasser n'aimait pas s'attendrir et qu'il détestait les bondieuseries de bonnes femmes.

— Qu'Allah le Clément, le Miséricordieux vous accorde la réussite, ô vous, mon Gamal, l'aigle à la vision infaillible.

Elle faisait allusion à son nom de famille, Nasser, qui, en arabe, signifie « l'aigle ». C'est à ce moment que l'on frappa à la porte. Trois coups rapides, puis deux coups lents et encore trois coups rapides. C'était le code des conjurés. Gamal ouvrit lui-même. Le capitaine Saad Tawfik se tenait devant lui, haletant, le visage décomposé. Il parvint à balbutier :

— Vite, ô mon colonel, vite...

— Entre, assieds-toi, capitaine Tawfik. Reprends ton souffle.

Déjà Tahia lui apportait un verre d'eau fraîche. Il en but à peine une gorgée avant de poursuivre :

— Le général...

— Quel général ? demanda calmement Nasser.

— Le général Hussein Farid, le chef d'état-major...

— Qu'est-ce qu'est encore allé inventer ce misérable ?

— Il vient de convoquer une réunion extraordinaire au quartier général. Tous les officiers supérieurs sont tenus de s'y présenter sur-le-champ. Il y a eu une fuite, ô mon pacha, c'est certain... Il y a eu une fuite... Ils savent tout. L'un d'entre nous a sans doute trop parlé. Ils sont en train d'organiser une rafle pour cette nuit.

Gamal, impavide, souriait toujours.

— Que devons-nous faire, ô mon colonel ? demanda encore le jeune capitaine Tawfik, la gorge serrée.

— Ne t'inquiète donc pas, jeune homme. Malgré ce que tu penses, tu viens de m'apporter une bonne nouvelle ; et même une très bonne nouvelle ! Si ces porcs sont réunis au même endroit, cela nous facilitera la tâche. Nous les cueillerons tous dans le même filet.

Et Nasser, beau comme un soldat d'opéra dans son costume repassé de frais, sortit sans faire de bruit, accompagné du jeune capitaine. Il prit lui-même le volant de sa petite Morris Ten et partit prévenir les conjurés un à un.

Le premier fut Sarwat Okacha qui sursauta en apercevant Nasser à sa porte :

— Qu'arrive-t-il, ô mon colonel ?

Il répondit en anglais, afin que les domestiques ne comprissent pas leur échange :

— L'opération est avancée d'une heure.

— Mon Dieu ! Mais que se passe-t-il ? s'inquiéta à son tour Sarwat.

— Rien de plus que ce que je viens de te dire. Nous commencerons à minuit très précisément et non pas à une heure, voilà tout. Et, s'il te plaît, épargne-moi émotions et grandes paroles, nous n'allons pas tourner un film pour les studios Misr.

*

'Haret el-Yahoud, vingt-trois heures

Doudou et Poupy encadraient le vieil oncle Élie pour descendre la ruelle. Esther la Juive, la perle de 'Haret el-Yahoud, leur fille, leur sœur, la chair de leur chair, l'âme de leur âme, venait d'être arrêtée par les militaires. À tous les trois, ils se l'étaient juré, ils allaient remuer le ciel, monter jusqu'au palais, réveiller le roi, le tirer hors de son lit et lui hurler leur colère au visage ; ils allaient remuer la terre, celle des pauvres, des miséreux, des crève-la-faim, de tous les gueux de la bonne ville du Caire. Oui ! Ils iraient partout, ils remueraient ciel et terre ! Et ils monteraient jusqu'au sommet du pouvoir comme le lait monte sur le feu, comme la lave surgit du cratère. Et ils obtiendraient sa libération. S'ils imaginaient, ces pachas en limousine, ces princesses en zibeline, s'ils imaginaient que les pauvres gens de la ruelle pourraient tout supporter jusqu'à la fin des temps, qu'il suffisait de leur expédier quelques pervers en uniforme pour verrouiller leur clapet, ah non ! Ils verraient, ces vauriens, ce que peut renverser une mer d'humains qui déferle. Et ils appelaient à l'aide, ces trois coquins, ils criaient à travers la ruelle : « À moi, les jeunes gens ! Prenez vos bâtons et vos couteaux, vos fourches et vos marteaux ! » Mais ils avaient beau s'égosiller, nul ne les entendait et, lorsqu'ils jetaient un coup d'œil derrière eux, nul ne les suivait. Alors, devant le silence qui accueillait leur appel, ils étaient devenus comme fous, ces trois merveilleux misérables, fous de rage et d'impuissance. Ils baissaient la tête et avançaient sans direction, d'un bon pas, vers nulle part.

Comme ils parvenaient au bout de 'Haret al-Halqa, ils aperçurent le minaret de la mosquée Al-Mahmoud.

— Tu as vu ce que je vois ? demanda Doudou à Poupy.

Le minaret s'élevait vers le ciel, pointu comme une aiguille.

— Une fusée ! répondit l'autre, pour nous emporter jusqu'au ciel.

— Mais non, bougre d'âne, je te parle de ce qui est accroché à la balustrade de la corniche... Là, à l'endroit qui forme comme la collerette de ton gland. Tu ne vois pas ? insistait Doudou.

Et, du doigt, il lui montrait le minaret.

— De quoi veux-tu donc parler ?

— Là, idiot, le haut-parleur...

Poupy comprit enfin ce que lui proposait son beau-frère. Le vieil oncle Élie, effrayé, les mit en garde :

— Ne faites pas ça, malheureux ! Les musulmans vous feront rendre l'âme. Ils ne supporteront jamais que des impies investissent leur lieu de prière...

Avant que le vieux n'ait terminé sa phrase, Doudou grimpait déjà les marches qui menaient au sommet du minaret, suivi de Poupy, qui traînait un peu le pas, trébuchant dans les pans de sa galabeya. Et, quelques minutes plus tard, on entendit la voix de Doudou, plus puissante encore qu'à la synagogue, résonner contre les murs de la vieille cité. Sa voix sortait des trois haut-parleurs de la mosquée, amplifiée comme celle de Moïse descendant du mont Sinaï. Doudou s'était mis à chanter en hébreu – les seules paroles qui lui étaient venues à l'esprit et c'était *Ekha* :

— « Elle est déportée, la Juive misérable, l'asservie… Ses persécuteurs l'ont traquée jusque dans sa détresse. »

— Mon Dieu ! Mais ce sont les *Lamentations de Jérémie*, gémit Élie qui se lamenta à son tour. Alors cette fois, notre compte est bon. Chanter en hébreu des passages de la Torah du haut d'un minaret, il vient de nous condamner à mort, cet idiot de neveu. Oy ! Nous avons jadis échappé au pharaon, ici même, en Égypte, et à combien de dangers depuis lors, et voilà que nous allons tous y périr aujourd'hui. Oy ! Ils nous fouetteront, nus dans la poussière des ruelles, ils nous lieront les mains et nous attacheront à un buffle qui traversera la ville en nous traînant dans la fange et pour finir ils nous pendront à des réverbères place Soliman-Pacha… Oy ! Ô ma mère ! Ô mon père ! Quel malheur ! Ô mon Dieu !

Et là-haut, on distinguait à peine la silhouette de Doudou qui poursuivait sa cantillation, déclinant chaque son, dans d'infinies arabesques :

— « Elle pleure, elle pleure dans la nuit, les larmes couvrent ses joues : personne pour la consoler parmi ceux qui l'aimaient… N'aie crainte, Je viens vers toi, ma sœur, ma fiancée… »

Et il tentait même des variations, y mêlant des suppliques en arabe.

— Jeunes gens, écoutez la douleur de vos frères… Écoutez la souffrance de ceux qui ne connaissent que la misère. Vous ne laisserez pas faire les injustices, mes frères !

Les fenêtres s'ouvraient, s'éclairaient, les visages apparaissaient, des silhouettes d'hommes se dirigeaient en hésitant vers la mosquée. Et l'oncle Élie tremblait.

— Ne leur faites pas de mal, balbutiait-il, ils sont aveuglés par la douleur.

Et l'on n'aurait pu dire s'il s'adressait aux hommes qui s'avançaient menaçants, dans l'obscurité, ou à son dieu.

Lorsque les curieux eurent fini de se rassembler au pied de la mosquée Al-Mahmoud et regardaient anxieusement le sommet du minaret, la voix de Doudou s'était tue.

— Tu as vu quelqu'un là-haut ? demanda un homme à Élie.

— Non ! répondit Élie en tremblotant, seulement entendu cette voix qui descendait du ciel.

— Drôle de nuit. Pas un souffle d'air, reprit un autre. Il fait aussi chaud que le jour. Peut-être la chaleur déforme-t-elle les bruits de la nuit comme elle produit des mirages le jour, dans le désert.

Et un troisième, qui s'était glissé auprès d'Élie, lui souffla dans l'oreille :

— On file d'ici, ô mon oncle, avant qu'ils ne comprennent qui nous sommes…

Il se retourna vivement. C'était Doudou qui le tirait déjà par le bras alors que Poupy avait pris l'autre bras.

— Vous m'avez effrayé, chenapans !

Il retroussa le col de sa chemise et cracha contre sa poitrine pour évacuer sa frayeur. Qu'il en soit selon sa loi, marmonna-t-il en arabe. Et il poursuivit :

— Une sacrée frousse, je vous jure sur la Torah ! J'en tremble encore. Qu'il en soit selon la volonté de Dieu. Où voulez-vous m'emmener maintenant ?

— Il nous faut prévenir Zohar, dit Doudou.

— Peut-être saura-t-il ce qu'il convient de faire, lui...

— Oui ! Comment combattre ce nazi aux yeux de serpent infiltré dans l'armée égyptienne.

— *Köpek, It Oglu It*, dit Poupy, sale chien, fils de chien ! Qu'est-ce qu'un nazi vient nous tourmenter ici, dans les ruelles du Caire. N'avions-nous pas suffisamment à faire avec nos pharaons, nos Arabes et nos Frères musulmans ?

— *Küçük dick*, lui répondit Doudou, c'est rien qu'une *küçük dick*, une petite bite.

Car ces Juifs de la ruelle, qui baragouinaient un peu toutes les langues, avaient pris l'habitude d'insulter en turc. Ils trouvaient que ça faisait plus distingué.

— En turc, c'est mieux !

— Oui, c'est high !

Et ils ont rigolé, les deux compères, les sérieux, les facétieux, les miséreux...

*

Les rues du Caire, minuit.

Sitôt après la visite de Nasser qui l'avait prévenu de l'avancement de l'heure de l'opération, Abdel Hakim Amer, le compagnon de toujours, le frère d'armes, le jumeau, avait réuni sa troupe et fait irruption dans le bureau du général Hussein Farid, le chef d'état-major des armées. C'est ainsi que débuta le coup d'État. Quelques rafales de mitraillette dès l'entrée, deux soldats, touchés à l'abdomen, s'étaient effondrés sur le sol. Amer, l'air sévère d'un Robespierre, avait lâché ces quelques mots : « Le bordel, c'est fini ! » La poignée d'officiers supérieurs restés loyaux à Farouk avaient fait mine de prendre leur revolver pour se défendre. Mais les autres s'étaient jetés sur eux, les avaient menottés et enfermés dans la cuisine. Les hommes d'Amer s'étaient ensuite postés à l'entrée, parfaitement alignés, le fusil au sol. En moins d'une demi-heure, le quartier général et toutes les communications de la hiérarchie étaient aux mains des insurgés.

À minuit tapant, on avait commencé à entendre le vrombissement des moteurs de char et le cliquetis des chenilles. Les gens eurent peur. Autant accouraient-ils à la moindre manifestation pour participer aux émeutes ou aux pillages, même en pleine nuit, autant l'armée les impressionnait-elle. Ils se terraient derrière leurs volets, ou s'agglutinaient sous les porches des immeubles, osant à peine chuchoter. Et dans les rues soudain vides d'automobiles, les chars de Hussein el-Shafei manœuvraient comme à la parade. On aurait pu croire à un défilé militaire sinon qu'il était minuit et que cela se passait en plein été, alors que le roi et tout le gouvernement se trouvaient à Alexandrie, en villégiature.

Les blindés s'étaient répartis en plusieurs bataillons. Ils se sont positionnés autour du bâtiment de la radio, autour du palais d'Abdine, du Parlement, devant le ministère de la Justice et celui de l'Intérieur, aux carrefours, à la tête des ponts, quadrillant la ville, pointant leurs canons vers les bâtiments. La plus longue colonne de chars avait lentement descendu l'avenue, longue de plus de huit kilomètres, que l'on appelait alors, ironie de l'histoire, la rue du Roi-Farouk. Elle partait du pont du Mouski, tout près de la grande mosquée El-Azhar, traversait la ville d'ouest en est pour déboucher sur les casernes d'Abasseya et de Manshiet el-Bakri. On pouvait entendre, de certains balcons qui donnaient sur l'avenue, des enfants, tirés du lit, qui s'extasiaient devant les camions et les chars. Une heure plus tard, les automitrailleuses de Khaled Mohieddine avaient encerclé les casernes qui abritaient les officiers et les cadets. Les jeunes avaient fraternisé avec leurs aînés. Dès ce moment, la ville était aux mains de l'armée.

Il était près de deux heures du matin lorsque Ahmed Najib al-Hilali Pacha, le Premier ministre en personne, avait appelé Mohammad Hassanein Heikal, le fameux journaliste de l'*Egyptian Gazette*, qu'il savait très proche de Gamal Abd el-Nasser.

— Mohammad ? Que se passe-t-il au Caire ?

L'autre fit la bête :

— Je ne sais pas, Votre Excellence… Il se passe quelque chose ?

— Il paraît que l'armée s'est révoltée et qu'elle occupe la rue.

— Ah, c'était donc ça ! fit le journaliste, faisant

mine d'être étonné. J'ai en effet entendu des déplacements des blindés. Mais je n'y ai pas prêté attention, pensant qu'ils rejoignaient leurs casernes. Et je me suis rendormi.

— Mohammad, je te charge d'une mission de confiance. File sur-le-champ chez le général Naguib. Il doit être au courant, lui ! Vas-y au plus vite et dis-lui que j'ai obtenu du roi sa nomination immédiate comme commandant général des armées. Ça le décidera peut-être à calmer cette bande d'excités. Je t'appellerai dans deux heures pour connaître sa réponse.

Heikal n'était pas dupe. Il avait compris que Farouk, au pied du mur, avait cédé. En accordant le commandement de l'armée à Naguib, il espérait étouffer dans l'œuf le putsch des Officiers libres, qu'il considérait comme des chiens fous sans cervelle au service du pacha, le général Naguib. Mais il s'était trompé. Si Naguib était au courant de son imminence, il n'était pas à l'origine de la rébellion ; il n'était qu'une marionnette aux mains des conjurés. Il n'avait aucune influence sur le cours des événements. Et puis, c'était bien trop tard. Le coup était parti.

*

La synagogue Ben-Ezra, dans le quartier copte du Caire, deux heures.

Les trois Juifs avaient marché durant des heures dans cette ville au destin suspendu. Ils avaient marché à contre-courant des chars, des camions et des régiments de soldats. Ils se dirigeaient vers la mer – car c'est ainsi qu'on appelle le Nil au Caire, el-ba'hr, la mer.

— Tu comprends, toi, Doudou l'intelligent, tu comprends ce que fait l'armée dans les rues en pleine nuit ? demanda Poupy.

— Ils ont dû perdre une guerre !

— Qu'est-ce que tu dis ? Perdre une guerre ? Je monte, je descends, je ne comprends pas ce que tu dis.

— Te souviens-tu, la dernière fois, en 1948, lorsqu'ils sont rentrés de Palestine, ils battaient en retraite, n'est-ce pas ? Eh bien, ils ont rejoint leurs casernes en pleine nuit pour que le peuple ne soit pas au courant de leur défaite.

— Et ce soir, ils auraient perdu une guerre ? ironisa l'oncle Élie... Mais quelle guerre ? Avez-vous entendu parler d'une guerre, l'un ou l'autre ? Hier, avant-hier, ou même la semaine dernière ? Vous ne savez pas voir avec vos yeux ; vous n'utilisez que votre esprit. C'est dommage parce qu'il est tordu !

— Peut-être ont-ils fait une guerre hier et qu'ils l'ont perdue cette nuit, bougonna Doudou, qui n'aimait pas avoir tort... Et devant l'étonnement des deux autres, il ajouta : Oui, c'est possible...

— Ah, c'est possible ? Tu crois ça ?... Eh bien nous verrons demain qui a raison. Le soleil accouche les vérités que la nuit a préservées en son sein...

— D'où tires-tu cette phrase ? lui demanda Poupy, tout de même impressionné.

Et Doudou, prenant l'air important de celui qui sait, accéléra le pas en répondant :

— De ma tête !

Quand ils aperçurent enfin l'immense synagogue

Ben-Ezra, il était plus de deux heures du matin. C'est là, sur le terrain où s'élève cette synagogue que, selon la légende, Moïse fut recueilli par la fille du pharaon. Et, alors qu'ils approchaient, Doudou et Poupy firent assaut d'érudition.

— Oui ! Ici même, sous le heikhal, l'armoire sainte où l'on enferme les rouleaux de la Torah…, dit sentencieusement Doudou, laissant ses compagnons en suspens.

— Ben alors ? Ah ! Monsieur je sais tout qui ne sait rien, qu'est-ce qu'il y aurait donc sous le heikhal ? lui demanda Poupy d'un air de défi, les mains sur les hanches.

— C'est là, à cet emplacement exactement que la fille du pharaon… Au mot « pharaon » il cracha par terre en proférant une imprécation : que Dieu continue à le torturer en enfer… c'est là, te dis-je, que la fille du pharaon a recueilli notre père Moussa encore bébé.

À l'exemple des musulmans, ils appelaient Moïse Moussa.

— Et comment s'appelait-elle la fille du pharaon, d'après toi ?

Pris en flagrant délit de vantardise, il finit par balbutier :

— Je ne sais pas ! Elle n'avait pas de nom, je crois.

— Ah ! Tu crois qu'il existe des gens qui n'ont pas de nom ? Comme les singes et les poules…

— Peut-être… Mais oui ! Les Égyptiens du temps du pharaon adoraient les animaux…

Élie tenta de les mettre d'accord :

— Dans le Talmud, on l'appelle Bithya.

— Non ! s'opposa Doudou.

— Comment ça ? s'étonna Élie. Comment ça, non ? Tu as lu le Talmud, toi ?

— Non ! Mais elle ne s'appelle pas Bithya !

— Ah oui ? Et comment s'appelle-t-elle, alors ?

— Assiya ! Elle s'appelle Assiya. C'est dans le Coran.

— Parce que, toi, tu n'as pas lu le Talmud mais tu connais le Coran ? se moqua Poupy. Tu ne sais même pas déchiffrer l'arabe.

Comme ils parvenaient aux abords de la synagogue, ils s'immobilisèrent soudain, interdits. Le même camion de soldats qui avait fait une descente dans la ruelle aux Juifs stationnait devant la porte. Et ils apercevaient de dos ce même nazi aux cheveux jaunes, que Dieu lui brûle la langue ! Il aboyait des ordres dans un mauvais arabe : « Toi, va ici, abruti… et toi, espèce de demeuré, viens par là. » Les soldats étaient en train d'investir la synagogue.

— Ils ne le trouveront jamais là où il est caché, murmura l'oncle Élie.

— De tes lèvres aux oreilles de Dieu ! lui répondit Poupy.

Doudou les tira par la manche. Il avait un regard d'épouvante et s'enfonçait le poing dans la bouche pour s'empêcher de crier.

— Que Dieu maudisse leur foi, et la foi de leur père ! Regardez ! Regardez qui ils sortent du camion…

La robe déchirée, couverte de sang, les mains ligotées derrière le dos, deux boules bleuâtres en place des yeux, c'était Esther qu'ils traînaient ainsi comme un mouton que l'on conduit au sacrificateur. Ils l'avaient sans doute torturée jusqu'à ce qu'elle finisse par avouer que Zohar se cachait là, dans cette synagogue que l'on dit la plus ancienne de toute l'Égypte.

— Si j'avais un fusil, seulement…

— Ou un canon, ou la foudre de Dieu…

Le Hauptsturmführer Dieter Boehm tirait la malheureuse Esther par les cheveux en hurlant.

— Tu vas nous dire précisément où il se cache. Dans un bureau, dans la cave ? Tu vas parler, espèce de truie ?

Esther, épuisée, se laissa tomber à genoux. Et l'autre la traînait, râpant sa peau sur le sable de l'allée. La porte de la synagogue était verrouillée. L'un des soldats commençait à farfouiller dans la serrure lorsque Dieter lui ordonna avec fureur :

— Écarte-toi, espèce de dégénéré, je vais te l'ouvrir, moi, cette porte !

Et le nazi converti déchargea le chargeur de sa mitraillette dans la serrure. La lourde porte branla sur ses gonds. Il inséra un second chargeur et s'apprêtait à tirer à nouveau lorsque le soldat cria :

— Elle est ouverte, ô mon pacha, elle est ouverte !

Depuis qu'ils savent écrire, il est interdit aux Juifs de détruire un texte où est inscrit le nom de Dieu, c'est dire qu'ils ne peuvent pratiquement en détruire aucun, tant tous les textes en sont pleins. Alors, il existe des endroits dans les synagogues, des greniers, des sortes de mansardes, appelées guénizah, où l'on fourre les vieux textes en attendant de les enterrer selon le rituel. Car l'écrit est un vivant et, lorsqu'il meurt, c'est-à-dire quand il perd son usage, il mérite le même hommage que l'on réserve aux humains décédés.

Au dernier étage de la synagogue Ben-Ezra, dans la salle d'étude réservée aux femmes, un œil averti aurait pu distinguer, à trois mètres de hauteur, les contours d'une ouverture carrée, assez grande pour laisser passer un homme. Le pan de mur commença à bouger et la façade bascula à l'intérieur, tirée par une main. Zohar apparut dans l'ouverture. Il fit glisser une échelle et entreprit de descendre précautionneusement, évitant de faire le moindre bruit. Il était caché là, Zohar, tout au fond de la guénizah, la mansarde sacrée de cette synagogue, édifiée, disait-on, en 882, après Jésus-Christ, naturellement. Cela devait faire plus longtemps encore que la famille de Zohar vivait dans cette ville du Caire, depuis le Moyen Âge, depuis l'Antiquité… peut-être ses ancêtres n'étaient-ils pas partis avec Moïse, qui sait ? Eh bien Zohar s'était blotti tout au fond car la guénizah, la mansarde réservée aux textes anciens, était vide, depuis que, en 1895, deux aventurières écossaises chasseuses d'antiquités, Agnes Smith Lewis et Margaret Dunlop Gibson, deux sœurs jumelles, avaient excité la curiosité du professeur Solomon Schechter qui enseignait l'Antiquité hébraïque. Durant toute une semaine, dans un nuage de poussière qui avait obscurci toute la pièce, le vieil érudit et les deux jumelles en avaient extrait des centaines de caisses de documents, les écrits déposés là depuis mille ans. Ils les avaient ensuite transportées par camion, puis par train, enfin par bateau ; jusqu'à la bibliothèque de l'université de Cambridge. Il y avait des rouleaux de Torah à moitié effacés, des contrats de mariage, des actes de divorce, des testaments, des reconnaissances de dette, des correspondances, des milliers d'amulettes mais aussi de vieux manuscrits. Car il y avait bien mille ans que la guénizah de la synagogue Ben-Ezra n'avait pas été vidée. Les fidèles avaient trop peur. On racontait que parmi tous ces écrits reposaient des textes puissants, gravés sur parchemin par Dieu lui-même, de Son doigt de feu. On racontait aussi que, contenant de tels trésors, elle était gardée par un serpent dont la morsure transformerait l'inconscient qui s'y aventurerait en un liquide visqueux et jaunâtre. Alors, on se contentait seulement d'y fourrer, par l'entrebâillement de la paroi, toujours plus de papiers et de parchemins, toujours plus de documents.

C'est là et, si l'on y réfléchit, en toute logique, que Zohar Zohar, le joyau des joyaux, quintessence des Juifs du Caire, était venu se dissimuler. Elle était toujours aussi poussiéreuse, cette guénizah, mais spacieuse depuis qu'elle avait été vidée par le savant positiviste. Il était certain que personne ne viendrait l'y chercher. Des fidèles, seul Youssef Franco, le Gabay, le bedeau, était au courant, qui venait lui porter, chaque soir après l'office, quelque nourriture et une gargoulette d'eau. Et Zohar s'y refaisait lentement une santé. Cette nuit, il ne parvenait pas à trouver le sommeil. Il avait sursauté en entendant la rafale de mitraillette contre la porte d'entrée. Et ces bruits sur la chaussée… C'étaient les soldats qui venaient le chercher, il en était certain. Il ne se laisserait pas coincer dans cette souricière. Il pensait pouvoir s'échapper par la petite porte derrière le bâtiment. Mais, pour l'atteindre, il lui fallait d'abord descendre les escaliers sans se faire repérer. Il avançait sur la pointe des pieds lorsqu'il entendit un grondement terrible, comme un tonnerre qui roulerait sans discontinuer.

Dans la rue, les chars du 13e bataillon d'infanterie commandé par le colonel Ahmed Chawki, en route pour le quartier général, avaient repéré le camion de Dieter et s'étaient immobilisés devant la synagogue. De la tourelle de son char, Chawki apostropha le soldat en faction devant le camion.

— Que fais-tu ici, espèce de crétin ?

— En mission à la poursuite d'un espion, mon colonel !

— Un espion ? Mais qui t'a donné l'ordre de poursuivre un espion alors que cette nuit nous faisons la révolution, bougre d'abruti ? Vous êtes une bande de trouillards, de tire-au-flanc ! Allez ! Appelle tes camarades et grimpez immédiatement dans votre camion. J'attends que vous preniez place devant moi, dans la colonne.

Les soldats terrifiés se précipitèrent dans leur camion. Dieter Boehm, qui ne tenait pas à se faire remarquer, y grimpa même le premier, abandonnant Esther évanouie sur le pas de la porte de la synagogue. Il fulminait. Pour la seconde fois, cette racaille juive lui glissait entre les mains. Ils ne perdraient rien pour attendre, ces youtres, ces rats puants. Ce soir, il ferait la révolution mais, demain, il repartirait à leur poursuite. On n'échappait pas à Dieter Boehm ; ne l'appelait-on pas « Œil de Lynx » en Tunisie ?

Car le but véritable de Dieter, comme celui du moustachu hurlant, son modèle, était d'anéantir les Juifs, jusqu'au dernier, d'effacer jusqu'à leur souvenir de la surface de la Terre. Pour Hitler, la guerre mondiale n'avait été qu'un prétexte pour anéantir les Juifs, tout comme aujourd'hui la participation de Dieter Boehm et de quelques centaines d'officiers nazis à la révolution égyptienne.

*

Alexandrie, palais de Montaza, cinq heures.

Le roi Farouk s'était réveillé en sursaut, haletant, couvert de sueur. Un moment, il ne savait plus s'il était à Alexandrie, au Caire ou à Capri, dans l'hôtel où il avait passé sa nuit de noces avec sa nouvelle épouse, Narriman, en mai de l'année dernière. Il venait de faire un rêve, un terrible cauchemar. Il avait été décapité. Il avait même senti sur son cou le tranchant du sabre qu'avait abattu avec une force de titan un immense esclave noir. Le coup avait été si violent que la tête était partie en l'air avant de rouler dans la poussière. Dans le rêve, il avait ramassé sa propre tête pour la porter à sa mère, la reine Nazli, là-bas, en Amérique, où il l'avait exilée pour l'écarter du palais où elle ne cessait de comploter. Et la reine mère, revêtue de tous ses bijoux comme au temps de sa splendeur, avait détourné le visage avec un air de dégoût. Il avait toujours pensé que sa mère ne l'aimait pas, lui préférant ses filles, surtout la cadette, la si belle Faouzia.

Il peinait à retrouver ses esprits quand il entendit son majordome, le brave Antonio Pulli, frapper à sa porte. « Vite, Majesté, vite ! »

Hilali avait en effet ordonné de tirer le roi de son lit et de le ramener coûte que coûte au palais de Rass el-Tine, par la force s'il le fallait. Tout un bataillon l'attendait au bas de l'escalier. Envahi de sombres pressentiments, Farouk s'était levé et avait revêtu son costume de généralissime de l'armée. Il s'était assuré de la présence de ses deux gardes du corps albanais, qui n'entendaient pas un mot d'arabe et ne pouvaient donc se laisser distraire de leur tâche. Et il avait suivi les militaires venus le chercher.

Palais de Rass el-Tine, cinq heures trente.

Terrorisé mais n'en laissant rien paraître, comme toujours, Farouk entra dans la salle du conseil et s'effondra dans le fauteuil royal avec un profond soupir.

— Ça y est ? Ils m'ont renversé ? demanda-t-il à Hilali avec un flegme tout britannique.

— Attendez un peu, Votre Présence, tout n'est pas perdu. Je vais appeler Naguib au téléphone. Lui seul peut retourner la situation et calmer cette bande d'excités. Je voulais que vous participiez à la conversation.

Aux paroles de son Premier ministre, il retrouva un brin d'espoir. Il était ainsi, Farouk, le complexe roi du vieux pays. Comme on disait là-bas, un instant il était avec le miel, l'instant suivant avec l'oignon.

Hilali composa le numéro. Au bout de la ligne, Mohamed Hassanein Heikal, le journaliste, décrocha.

— Mohamed ? interrogea Hilali sans même le saluer... Naguib est avec toi ?

L'autre n'eut pas le temps de lui expliquer que si Naguib était bien là, il était accompagné de la presque totalité du comité de direction des Officiers libres, parmi lesquels le redoutable Nasser. Mais, impressionné et conscient de l'importance du moment,

Heikal avait aussitôt tendu l'appareil au général Naguib, sans rien dire.

— Naguib, c'est toi ?... Réponds-moi d'un mot. Exiges-tu que le gouvernement démissionne ?

Naguib, interloqué, interrogea Nasser du regard, qui répondit d'une voix claire et forte pour être entendu par le Premier ministre :

— Quelle bonne idée ! Son sourire faisait scintiller ses dents très blanches... Dis au Premier ministre que nous sommes d'accord ; qu'ils démissionnent tous, lui le premier !

— Oui ! répondit Naguib à Hilali, que le gouvernement démissionne.

— Et le roi ? demanda encore Hilali.

— Qu'il abdique ! répondit Nasser qui avait deviné la question.

Mais, au téléphone, Naguib répondit seulement à Hilali :

— Le roi ?... On verra plus tard...

*

L'église suspendue dans le quartier copte du Caire, à quelques pas de la synagogue Ben-Ezra.

Qasr al-Sham'a, la forteresse des chandelles, c'est ainsi que l'on nomme le quartier copte, bâti sur les ruines d'une forteresse romaine. Cette forteresse avait été élevée là, sur la rive orientale du Nil, au dernier point de passage, avant l'écartement infini du Delta. Elle marquait la limite entre les deux royaumes, la Haute et la Basse-Égypte. L'église Sett-Mariam, Sainte-Marie, qui date des premières années du christianisme, édifiée sur les vestiges d'une tour de l'ancienne forteresse, s'élève toujours au-dessus du fleuve, si bien qu'on l'appelle couramment la Mu'allaqah, la suspendue.

Cinq heures trente. Zohar montait vivement les escaliers qui conduisaient à son portail, portant Esther, sa mère, dans ses bras. Ses trois parents, le vieil oncle Élie, Doudou et Poupy, le suivaient comme ils pouvaient. Dans l'église, les sœurs se préparaient à la prime, la première messe qui commémore la venue du Christ. Lorsqu'elles entendirent frapper à leur porte, au même instant, chanta le rossignol, huit notes brèves, comme une sonnerie. Devant le spectacle de cet homme jeune, accablé par le sort, portant dans ses bras une femme blessée, meurtrie, sœur Besada, la supérieure, s'écria : « Saint Dieu, saint puissant, saint immortel… Ô mon Dieu ! » La formule lui était venue spontanément à la bouche. C'était le début du Trisagion, le Trois fois saint, la prière par excellence, et elle l'avait prononcée en langue copte.

Elle ne posa aucune question aux affligés, les fit entrer, les conduisit au dernier étage, dans une petite chambre où il n'y avait qu'un lit et une chaise. Zohar s'assit sur le lit tenant toujours sa mère dans ses bras. Curieuse vision qui se présentait aux yeux de sœur Besada, inversion des images pieuses qui l'habitaient depuis son enfance montrant Marie portant le Christ dans ses bras, son fils blessé à mort. Elle se mit à pleurer. Alors Doudou, submergé par l'émotion, pleura lui aussi, et Poupy ne parvenait pas à retenir ses sanglots. « Ô ma mère ! Ô ma mère ! » répétait-il, hébété, alors que ce n'était pas la sienne. Par la fenêtre ouverte on entendait au loin les rumeurs de la ville, atténuées par les vapeurs montant du fleuve, le bruit des chars et des camions et les premiers appels des muezzins. « Dehors, les païens brûlent une nouvelle fois le temple, dit sœur Besada en arabe. Mais ici, elle sera en sécurité. C'est la maison de Dieu. »

— Des dieux, plutôt…, dit Zohar à voix basse.

Des dieux, il y en avait de toutes sortes dans la bonne ville du Caire, le dieu musulman au visage fait d'harmonieuses calligraphies, le dieu juif au visage de feu et tous les dieux chrétiens, auréolés, qui parsemaient les murs de cette église, et les dieux égyptiens qui peuplaient ses sous-sols, ses tombes et ses catacombes, les sphinx dissimulant leurs visages de lion sous des têtes de pharaon, les dieux babouins, chacals, crocodiles, hippopotames, qui dormaient sous ses eaux, tant de dieux… et les Seigneurs de Bab el-Zouweila, dont les visages étaient faits de voix… Et parmi tous ces dieux aucun pour les défendre, aucun pour s'opposer au terrible malheur qui s'était abattu sur 'Haret el-Yahoud.

— Y en aurait-il un seul parmi tous ces dieux qui aurait l'impudence de se présenter devant moi ? marmonnait encore Zohar. J'aurais quelques mots à lui dire…

Les barbares avaient tué la kudiya, sa mère de la nuit, la prêtresse des Seigneurs, et aucun dieu n'avait même élevé la voix, ne fût-ce qu'envoyé un coup de tonnerre. Les barbares avaient envahi la ruelle chaque jour, spolié les uns, battu ou enfermé les autres. Et maintenant, ces mêmes barbares avaient torturé sa mère de sang, Esther l'inspirée, la vertueuse. Et pas un seul parmi ces dieux n'avait même levé le petit doigt, ou même poussé un grondement. Quelque chose s'était déréglé dans l'ordre du monde. L'Égypte n'était plus la mère des mondes, elle commençait à en devenir le cimetière.

Il pouvait encore comprendre – non pas accepter mais comprendre – la colère des musulmans ulcérés de leur défaite de 48. C'était humain, après tout. Ils s'étaient pris une gifle, eux qui se croyaient armée puissante face aux Juifs dépenaillés, une bande de va-nu-pieds. Ils avaient été repoussés derrière leurs frontières, comme par le vent d'une tornade. Et les Juifs avaient crié au miracle… En vérité, il n'y avait rien de miraculeux dans leur victoire, ils avaient seulement profité de la corruption des gradés égyptiens qui avaient acheté à vil prix des armes défectueuses et gardé pour eux la différence. Mais les Allemands, que faisaient-ils en Égypte, ces Allemands ? Qu'avaient-ils, ces sauvages aux yeux fous, contre les Juifs de la ruelle ? Ils n'étaient donc venus de si loin, de Bavière, de Prusse, de Westphalie que pour enseigner aux Égyptiens l'art de poursuivre le Juif, de le spolier, de l'exclure d'abord de la vie sociale, de le réduire dans des ghettos, avant de l'anéantir par le fer et par le feu ? Et ils mettaient du cœur à l'ouvrage, comme ce Dieter Boehm. Et l'âme de Zohar Zohar s'emplissait d'amertume et d'images de vengeance. Si les dieux n'accomplissaient pas leur besogne, alors lui, l'eau dormante, se transformerait en diable tournoyant.

Et il fit le vœu, Zohar, à genoux au chevet de sa mère, d'anéantir Dieter Boehm, le méphitique. Il se donnerait les moyens, il prendrait le temps nécessaire, il deviendrait le serpent de la synagogue Ben-Ezra, il apprendrait à diluer la substance du malfaisant jusqu'à la transformer en un liquide jaune et gluant. Pas de cadavre, pas d'ossements, pas même de cendres... Il n'en resterait plus trace sur Terre, plus un souvenir, pas même les quelques instants de vide que produit la disparition des ordures.

*

À sept heures, ce matin du 23 juillet 1952, Hilali et Farouk, comme la plupart des Égyptiens, et même les Juifs de la ruelle, ont entendu Anouar el-Sadate annoncer à la radio :

« Avilie et désagrégée par la corruption, commandée par des ignorants et des traîtres, l'armée égyptienne a failli et nous a fait perdre la guerre en Palestine. C'est pourquoi, nous, militaires intègres, les Officiers libres, l'avons expurgée cette nuit. Aujourd'hui, les responsables du désastre et de la débâcle de 1948 sont sous les verrous. L'armée est désormais aux mains d'hommes vertueux et patriotes. Je mets en garde le peuple contre ses ennemis et lui demande instamment de ne tolérer aucun acte de violence ou de destruction... »

Dans son allocution, il expliquait ensuite que l'armée protégerait les biens et les personnes, assurant le respect de la loi jusqu'au retour à l'ordre. Sa voix était posée, rassurante. Et il avait terminé en invoquant Dieu : « Qu'Allah le Tout-Puissant, le Miséricordieux, nous guide sur le chemin. »

Les hommes n'oublient les injures qu'après en avoir tiré vengeance

Les putschistes étaient fiers d'avoir réussi une révolution sans verser une goutte de sang, ou presque... Mais, au troisième jour, il restait un obstacle qu'ils allaient devoir écarter.

Le samedi 26 juillet 1952, les blindés de Mohieddine, dépêchés depuis Le Caire, déboulaient à Alexandrie et cernaient le palais de Rass el-Tine. Sadate et Naguib, en grande tenue, suivis d'une troupe en habit de parade, en prenaient possession au nom du Comité de la révolution. Ayant fait irruption sans le prévenir dans le bureau de Ali Maher Pacha, le nouveau Premier ministre, ils lui ont tendu l'ultimatum. L'armée, représentant le peuple égyptien, exigeait l'abdication immédiate de Farouk au bénéfice de son fils, un bébé de cinq mois, Ahmed Fouad. Le roi était de plus sommé de quitter le sol d'Égypte, ce même jour, avant dix-huit heures. C'était concis, précis et violent – un coup de poing dans l'estomac ! Malgré la sévérité extrême du texte, on pouvait lire entre les lignes une sorte de mansuétude : on lui laissait la vie sauve.

Lorsqu'il a pris connaissance de cette mise en demeure, Farouk n'a pas bronché, pas même cillé. Il était certes déjà au courant de l'intention des insurgés, mais les termes de l'ultimatum étaient injurieux, et le ton humiliant. On eût compris sa colère ou son désespoir. Il est resté de marbre, si ce n'est un toussotement nerveux qu'il ne pouvait interrompre.

On a raconté tant de choses sur l'abdication du roi Farouk. Le premier à donner un avis fut sans doute Ali Maher, le Premier ministre, qui, ayant lu le texte avant de le présenter au monarque, s'était exclamé : « Ce n'est pas faute de l'avoir prévenu. Il l'a bien mérité ! » Le vieux politicien faisait partie de ceux qui pensaient que Farouk avait été puni par une puissance morale immanente pour avoir laissé libre cours à ses pulsions primaires. D'autres, plus subtils, ont prétendu que, lassé du pouvoir, il aurait laissé faire le putsch des militaires sans réagir, plus ou moins conscient de son propre souhait d'être débarrassé de ses obligations. Ceux qui le connaissaient le mieux, tel Antonio Pulli, son majordome, disaient à voix basse que, certain d'avoir été désigné par le destin, il s'attendait à un retournement de dernière minute qui serait venu le tirer d'affaire comme tant de fois par le passé. Il y a sans doute du vrai dans chacune des hypothèses qui, toutes, faisaient de Farouk le jouet du destin. Car tout le monde était d'accord sur un point : nul plus que lui n'a incarné cette fameuse loi du maktoub, du : « C'est écrit ! » Ce qui arriva devait arriver. C'était ce que Farouk avait toujours pensé. C'était un roi agi. On l'avait placé sur le trône sans qu'il s'y attendît, on le chassait sans qu'il réagît.

Seul dans son bureau après le départ des militaires rebelles, Farouk avait laissé aller ses pensées.

Un semblant de logique lui apparut tout de même dans la succession des événements, quelque chose qui ressemblait à l'ordre naturel des générations. Il avait été couronné à seize ans, après le décès brutal de son père, le voici destitué à trente-deux, à la naissance de son fils. Il y vit une confirmation de son angoisse de toujours, celle d'être un pion entre les mains de forces obscures. Un trouble l'avait alors envahi et un voile gris s'était abattu devant ses yeux. Dans un dernier sursaut, un dernier mouvement de révolte, une ultime provocation, il s'était raconté les événements d'une autre manière, comme le joueur de poker compulsif qu'il était. Il dit à haute voix : « Tu as perdu, Farouk ! Tu as joué, tu as perdu. Maintenant tu quittes le casino sans rien montrer. Révérence ! »

Au Caire, la rue, occupée par les militaires, s'était apaisée. Les chenilles des blindés avaient gravé des sortes de rails sur le macadam surchauffé par le soleil. Les boutiques avaient rouvert, leurs étals à nouveau achalandés, les souks grouillaient de monde, quelques voitures circulaient. Les Cairotes étaient sortis. Rassemblés par grappes au coin des rues, ils discutaient, interrogeaient. « Où était parti le roi ? »... Ils ne regrettaient certes pas sa gestion erratique mais, familiers des films égyptiens à l'eau de rose qui passaient en plein air tous les soirs dans les grands cinémas, ils imaginaient sa souffrance et ses pleurs. Ils se demandaient aussi qui serait le nouveau pharaon, exploraient les hypothèses, dévoilaient leurs préférences. Beaucoup souhaitaient voir le général Naguib aux commandes, lui que les militaires mettaient en avant. Sa bonne mine de saïdi, d'« homme du Sud », ses attitudes paternalistes, ses références constantes à la religion rassuraient le petit peuple. Mais les plus jeunes s'enflammaient pour les officiers que l'on commençait à découvrir. Les uns parlaient de Abdel Hakim Amer, le héros du 22 juillet aux allures d'acteur de cinéma, qui avait pris le quartier général à la force des armes, d'autres de Sadate, qui parlait si bien à la radio. Très peu connaissaient alors l'homme de l'ombre, le bikbachi, le lieutenant-colonel Gamal Abd el-Nasser. Et personne n'évoquait l'action souterraine de Dieter Boehm et des centaines de conseillers nazis.

Zohar avait profité de l'accalmie pour se rendre à la Mu'allaqah, l'église suspendue, visiter sa mère. À la porte de sa chambre, un véritable attroupement, les deux sœurs d'Esther, Tofa'ha et Adina, et leurs maris, Doudou et Poupy, et le vieil oncle Élie, se lamentaient et maudissaient. Le père de Zohar, Motty l'aveugle, qui avait franchi la porte d'une église pour la première fois de sa vie, était penché au-dessus du lit de son épouse. Il marmonnait des prières. Elle avait repris connaissance mais restait profondément meurtrie. Elle geignait sans cesse, se plaignait de douleurs au ventre. Sœur Mahalia, qui était infirmière, redoutait que les coups n'aient atteint les organes internes, le foie ou le pancréas. Quand elle aperçut son fils, Esther lui prit la main, la porta à ses lèvres.

— Ô mon fils, ma splendeur, souffla-t-elle, pars d'ici, quitte ce pays, fuis les barbares !

Et lui, envahi par l'émotion, ne savait répondre. Partir ? Comment le pourrait-il, sans papiers, sans argent ? Et aller où ? Il voulait lui poser des questions, lui demander conseil. Mais elle avait refermé ses yeux boursouflés. Elle semblait épuisée.

— Ô ma mère, supplia-t-il, ne m'abandonne pas !

À ces mots, elle rouvrit les yeux. De la main, elle lui fit signe d'approcher et lui murmura à l'oreille, veillant à ce que Motty n'entendît pas :

— Va à Bab el-Zouweila, demande la Ta'beya…

Et Motty chantait le Cantique : « Tes joues sont belles au milieu des colliers, ton cou est beau au milieu des rangées de perles. »

— Sors les offrandes, poursuivait Esther à l'oreille de Zohar, demande ton chemin aux Seigneurs.

Et elle referma les yeux.

— Mère ?… Ô ma mère ! suppliait Zohar.

Mais elle ne répondait plus. Elle s'était endormie.

Va, Zohar fils de Zohar, ô splendeur des ruelles ! Cours sur le chemin, garde-toi de reposer ton âme avant d'avoir franchi une mer, d'avoir aperçu, au loin, tes poursuivants engloutis dans les flots. Va, enfant de la misère, avec les paroles pour bagage et l'huile du serpent pour vêtement.

Après avoir quitté l'église, Zohar avait marché, marché, et encore… Il avait longé le Nil jusqu'à Qasr el-'Ani, pris la corniche où étaient amarrées les dahabeyas, les gracieuses maisons sur l'eau des riches propriétaires, traversé les beaux quartiers de Garden City. Puis, il était entré dans la ville par Bab el-Louq et avait poursuivi jusqu'à la rue Port-Saïd. De là, il avait aperçu les arches de Bab el-Zouweila, grande porte dans l'enceinte de la vieille ville, surmontée des deux minarets. C'est là, dans ce quartier, qu'autrefois, on piquait au bout des lances les têtes des ennemis décapités, qu'on tranchait la main des voleurs et qu'on pendait les condamnés. Sous le sable reposaient depuis des siècles des milliers de cadavres, des vies interrompues, brisées dans leur élan. C'est ce hoquet, cette suspension de vitalité que savaient capter les chants des enfants de la kudiya pour redonner vie aux esprits. Dans le quartier de Bab el-Zouweila, dans la vieille maison de pierre et de terre qui appartenait à la famille de Wafa' depuis l'origine de la ville, la congrégation appelait les Seigneurs, les conviait aux repas de viande et de sang, les faisait danser sous les couleurs et les parfums. Sett Zaïda le vit arriver de loin et se mit à pousser des zaghloutas, des youyous.

— Voilà l'enfant des Seigneurs, notre fils, notre aimé, le protégé des trois dieux. Venez l'accueillir, enfants de la mère. Là où elle repose, elle doit pleurer de ne pouvoir sentir son odeur.

Et Sett Zaïda sautait de joie, se frappait les joues et bénissait le ciel, remerciant le Tout-Puissant, le Miséricordieux, d'avoir sauvegardé Zohar. Avant toute chose, avant de prononcer une seule parole, il lui fallait boire à la olla, au canari, une gorgée d'eau, à même le goulot. Puis, elle appela les sœurs, les initiées. Et elles frappaient dans les mains, la Khadouga, et la Fassi'ha, et la Durriyah. Et elles le touchaient, l'embrassaient, le serraient contre leurs seins généreux. Elles avaient eu tellement peur ! Elles le croyaient disparu sous les coups des barbares.

Dans la maison de la kudiya disparue, ce fut la fête. On n'avait pas oublié le deuil, non, mais, comme le clamait Barrabant à qui voulait l'entendre, il n'est pas bon de pleurer trop longtemps les disparus car eux aussi aiment danser.

— Où donc est la Ta'beya ? demanda Zohar.

— Au marché, mon fils, tu sais comme elle aime traîner... Voilà déjà deux heures qu'on l'attend. Pourquoi es-tu pressé de la voir ?

— Elle doit regarder pour moi, répondit Zohar.

Certes, la destinée est écrite, mais n'allez pas croire que c'est une fatalité, bien au contraire ! Car si elle est écrite, il existe des déchiffreurs, des devins, des voyantes, pour l'interroger, en révéler une part, parfois pour la précipiter, parfois pour l'infléchir. Dans cet art, Ta'beya était une virtuose. Nul ne savait comme elle lire le foie de la colombe ou du coq sacrifié, entendre les voix du silence lorsque la musique envahit les consciences, voir les formes que la terre dessine entre les coquillages.

Barrabant s'était approché de Zohar, l'avait pris par la main, l'entraînant vers les hommes, les musiciens. Au centre du cercle, comme un président, trônait Abou l'Hassan, le vieux, le chef des chants. Il était maigre comme un arbre sec, les yeux couleur de miel et la voix cassée par le tabac

— Assieds-toi, ô mon fils, ô Gohar, fils de chien, viens près de moi que je te regarde, fils de rien. Mes yeux ne sont plus aussi perçants qu'autrefois. Approche, viens plus près ! Comme tu as grandi, comme tu portes beau !

— Merci, mon oncle, répondit Zohar en prenant la main du vieux pour la porter à ses lèvres puis à son front. Sur ma tête, mon oncle ! ajouta Zohar respectueusement pour signifier qu'il placerait au-dessus de tout les paroles qu'il s'apprêtait à entendre.

— On a parlé, on a chanté depuis le départ de notre mère, la kudiya. Et puis, on a encore parlé.

— Je sais que vous avez parlé pour le bien, mon oncle.

— Aujourd'hui, nous tous ici, ceux de Bab el-Zouweila, mais aussi nos frères des autres maisons, ceux de Al-Hussein ou de Gamaleya, nous avons peur.

— Vous avez peur, mon oncle ? Oh ! Qu'il en soit selon sa loi ! Que Dieu vous protège !

— Nous avons peur, reprit le vieux, parce que tout le monde veut interdire la danse des Seigneurs. Les Frères musulmans nous accusent d'être des païens et les militaires d'être des attardés. Quant aux politiques, ils voudraient que l'on n'ait jamais existé. Les uns veulent nous brûler, les autres nous jeter en prison. Et tous attendent le moment d'interdire les convocations aux esprits. Si plus personne ne danse, si personne ne leur offre la nourriture, alors les Seigneurs repartiront dans les tourbillons du Nil et l'Égypte deviendra un désert.

Zohar ne savait que répondre. Il baissa la tête. Les paroles d'Abou l'Hassan l'avaient pénétré au plus profond. Son cœur se serrait. Il voyait le monde, le vrai monde, disparaître sous ses yeux. Et le vieux ajouta encore :

— Regarde-nous ! Regarde la Fassi'ha comme elle est belle ! As-tu vu tournoyer sa chevelure de feu dans la lumière des bougies ? Regarde Barrabant, comme il est gracieux, délicatement maquillé, comme une fiancée. Nous as-tu regardés quand nous chantons, quand nous dansons ? Nous sommes les belles personnes !

Et Zohar, n'y tenant plus, se mit à pleurer.

Zaghloutas, youyous ! Le soir était tombé. Dans la chambre de la kudiya où rien n'avait été déplacé depuis son décès, Ta'beya s'était assise à même le sol. Devant elle, un panier d'osier contenant des dizaines de coquillages. De ses mains, elle les prenait par poignées, les rejetait, les mélangeait en répétant : « Un pas en arrière, un pas en avant. Coquillages des morts, éclairez les vivants ! » On racontait qu'avant de devenir ces gracieux coquillages, les gastéropodes avaient été élevés dans la Guerba, là où le Nil s'enfonce loin dans la mer, la colorant de brun, là où la mer est imprévisible et trompe les marins. On racontait qu'avant d'être récoltés, ces gastéropodes s'étaient nourris de la chair des marins disparus. C'est pourquoi, lorsqu'on les invite à parler, on doit prononcer cette phrase rituelle : « Coquillages des morts, éclairez les vivants. » Car ce qui parle dans les coquillages, ce sont les voix perdues, les appels à l'aide des noyés. C'est cela que l'on avait autrefois expliqué à Zohar.

Il s'était assis à même le sol, face à Ta'beya, vêtu d'une simple galabeya blanche ; leurs genoux se touchaient. Il la regardait, les yeux écarquillés. Autour d'eux, ils étaient nombreux, dans la chambre et dans l'embrasure de la porte, et même au-dehors. C'était toujours un spectacle lorsque la Ta'beya faisait parler la terre. D'abord, elle demanda à Zohar une pièce de monnaie qui avait séjourné dans sa poche. Il lui tendit dix millièmes, un qerch, comme on l'appelait. Elle le fourra dans le panier, brassa les coquillages, les mélangeant, les jetant en l'air. Puis, elle en prit trois, des petits, des porcelaines, lisses et polies, usées d'avoir tant parlé par le passé, à la belle bouche en forme de vulve. Elle les porta à ses lèvres, leur murmura une parole et les jeta sur le sol. Elle contempla leur position... « Tss, Tss... », fit-elle, contrariée. Elle les ramassa vivement et les jeta à nouveau. « Yalla, Yalla ! » Allez, allez ! les encourageait-elle. Dix fois, vingt fois, elle recommença, jetant les uns, les ramassant, jetant les autres, les jetant encore, poussant un cri, lâchant une imprécation. Ses mains étaient celles du prestidigitateur qui fait passer un billet de gobelet en gobelet. Derrière, parmi ceux qui la regardaient officier, les musiciens commencèrent à jouer. D'abord les tarabokas, les petits tambours qu'on frappe avec les doigts, un puis deux, puis trois, et la flûte en roseau, le nay qui poussa une sorte de cri avant d'enchaîner une mélodie qu'une femme commença à chanter : « A lala Ta'beya, a lala Ta'beya ! » Ah, Dame Ta'beya, Ah, Dame Ta'beya... Toi, la voyante, l'entremetteuse... Et ils répétaient inlassablement la phrase « A lala Ta'beya, a lala Ta'beya ! »... Et la musique se densifiait, les femmes frappant leurs mains, les hommes claquant des bâtons. Une jeune fille se mit à tourbillonner. C'était sans doute ce qu'ils attendaient. Que quelqu'un soit pris, happé par les esprits, la preuve qu'ils étaient là, qu'ils n'avaient pas déserté. Cette fois, ce fut une toute jeune fille. Demain, on la laverait. Dans l'année qui viendrait, on l'initierait. Dans trois ou quatre ans, elle serait à son tour capable de prophétiser. Ils sont venus, ils sont là ! s'exclama Fassi'ha. Ah, Dame Ta'beya, Ah, Dame Ta'beya...

Quand tu les invites à la fête, ils ne manquent jamais d'honorer ta maison, les Seigneurs ! Et elle poursuivit un moment ses manipulations, le temps d'un chant, d'une danse, d'un autre chant, d'une autre danse. Pour finir, elle piocha une grosse poignée de coquillages et les jeta sur la Terre d'un beau geste, ample comme si, du haut des cieux, elle déplaçait l'âme des humains qui erraient sur la terre. Et tout le monde vit se dessiner un chemin sur le sol. Il était clair, ce chemin : les coquillages partaient des genoux de Ta'beya et s'avançaient en rangs, deux par deux, parfaitement ordonnés. Ils montraient tous leur dos. « Tu vois ?… Tu vois ? » s'exclamait Ta'beya. « Ah ! Fiss ! » Elle fit un son avec la bouche et se mit à rire. Alors, Abou l'Hassan psalmodia, *a cappella*, la phrase qui annonçait la parole de la terre : « Les ordres descendent du ciel, donnés par le Tout-Puissant, le destin monte de la terre. Chante, chante, petite main, fais parler le destin. »

Ta'beya, qui commençait à se dandiner d'avant en arrière, parla à son tour. Elle n'était pas dans son état normal. Ses yeux clignotaient et sa tête se dandinait.

— Regarde, mon enfant, la terre a parlé, dit-elle d'une voix étrange. Regarde comme le chemin est tracé. Tu vas partir sans difficulté et tu arriveras en pleine santé. Il sera toujours droit devant toi, le chemin, si tu n'oublies pas la confrérie, la Société des Belles Personnes. C'est pourquoi nous sommes tous là, derrière toi, deux par deux. Elle lui désigna les coquillages : Tu vois comme nous te suivons tous ?

Zohar tremblait. Il faisait pourtant une chaleur de four dans la petite chambre de la kudiya, et lui, il claquait des dents. Mais comment allait-il faire pour ne pas oublier ? Il savait que les voyageurs transforment jusqu'à leur être en souvenirs, en photographies, en jetons stéréotypés. Il lui fallait promettre, s'engager. Il parvint à balbutier :

— Jamais ! Je ne pourrai jamais oublier…

— Les rites aux Seigneurs, dit alors Fassi'ha, nous les accomplirons pour toi ici, à condition que tu nous les demandes.

— Jamais ! répéta Zohar. Je n'oublierai jamais de vous les demander. Tous les mois, quel que soit l'endroit où je me trouverai, tous les mois je vous les demanderai.

— Et souviens-toi encore, ajouta Barrabant, que, comme on dit chez nous, les hommes n'oublient les injures qu'après en avoir tiré vengeance.

Et, pour la troisième fois, Zohar dit « jamais », mais cette fois avec rage :

— Jamais je n'oublierai l'injure jusqu'à l'accomplissement de la vengeance !

Alors, Abou l'Hassan, le vieux, posa ses deux mains sur la tête de Zohar et le bénit.

Ne dis jamais que tu marches ton dernier sentier

À Paris, au bar-café Le Monte-Carlo, le jeudi 18 mars 1965.

En France, il ne se passait rien. De Gaulle était assis sur son trône, essayant de persuader les Français qu'il était un grand homme. Il y avait consacré tant d'efforts que beaucoup y avaient cru. Les plus naïfs devaient penser que Dieu l'avait fait si grand afin qu'eux, les veaux, parussent encore plus petits. Comme d'habitude, Anquetil avait gagné le Tour de France. On ne parlait pas de la Shoah, ni de ses survivants mais des « déportés » pour lesquels on organisait une modeste cérémonie annuelle. On avait presque réussi à enterrer les souvenirs de la guerre. Seul Malraux parlait encore aux morts.

Cette année, l'hiver ne se décidait pas à partir. Il avait neigé la première semaine de mars. Depuis quelques jours, la pluie et le vent avaient pris le relais et il faisait un froid polaire. Décidément, Zohar ne s'accoutumait pas aux températures de ce pays qu'on lui avait décrit tempéré. La France était un pays froid en vérité, glacial et, à Paris, les gens étaient aussi froids que le temps. Comme toujours, il était arrivé le premier et s'était installé au fond de la salle, dos au mur, pour surveiller les entrées.

Il en avait fait, du chemin, depuis treize ans, depuis sa fuite d'Égypte ce 15 septembre 1952, passager clandestin dans la soute d'un chalutier grec en route vers l'Italie. Son père, le brave Motty, que Dieu l'accueille dans sa matrice, aurait sans doute ajouté que la Providence l'avait miraculeusement arraché des griffes de la mort. Il avait peut-être raison, le vieux, mais tout ça, c'était si loin, cette façon de penser, de mêler sans cesse Dieu et les esprits aux affaires des hommes. Ici, en France, le ciel était vide. C'était peut-être pour cette raison qu'il faisait si froid.

Mais c'était indiscutablement la Providence qui, sur le port de Naples, avait mis cette jolie femme rousse sur son chemin, cette femme qui l'avait pris pour le Christ. Durant ses premiers moments en terre d'exil, la belle Livia lui avait permis de découvrir doucement, et sans violence, le monde nouveau qu'il allait désormais habiter. Une femme vous met au monde, une autre doit vous accueillir si vous changez de terre. Car l'exil est une nouvelle naissance. Certes, cette femme faisait commerce de son corps mais, chez elle, c'était une vocation mystique. Il l'avait toujours soupçonné, depuis ses premières expériences amoureuses au Caire, aujourd'hui il savait le dire clairement. Si l'on veut rencontrer Dieu, on ne doit pas le chercher au ciel, il se tient tapi dans le sexe. Alors, comme cette femme était habitée par Dieu depuis son enfance, l'amour était sa façon de prier, pour ainsi dire.

Dans le milieu napolitain qu'elle fréquentait par nécessité professionnelle, elle avait connu le redoutable Charlie, expulsé d'Amérique après quelques années passées au pénitencier de Sing Sing. Comme la plupart des filles, elle l'appelait Charlie, mais il était plus connu sous son nom de mafieux, Lucky Luciano. À Capri, où il passait ses moments de farniente, le gangster s'était intéressé à un autre exilé, Farouk, ce roi perdu sur une île minuscule, tel Napoléon à Sainte-Hélène. Le roi tremblait d'être assassiné par des agents égyptiens que lui expédieraient, il en était certain, les militaires, les nouveaux maîtres du Caire. Et c'est au bar de l'Eden Paradisio que Charlie, au visage balafré et à l'œil à demi fermé, s'était solennellement engagé envers Farouk. Lui vivant, nul n'attenterait jamais à sa vie. Et sortant un pistolet de sa poche intérieure, il le plaqua sur la table en ajoutant : « Par la Madone, je le jure ! — Laissez tomber la Madone, plaisanta Farouk, le pistolet me suffit. » Du coup, ils s'étaient pris d'amitié ces deux-là, ces deux proscrits aux mains sales sur lesquels étaient braqués les feux de l'actualité. Chaque semaine, on pouvait lire dans les hebdomadaires, dans *Life*, *Paris Match* ou *Der Spiegel*, des reportages sur l'un pour dénoncer ses trafics, sur l'autre pour exposer ses perversions. Livia avait joué l'intermédiaire, mettant Zohar en relation avec Farouk. Ils se connaissaient depuis l'Égypte, ils se reconnurent. Zohar devint le chauffeur de Farouk, d'abord à Rome puis encore quelque temps à Monaco. Il vint loger dans une chambre que lui réserva Farouk dans sa villa, contiguë à celle du pape. Vêtu d'un uniforme noir, portant casquette et gants blancs, Zohar conduisait la dernière Mercedes 300 S, qu'on appelait « modèle Adenauer » – Farouk l'avait exigée verte, de la couleur de son drapeau, avec, sur la portière, un petit croissant blanc et trois étoiles.

Si Livia Iacopetti avait amorti le traumatisme affectif de l'exil, cette luxueuse Mercedes avait permis à Zohar de reprendre pied dans le monde où il avait atterri, de découvrir progressivement la réalité politique européenne. Il avait conduit princes, présidents et ministres, venus rencontrer le roi Farouk pour recueillir son avis sur les événements qui bouleversaient le Moyen-Orient. Zohar avait écouté, enregistré, parfois échangé avec ces hommes. Il avait appris, beaucoup appris, s'était fait quelques relations utiles et avait pu épargner quelque argent, en francs suisses, naturellement.

Les mois passant, la fréquentation de Farouk était devenue de moins en moins recommandable. Durant la première année d'exil, la reine Narriman, sa seconde épouse, avait fui Capri accompagnée de sa mère et, depuis Genève, avait fait des déclarations tonitruantes, suppliant d'être rapatriée en Égypte. Elle ne supportait plus les frasques sexuelles et les sautes d'humeur de son royal mari. Voulant éviter le scandale, Farouk avait accepté le divorce à condition de garder le petit prince Fouad avec lui. « Avec lui », c'était beaucoup dire, puisque, son épouse partie, il avait aussitôt expédié ses quatre enfants en pension à Lausanne. Au Caire, les journaux égyptiens, plus que jamais aux ordres, s'étaient déchaînés. Ils avaient publié d'effroyables portraits du seigneur déclassé, le décrivant comme un pervers égoïste et violent, expliquant que c'était en raison de ses vices que la reine l'avait quitté. Quelques mois plus tard, le Conseil de la révolution, souhaitant se prémunir contre toute tentative de retour du roi, avait organisé sa réprobation morale publique, sa destruction en effigie. On avait invité les journalistes internationaux à venir examiner sur place les preuves de sa dépravation. Et les journalistes, en un tour de la honte, avaient défilé au palais d'Abdine, appareil photo en bandoulière. D'abord le garage personnel de Farouk et sa centaine de limousines, parmi lesquelles deux Rolls, une somptueuse Bentley, une Talbot-Lago cabriolet Saoutchik, une rare Mercedes 540 K, cadeau d'Hitler pour son premier mariage, et tant d'autres, Packard, Cadillac, Lincoln... Alors que le peuple mourait de faim, avait-on bien sûr ajouté. Puis le chenil où les journalistes avaient découvert ébahis une meute de lévriers et de chiens de chasse, bien mieux nourris, avaient encore suggéré les guides, que les paysans d'Égypte. Dans les appartements du palais de Koubbeh, ils avaient eu tout loisir de photographier les deux mille chemises de soie, les cinquante cannes à pommeau d'or incrustés d'émeraudes et de rubis, les coffres regorgeant des bijoux les plus précieux, les cadeaux fastueux, le vase de diamant offert par Haïlé Sélassié, l'empereur d'Éthiopie, l'écritoire enserrée dans un lacis de pierres précieuses, cadeau de Staline, les centaines de montres en or, les huit mille cinq cents pièces d'or que Farouk se vantait de posséder, et les lingots par valises entières... Dans l'appartement privé, soixante-quinze paires de jumelles, des dizaines de fusils de chasse... Et dans l'une des chambres, la plus étrange, le fruit des larcins du roi, cleptomane compulsif, qui classait ses prises par séries : cendriers de cristal, colliers en or, objets archéologiques, et les statuettes par dizaines, pharaoniques, cela va de soi… Et enfin, le clou de l'exposition, l'antre secret du roi-cochon, un appartement empli de peintures érotiques, de statuettes pornographiques, les poignées de porte en forme de phallus, la vasque des lavabos en forme de vulve, au mur, des fresques de nymphes lascives, et sur les commodes, des accessoires sexuels, et dans le salon, un projecteur diffusant sans interruption des diapositives de lesbiennes dans des positions extrêmes, et encore des jeux de cartes, des cravates, des verres, tous ornés de motifs obscènes…

Dans les journaux européens, qui s'étaient empressés de publier les photographies, Farouk était devenu la quintessence du nabab pervers et corrompu. Zohar comprit que le roi jouait sa dernière partie de poker et c'était avec la mort. Il se dit qu'il était temps de partir.

Alors, Zohar émigra à nouveau, cette fois pour la France.

Il leva les yeux et vit la silhouette efflanquée d'Aaron se dessiner à contre-jour avec cette touffe de cheveux frisés qui lui faisait comme un bonnet. Il lui adressa un petit signe de la main.

— Je suis le premier ? demanda Aaron.

— Mais non, puisque je suis là, répondit Zohar.

— C'est vrai ! Mais je suis tellement habitué à te trouver ici en premier… Je voulais dire : le premier après toi.

— Alors oui ! En ce cas, tu es le premier. Lucien n'est pas encore arrivé.

Aaron Weisz était son premier associé dans l'affaire que Zohar avait montée à Paris, rue Charlot, près du

Carreau du Temple, une fabrique de pelleterie. Ils y traitaient les fourrures importées d'Union soviétique à des prix défiant toute concurrence grâce aux relations d'Aaron au plus haut niveau du parti communiste. Là, dans leur atelier, ils fabriquaient de luxueux manteaux de fourrure qu'ils revendaient à prix d'or aux boutiques des beaux quartiers. Lucien, qui connaissait le beau monde dans un rayon de deux kilomètres autour de l'Arc de triomphe, était chargé de les écouler. C'est lui qu'ils attendaient, le troisième associé de « Peaux et Fourrures », leur société, Lucien Henriot.

Sitôt arrivé, avant même que Lulu – c'était ainsi qu'ils appelaient Lucien – n'eût le temps de commander une boisson, Zohar leur annonça sans préambule :

— J'arrête !

— Tu arrêtes ? s'étonna Aaron... tu arrêtes quoi ?

— Je ne parle pas de la société, de notre travail avec les manteaux et les fourrures, non, bien sûr, c'est notre gagne-pain... Je parle du reste, notre travail de nuit... Je raccroche.

— Non ! trancha Lucien.

— Nous sommes tous engagés..., ajouta Aaron.

— Je sais ! le coupa Zohar.

— Nous avons promis que c'était jusqu'à la mort...

— Je sais !

— Tu as juré sur la Bible, lui rappela Aaron.

— Je sais, répéta encore Zohar, mais ces histoires sont trop vieilles maintenant.

— Trop vieilles ? ricana Aaron qui, ces derniers temps, manifestait de plus en plus ses tendances à la religiosité... Trop vieilles comme la Torah, peut-être...

Zohar se taisait.

— C'est donc pour ça ! reprit Aaron qui fulminait. Pour ça que tu nous as convoqués... pour nous dire que tu arrêtais... N'importe quoi ! Mon pauvre vieux, tu fais n'importe quoi...

Zohar ne bronchait pas. Il semblait avoir longuement mûri sa décision. Il les laissa exprimer leur étonnement, déverser leur colère. Au bout de quelques minutes, il finit par lâcher :

— Je me marie !

Les deux autres en restèrent bouche bée. Bientôt, ils revinrent à la charge, Lucien le premier :

— Et alors ? Qu'est-ce que tu veux que ça nous fasse que tu te maries ? Tu pourrais te marier trois fois, et même avec Eva Braun, la femme d'Hitler, ou Brigitte Bardot, ou encore la reine d'Angleterre... On s'en fout ! Et il frappa de la main sur la table. Qu'est-ce que ça change que tu te maries ? Explique-nous !

Zohar ne répondait pas.

— Tu te maries ? se moqua Aaron à son tour. Avec la shikse, la blonde avec laquelle on t'a vu ces derniers temps ? Je vais te dire une chose, mon pauvre Zozo, les shikses, les goys blondes et potelées, on les connaît ! Ne va pas chercher ! Ta poule, elle est comme les autres. Tu sais pourquoi elles veulent des Juifs ces filles-là ? Pour les persécuter... Parce que, au fond d'elles-mêmes, elles sont antisémites... Oui ! C'est pour ça qu'elles couchent avec des Juifs, ces femmes, ce sont des antisémites de proximité !

Ils discutèrent ainsi longtemps, ils se disputèrent beaucoup, en avalant cul sec de petits verres de vodka. Un moment, ils en vinrent presque aux mains. À deux heures du matin, le bistrot était en train de fermer. Aaron se leva, toujours aussi furieux contre son ami et passablement éméché :

— Viens, laisse-le ! Il ne sait pas ce qu'il dit.

Parvenu à la porte, Aaron se retourna vers Zohar qui était encore assis et se mit à chanter à tue-tête... C'étaient les premiers vers du chant des partisans du ghetto de Wilno. Il le chanta d'abord en yiddish avant de traduire.

— Je te le traduis ce chant parce que tu as beau être juif, tu ne connais pas la vraie langue, tu ne parles pas le juif. Tu sais ce qu'elles disent ces paroles ? Elles s'adressent à toi ! Et d'une voix forte qui fit se retourner les derniers poivrots accoudés au bar : Ne dis jamais... Saisi d'émotion, il s'interrompit avant de reprendre : Ne dis jamais que tu marches ton dernier sentier... Notre heure tant espérée finira par arriver.

Zohar s'était levé, était passé devant ses deux amis sans même leur jeter un regard. Il avait franchi la porte du Monte-Carlo et filait dans la rue déserte alors qu'Aaron continuait à crier derrière lui : « Izkhor ! Izkhor ! Souviens-toi ! Souviens-toi ! Ne dis jamais que tu marches ton dernier sentier. »

Zohar enfonça sa casquette, leva le col de son manteau, s'emmitoufla dans son écharpe. La nuit était froide. Il s'engouffra dans la rue de Richelieu, bifurqua dans la rue Saint-Augustin, fut surpris par les bourrasques glacées qui tourbillonnaient place Vendôme. Il rentrait lentement chez lui à pied. Il remonta la petite rue de Castiglione jusqu'à la rue de Rivoli. Il négligea l'ascenseur et grimpa vivement les escaliers jusqu'au troisième. Il savait que Marie l'attendait. Elle en était à son troisième mois de grossesse.

*

Rome, ce même soir du 18 mars 1965, cette même nuit.

À vingt-deux heures, l'ex-roi Farouk s'était présenté au restaurant L'Isle-de-France, à son bras une petite mignonne d'à peine vingt-deux ans, Anna-Maria Gatti. La modeste coiffeuse avait cédé à la fascination du mythe. Un prince oriental était venu l'extraire de sa médiocrité quotidienne pour la propulser en une nuit, Cendrillon courtisane, dans le monde des rêves. Elle s'était apprêtée, avait emprunté un joli chemisier de soie, revêtu un tailleur de dame. Elle avait surtout veillé à ses dessous, de satin noir, en n'oubliant pas les bas à couture et les porte-jarretelles. À ses pieds, elle avait enfilé de fines bottines à boutons. Elle avait entendu dire que le roi avait un faible pour les chaussures. Sans doute, après dîner, l'emmènerait-il à l'hôtel. Elle se demandait comment elle s'y prendrait ; il était si imposant, une sorte de géant. Elle se débrouillerait ! Son visage n'était pas désagréable au demeurant et il sentait bon le parfum de qualité. Elle ne parlait pas. Se considérant comme dépourvue de conversation, elle se contentait de sourire. Quant à Farouk, il ne parlait pas davantage, tout absorbé qu'il était par la dernière scène que lui avait faite Irma. Lorsque huit ans auparavant il l'avait rencontrée à Naples, cette Irma Capece Minutolo, elle avait tout juste vingt-deux ans, l'âge de la petite Anna-Maria qu'il avait ce soir devant lui. Elle se vivait en cantatrice et avait exigé du roi qu'il finançât ses concerts. Il lui passa longtemps ses caprices, supportant même, dans les deux sens du mot « supporter », ses terribles répétitions d'*Aïda*. C'est que son visage lui rappelait tant celui de Narriman, sa seconde reine, la mère du petit Fouad – « en plus vulgaire », ajoutait-il par-devers lui. Et puis, elle était si grande, presque aussi grande que lui, ses formes voluptueuses et ses seins gigantesques, fermes et moelleux, l'excitaient à la folie. Mais cela, c'était au début de leur relation. Le temps passant, il s'était lassé, comme il se lassait de tout. Quelquefois, elle le poussait à bout, si bien qu'il finissait par la gifler. Leurs corps-à-corps se transformaient en étreintes sexuelles. Il n'avait jamais entretenu de telles relations avec une femme. Ce devait être cela qu'on appelait sadomasochisme. Elle lui imposait la passion, cette perpétuelle alternance de rage et d'amour, deux sentiments si éloignés de son caractère. Peut-être est-ce pour cette raison qu'elle restait sa favorite, sa régulière, peut-être le fascinait-elle par sa capacité à déclencher des comportements qu'il ne s'était jamais reconnus. Et puis il avait perdu cette force et cette morgue qui lui avaient toujours permis de se débarrasser des importuns. La veille, elle avait une nouvelle fois exigé le mariage. « S'il te plaît, mon chéri… » Elle se convertirait à l'islam, elle lui ferait de nouveaux enfants, des garçons, une ribambelle de petits garçons… « Pourquoi veux-tu donc m'épouser, Irma, je n'ai plus un sou. Je suis ruiné ! » Elle avait encore insisté, s'était jetée à ses pieds, s'agrippant à ses pantalons, hurlant qu'elle l'aimait à la folie. Il s'était violemment dégagé et avait pris la fuite après avoir claqué la porte. Depuis, ils ne s'étaient pas parlé, pas même au téléphone.

Irma, qui était certaine qu'une fois de plus son roi reviendrait, était restée sagement chez elle devant la télévision. Ce soir, sur la Rete Uno, la première chaîne, on passait un film de Fellini, *La Dolce Vita*.

Farouk avait avalé coup sur coup une douzaine d'huîtres et un homard. Puis, toujours affamé, il avait dévoré un gigot d'agneau entier assaisonné de pommes de terre et de flageolets. Il avait déjà vidé deux grandes bouteilles d'orangeade et venait d'en commander une troisième. Il leva les yeux sur Anna-Maria.

Elle n'arrivait pas à saisir son regard, dissimulé derrière ses lunettes noires.

— Mais vous êtes un petit moineau, mon amie. Vous ne mangez rien…

— J'adore la cuisine française, répondit-elle, mais je n'ai plus faim, Votre Majesté. Je vous accompagnerai pour le dessert si vous le permettez.

Ce fut une coupe Mont-Blanc que la malheureuse Anna-Maria n'eut pas le temps d'approcher de sa petite cuillère. Le roi avait terminé son dessert en trois bouchées. Étonné, il commanda une seconde coupe. Elle en préleva deux cuillerées, le roi engloutit le reste. Puis il s'appuya sur le dossier de la banquette, tenant son ventre des deux mains. Il essayait de roter.

Elle voulut lui être agréable.

— Quelle énergie ! s'exclama-t-elle, quel plaisir à vivre ! Il faut dire que ce repas était excellent, Votre Majesté.

Il ne répondit pas. Son visage était soudain devenu livide. Il s'appuya en arrière contre le dossier de la banquette. Il porta la main à la gorge avec une grimace de douleur. Il suffoquait. Il ouvrit la bouche, cherchant désespérément de l'air.

Anna-Maria poussa un cri.

Le roi venait de s'affaler en avant, la tête dans la coupe de dessert vide. Elle appela à l'aide. Le patron du restaurant, les serveurs, les préposés aux cuisines accoururent. Il leur fallut se mettre à six pour déplacer les trois cents livres de chair et de graisse. Ils hissèrent le roi avec difficulté sur un canapé, déboutonnèrent le col de sa chemise, tentèrent un massage cardiaque…

À ce moment, nul ne prêta attention à ces deux hommes, deux Égyptiens, qui se dirigeaient tranquillement vers la porte à tambour du restaurant. On aurait pu entendre le plus jeune dire, en arabe :

— Yalla ! Allez ! C'est terminé. Partons d'ici.

— Il est mort comme il a vécu, avait enchaîné l'autre, dans la boue et dans la crème.

Il n'y avait personne pour protéger Farouk. Lucky Luciano était mort trois ans plus tôt, à Naples, le 26 janvier 1962.

Dieu pardonne tout, les hommes rien

Cet après-midi de novembre 1946, ils avaient englouti des litres de vin chaud, ils étaient complètement faits. Le soir était tombé.

— Tu sais où dormir ? avait demandé Lucien.

Aaron n'avait pas répondu. Une vieille Juive l'hébergeait depuis peu, rue Beaurepaire, dans le Xe arrondissement, contre quelques services, surtout celui de lui tenir compagnie, elle qui avait aussi perdu toute sa famille. Et elle parlait yiddish ! Ça valait bien quelques caresses de temps à autre.

— J'ai une course à faire. Tu veux m'accompagner ? lui avait encore demandé Lucien.

Et, n'attendant pas sa réponse, il l'avait entraîné. Ils avaient dévalé la rue Geoffroy-Saint-Hilaire jusqu'à la Grande Mosquée. Lucien avait garé sa voiture juste devant. Il s'installa au volant d'une Traction cabossée, dont on ne pouvait décider la couleur d'origine, noire ou grise, sans doute, couleur de la nuit qui tombait sur la grisaille de Paris. Il actionna le démarreur mais on n'entendit rien, pas même un bruit d'entraînement de courroie. Il fouilla sous son siège pour en extraire une manivelle. Il sortit de la voiture et ordonna à Aaron :

— Mets-toi au volant. Sitôt qu'elle tourne, tu appuies sur l'accélérateur.

Lucien s'escrimait depuis quelques minutes sur sa manivelle quand le moteur émit des hoquets, crachota, éternua, hésita. Aaron appuya comme un fou sur la pédale d'accélérateur. Et le moteur se mit enfin à tourner, grondant comme un lion. Derrière la voiture on vit grossir un nuage de fumée noire. Lucien grimpa sur le siège du passager.

— Vas-y, ordonna-t-il, démarre !

Et Aaron démarra.

Lucien lui indiquait le chemin. « Tout droit... Là, tourne à gauche... Allume tes phares. Oui, là-bas, la manette comme un robinet... Mais accélère, nom de Dieu ! »

La voiture fonçait dans la grisaille ; ils baignaient dans la brume de l'alcool. Ils ont traversé la Seine au pont d'Austerlitz et filé tout droit jusqu'à Daumesnil. Ils ont longé le bois de Vincennes, traversé la Marne à Joinville, ont pris la route de Champigny. Ils ont roulé un long moment sur des nationales, traversé des villages, passé devant des casses de voitures. Il était vingt et une heures lorsqu'ils ont emprunté une petite route qui coupait la forêt. Il faisait nuit noire. À un carrefour, une clairière.

— Stoppe là ! lança Lucien.

Aaron aperçut sur le bord de la route une roulotte de bohémiens, les fenêtres faiblement éclairées. Un homme apparut à la porte, un petit bonhomme tout brun, avec les cheveux très noirs. Lucien descendit sa vitre.

— Manuel ?

ses cauchemars, probablement jusqu'à sa mort. Dès ce moment, ces quelques heures qui auront duré un siècle, l'âme d'Aaron avait été saisie – saisie comme un métal en fusion qu'on plongerait dans l'eau. Elle s'était durcie comme l'acier, s'était affûtée comme la lame d'une dague. Et, dès ce moment, Aaron avait définitivement perdu toute peur de la mort. Il était devenu une sorte de bête sauvage. Il avait alors à peine seize ans.

Au soir tombé, après la mort du dernier Juif, les assassins s'étaient précipités dans les tombes, tels des chiens errants, pour fouiller les cadavres. Ils prélevaient les montres, les chaussures, ils arrachaient les doigts pour récupérer les bagues, ils fracturaient les mâchoires, fouillaient les gencives à la recherche de dents en or... Ils riaient, s'interpellaient d'une fosse à l'autre. Puis, leur cueillette terminée, ils s'étaient tous retrouvés, une vingtaine, autour d'un brasero, se repassant la bouteille de vodka et riant de plus en plus fort. Soudain, on entendit un son, une note de musique, insistante, qui résonna étrangement dans la froideur du soir. Aaron en eut la chair de poule. Sortant de nulle part, surgit un enfant qui portait un accordéon en bandoulière. Les soldats l'accueillirent avec tendresse, lui passant la main dans les cheveux, lui offrant du pain et des saucisses. L'enfant avait joué de son accordéon ; et avaient dansé les soldats, ombres obscènes en un diabolique sabbat. Un instant, Aaron imagina que l'enfant aurait pu être le joueur de flûteau de la légende, qu'il aurait pu les conduire jusqu'au lac pour les noyer. Mais non ! Ce gosse était un petit villageois affamé, trop heureux de l'aubaine, un chat effrayé qui avait surmonté sa peur pour chaparder quelque friandise. Alors, il se dit que le joueur de flûteau, ce serait lui ; il se dit qu'un jour il les retrouverait, et les tuerait… tous… jusqu'au dernier !

Au soir, Aaron se hâta vers la ville. Il réussit à retourner dans le petit ghetto. Il espérait retrouver des affaires de ses parents, des habits, une photographie, peut-être. Rien ! L'appartement qu'ils avaient occupé quelques semaines était totalement vide, même les prises de courant avaient été arrachées. En cette terrible année 1941, les objets ne restaient pas longtemps à leur place si on les laissait sans surveillance. Il descendit l'escalier, tête basse, se disant qu'en l'absence de tout objet le seul souvenir de ses parents serait l'image qu'il en conserverait dans sa mémoire, aussi longtemps qu'il vivrait. Sur le mur, une inscription en yiddish attira son attention. Il s'arrêta pour la déchiffrer. Il était écrit : « Nous avons été assassinés. Nous ne réclamons ni funérailles ni prières, seulement une chose : Frères, vous qui lisez ce message, qui que vous soyez… » Et la suite était inscrite en caractères plus gros : « vengez-nous ! »

Dès le lendemain, il rejoignit la FPO, Fareynikte Partizaner Organizatsye, la résistance juive du ghetto, capturé par leur devise : « Nous n'irons pas à l'abattoir comme des moutons. » C'était exactement ce qu'il pensait. Il n'irait certainement pas à l'abattoir, et lui moins que tout autre ! On lui présenta le chef du groupe, Abba Kovner, un grand type très maigre au regard de feu. Aaron lui annonça d'emblée qu'il se fichait de mourir… à condition d'embarquer le plus d'Allemands avec lui dans la tombe. Il lui fallait assassiner les assassins, martyriser les bourreaux, tuer les tueurs. Mais Kovner, le considérant comme trop jeune, lui confia d'autres missions, avant tout celle de contribuer à l'approvisionnement. Alors, dès l'aube, Aaron se faufilait hors du ghetto, courait jusqu'à la ville, passant de maison en maison, se jetant dans les soupiraux, remontant par les égouts. Chaque fois, il réussissait à rapporter des vivres. Mais l'objet secret de sa mission était surtout de dénicher armes et munitions dans l'espoir d'une révolte prochaine. Très vite les choses se gâtèrent entre ce gamin et le jeune adulte, son aîné de six ans, qui était devenu son chef. Kovner, intellectuel raffiné, poète polyglotte, spécialiste du yiddish et de l'hébreu, ayant deviné ses capacités, entendait instruire le petit. L'autre ne tenait pas en place, n'acceptait de se soumettre à aucune autorité. Il débordait de rage, n'ayant en tête qu'une seule idée : se battre, déchirer, brûler, percer, saigner… et tout de suite ! Alors, dès qu'il y eut une accalmie, à l'été 1942, un matin, sans prévenir personne, Aaron s'échappa du ghetto et partit seul dans la forêt à la recherche des partisans lituaniens. Durant les deux années suivantes, il passa de groupe en groupe. À chaque fois, il était mal accueilli. Qui était-il ? Un espion ? Un pauvre bougre, misérable loqueteux cherchant à chaparder ? Il avait failli être fusillé sans sommation. Chez les nationalistes, on le traitait de communiste, chez les communistes, de sale Juif. Mais il finissait par en imposer par sa folie au combat – « berserker », disaient parfois les paysans lituaniens, reprenant un vieux mot nordique par lequel on désignait autrefois ces guerriers diaboliques, saisis d'une fureur sacrée, plongeant jusqu'à mi-corps dans le sang des ennemis. Il participait aux coups de main avec une inconscience folle pour abattre l'Allemand. Il l'attendait à un coin de rue pour l'exécuter d'une balle en pleine face, il l'égorgeait au couteau, il l'étranglait de ses mains nues, c'était ce qu'il préférait, le sentir se vider de sa vie. Après l'avoir tué, il examinait son visage… À travers tous ces visages, il en recherchait un qui l'obsédait. Il voyait partout ses oreilles décollées, ce regard de porc, ses petits yeux délavés, et ses poches d'insomniaque, et la cicatrice sur sa joue gauche, et les cheveux frisés mal arrangés avec la raie à droite, à la manière de leur guide suprême, leur hideux Adolf… c'était le visage d'Alfred Filbert, l'Obersturmführer Filbert, le commandant de l'Einsatzkommando 9.

Au printemps 1944, au hasard d'une patrouille, son groupe était tombé sur celui d'Abba Kovner qui, ayant à son tour fait le constat que la révolte serait impossible, avait quitté le ghetto peu de temps après lui. Kovner avait nommé les siens Hanokmim, en hébreu « Les vengeurs ». Ils s'étaient donné la même mission qu'Aaron dans sa folie meurtrière, faire payer aux Allemands l'assassinat de leurs familles et, ce qu'ils ne percevaient que confusément à l'époque, la destruction totale de la culture juive de Lituanie, d'Ukraine et de Biélorussie, la Yiddishkeit, la culture juive d'Europe de l'Est.

Aaron avait été impressionné par ces partisans, vêtus d'un uniforme propre, équipés de mitraillettes, d'un fusil-mitrailleur et même d'un lance-roquettes antichar. Kovner tenta une nouvelle fois d'apprivoiser ce jeune homme de dix-neuf ans, ce gaillard le dépassant d'une bonne tête qu'était devenu Aaron. Il l'intégra à son groupe devenu bataillon de l'Armée rouge qui poursuivait son avance victorieuse vers Berlin. Dans ses rangs, Aaron continua à combattre les Allemands, à les assassiner plutôt, car il restait réfractaire à toute discipline militaire, montant de son propre chef des embuscades, se jetant comme une panthère sur le premier uniforme allemand qu'il apercevait. Un jour, l'officier russe fut pris de rage. Aaron Weisz avait désobéi une fois de plus ; il avait manqué faire repérer tout le bataillon parce qu'il s'était mis en tête de poursuivre un officier allemand aperçu au loin au guidon d'une moto. C'est qu'il avait cru reconnaître la silhouette d'Alfred Filbert. « Cette fois, ce foutu Juif de Weisz, il n'y coupera pas ! » On ne plaisantait pas avec la discipline dans l'armée soviétique ! Pour échapper à la cour martiale, une nouvelle fois, Aaron prit la fuite. Passant entre les lignes des combattants des deux armées, comme l'hirondelle entre les gouttes de pluie, il marcha longtemps, durant des semaines, jusqu'à Dantzig, qui venait d'être libérée. Il réussit à embarquer dans un bateau à destination de la Suède. À l'été 1945, il parvint finalement à Paris, sans papiers, sans bagage, sans parents, sans adresse, sans rien ! Rien que la rage qui l'animait plus que jamais. Il ne connaissait pas un seul mot de cette langue dont il ignorait jusqu'au nom : le français... Qu'est-ce qu'il fichait là ? Dans ce pays où il ne connaissait personne ? C'est que quelqu'un dans une forêt du fin fond de la Pologne lui avait glissé que Filbert avait réussi à se faire affecter en France, sur le front ouest. Aaron espérait qu'il avait réussi à s'en tirer, qu'il végétait dans un camp de prisonniers. Il le trouverait ! De son couteau, il lui arracherait les yeux avant de l'égorger.

Toute sa famille avait été anéantie durant la guerre. Sur les quarante-cinq personnes, en comptant ses deux grands-mères, ses oncles, ses tantes et sa dizaine de cousins, il restait le seul, l'unique survivant. Lorsqu'il apprit que quatre-vingt-quinze pour cent des Juifs de Lituanie avaient été exterminés, il prit l'habitude de plaisanter. Sa famille, disait-il, avait dépassé le quota, car s'il comptait bien, chez eux, cela faisait plutôt quatre-vingt-dix-huit pour cent. Il avait beau en rire, chez lui le passé ne passait pas ! Mais vraiment pas ! Le sentiment obsédant d'avoir négligé la mise en demeure des morts occupait son espace mental. Et résonnait dans le silence de ses nuits, cette phrase en yiddish, lue sur un mur d'escalier : « Frères, qui que vous soyez, vengez-nous ! » À vingt ans, il était resté un sauvage. Ça ne s'arrêterait, pensait-il, que lorsqu'il égorgerait Filbert de ses mains.

Ce qui est pratique dans le jeu d'échecs, c'est qu'il n'y a pas besoin de parler. Il les retrouvait dans le Ve arrondissement, à l'entrée du Jardin des Plantes, les passionnés, qui jouaient le blitz à dix francs. Parmi eux, Aaron Weisz rencontra un jour un semblable, Lucien Henriot, « Lulu, le p'ti Lu », comme il disait. Il mesurait bien un mètre quatre-vingt-dix et, dans son manteau de fourrure qui avait dû appartenir à un nabab, il ressemblait à un ours. Aaron grelottait devant son échiquier en ce mois de novembre 1946, ce mois glacial qui avait décidé de devancer l'appel de l'hiver. Le p'ti Lu se tenait derrière lui, impressionné par la série de coups qu'Aaron venait de jouer, sacrifiant successivement sa reine, une tour puis un fou avant de faire échec et mat avec deux pions. Son adversaire, un vieux Russe, avait abattu son roi avec rage et s'était levé, dégoûté. Lucien avait pris le bras d'Aaron en lui disant :

— Viens ! On pèle de froid, ici. Je t'offre un vin chaud.

Et ils étaient partis tous les deux le long de la rue Cuvier, à la recherche d'un café. C'était ainsi qu'avait débuté leur amitié.

Aaron baragouinait maintenant quelques mots de français, certes pas suffisamment pour tenir une conversation. Mais l'amitié, souvent, n'a pas besoin de longs discours, un regard suffit, une complicité immédiate qui se ressent dans le cœur, un sourire et surtout un objectif commun. Pour l'heure, c'était le café Jussieu, rue Linné.

— Tu t'appelles comment ?

— Aaron.

— Aaron… quel drôle de nom.

— Et toi ?

— Lucien. Tu arrives d'où, comme ça ?

— Voyages… Beaucoup voyages.

— Ah !… Voyages ! Mais Aaron, c'est ton prénom, n'est-ce pas ?… Quel est ton nom ?… Aaron comment ?

— Hein ?

— Aaron, oui, d'accord, mais Aaron quelque chose… Tu as bien un nom de famille…

— Aaron Weisz !

— T'es boche ?

— Hein ?

Il le montra du doigt :

— Toi, hein… toi ?… Allemand ?… heu… German ?

— *Nein !* répondit l'autre avec force. *Jüdish !*

— Ah, je comprends, dit alors Lucien. T'es juif ? Tu reviens donc de loin, de très loin.

Ils ne mirent pas longtemps à s'entendre sur l'essentiel. Henriot, jeune partisan appréhendé par la Gestapo française du 93, rue Lauriston, passé entre les mains des bourreaux de « la Carlingue », qui, après l'avoir interrogé et torturé, l'avaient livré aux Allemands, savait ce qu'avaient enduré les Juifs. Il les avait côtoyés à Buchenwald, puis à Dora. Il les avait vus tomber, cadavres ambulants rongés par la vermine et les plaies. Ils s'entendirent immédiatement sur une question, une simple question, une question que Lucien posa à Aaron :

— Qui tu veux tuer ?

— *Was meinst du damit ?*

— Tu as un nom dans la tête ?

Immédiatement, devant les yeux d'Aaron, s'était dressée l'image de l'Obersturmführer Alfred Filbert.

Dieu pardonne tout, les hommes rien

Cet après-midi de novembre 1946, ils avaient englouti des litres de vin chaud, ils étaient complètement faits. Le soir était tombé.

— Tu sais où dormir ? avait demandé Lucien.

Aaron n'avait pas répondu. Une vieille Juive l'hébergeait depuis peu, rue Beaurepaire, dans le Xe arrondissement, contre quelques services, surtout celui de lui tenir compagnie, elle qui avait aussi perdu toute sa famille. Et elle parlait yiddish ! Ça valait bien quelques caresses de temps à autre.

— J'ai une course à faire. Tu veux m'accompagner ? lui avait encore demandé Lucien.

Et, n'attendant pas sa réponse, il l'avait entraîné. Ils avaient dévalé la rue Geoffroy-Saint-Hilaire jusqu'à la Grande Mosquée. Lucien avait garé sa voiture juste devant. Il s'installa au volant d'une Traction cabossée, dont on ne pouvait décider la couleur d'origine, noire ou grise, sans doute, couleur de la nuit qui tombait sur la grisaille de Paris. Il actionna le démarreur mais on n'entendit rien, pas même un bruit d'entraînement de courroie. Il fouilla sous son siège pour en extraire une manivelle. Il sortit de la voiture et ordonna à Aaron :

— Mets-toi au volant. Sitôt qu'elle tourne, tu appuies sur l'accélérateur.

Lucien s'escrimait depuis quelques minutes sur sa manivelle quand le moteur émit des hoquets, crachota, éternua, hésita. Aaron appuya comme un fou sur la pédale d'accélérateur. Et le moteur se mit enfin à tourner, grondant comme un lion. Derrière la voiture on vit grossir un nuage de fumée noire. Lucien grimpa sur le siège du passager.

— Vas-y, ordonna-t-il, démarre !

Et Aaron démarra.

Lucien lui indiquait le chemin. « Tout droit… Là, tourne à gauche… Allume tes phares. Oui, là-bas, la manette comme un robinet… Mais accélère, nom de Dieu ! »

La voiture fonçait dans la grisaille ; ils baignaient dans la brume de l'alcool. Ils ont traversé la Seine au pont d'Austerlitz et filé tout droit jusqu'à Daumesnil. Ils ont longé le bois de Vincennes, traversé la Marne à Joinville, ont pris la route de Champigny. Ils ont roulé un long moment sur des nationales, traversé des villages, passé devant des casses de voitures. Il était vingt et une heures lorsqu'ils ont emprunté une petite route qui coupait la forêt. Il faisait nuit noire. À un carrefour, une clairière.

— Stoppe là ! lança Lucien.

Aaron aperçut sur le bord de la route une roulotte de bohémiens, les fenêtres faiblement éclairées. Un homme apparut à la porte, un petit bonhomme tout brun, avec les cheveux très noirs. Lucien descendit sa vitre.

— Manuel ?

Dis-moi qui tu veux tuer…

L'émigration est un malheur mais c'est aussi une chance.

Aaron Weisz, l'associé de Zohar, était un rescapé de Wilno, capitale de ce petit pays, au nord de la Pologne et de l'Ukraine que l'on appelle Lituanie. En juin 1941, les Allemands, qui venaient d'envahir Wilno, avaient enfermé plus de quarante mille Juifs dans deux ghettos. Aaron, jugé apte au travail, avait été affecté au plus grand, qui s'étendait sur dix-sept rues, plus de cinq cents maisons. Ses parents, sa mère, son vieux père et ses deux sœurs s'étaient retrouvés dans l'autre, le petit, celui des inaptes, des vieux, des femmes et des enfants. En octobre 1941, les habitants du petit ghetto avaient été conduits, par groupes d'une centaine, à une dizaine de kilomètres de là, dans la forêt de Poneriai. Là, les Einsatzgruppen, « les groupes d'intervention », ces commandos d'assassins qui accompagnaient l'armée allemande dans sa progression, leur avaient fait creuser de longues fosses puis les avaient alignés devant, nus comme des vers dans le vent glacial. Ils les avaient alors abattus un à un, méticuleusement, d'une balle dans la nuque, et les Juifs du petit ghetto tombaient directement dans les fosses, épargnant leur enterrement aux bourreaux. La séquence se répétait identique, des heures durant, claquement du coup de feu, chute du corps, au suivant, claquement, chute, et encore, à l'infini. Puis un nouveau groupe débarquait des camions, et ça recommençait. Claquement du coup de feu, chute du corps, au suivant… Caché dans un bosquet, Aaron avait assisté aux exécutions. Il avait vu sa mère tomber, sans une plainte, sans un cri, hypnotisée par tant de haine. Il avait vu ses deux petites sœurs se débattre, hurler, tenter de s'enfuir et abattues au fusil avant d'être jetées, comme des poupées de chiffon, dans la fosse des femmes. Il avait vu son père tomber à genoux après avoir reçu la balle, puis poussé du pied par le sauvage en uniforme avant de s'effondrer deux mètres plus bas. Ce mouvement du pied, il l'avait ressenti dans son propre corps. Il éprouvait encore le poids de la botte nazie. Cette sensation s'était inscrite dans sa mémoire comme une marque au fer rouge, indélébile.

Aaron n'avait pas crié, il n'avait pas pleuré. Les émotions étaient sans doute trop puissantes pour qu'il eût conscience d'en éprouver aucune. Il était resté là des heures, immobile, abasourdi, le regard fixé sur le chef du commando qui aboyait des ordres. Leur chef, c'était un Allemand, à la différence des soldats qu'il commandait, des recrues lituaniennes. C'était un grand diable, longiligne, flottant dans un uniforme mal ajusté, la voix forte. Ce visage, de robot démoniaque, aux oreilles décollées, aux petits yeux délavés enfoncés dans les orbites, au rictus figé, c'était celui d'Alfred Filbert, chef de l'Einsatzkommando 9. Ce visage, il ne l'oublierait jamais ! Il peuplerait tous

— Oui ! répondit l'autre. J'ai ton matériel.

— Monte !

Et le Gitan embarqua à l'arrière de la Traction. Il tenait à la main deux petites mitraillettes Sten.

— C'est tout ?

— T'inquiète, j'ai ce qu'il faut.

Et il ouvrit le sac de sport qu'il portait à l'épaule. Il contenait des chargeurs et un petit pistolet automatique Beretta. Lucien prit le pistolet qu'il fourra dans la poche intérieure de son veston.

— Alors, on y va ! Puis s'adressant à Aaron : Fais demi-tour, on rejoint la Marne.

Et les voilà repartis tous les trois dans la nuit noire que transperçaient à peine les faibles phares de la Citroën. Lorsqu'ils parvinrent à l'entrée de Gournay, Lucien demanda à Aaron de stopper la voiture devant une petite allée.

— Tu vas entrer là en marche arrière.

On n'y voyait goutte. Aaron recula en ouvrant la portière pour se guider aux petites pierres blanches qui marquaient le chemin. Ils étaient parvenus devant une villa.

— Éteins les phares et attends-nous là, lui dit Lucien. Laisse tourner le moteur, on ne sait jamais avec ce vieux clou.

Aaron a regardé ces étranges silhouettes dépareillées s'avancer vers la maison, son nouvel ami, ce grand bonhomme à la carrure imposante dans son long manteau de fourrure, et ce petit maigrichon flottant dans une canadienne trop grande pour lui, un bonnet de laine enfoncé sur le crâne. Il vit que Lucien tambourinait avec le poing sur la porte de la villa. Une lumière au rez-de-chaussée, la porte s'ouvrit et il aperçut un homme corpulent, une robe de chambre sur son pyjama. Il sortait manifestement du lit.

— Henri Robert ? demanda Lucien.

L'homme en pyjama, nullement impressionné par les mitraillettes, eut le toupet de répondre :

— Non ! Bébert, il est mort il y a deux ans, flingué par ces enfoirés de FFI.

Lucien regarda le Gitan, l'interrogeant du regard. L'homme profita de ce moment pour claquer la porte.

Ils se précipitèrent à l'intérieur de la maison. Bébert s'était bêtement tapi derrière un fauteuil du salon. Ils le tirèrent de là, Manuel lui balança son poing en pleine face, histoire de le dissuader de s'enfuir. Ils lui ligotèrent les mains derrière le dos. Ils le traînèrent dehors, jusqu'à la voiture, le poussèrent sur la banquette arrière. Lucien prit place à côté de lui, lui plantant dans les côtes le canon de sa Sten. Manuel grimpa à la place du passager avant. La fenêtre du premier étage s'éclaira. Une femme apparut, les cheveux en bataille.

— Bébert ! cria-t-elle, Bébert… Tu ne m'as rien dit. Tu vas rentrer tard ?

— Y a pas que nous qui te prenons pour Bébert, on dirait…

Et la Traction démarra, crissant des pneus sur le gravier de l'allée. Ils longèrent un long moment les rives de la Marne. Manuel semblait connaître la région mieux que Lucien. Il indiqua à Aaron des petites rues, puis des sentiers qui suivaient le fleuve au plus près. Ils débouchèrent dans un endroit sauvage, envahi de ronces et d'herbes folles. Un édifice détruit, un amoncellement de pierres effondrées se dégageaient sur le ciel sombre.

— Arrête-toi là ! dit Manuel.

Une faible lueur de lune perçait à travers les nuages, et un murmure apaisant, le bruit de l'eau qui s'écoulait doucement. On n'y voyait pas grand-chose, sinon des ombres étranges.

— Ce sont les ruines d'un moulin, expliqua-t-il encore.

Un chien aboya au loin.

— Viens avec nous ! proposa Lucien en s'adressant à Aaron.

Manuel et Lucien poussaient devant eux le présumé Bébert qui renâclait. Aaron les suivait à quelques pas. Ils s'avancèrent ainsi jusqu'à l'extrémité d'un pont qui semblait effondré. Ils ont assis Bébert sur le parapet en pierre, dos à la Marne. Ils se tenaient face à lui, le doigt sur la gâchette de leurs mitraillettes. C'est alors que Lucien prit le rôle de l'avocat général.

— Monsieur Henri Robert, puisque vous refusez, malgré l'évidence, de reconnaître votre identité, je me chargerai de la décliner à votre place. Nom, Robert, prénoms, Henri, Pierre, Marie. Né en 1903 à Courbevoie, le 15 février...

Bébert baissait la tête.

— Regarde-moi, espèce de lâche ! Tu es accusé d'avoir trahi la patrie avec tes complices de la Gestapo française du 93, rue Lauriston à Paris, ce lieu maudit qu'on appelait la « Carlingue ». Tu t'en souviens ?... Tu les as rejoints dès leurs débuts, en 1941. Tu as participé à toutes les horreurs commises par la bande du sinistre Henri Chamberlin, celui-là qui se faisait appeler Lafont. Tu en faisais partie, de cette bande, avec Pierre Bony, ancien flic pourri, Marcel Buat, tous les trois heureusement exécutés par notre justice... et il mima les rafales de mitraillette : Ta ta ta ta... Descendus, après un procès en bonne et due forme, tout comme Engel, Clairé, Ganiolles, Delval... J'en oublie ? C'est sûr ! Il y en avait tant ! Des ordures, il y en a toujours plus qu'il n'en faut ! Avec eux, tu as volé des millions, des milliers de millions ! De quoi t'acheter dix villas comme celle de Gournay, peut-être cent ou davantage... Tu as pillé ton propre pays, au service des occupants. Tu as spolié les Juifs que vous avez ensuite livrés aux Boches. Tu as capturé des partisans, des résistants, des patriotes. Tu les as torturés, humiliés, assassinés par centaines. Toi et ta bande de salauds, vous avez trahi votre pays, vous avez transgressé toutes ses lois. Vous vous êtes enrichis sur le malheur des pauvres gens, vous êtes des salauds.

Lucien s'est interrompu, s'est approché de Bébert qui tremblait. Le saisissant par les cheveux, il lui redressa la tête.

— Reconnais-tu les faits ?

— Non..., balbutia l'autre.

— Et moi ? Tu me reconnais ?

— Non...

— Mais si ! Regarde-moi bien ! Henriot, Lucien Henriot, l'étudiant en médecine... Le réfractaire au STO. Ça te revient ? Tu te souviens comment tu m'as trempé la tête dans la baignoire, attaché à une planche... tu étais aidé par cette ordure de Boucheseiche... Non ? Toujours pas ?

— Henriot ? Henriot… Mais tu es donc juif, Henriot ?

— Eh non ! Pas de bol ! Remarque, on est tous un peu juifs, pas vrai ? Même toi, si on donnait un coup de pied dans ton arbre généalogique, hein… Il en tomberait combien, des Juifs ?

L'autre n'en revenait pas de le voir vivant. Il répétait :

— Henriot !

— Ça y est ? Tu me remets ? En tout cas, moi, je me souviens très bien de toi. Tu étais moins gros à l'époque, mais tu avais déjà cette gueule de rat. Je me souviens de toi parce que je t'ai vu, là-bas, dans cette geôle immonde que vous appeliez « la cave ». Je me souviens de la petite Solange et de sa mère, deux Juives dont vous aviez détroussé l'appartement. Quel âge avait-elle, la môme ? Onze ans ? Douze ans, peut-être. Tu ne le sais plus ? Tu ne l'as jamais su, sans doute. Je me souviens comment tu as déchiré sa robe pendant que l'autre détritus, l'immonde Georges Boucheseiche obligeait la mère à regarder. Tu t'en souviens ? Moi, je n'oublierai jamais les hurlements de la môme… Fumier ! Ses cris m'ont percé les tympans. Devant sa mère, tu l'as déchirée, la môme, devant sa mère…

La voix de Lucien grimpait dans les aigus. On aurait dit que l'enfant suppliciée s'était emparée de lui, qu'elle criait par sa bouche. Et il poursuivait, de plus en plus vite, de plus en plus fort :

— Et lorsque tu as fini de la besogner, tu as sorti ta lame, ton surin, comme tu l'appelais, ton couteau de truand, et tu l'as égorgée. Devant sa mère ! Tu l'as égorgée comme un animal.

Bébert comprit alors qu'il ne s'en tirerait pas. Il se redressa et demanda à Lucien :

— Mais comment as-tu fait pour te tirer des mains des Boches ? lui demanda-t-il.

— Ah, tu me remets, maintenant. Le gentil petit étudiant, c'est moi ! Après m'avoir torturé, volé, après avoir emprisonné mes parents, après nous avoir spoliés de tous nos biens, tu m'as livré aux Boches...

— C'était la guerre..., s'excusa Bébert d'une petite voix presque inaudible.

— C'était la guerre ? Mais, mon vieux, c'est toujours la guerre ! La guerre aux salauds ! Puisque tu reconnais les faits, espèce d'ordure, je vais t'annoncer la sentence. Et il prit une voix plus martiale pour l'énoncer clairement : Henri Robert, au nom des compagnons morts, des amis suppliciés, des familles détruites, au nom de la perte de toutes nos illusions, au nom de notre propre condamnation à la rage éternelle, nous te condamnons, toi, à la peine capitale.

— Je vous en supplie..., bredouilla Bébert. Je vous donnerai tout ce que j'ai... Je vous demande pardon.

Lucien se tourna vers ses deux compagnons.

— Il demande pardon. Mais à qui ? À nous, les survivants ? Il est idiot. Seul Dieu pardonne, il pardonne toujours, ça ne lui coûte rien, les hommes, eux, ne pardonnent jamais !

Et il lâcha une longue rafale de mitraillette, vidant son chargeur dans le ventre du malfrat. Bébert tomba à genoux, agité de soubresauts. Lucien confia la mitraillette vide à Aaron et empoigna le Beretta. Il s'approcha de la forme au sol et tira deux balles dans sa tête.

— Allez, on file ! dit Manuel.

— Attends ! lui opposa Lucien. Je veux vérifier qu'il est bien mort. Il s'agenouilla auprès de Bébert, palpa sa jugulaire, posa une main sur son cœur, puis il se releva en disant : Au moins, il n'aura plus mal aux dents...

Ils soulevèrent le corps encore chaud du dénommé Henri Robert, né le 15 février 1903 à Courbevoie, exécuté le 15 novembre 1946, et ils le jetèrent dans la Marne.

Lucien et Aaron raccompagnèrent Manuel jusqu'à sa roulotte. Il était minuit lorsqu'ils prirent la route du retour vers Paris. Aaron était toujours au volant. Ils étaient silencieux, vaguement conscients qu'ils venaient de sceller un pacte.

— Où va-t-on ? demanda Aaron.

— Tu viens à la maison on va se prendre un dernier verre...

Ils ne s'étaient jamais plus quittés depuis.

Les folles ardeurs laissent des regrets

Les années avaient passé. Aaron avait fait des progrès spectaculaires en français mais, avec Lucien, ils s'étaient peu parlé, ils n'en avaient pas eu le temps. Le jour, ils montaient des affaires, pas toujours honnêtes, c'était si facile dans l'agitation de l'après-guerre. Les flics étaient trop occupés à s'épurer eux-mêmes. Mais la nuit, chaque fois qu'ils le pouvaient, ils rejoignaient leur petit groupe de vengeurs, des gens dont ils connaissaient à peine le nom, une bande de réfractaires. Ces gens-là n'avaient accepté aucune organisation. Ils avaient claqué la porte du parti communiste, déserté les associations de déportés, évité les églises et toutes sortes de soutanes, celles des curés et des rabbins. Ils fuyaient les uniformes tout autant, ceux des militaires et des policiers. Ils se méfiaient des services de l'État, des assistantes sociales comme des postiers… Ils n'avaient plus confiance. Ils les avaient vues, de leurs propres yeux, ces institutions, collaborer avec les flics de la Gestapo, livrer les Juifs aux Boches, embarquer des familles entières, même les vieillards, même les jeunes enfants, même les malades que ces cinglés tiraient de leur lit d'hôpital pour les fourrer dans leurs fourgons. Ils les avaient entendus pérorer à la radio, hurler leurs injures dans les haut-parleurs. Ils se souvenaient de l'exposition « Le Juif et la France » au palais Berlitz et de ses cinq cent mille visiteurs enthousiastes. Les mêmes, sans doute, qui applaudissaient les miliciens défilant sur les avenues, un béret ridicule sur le côté, le bras levé pour mimer les Super Salauds, les SS de la Germanie. Ils avaient lu leurs milliers de pages dans les journaux, leurs tombereaux d'obscénités, leurs livres orduriers, leurs « bagatelles pour un massacre »… Ah, ils la connaissaient leur « école des cadavres »… Comment était-il encore possible de parler à un intellectuel, un journaliste, un flic ou un curé après la guerre ? Non ! Pour réclamer justice, pour exiger réparation, ils ne pouvaient plus s'adresser qu'à des semblables.

C'était un groupe d'entraide, si l'on peut dire, de soutien à la vengeance, sans chef, sans hiérarchie, un groupe de grandes gueules. Aaron et Lucien avaient été parmi les premiers. Ils avaient vu arriver des hommes, des femmes aussi, qui avaient un nom à l'esprit, un nom qui les obsédait. Ils entreprenaient en commun d'identifier la personne – celle qu'ils appelaient « le salaud » ou « la hyène ». Pour la loger, ils se faisaient détectives, recherchant sa piste à travers le pays, à l'étranger aussi, parfois, en Espagne, en Italie ou en Allemagne… Lorsqu'ils l'avaient retrouvée, ils montaient des expéditions, toujours secrètes, sans tambour ni trompette. Ils réussissaient souvent leurs exécutions, deux balles dans la tête, la première pour la vengeance, la seconde pour la signature. Lucien ajoutait parfois : « Avec deux balles, ils ne pourront jamais prétendre qu'il s'est suicidé. »

Mais au début, peu de temps avant sa rencontre avec Aaron, Lucien, pourtant très méfiant, s'était fourvoyé. Il avait fait crédit à une institution et s'était dit qu'il ne recommencerait plus jamais. C'était aux derniers jours de l'année 1945.

Des Juifs de Palestine, des envoyés du Yishouv, lui avaient demandé son aide pour liquider le Mufti de Jérusalem. Il avait rencontré leurs émissaires à Paris. Ils s'appelaient Manus Diamant et Tuviah Friedman, tous deux évadés à plusieurs reprises de camps de concentration, tous deux obsédés de vengeance. Ils avaient longuement parlé, dans un français approximatif, attablés au Café de la Paix, place de l'Opéra. Ils lui avaient expliqué toute l'affaire dans le détail.

Hadj Amine al-Husseini, qui, jusqu'aux derniers jours de la débâcle nazie, avait poursuivi ses appels au meurtre des Juifs depuis Berlin, sur les ondes de «La voix des Arabes», avait décidé de quitter le navire en perdition avec les rats. Il se savait recherché par les Américains et les Britanniques qui comptaient l'inculper de crimes de guerre, le déférer au tribunal de Nuremberg. Malin, une semaine après la capitulation de l'Allemagne, le 15 mai 1945, il s'était constitué prisonnier à Constance, se livrant aux troupes françaises d'occupation. Il savait que les Français seraient plus cléments. De fait, après un bref interrogatoire, très courtois, mené par les fonctionnaires du Quai d'Orsay, il avait été transféré avec ses deux secrétaires, dans une belle villa de Saint-Maur-des-Fossés, près de Champigny. Là, il eut droit aux égards. Il pouvait se promener aux alentours, faire des balades en voiture ou se rendre à la Grande Mosquée de Paris pour la prière du vendredi. Henri Ponsot, ancien ambassadeur de France en Turquie et en Syrie, considéré par le Quai d'Orsay comme le « spécialiste » du Moyen-Orient, avait été chargé d'organiser son séjour en France. Il voulait obtenir du Mufti qu'il intervînt en faveur de la France auprès des pays arabes. En échange, on lui réservait les meilleures conditions d'hébergement.

À ce moment de la discussion, Friedman laissa exploser sa colère :

— Ce meurtrier, commença-t-il, l'assassin des partisans yougoslaves à la tête de sa milice bosniaque, devenue 13e division de la Waffen-SS sous le nom de « Handshar », le propagandiste délirant qui avait appelé durant toutes les années de guerre à l'anéantissement des Juifs du monde entier, l'incendiaire du Moyen-Orient, est là se pavanant, presque sous nos yeux, choyé comme un chat paresseux par les diplomates français…

— Nous ne pouvons pas accepter une telle injustice, ajouta Manus Diamant.

Les Américains, scandalisés eux aussi, ne cessaient d'exiger son extradition, vers la Yougoslavie ou l'Angleterre. Les Britanniques avaient tergiversé avant de s'aligner sur la position américaine. Les Français faisaient le gros dos. C'est dans ce contexte, expliquait Diamant, que les Juifs du Yishouv étaient d'abord intervenus par la voie diplomatique. Moshé Chertok, devenu Moshé Sharett, avait adressé une demande circonstanciée au ministre anglais des Affaires étrangères. Il exigeait que le Mufti fût traduit en justice pour crimes de guerre et pour avoir, le premier, et même avant Heydrich, proposé l'extermination systématique comme solution au « problème juif ». Au dossier que Sharett avait constitué, pour sensibiliser les Français, il avait joint la copie d'une lettre adressée par le Mufti à Hitler le 20 janvier 1941 dans laquelle il se réjouissait de la victoire de l'Allemagne et déclarait sans ambiguïté sa haine de la France.

Inquiets de ces démarches de plus en plus pressantes, les diplomates français avaient engagé une danse du ventre, tortillant leurs fesses entre leur refus de l'extradition par peur de l'opinion arabe et le souci de ne pas passer aux yeux du monde pour un pays s'opposant au jugement d'un criminel nazi. Mais là, devant la pression des Américains et des Britanniques et surtout de leur presse qui s'était emparée de l'affaire, ils venaient de décider l'« évasion » du Grand Mufti.

— Son évasion ? s'étonna Lucien.

— Ils prétendront qu'il a déjoué leur surveillance. Ils pourront ainsi… Friedman utilisa une expression anglaise : *have the cake and eat it too…*

— En français, reprit Lucien, nous disons plutôt « avoir le beurre et l'argent du beurre »…

— C'est ça ! Le beurre et l'argent du beurre… Ils pensent obtenir les faveurs des pays arabes sans perdre la face devant leurs alliés européens. Ils n'obtiendront rien des Arabes et ils ont d'ores et déjà perdu la face !

Friedman savait que les préparatifs étaient très avancés, le Quai d'Orsay ayant sondé les pays arabes susceptibles d'accueillir le Mufti. La décision était prise désormais, ce serait l'Égypte.

— Il est temps d'agir ! s'énervait Diamant.

— Alors ? demanda Lucien. Que puis-je faire pour vous aider ?

— Localiser le Mufti ! Nous savons que les services français le déplacent sans cesse pour brouiller les pistes. Il nous faut quelqu'un d'ici, qui connaisse la région pour nous conduire avec certitude jusqu'à lui. Nous nous chargerons du reste.

Fin octobre, Lucien avait logé le Mufti, à Bougival, dans une jolie villa en bord de Seine. Ce ne fut pas difficile, il n'était pas très discret. De sa villa, il poursuivait ses activités politiques, diffusait ses diatribes contre les Juifs et ses appels à la haine et au meurtre. Lucien avait suivi Darwich, son secrétaire, depuis la mosquée de Paris jusqu'à la villa de Bougival. Il s'était installé avec des amis dans un immeuble à quelques centaines de mètres de là, avait observé à la jumelle les allées et venues et avait pris des photographies. Pour équiper les envoyés du Yishouv, il avait déniché des armes auprès d'officiers sympathisants de l'armée américaine stationnée à Saint-Germain-en-Laye. Il avait méticuleusement noté les heures d'arrivée des femmes de ménage, les heures de sortie du chauffeur qui partait tous les jours faire les courses au bourg. Il avait monté tout le plan d'action pour abattre celui dont on ne prononçait jamais le nom. On l'appelait Neeman, ce qui signifie « le fidèle » en hébreu, sans doute du fait que, malgré la défaite, il continuait à proclamer ses convictions nazies. Fin janvier 1946, Lucien, Diamant et Friedman ainsi que trois nouveaux envoyés de Jérusalem, tous trois anciens combattants de la brigade juive de l'armée britannique, étaient prêts à passer à l'action. Ils n'attendaient plus que le feu vert des chefs. Et puis, la politique s'en était mêlée. Sharett, de passage à Paris, reçut le commando au complet, les six hommes, dans sa chambre de l'hôtel Claridge, sur les Champs-Élysées. Il recueillit d'abord les informations qu'ils avaient récoltées, examina les photos, puis posa une question, c'était le prétexte qu'il avait trouvé : « Est-ce vous pouvez me certifier que durant l'attentat aucun gendarme, aucun policier, aucun garde du corps français ne serait atteint ? » Lucien avait piqué sa colère. Bien sûr que non ! On pouvait prendre des précautions, mais certainement pas garantir que seul le Mufti serait touché. Au moment de l'affrontement, les coups pouvaient partir de tous côtés. Sharett dit alors calmement que, puisqu'il en était ainsi, il annulait l'opération, et il ordonna aux protagonistes d'oublier toute l'affaire.

Le 29 mai 1946, on a pu lire dans la presse que Hadj Amine al-Husseini, criminel de guerre et propagandiste nazi, avait faussé compagnie à ses gardiens et s'était envolé pour Le Caire dans un avion de la TWA avec un faux passeport au nom de Maarouf Doualibi, un passeport dûment tamponné par les services français. Comme prévu, le Quai d'Orsay accusa de défaillance la police prétendument chargée de le surveiller. Nul ne crut à ce bobard, ni les journaux américains, ni même les journaux français… pas plus que l'opinion des pays arabes qui ne dissimula pas sa joie en apprenant son arrivée au Caire.

Lucien fulminait. Si même les Juifs de Palestine, qui avaient toutes les raisons de se venger, y renonçaient pour des motifs politiques, c'est bien qu'il ne pouvait faire confiance à personne. Dégoûté, il décida qu'à l'avenir il ne se guiderait qu'à la seule exigence personnelle de vengeance. C'est pourquoi, lorsqu'il accueillait un nouveau camarade, il commençait toujours par cette même question, la seule valable à ses yeux : « Qui veux-tu tuer ? »

*

Neuilly, le salon de Livia. Un après-midi de printemps.

Elle a l'air fatigué. Voilà des heures qu'elle parle, qu'elle raconte, qu'elle explique, s'interrompant seulement pour déguster du bout des lèvres deux gorgées de son thé au lait.

Je ne veux pas la fâcher, n'ose pas lui faire remarquer qu'elle s'égare dans les digressions. Je veux qu'elle me parle de mon père, des éventuelles relations qu'il aurait pu avoir avec le Grand Mufti de Jérusalem. Mais elle tient à me resituer le contexte, méticuleusement. Décidément, elle aurait dû être historienne !

— Vous ne pouvez pas comprendre, François, nous autres, jeunes gens de l'après-guerre, avions une force qui nous animait de l'intérieur – que dis-je ? une flamme, plutôt, qui embrasait notre être tout entier.

Elle me regarde en coin. A-t-elle compris que c'est précisément ce qui me fait défaut, une flamme qui me grillerait les méninges ? À la place de quoi j'ai une sorte d'ordinateur, un calculateur, comme on disait autrefois. Je monte des plans, des entreprises de séduction en direction de mes supérieurs, des contre-attaques pour juguler les actions de mes pairs. Je prends des contacts, noue des alliances pour triompher des groupes qui s'opposent à mon ascension dans la hiérarchie. Mes collègues ? J'en apprécie certains, les autres je les déteste ; mes sentiments fluctuent au gré des postes à pourvoir. Avons-nous des différends politiques, nous opposons-nous sur des points de doctrine ? Pas du tout ! Ils ont les mêmes idées que moi. Et surtout, ils aspirent aux mêmes fonctions. Notre rivalité est quasiment biologique. Nous occupons la même niche écologique et sommes en concurrence pour décrocher la même timbale. Tout en haut du mât de cocagne, quelques postes qu'on ne peut atteindre qu'en fin de carrière : Washington, Moscou, Pékin, New York (à l'ONU)... En dessous, des capitales où nous ferons nécessairement parler de nous, des lieux de conflit d'où les journalistes ne sont jamais absents : Kaboul ou Tel-Aviv. Si l'on attribue le poste à l'un, il échappe à l'autre. C'est notre seul motif de guerre. Du coup, nous nous ressemblons tous, comme un rat ressemble à un autre, au point que l'on peut facilement nous confondre. Nous sommes vêtus du même costume, gris ou bleu marine, portons les mêmes cravates discrètes, aux pieds les mêmes mocassins méticuleusement cirés. Au Département, nous avons tous les mêmes idées, surtout une, la principale : pas de vagues ! Malheur à celui par qui le scandale arrive... Telle est la philosophie générale de notre ministère. Ici, l'original, celui qui a des idées, ne fait pas long feu. On l'expédiera en Afrique ou dans une île du Pacifique d'où il reviendra désabusé et alcoolique, incapable de reprendre la lutte pour les postes. Un de moins ! Quant aux autres, ceux qui nous regarderaient de l'extérieur, ils ne méritent même pas une pensée. Nous les considérons comme des sortes de sous-hommes. Nous sommes passés par les grandes écoles, Polytechnique, l'ENA, parfois les deux pour les meilleurs d'entre nous, Sciences-Po, aussi, presque toujours… Nous sommes l'élite de la nation.

Jusqu'à l'enterrement de mon père, je ne m'en apercevais même pas. Je suis fait au moule, rien qu'un spécimen au sein d'une meute. Et puis, il y a eu cette déflagration mentale, cette soudaine prise de conscience. Depuis, je me sens faire partie des autres, des quidams, des sous-hommes. Peut-être est-ce la raison pour laquelle on m'a refusé le poste…

— À quoi pensez-vous donc, François, ainsi absorbé dans des idées sombres ?

— Je pense à l'hérédité.

— Soyez sans crainte. Vous ne ressemblez pas à votre père, ou à peine, peut-être le pli au coin des yeux. Vous êtes aussi grand et placide qu'il était petit et nerveux…

Je lui demande :

— À cette époque, je veux dire au moment où il a failli assassiner le Mufti, Lucien n'avait pas encore rencontré mon père, n'est-ce pas ?

— Votre père a quitté l'Égypte en 1952, en septembre 52. Je suis bien placée pour le savoir. Je crois bien que j'ai été le premier être humain à qui il a adressé la parole après avoir mis les pieds en Europe. Je m'en souviens comme si c'était hier. Le Mufti, lui, a résidé en France en 1945 et 1946, pas au-delà…

— Mon père n'a donc pas rencontré le Mufti et n'a pu par conséquent être mêlé au projet de son enlèvement ou de son assassinat, n'est-ce pas ?

— Non, bien sûr ! Mais enfin ! Qu'avez-vous donc avec ça ? Il lui est arrivé de m'en parler, de ce fameux Mufti, comme d'un nuisible accueilli au Caire, instrumentalisé par Nasser dans ses projets de guerre contre Israël. Lorsqu'il m'a raconté comment Lucien avait failli l'assassiner à Paris, en décembre 1945, il m'a dit : « Peu d'hommes ont une importance pour ce qu'ils sont, en tant qu'individu. C'était le cas du Mufti al-Husseini. Sa condamnation par le tribunal de Nuremberg aurait certainement apaisé le Moyen-Orient. Aujourd'hui, notre monde serait différent. »

Je connais la suite. L'arrivée du Mufti au Caire à l'été 46, où il a été accueilli en héros. Il ne cachait pas ses activités nazies durant la guerre, il en tirait gloire, au contraire. Dès son arrivée en Égypte, il a aussitôt pris la tête de l'armée palestinienne. Si mon père l'a rencontré, cela ne peut avoir été qu'en Égypte, au Caire, où le Mufti a longtemps résidé.

Je prends congé de Livia. Avant de partir, sur le pas de la porte, rougissant, je lui tends le cadeau que je lui ai apporté. Une petite boîte. Elle l'ouvre. C'est la chevalière de mon père, en or, deux Z d'argent entrelacés, Zohar Zohar, c'était son nom. Elle l'essaie. Trop grande pour son annulaire, elle épouse parfaitement son majeur. Je vois une larme perler à ses yeux.

— J'aurais dû l'épouser, me dit-elle, ça l'aurait empêché de faire des bêtises. Mais il a préféré votre mère. Elle a haussé les épaules avant d'ajouter : Comme dit un proverbe de chez moi : « Les folles ardeurs laissent des regrets. »

Un baiser amène un baiser

23 décembre 1951. Dijon.

Lucien et Aaron étaient descendus dans le Sud, à Dijon, « pas pour faire du tourisme, mais pour affaire », avaient-ils dit à leurs amis en prenant un air mystérieux. Ils devaient rencontrer un fournisseur, un gars du Parti, que leur avait fait connaître un copain d'Aaron. Cet homme devait leur montrer des fourrures importées clandestinement d'Union soviétique. Ils voulaient étudier avec lui la possibilité d'organiser le commerce de ces fourrures, des visons, des zibelines, et même des loups. Ils avaient quitté Paris avant six heures, avaient roulé sans s'arrêter, sinon pour prendre de l'essence, se relayant au volant de la nouvelle Citroën de Lucien. Une fois à Dijon, ils avaient garé leur voiture rue Michelet, devant la cathédrale. Ils avaient rendez-vous au bar-tabac qui faisait le coin de la rue Danton. Soudain, ils furent attirés par une rumeur qui montait de la rue. Ils approchèrent de la fenêtre. Une foule commençait à se constituer. Les gens venaient des rues adjacentes, de la rue Condorcet, de la rue de la Prévôté, par dizaines, pour se regrouper sur le parvis.

— Pourquoi tout ce monde ? avait demandé Aaron.

— Tu ne peux pas comprendre. C'est dimanche, une veille de Noël. C'est l'un des rares moments où la France se souvient qu'elle est chrétienne.

— Ah ! Je n'aime pas ça…

— Tu n'as rien à craindre, plaisanta Lucien, nous ne sommes pas en Pologne ou en Lituanie.

La foule grossissait. Les voitures s'agglutinaient, cherchant un emplacement pour s'arrêter. Quatre autocars sont arrivés coup sur coup, déversant des files d'enfants en tablier gris, avançant deux par deux derrière un curé en soutane.

— Lorsque les chrétiens se réunissent, ça finit toujours mal pour les Juifs. Chez nous, en Lituanie, on se barricadait dans les maisons la nuit de Noël…

Curieux, les deux compères quittèrent le café pour se rapprocher de la foule. Une sœur dirigeait la chorale des enfants du patronage, qui déclinaient leur répertoire de chants de Noël. Ils ont vu des curés sortir de la cathédrale, transportant des fagots de bois. Et voilà qu'ils y mettaient le feu. Aaron sursauta, il fit un pas en arrière. « Tu as beau faire, mon vieux, tu finiras au bûcher ! » lui glissa Lucien en rigolant. Devant le feu qui crépitait, la foule hurlait de joie. Un camion s'arrêta devant le portail. Des hommes déchargèrent une forme gigantesque, longue de trois mètres au moins, revêtue d'un tissu blanc grossièrement cousu. Ils se mirent à quatre pour la hisser contre les grilles, puis ils y accrochèrent une corde. C'est alors qu'on put distinguer une sorte de pantin bourré de paille, enveloppé de tissus dépareillés et recouvert d'un manteau de couleur rouge. Sur la tête, un visage peint, celui d'un vieil homme à barbe blanche.

— Mais c'est le père Noël ! s'exclama Lucien.

À côté de lui, des enfants se mirent à rire, heureux de son étonnement. « Oh lui ! s'écria un gamin, le père Noël, ça n'existe pas ! » Les curés attachèrent une corde au cou du pantin et le pendirent au châssis de la grille. Ils le hissèrent au plus haut. Le chef des religieux, un homme plus âgé, chauve, portant lunettes, l'air sévère, prit la parole. Sans micro, on l'entendait à peine dans la cohue. Il s'égosillait pour couvrir les cris et les rires des enfants. « Mes chers frères, mes chères sœurs… un peu de silence ! » Les adultes qui étaient là, des gens simples, restaient figés, les yeux écarquillés. Ils semblaient avoir peur. Sans doute éprouvaient-ils la sensation de se livrer à un acte immoral dont ils redoutaient les conséquences. Lucien s'approcha plus près. Il put distinguer des bribes du discours du curé. « Noël doit rester pour nous l'anniversaire du Sauveur, l'anniversaire de Notre-Seigneur Jésus-Christ et non cette mascarade commerciale qu'est devenue cette fête aujourd'hui. » L'homme s'empara alors d'un brandon, mit le feu à un chiffon qui avait dû être imbibé d'essence et enflamma le père Noël qui commença à se tortiller dans les flammes. Les enfants battaient des mains. La foule hurlait, sifflait. La chorale entamait « Louons Notre-Seigneur… ». On n'entendait presque plus le curé qui poursuivait malgré tout : « Les prêtres de la cathédrale, réunis en conclave, ont condamné le père Noël, cet usurpateur, qui incite les chrétiens à revenir au paganisme ; ils l'ont condamné à être pendu, puis brûlé en place publique. » Les chants, les rires, les cris couvraient sa voix. On put encore distinguer : « Mort à l'hérétique qui dévoie nos enfants ! »

Aaron, qui avait réussi à retrouver Lucien dans la foule, lui hurla à l'oreille :

— Qu'est-ce que je t'avais dit. Regarde, ils le brûlent ! Puis, plaisantant malgré tout, il ajouta : Le père Noël, ce doit être un Juif. Noël, ça sonne comme Israël… Tu ne trouves pas ?

— T'es complètement parano, lui répondit Lucien.

Dans la foule, serrée contre Aaron, une jeune femme, qui avait entendu la saillie, lui demanda :

— Vous êtes juif ?

Elle était belle. Petite, très mince, des cheveux noirs frisés et des yeux d'un bleu lumineux, aux paupières ourlées. Sur la tête, elle portait un bonnet de laine, du même bleu que ses yeux bleus. Elle lui souriait. Depuis qu'il était en France, Aaron, ivre de liberté, n'avait jamais su résister au sourire d'une femme.

— Si je suis juif ? J'ai appris qu'il fallait réfléchir avant de répondre à cette question.

Et il lui rendit son sourire.

Elle le regarda. Il était resté très maigre malgré les festins de charcuterie qu'il partageait avec Lucien. Ses yeux, un peu globuleux étaient grands ouverts sur le monde, anxieux d'en rater la moindre part.

— Alors, vous êtes juif ! conclut-elle. Il paraît qu'on reconnaît un Juif au fait qu'il ne répond jamais aux questions.

Il l'entraîna au café, aussitôt suivi par Lucien qui proposait déjà :

— Vous boirez bien un verre avec nous ?

— Un seul verre ? plaisanta la femme.

— Et un baiser ! ajouta Lucien.

— Ah ça non ! répliqua-t-elle, un baiser amène un baiser.

Elle ne savait pas si bien dire… Ou peut-être le savait-elle ?

— Moi, c'est Paulette, avait-elle joyeusement annoncé. Et toi, le fier-à-bras au cœur d'artichaut ?

— Lucien ! Appelle-moi Lulu, si tu veux… comme le petit Lu !

Puis elle s'était tournée vers Aaron.

— Quant à toi, je ne te demande même pas comment tu t'appelles. Tu me diras un nom mais ça ne veut rien dire vu que toi-même tu ne sais pas qui tu es.

— Aaron ! balbutia-t-il. Aaron Weisz !

— Weisz ? répliqua la fille, ça fait bien longtemps que tu n'es plus Weisz, tout comme moi qui ne suis plus Schachter… Comment pourrais-je encore m'appeler ainsi alors que toute ma famille est au ciel, partie en fumée en passant par les cheminées de Birkenau…

Les garçons en étaient restés comme deux ronds de flan. Les voilà dépassés en liberté de parole. Ils constateraient bientôt qu'elle les dépassait aussi en matière de courage.

— Et toi ? demanda Lucien.

— Moi ? Tu veux dire comment j'ai réussi à survivre ? Eh bien, je vais te le dire, mon gros. Je me suis évadée de Ravensbrück en 44. J'ai sauté du train qui nous évacuait vers Buchenwald… à peu près au niveau de Berlin, ajouta-t-elle encore d'un air de défi.

— Oh ?… s'exclama Aaron, incrédule.

Et il avait levé son verre de mâcon.

— À la vie ! proposa-t-il.

— À la vie ! répondirent les deux autres en trinquant.

— À l'amour aussi ! ajouta Lucien.

Paulette le regarda étrangement en penchant la tête.

— Ça ne me fait pas peur. Allez : à l'amour !

Et ils trinquèrent tous trois à l'amour.

Aaron fit signe au serveur qui accourut aussitôt remplir leurs verres.

— À la guerre ! dit-il en levant son verre. À la guerre sans laquelle on ne se serait jamais rencontrés.

Et ils avaient poursuivi les présentations, entrecoupées de toasts portés aux valeurs éternelles. Après la guerre, ils avaient remarqué qu'ils avaient tous trois été internés par les nazis et qu'ils en avaient tous trois réchappé. Après la vie, l'amour et la guerre, ils honorèrent donc les Boches. « Aux Boches ! » hurlèrent les trois avant d'avaler leur verre cul sec. Puis ils se demandèrent à quoi ils pouvaient se fier maintenant qu'ils avaient été libérés des Allemands. Lucien répondit : « Ben… aux flingues ! À quoi d'autre ? » Ils portèrent aussi un toast aux flingues. Soudain sérieuse, Paulette se demanda ce qui les protégeait de la folie après tout ce qu'ils avaient vécu. « Ce qui protège de la folie ?… mais c'est la folie ! affirma Aaron. Contre la folie qui désagrège, nous devons toujours choisir la folie qui libère. » Ils éclatèrent de rire. « On dit bien qu'on aime à la folie, non ? » Et ils trinquèrent à la folie. Ils levèrent ensuite leur verre à la mort qui leur avait ouvert toutes grandes les portes de la liberté. C'est Lucien qui en avait eu l'idée en expliquant que le jour où il avait décidé de ne plus avoir peur de mourir, le jour où il l'avait regardée en face, foutue mort, pour lui dire qu'elle pouvait aller au diable, il s'était senti libre d'agir selon ses désirs. Et puisqu'ils l'avaient évoquée, autant boire aussi à la liberté, qu'on ne pouvait goûter que lorsqu'on avait connu l'esclavage. « À la liberté, liberté chérie ! » Lucien avait encore soif – il avait toujours soif ! – il proposa de boire à la France. « Pourquoi la France ? s'étonnèrent les deux autres. – À cause de la liberté sexuelle des femmes ! » répliqua doctement Lucien. Alors, presque totalement ivres, ils se levèrent tous les trois et, dans le bistrot qui s'était rempli de prêtres, de dames patronnesses et de grenouilles de bénitier, ils s'écrièrent : « À la France et à la liberté sexuelle de ses femmes ! »

Lucien finit par penser que les curés de Dijon avaient tort. Le père Noël existait bien, qui venait de leur offrir un merveilleux cadeau, la compagnie de la belle Paulette aux yeux bleus.

L'amour est exclusif, on ne peut aimer en plusieurs endroits à la fois

Eux étaient à Dijon pour affaires, Paulette pour revendre un château dont elle était seule héritière, un château que son père avait acheté durant la guerre, un peu plus bas, au sud de Chalon, juste passé la ligne de démarcation.

— Un château ? s'étonna Aaron,

Elle raconta qu'en 1942, alors que les Juifs étaient traqués comme du gibier, son père avait acheté un château. Il y avait rassemblé, outre sa femme et ses enfants, ses sœurs et ses beaux-frères et tous leurs enfants. En pleine guerre, il s'était mis en tête d'apprendre l'agriculture dans la Saône-et-Loire et de l'enseigner à sa famille. Il y mettait tout son cœur. Il fallait le voir, bêchant, sarclant, plantant ses pommes de terre et ses petits pois… Il n'aura jamais vu sa récolte, le pauvre ! En place de Palestine où il comptait émigrer, il se retrouva à Pitchipoï, cet endroit au nom incompréhensible, d'où nul ne revenait jamais.

— Pitchipoï ?

— Pitchipoï, ce lieu sans nom qui ne méritait qu'un nom sans lieu…

Et devant l'incompréhension de ses compagnons, elle ajouta dans un murmure : « Auschwitz ! »

— Mais alors, pourquoi le vendre à Dijon s'il se trouve à Chalon ?

— Parce que c'est à Dijon que le notaire tient son étude !

— Pour l'heure, ce château, tu ne l'as pas vendu ? Il t'appartient toujours ?

— Mais oui !

— Oh ! Madame la châtelaine...

Lucien s'était courbé, lui avait pris sa main pour un baisemain.

— Et j'ai les clés !

Moment de silence. Ils s'étaient regardés, saisis tous les trois par la même idée. Une virée au château ! Là, tout de suite ! Aaron y trouva aussitôt à redire :

— Lucien ! Je te rappelle que nous devons rentrer à Paris cette nuit...

Mais il savait, connaissant Lulu, que ce serait peine perdue. Déjà l'autre se dirigeait vers la voiture.

— Vite ! Avant qu'arrive le vendeur de fourrure avec qui nous avions rendez-vous. Allez ! Nous prendrons la route de retour demain matin ! insistait-il en ouvrant la portière.

Et les voilà embarqués dans la Traction, tous les trois sur la banquette avant. Aaron avait pris le volant. Lucien avait trop bu. Paulette avait des idées plein la tête. Lucien avait passé son bras autour de son épaule. Tout en conduisant, Aaron s'était mis à chanter, ce même air, ce chant qui l'obsédait, le *Zog Nit Keynmol*, le « Ne dis jamais ». Il leur avoua que cette musique était toujours présente, comme toile de fond de chacun de ses mouvements du moment où il ouvrait les yeux le matin jusqu'au soir avant de les fermer. Il leur expliquait :

— C'est comme un film. Tu as toujours une musique dans un film. Eh bien moi, c'est pareil ! À la différence qu'au cinéma la musique s'arrête ou reprend, que parfois elle est remplacée par une deuxième, une troisième. Pour moi, tu vois, c'est toujours la même musique et elle ne s'arrête jamais. C'est comme une pression dans le cerveau. Lorsque je la chante à haute voix, la pression diminue.

Et il se remit à chanter, « *Zog nit keyn mol, az du geyst dem letstn veg...* Ne dis jamais que tu marches ton dernier sentier... » Paulette l'interrompait, lui posant des questions. Il traduisait : « Ce chant, on l'a écrit avec notre sang, pas avec la mine d'un crayon... » Il racontait comment dans le ghetto, lorsqu'ils n'avaient plus rien à manger, qu'ils avaient croqué leur dernier quignon de pain, rogné le dernier fragment de chair sur les os d'un rat, ils s'asseyaient par terre, un groupe de jeunes gens, et chantaient : « Ce n'est pas le chant d'un oiseau qui vole en liberté, mais celui d'un peuple abandonné, entouré de murs effondrés... » Il racontait comment ces jeunes gens s'étaient juré qu'aucun d'entre eux, jamais, ne dirait oui. Au nazi qui les questionnerait, à celui qui leur ordonnerait de travailler, à celui qui lèverait la main pour les frapper, ils crieraient non ! Ils tireraient leur dernière balle pour lui trouer la peau, lui planteraient dans les entrailles leur dernier couteau, l'étrangleraient de leurs propres mains comme un étau, lui arracheraient les yeux avec leurs ongles, avec leurs dernières forces. Voyez-vous, ce chant ne se chante pas comme une ritournelle, une chanson de cabaret… « *dos lid gezungen mit naganes in di hent…* c'est le revolver au poing qu'on doit le chanter… ».

La nuit était tombée, amenant avec elle une brume épaisse dans laquelle se reflétaient les phares anémiques de la Citroën. Ils roulaient lentement, il était difficile de distinguer les limites de la chaussée. Et, malgré ce qu'ils avaient pensé, Chalon, ce n'était pas tout à côté, la route leur prit deux bonnes heures. Étaient-ce les vieilles méfiances qu'il avait apprises au Parti durant la guerre, Lucien revenait sans cesse sur l'évasion de Paulette, cherchant à vérifier la réalité de son récit. Le transport en train où l'on enfermait les détenus, soixante, soixante-dix, quelquefois quatre-vingts par wagon, avec des chaînes et des cadenas. Les fenêtres étaient aveuglées durant le voyage par une plaque de tôle que les Allemands vissaient avant le départ. À chaque arrêt du train, on recomptait les détenus avant de repartir. Comment a-t-elle pu s'évader ? Il avait connu Buchenwald, ses barbelés électrifiés et ses miradors du haut desquels veillaient les gardiens tenant leurs mitrailleuses. Il avait connu la vie des forçats, affamés, squelettiques, brisés par le manque, l'humiliation et les coups, comment de tels détenus pouvaient-ils trouver la force de s'échapper ? Paulette résuma d'un mot :

— La rage !

Elle voulait dire que la rage avait été son moteur, une rage viscérale, venue des tréfonds, une rage qui enflait avec le temps…

— Contre qui ? demanda encore Lucien.

— Tu as raison, répondit Paulette, contre quelqu'un !... Je veux dire quelqu'un en particulier. Pas seulement contre les Allemands que je hais, pas seulement contre les nazis, que j'exècre, pas seulement contre la Kapo, la surveillante de chambrée, une ordure que j'aurais bien étranglée de mes mains si un SS ne l'avait abattue sous nos yeux, après l'avoir trouvée une nuit dans le lit d'une détenue, pas seulement contre la police française que je vomis, cette police de vendus qui a livré mon père...

— Contre qui alors ? insistait Lucien.

— Hélène !

— Hélène ?

— Hélène Frangier, notre voisine, qui exploitait la ferme près du château.

Lucien savait que l'on survivait dans les camps en ressassant la pensée d'un salaud, d'un traître, d'une ordure, d'un fumier qu'on retrouverait un jour pour le déchirer, l'égorger, le déchiqueter et jeter les morceaux aux cochons. Cet homme, cette femme, ces êtres répugnants, étaient les bouées auxquelles ils s'accrochaient, les lumignons qui signalaient l'existence d'un monde ailleurs, dehors...

— Hélène Frangier, c'est celle qui vous a dénoncés ? lui demanda Lucien.

Sans doute a-t-elle été émue d'entendre prononcer son nom par un tiers, par un homme, un *Mensch*, comme aurait dit son père, un homme qui ne craignait pas sa propre humanité, elle n'a pu se retenir, la Paulette, qui a soudain éclaté en sanglots.

Après avoir traversé Chalon, ils avaient emprunté une route toute droite. Ils roulaient au pas, ne voulant pas rater la bifurcation avec un chemin à peine visible. Ils s'y sont engagés, ont grimpé une colline couverte de forêts. La départementale en lacets, trouée d'ornières, les a menés à Durmont-sur-Corne, c'est ce qui était inscrit sur le poteau à l'entrée du village. « C'est là ! balbutia Paulette. C'est là que nous avons vécu, là que nous avons disparu. » Ils passèrent devant l'église, empruntèrent un sentier en terre. Ils longèrent un mur. Le cœur de Paulette battait la chamade.

— La ferme d'Hélène Frangier, dit-elle, en montrant la longue bâtisse sombre… Vous savez, c'est la première fois que je reviens ici depuis la guerre.

Les garçons n'ont su que répondre. Ils n'étaient pas très doués pour la tendresse. Ils ont encore roulé quelques centaines de mètres et les deux tours du château avec leurs chapeaux pointus apparurent en ombres noires sur un fond de nuit sombre. Lucien sauta de la voiture. Le portail n'était pas verrouillé. Il l'ouvrit en grand. Ce n'était certes pas Versailles, mais l'endroit méritait tout de même son appellation de château. Deux tours carrées s'élevaient aux coins d'un bâtiment de plain-pied. Paulette ouvrit la porte et, faisant une révérence, les invita à entrer.

Dans cette immense maison, il n'y avait plus rien. Ils ont parcouru les pièces à la faible lueur d'une lampe torche. Pas un meuble, pas même un placard, pas un buffet, rien ! Pas un lit, pas une table, pas une chaise, pas une ampoule, pas un interrupteur, rien ! Tout avait été pillé, arraché, jusqu'aux fils électriques. Vide comme une carapace de coléoptère dévoré par des fourmis. Ils ont grimpé l'escalier d'une tour jusqu'au dernier étage, au travers des trous dans la toiture ils ont aperçu le ciel. Les nuages s'étaient dissipés, un croissant de lune semblait être la bouche d'un ange qui leur adressait un sourire. Ils sont descendus en trombe, ont parcouru la maison en tous sens, passant d'une pièce à l'autre, poussant des cris pour entendre l'écho de leur voix. Ils se sont poursuivis en riant. Ils montaient, redescendaient, s'appelaient. Ils ne savaient pour quelle raison, mais ils étaient joyeux.

— La cave ! s'exclama soudain Lucien.

— Y a-t-il seulement une cave ? demanda Aaron.

— Il y a une cave, confirma Paulette.

— Y a-t-il seulement du vin ? insistait Lucien.

Paulette les mena jusqu'à la trappe qui s'ouvrait dans la cuisine. L'escalier en bois qui permettait d'accéder à la cave avait été détruit. Lucien se laissa tomber, atterrit en fléchissant les genoux. Il fit signe à Paulette qui se laissa tomber dans ses bras.

Aaron resta dans la cuisine, les éclairant de la lampe torche. Ils fouillaient les détritus, les gravats, les morceaux de métal, les ressorts rouillés de matelas. Tout ce qui n'était pas réutilisable avait été jeté là. Aaron pensa : « Sous le vide règne toujours le chaos… » Les deux, en bas, s'enfoncèrent plus loin. Il ne les entendait plus. Il appela.

— Oh !… Oh là ! Vous vous êtes perdus ?

Ils ne répondaient pas. Il passa la tête, fouilla de sa lampe torche jusqu'à apercevoir le dos de Lucien qui embrassait Paulette à pleine bouche.

— Ben alors ?… Lucien !

Sans arrêter son baiser, Lucien agita son bras. Il tenait une bouteille de vin dans la main, une vieille bouteille couverte de poussière.

C'était presque le problème du djinn et de la lampe d'Aladin. Ils pouvaient la briser, sans doute, mais alors, adieu le breuvage. Ils s'extasiaient devant la beauté philosophique d'une bouteille, qui montre et promet mais ne laisse quiconque approcher ses richesses. À moins de posséder le sésame ouvre-toi, ce secret qu'on appelle « tire-bouchon ». Ils riaient. Ils s'étaient assis à même le sol. Ils grelottaient. Avant de se préoccuper de la bouteille, proposa Aaron, peut-être faudrait-il sortir dans la cour à la recherche de bois sec pour faire un feu dans la cheminée. Ils ramassèrent des fagots et dénichèrent même quelques vieilles bûches vermoulues. Ils mirent un temps fou à enflammer les brindilles humides. Il avait neigé et plu presque sans discontinuer depuis deux semaines. Une âcre fumée se dégagea de la cheminée avant que le feu ne commençât à crépiter. Avec son canif, Aaron tenta vainement de décapiter la bouteille sans étiquette. Dieu sait ce qu'elle contenait, quelle piquette… C'est finalement Lucien qui en vint à bout en cassant le goulot contre le chambranle d'une porte. Il approcha précautionneusement la bouche et en prit une lampée. Il fit mine de tourner le breuvage un moment dans sa bouche…

— Mouton Rothschild 1944. Excellent cru !

— Arrête !

— Petite piquette de vigneron local. Je garde tout pour moi ?

Et ils se partagèrent la bibine d'un autre âge en se demandant ce qu'ils allaient faire à Hélène, la fameuse Hélène Frangier, qui dormait sans doute, du sommeil de l'injuste, à quelques centaines de mètres de là.

— La réveiller à l'heure du laitier..., proposa Lucien.

— En tambourinant sur sa porte avec les poings, façon Gestapo.

— Dommage ! se lamentait Lucien, je n'ai pas emporté le Beretta.

— A-t-on besoin de ça ? demanda Paulette.

Mais ils étaient fourbus, et ils avaient froids. Ils se couchèrent à même le sol, au plus près du feu, le manteau de fourrure de Lucien pour seule couverture. Lucien embrassa Paulette comme un affamé. Elle lui rendit ses baisers. Puis elle se tourna vers Aaron et l'embrassa à son tour. Puis à nouveau Lucien. Et elle embrassait l'un, et elle embrassait l'autre. Elle se sentait suffisamment pleine d'amour pour chérir la Terre entière, et surtout ces deux-là. Ses frères disparus, ses cousins abattus, les amoureux qu'elle n'avait pas connus, tous ceux partis en fumée dans les fours des barbares, elle avait soufflé sur leurs cendres et les voici réapparus. C'étaient ces deux-là, cette nuit-là, dans ce château-là, qui les représentaient tous. Ils se serrèrent tous les trois, s'étreignant comme ils le pouvaient, à ne plus savoir qui, à ne plus savoir quoi... Qui les aurait surpris ainsi entremêlés, murmurant des mots incompréhensibles dans des langues oubliées, sous cette peau de bête, dans cette nuit de fête, les eût pris pour des enfants, n'était leur taille, des enfants ne sachant marcher, nus l'un contre l'autre dans la nurserie, explorant instinctivement les sensations que leur offrait le monde. Cul par-dessus tête, ils se sont aimés, sans choix ni jalousie, pêle-mêle, ils se sont aimés, sans se distinguer, formant une sorte d'animal composite, au point de sentir le même parfum embrouillé, fait de cendre, d'herbe mouillée et de sueur animale. On entendit Paulette crier de plaisir, Lucien rugir, Aaron gémir, et puis plus rien. Ils s'étaient endormis ainsi, d'un seul coup, leur désir comblé, leur plaisir parfait.

C'était leur première nuit.

On dit que l'amour est exclusif, qu'on ne peut aimer en plusieurs endroits à la fois. Sans doute ces trois-là étaient-ils parvenus à ce moment, exactement au même endroit, leurs ombres et leurs fantômes aussi.

Si vous voulez que vos rêves se réalisent, ne dormez pas

Au matin, à peine levés, ils étaient partis à la recherche d'un café, habités d'une sensation de légèreté. On eût dit qu'ils avaient déposé leur fardeau dans ce château, leurs trois esprits unis en une promesse d'éternité. C'est seulement en arrivant à Chalon que Lucien s'était écrié :

— On a oublié Hélène…

— Mais oui, Hélène, Hélène Frangier ! s'était écrié Aaron en frappant du plat de la main sur le volant.

Et Paulette avait tranché :

— On s'en occupera la prochaine fois…

— C'est sûr, dit Lucien… On reviendra !

Les jours qui avaient suivi, Paulette était venue rejoindre les deux garçons dans le trois pièces qu'ils louaient rue Geoffroy-Marie, dans le IXe arrondissement de Paris. Elle y avait aussitôt occupé la plus belle chambre, avec balcon donnant sur la rue, une chambre où, selon sa fantaisie, elle invitait tantôt Aaron, tantôt Lucien. Elle n'était pas bigame pourtant, polyandre plutôt, n'hésitant pas à ramener d'autres galants, au hasard de ses rencontres. Bigame infidèle si l'on veut être plus précis, puisqu'on pourrait considérer qu'elle avait deux maris et un nombre indéterminé d'amants. « Vous n'êtes pas jaloux, tout de même…, avait-elle apostrophé les deux autres, la première fois qu'elle avait introduit un étranger dans la maison. — Non ! Bien sûr que non, voyons ! » avait répondu Aaron. Quant à Lucien, il avait été plus franc : « Jaloux ? Heu… un peu. Mais la jalousie, tu vois, c'est bien ! Ça fait grimper le désir. »

Ils s'étaient constitués en une manière de fratrie amoureuse. Ils partageaient leurs repas et leurs secrets, leurs lits parfois, leurs amis, aussi, leurs fêtes et leurs folies. Intense échange de chair, d'émotions et de sensations qui venait compenser, en un temps compacté, le début de leurs vies qu'ils voulaient oublier. Ils repartaient de zéro, renaissant ici, frères et sœur. Ils découvraient le monde, s'apercevant que le désordre permettait de se débarrasser de la morale, comme la faim fait oublier le besoin pour laisser place au seul désir. « Aimer qui on veut, quand on veut, et dans la position qu'on veut… » Telle aurait pu être leur devise, une devise qu'ils n'auraient jamais énoncée, jamais pensée non plus… mais qu'ils vivaient spontanément, au quotidien. D'autant que ces trois-là qui, chaque matin, ne savaient décider, sans y réfléchir un moment, s'ils étaient morts ou vivants, ces trois-là étaient allergiques au moindre soupçon d'idéologie. On ne leur referait jamais plus ce coup-là, celui de l'idéal, des lendemains qui chantent, qui finissent par déchanter, le coup du sacrifice à la cause, toujours cause de malheurs. Terminé ! Vaccinés ! Plus jamais communistes, ni chrétiens, ni juifs, ni athées, ni rien, surtout si quelqu'un se mettait à théoriser le rien.

Dans l'institution de cette anarchie spontanée, Paulette était la plus extrême, la plus violente, peut-être parce qu'elle savait aussi être la plus tendre. Lucien était parfois nostalgique de l'ordre révolu. Il lui arrivait de dire : « Drôle d'époque que nous vivons là ! Autrefois, on n'aurait jamais pu penser ainsi… on n'aurait jamais agi ainsi… » Il faut dire que Lucien, à la différence de ses deux amis, pouvait se rendre dans un cimetière et y voir, inscrit sur des tombes, le nom de ses ancêtres disparus. Quant à Aaron, les deux autres sentaient bien qu'il avait besoin d'aide, que cela devenait de jour en jour plus urgent, mais n'osaient la lui proposer.

Aaron était devenu ouvrier du cuir dans la société de pelleterie des frères Glickelman, rue de Provence, dans le IXe arrondissement de Paris. Il utilisait sa force physique pour nettoyer les peaux avant de les transmettre aux coupeurs, puis aux tailleurs pour la confection. La société débitait des lignes de canadiennes en cuir ou en mouton retourné et de magnifiques manteaux de fourrure. Dans l'atelier, il pouvait recycler ses blagues juives, tout le monde comprenait le yiddish, des patrons aux ouvriers et jusqu'à la secrétaire, Gilda Nathansohn, qui offrait parfois au mélancolique Aaron, durant la pause déjeuner, d'agréables consolations.

Méticuleux dans son travail et courageux à la tâche, Aaron était apprécié, malgré son humeur morose. Il était de toutes les corvées, les transports des colis les plus lourds, les déménagements du dimanche, les dépannages de voiture à cent kilomètres de là, jusqu'aux soirées dans les bars pour consoler d'une rupture amoureuse... Qui aurait pu penser qu'un être aussi sociable était habité par des voix qui l'appelaient chaque nuit ? Le soir, il retardait le plus possible l'heure de son coucher, car il savait que reviendrait ce même cauchemar, avec ces cadavres amoncelés dans les fosses, ces bruits de mitraille, et sa fuite éperdue durant laquelle il glissait, perdait pied, s'enfonçait dans la boue, tombait dans des crevasses ou dans des puits, et se trouvait inexorablement livré à ses poursuivants nazis. Et le cauchemar atteignait son paroxysme en se fixant sur le visage d'Alfred Filbert, l'Obersturmführer Filbert. Une fois de plus, dans son rêve, Aaron vivait l'angoisse qui précédait son exécution, guettant le bruit du coup de feu qui viendrait lui exploser la tête. Et le rictus figé de Filbert se rapprochait de son visage. Il sentait sa présence, à le toucher, jusqu'aux miasmes fétides de son haleine... Ce n'était pas seulement une image, mais une sensation, une certitude. Et les yeux délavés de Filbert s'approchaient plus près, jusqu'à devenir des trous béants, manière de puits où se perdait l'écho de ses appels au secours.

Couvert de sueur, le souffle court, il lui fallait un moment avant de reprendre ses esprits. « Est-ce moi qui criais ainsi ? De ma vie, je n'ai pourtant jamais appelé au secours. Même dans les pires moments, sous la schlague des SS, le canon du pistolet sur la tempe, je n'ai jamais craqué. » Et résonnait à son esprit ce chant, leur chant, le : « Ne dis jamais... Ne dis jamais que tu marches ton dernier chemin... » Et, dans une demi-inconscience, il comprenait que cette voix entendue dans le rêve n'était pas la sienne mais celle des morts, venus habiter sa langue, sa gorge, sa poitrine, sa tête, sa nuit… toutes ses nuits ! Oui ! C'étaient les morts qui appelaient au secours. Aaron ne parvenait à s'apaiser qu'en plongeant dans des scénarios de vengeance. Et le lendemain, tout recommençait.

Ces cauchemars étaient une sorte d'alarme. S'il lui arrivait un jour d'oublier, le cauchemar, sorte de sonnerie intérieure, le rappellerait à l'ordre, lui hurlant aux oreilles : « Souviens-toi ! N'oublie jamais… »

S'il ne criait pas durant son sommeil, il gémissait, d'une voix sourde, plainte sinistre, désespérée, à déchirer le cœur, au point que, une nuit, Paulette avait réveillé Lucien et les voilà tous deux au chevet d'Aaron. Ils étaient restés silencieux, un moment, ne sachant s'il fallait le réveiller pour le sauver de ses démons, ou le laisser se débattre ainsi, espérant qu'il en triompherait. Une fois de plus, il avait émergé de son cauchemar, terrorisé, livide, hagard. Paulette lui avait présenté un verre d'eau, Lucien répétait son nom… « Aaron Weisz… C'est nous !… Aaron Weisz… »

— Tu ne peux pas continuer ainsi. Demain, je t'emmène chez un médecin.

— J'en connais un qui soigne les déportés, avait ajouté Paulette.

— Un psychiatre ? avait balbutié Aaron… Ah ça, jamais !

Trois jours plus tard, à l'issue d'une nouvelle nuit de cauchemars où il s'était battu contre des fantômes, allant jusqu'à détruire dans son sommeil l'armoire à coups de poing, il se laissa traîner par ses deux camarades chez le docteur Baruk, à Charenton.

Henri Baruk commençait à être connu parmi les

déportés de retour des camps et les survivants de la Shoah. On le disait humain avec les malades et surtout hostile à toute méthode de contention. Aaron n'aurait certes pas toléré d'être enfermé, encore moins paralysé par de violentes chimies. Ou pire encore... Car, en ces années, la mode était aux lobotomies, consistant à détruire, à l'aide d'un pic à glace introduit au coin de l'œil, la « matière blanche », les fibres nerveuses reliant le lobe frontal au reste du cerveau. Sombre époque, qui attendait de ces poinçonnements barbares la disparition des idées folles des mélancoliques.

Le professeur Henri Baruk était un petit bonhomme tout en rondeur, le visage rieur, le nez chaussé de lunettes de myope. Il les reçut tous les trois dans son bureau encombré de livres, de dossiers, de photographies des grands psychiatres qui l'avaient précédé. Il écouta d'abord Lucien et Paulette lui expliquer le mal dont souffrait Aaron, son espèce de neurasthénie qui détonnait avec l'activité fébrile qu'il déployait le jour, dans son travail. Ils parlèrent surtout de ses terribles cauchemars qui se répétaient quasiment chaque nuit.

— Ne les croyez pas, docteur ! les interrompit aussitôt Aaron. Des cauchemars, il m'est arrivé d'en faire un ou deux, comme tout le monde... Ce n'est tout de même pas une maladie...

— « Comme tout le monde », avez-vous dit... S'il est une chose que j'ai remarquée tout de suite, lui répondit Baruk, avant même que vous n'ouvriez la bouche, c'est bien que vous n'êtes pas comme tout le monde ! Allez...

Il demanda alors à Lucien et à Paulette de sortir et poursuivit l'entretien seul avec Aaron. À travers la porte capitonnée, on n'entendait rien, comme si le malade avait été provisoirement soustrait au monde ordinaire. Le professeur Baruk le garda dans son bureau deux longues heures. Les autres, de plus en plus inquiets, n'osant frapper à la porte, faisaient les cent pas en fumant des cigarettes. Ils accoururent lorsque le professeur leur fit signe. Et les voici, assis tous les trois, face au petit bonhomme qui s'était levé, comme pour tenir une conférence.

— Connaissez-vous l'hébreu ? leur demanda-t-il.

— Pour quoi faire ? demanda crânement Paulette avec son accent de titi parisien.

— Pour quoi faire ? Mais pour rien, chère madame, pour être... pas pour faire !

— Eh bien non ! Nous ne connaissons ni l'hébreu ni le chinois. Quelques autres langues tout de même... le polonais, l'allemand et cette langue de singe d'après les nazis, le juif, le yiddish !

— Je me demandais, reprit Baruk, imperturbable, si je pouvais vous citer le texte dans sa version originale, qui est précisément l'hébreu. Ce n'est malheureusement pas possible puisque vous ne comprenez pas cette langue. Je vous le traduirai, par conséquent. J'ai une citation à vous lire : « Il est grand ton amour pour moi, toi qui m'as tiré de l'abîme des morts. » Il regarda fixement Paulette, interloquée, avant de poursuivre. Qu'est-ce que je veux dire par là ? Eh bien, je veux dire qu'on peut indubitablement considérer que votre ami Aaron est aimé de Dieu. Il est même très aimé, si l'on en croit la citation. Car on – je dis « on », mais il s'agit de Dieu, bien sûr –, car *on* n'a eu de cesse de le tirer de l'enfer… Au point que c'est presque chaque nuit qu'on vient encore le sauver, n'est-ce pas ? Alors, cessez, je vous prie, de considérer que ces cauchemars sont les signes d'une affliction, ils sont au contraire ceux d'une élection.

— Allons bon ! ironisa Paulette, et voici Aaron devenu prophète…

— Je n'ai pas dit ça ! Laissez-moi poursuivre… Et puis non ! À quoi bon ? J'ai déjà tout expliqué à votre ami. Et vous deux, je ne vous sens pas très réceptifs. J'en viendrai donc directement à mes conclusions. Pourquoi Aaron rêve-t-il tous les soirs d'Alfred Filbert ? Arrêtez donc de le prendre pour un fou ! S'il rêve d'Alfred Filbert, c'est que ce dernier est toujours vivant et continue à représenter une menace. Si vous comprenez cela, vous comprendrez également pourquoi j'ai parlé d'élection en parlant de votre ami. Car en lui réside l'exigence de vérité et de justice. Il ne sera en paix que lorsque la vérité aura embrassé la justice.

— Vous voulez dire…, balbutia Lucien, vous voulez dire qu'Aaron a raison de faire des cauchemars… c'est ça ? Que ce n'est pas une maladie, plutôt quelque chose de normal… Enfin, normal… je me comprends…

Baruk s'assit alors dans son fauteuil, feuilleta un gros livre écrit en hébreu, posa le doigt sur un passage puis, levant les yeux :

— Je veux dire, et il cita sans regarder son livre, je veux dire… que votre ami, Aaron Weisz, ne retrouvera la quiétude que lorsque la justice et la paix se seront embrassées. *Neshkou*, dit le texte en hébreu, ce qui signifie «embrassées d'un baiser sur la bouche»... Vous comprenez ? «Un baiser sur la bouche»... cette rencontre doit être charnelle ; elle sera de chair et de sang. Vous comprenez ?

— Non ! dit brutalement Paulette, non ! Je ne comprends rien !

— J'avoue que je n'ai pas tout compris, moi non plus..., admit Lucien.

— Moi j'ai compris ! déclara alors Aaron. Il faut que mon rêve s'accomplisse dans ma vie. C'est ça ? C'est comme dans le proverbe yiddish qui dit : « Si vous voulez que vos rêves se réalisent, ne dormez pas ! »

L'étrange professeur eut un sourire satisfait, pensant qu'il venait de tirer un traumatisé des griffes de la psychiatrie.

Et il les raccompagna jusqu'à la porte de son bureau.

Pour oublier tes ennuis, porte des chaussures qui te serrent les pieds

Cinq années avaient passé depuis leur mémorable virée au château de Durmont-sur-Corne. Leur amitié avait crû et embelli. Certes, chacun menait sa vie à sa façon. Paulette errait à la recherche d'une chance qui lui indiquerait le chemin. Elle multipliait les rencontres, les amourettes d'un soir et les rendez-vous philosophiques avec des existentialistes en maraude. Ça non ! Elle ne travaillerait pas ! « Faut tout de même pas exagérer ! » Lucien montait des affaires, « des coups », comme il disait, vendant au plus désirant, au prix le plus élevé, les biens qui faisaient défaut en ces années de pénurie. Quant à Aaron, l'esprit obsédé, il préférait la régularité des horaires de l'atelier pour détourner son esprit de ses terreurs intimes.

Au mois de février de cette terrible année 1956, il avait fait un froid polaire dans tout le pays, et même dans le Midi. Marseille avait été recouverte, Bordeaux ensevelie sous un mètre de neige au point qu'on ne distinguait plus ni routes ni voitures. La Saône s'était transformée en mer de glace et, à Paris, la Seine charriait des glaçons gros comme des camions. Durant tout un mois, les températures n'avaient pas dépassé moins vingt degrés. L'aîné des Glickelman se frottait les mains. Les manteaux et les canadiennes partaient comme des petits pains, au point que commençaient à se poser des problèmes d'approvisionnement en peaux. C'est alors que Lucien et Aaron élaborèrent leur projet de société d'import-export. Et c'est sous l'impulsion d'un troisième, un Égyptien, qu'ils décidèrent de s'associer pour le réaliser. C'était à la fin de cette année qu'ils s'étaient rencontrés, au mois de novembre.

6 novembre 1956, Paris, le café qui fait le coin de la rue Cadet.

Lucien et Aaron étaient accoudés au bar, devant un verre de vodka. Ils s'esclaffaient en examinant les photos de *Paris Match* montrant l'énorme tête en bronze de Staline jetée à terre, le crâne perforé d'un pieu d'acier. Les Hongrois, révoltés après cinq années de persécutions par un régime policier calqué sur le modèle stalinien, avaient chassé le tyran Mátyás Rákosi, déferlé sur la place Staline et, avec un chalumeau, scié les jambes du colosse haut de huit mètres. Sur la photo de *Match*, l'énorme tête du petit père moustachu était posée au carrefour des rues Nagy et Rákosi, couverte d'inscriptions vengeresses.

— Je viens d'apprendre que Rákosi s'appelle Rosenfeld en vérité. Tu le savais ? avait demandé Lucien.

— Je sais qu'il est juif, oui ! Un Juif sans doute rendu fou par la guerre, au point d'être devenu antisémite. Il y en a beaucoup ! Surtout parmi les communistes !

Ils s'interrompirent soudain. Paulette venait d'entrer dans le café, avec son beau manteau et sa toque d'astrakan. Elle claquait des talons et remuait les fesses au bras d'un inconnu, un drôle de type. Aaron avait glissé à l'oreille de Lucien : « Il m'a tout l'air d'un maquereau. » Il est vrai que, dans le choix de ses prétendants, Paulette manquait parfois de discernement. Costume bleu marine rayé, cravate rouge à pois, chaussures bicolores aux pieds, celui-là n'aurait pas dépareillé dans un film de gangsters. Il faut reconnaître qu'il avait une certaine allure, une fierté dans son port de tête, et des yeux troublants, en amande, des yeux de Mongol... Elle avait dû être impressionnée, la Paulette.

— Un ami..., commença-t-elle pour le présenter... Tu t'appelles comment déjà ? J'ai oublié...

— Zohar !

— Zohar ?... s'exclama Aaron, ce doit être un pseudo. C'est le nom d'un bouquin.

L'autre souriait toujours.

— Zohar, c'est mon prénom.

— Ah oui ? poursuivit Aaron, et Zohar comment, alors ?

— Zohar Zohar ! Zohar de mon prénom, Zohar aussi de mon nom.

— Allons bon ! Tu n'es pas d'ici, alors ! Tu viens de loin ? demanda Aaron, soudain intéressé.

— D'aussi loin que toi, mais d'une autre direction.

Étrange regard que se sont échangé ces deux hommes si lointains et si semblables, regard en miroir pour quiconque aurait connu leur histoire. Si la scène s'était déroulée deux mille ans plus tôt, ils auraient décliné leurs ancêtres jusqu'au moment où ils se seraient trouvé quelque parenté. En place de quoi, Aaron demanda :

— Tu offres la tournée ?

Zohar déclara qu'il faisait des affaires. Lucien approuva, il en faisait aussi. Paulette surenchérit en montrant du pouce les deux larrons :

— Parfois ils gagnent de l'argent, parfois ils s'attirent des ennuis.

— Et toi ? demanda Zohar à Paulette.

— Moi, je suis une artiste, j'écris... J'écris des chansons, et sans crier gare elle y alla de son couplet :

« Ils étaient trois larrons,
Qui avaient vomi le monde
Lui préférant la joie vagabonde
Des justiciers, des esclaves marrons,
Ils étaient trois larrons,
Paulette, Lucien et Aaron... »

Elle avait la voix stridente et l'accent des faubourgs, mais elle chantait juste, on eût dit la Piaf. Les clients du café se tournèrent vers eux en souriant. L'un deux demanda :

— Et la suite ?

— Je ne l'ai pas encore écrite, lui répondit Paulette, bravache.

Zohar buvait sec son pastis, sans eau ni glaçons, Aaron et Lucien sirotaient leurs vodkas. Paulette avait commandé un martini, « un petit martini », avait-elle même précisé, voulant paraître féminine. Ils ont parlé, badiné, plaisanté, évoqué la guerre pour vérifier qu'ils étaient du même côté, injurié les Boches pour s'assurer qu'ils ne trinquaient pas avec un fasciste, moqué Mendès France qui voulait remplacer le vin par du lait… Du lait ! Puis quoi, encore ? Avec de la bouillie, peut-être ? Et Lucien lança une théorie. Il avait des théories sur tout.

« L'État, avait-il déclaré, cherche à nous infantiliser. Il nous matraque d'impôts, il nous interdit l'usage des armes à feu et maintenant voilà qu'il veut nous faire boire du lait. Le motif est simple : les enfants, ça ne se révolte pas ! L'État veut nous infantiliser pour nous contrôler ! » Zohar exposa sa stratégie : « Mais si c'est le cas, alors, il faut infiltrer l'État ! Se faire admettre chez les puissants, les nababs, les hommes au pouvoir. Là, dans leurs soirées, ils ne boivent pas de lait, je peux te l'assurer ! » Les trois hommes se jaugeaient, se reniflaient comme des mâles chimpanzés. Et Paulette était heureuse en sentant que son nouvel ami de cœur intéressait ses frères de misère. Elle était ainsi, Paulette, moitié volage, moitié famille. Elle les voulait tous autour d'elle, comme son père en 42, qui avait réuni toute sa famille dans son château.

Le tic d'Aaron explosait, il clignait des yeux à ne pouvoir s'arrêter, il haussait les épaules, il recommençait. Zohar l'observa un long moment et lui dit soudain :

— Aaron, je peux te soulager.

L'autre se raidit :

— Si tu veux me soulager de mon fric, tu perds ton temps, je suis fauché.

— Laisse-le donc parler, intervint Lucien. Il ne parlait évidemment pas de ton portefeuille. Puis, à Zohar : Explique-toi. Tu dis que tu peux le soulager ? De quoi ?… Dis-le-lui, putain !

Il était inquiet, l'ami Lucien. Car, malgré l'intervention du brave professeur Baruk, les cauchemars d'Aaron n'avaient pas disparu, seule sa neurasthénie s'était-elle un peu estompée. Fait nouveau cependant, les mots du médecin avaient déposé dans son esprit un intérêt qu'il ne se connaissait pas pour les textes sacrés. Il demandait sans cesse : « Mais personne n'a une bible, ici, bon Dieu ? » Si bien que Paulette disait : « Avant de voir le docteur, il était angoissé et malheureux, maintenant, il est toujours angoissé et malheureux, mais en plus il est curieux… » Elle encouragea Zohar à poursuivre :

— Tu dis que tu peux le soulager. Aurais-tu perçu qu'il est soucieux, dérangé ?

— Et comment s'en serait-il aperçu, hein ? bondit Aaron. Ce monsieur, ce Zozo (le surnom restera à Zohar), aurait-il des capacités que nous n'avons pas… Un troisième œil, peut-être, un sixième sens ou je ne sais quel organe surnuméraire, un lobe de plus à son cerveau, alors…

Décontenancée par l'opposition radicale d'Aaron, Paulette essaya mollement d'insister :

— Ne rejette pas sans savoir !

Mais Aaron, multipliant ses tics jusqu'à se déhancher, décida qu'il ne voulait pas en entendre parler. Ils se mirent donc à discuter de politique. Les parachutistes français avaient sauté sur Port-Saïd. On venait d'apprendre par la radio que Nikolaï Boulganine, le Premier ministre soviétique, menaçait de jeter ses bombes atomiques sur Londres, Paris et Tel-Aviv si la coalition ne retirait pas immédiatement ses troupes du canal de Suez. Au même moment – la même semaine –, à Budapest, les chars russes mataient dans le sang la révolte hongroise. On racontait que les soldats soviétiques, sortant la tête de la tourelle de leur char, demandaient à leur officier en lui montrant le Danube quel était le fleuve qui coulait là. « Ce n'est pas un fleuve, idiot, mais le canal de Suez ! On vient sauver les peuples opprimés par l'impérialisme franco-britannique. » Ils avaient reçu l'ordre de raconter qu'ils débarquaient en Égypte pour cacher à leurs soldats qu'ils allaient tuer les civils d'un pays frère. En pleine guerre froide, les Soviétiques envahissaient la Hongrie pour démontrer qu'on était bien plus heureux dans un régime communiste, et les impérialistes français et britanniques débutaient une guerre coloniale pour faire tomber le tyran Nasser et récupérer le juteux canal qu'il leur avait confisqué. Les journaux titraient sur l'imminence de la troisième guerre mondiale.

— La guerre mondiale, vous y croyez ? demanda Paulette.

— Je ne sais pas, répondit Aaron, mais cette fois ils ne me prendront pas au dépourvu. Je tirerai le premier.

Ce mot, chacun des quatre aurait pu le prendre à son compte. Il exprimait la tension rageuse qui les animait en secret, la source de leur énergie et l'origine de leurs angoisses. Quant à Zohar, il gardait au fond de son cœur la promesse qu'il avait faite au vieux Abou l'Hassan, le maître musicien de la confrérie, devant les Belles Personnes rassemblées. Il se répétait la phrase qu'il avait solennellement prononcée. Non ! Il n'oublierait jamais l'injure jusqu'à l'accomplissement de la vengeance. Il lui fallait retrouver Dieter Boehm avant que ce fou ne commette de nouvelles atrocités.

« Cette fois, je tirerai le premier »… Peut-être est-ce du fait de l'écho que cette phrase rencontrait dans l'esprit des trois autres, peut-être est-ce pour cette raison qu'ils restèrent longtemps silencieux.

— On rentre à la maison ! proposa Lucien. Paulette saura bien nous cuisiner un plat de pâtes.

Ils s'étaient donc retrouvés dans l'appartement de la rue Geoffroy-Marie. Les pâtes de Paulette étaient trop cuites et la bouteille de vodka qu'avait débouchée Aaron n'était pas glacée, même pas fraîche. Mais ils s'en fichaient. Ils mangèrent un peu, entamèrent la seconde bouteille de vodka et burent beaucoup. Il était minuit lorsque Zohar demanda :

— Vous avez un bol ?

Ils cherchèrent dans les placards. Non ! Ils n'en avaient pas. Finalement, une assiette creuse fit l'affaire. Il s'assit sur le tapis au pied de la chaise d'Aaron. Il tenait l'assiette entre ses jambes. Il enflamma une allumette, la laissant brûler un moment, et la tint ensuite comme une plume pour écrire avec son charbon.

— Aaron !

— Oui…

— Tu m'entends ?

— Mais oui, je t'entends. Je ne suis pas sourd.

Et Zohar recommença :

— Aaron ? Tu es bien Aaron ?

Et l'autre répondit, et encore, et ainsi à dix reprises. Inlassablement, à chaque fois, il disait que oui, il était bien Aaron. Alors Zohar écrivit à l'aide de son allumette, en lettres hébraïques, le nom d'Aaron sur l'assiette. Puis il lui demanda :

— Quel est le nom de ta mère ?

— Le nom de ma mère ? Comme si je m'en souvenais… Roushiel ! Mais oui, bien sûr… Elle s'appelait Roushiel !

— Et le nom de son père ?

— Son père ? Tu veux dire le père de ma mère ? Que Dieu veille sur son âme. C'était un sacré voleur.

— Dis-moi son nom.

— … Yankélé ! Yankel Asimovitch, c'était son nom.

Et Zohar écrivit le nom du grand-père maternel d'Aaron. Il brûla une autre allumette et demanda le nom du père d'Aaron, puis de la mère et du père de son père, et il les inscrivit, puis le nom des grands-pères et des grands-mères de ses parents, aussi loin que remontaient les souvenirs d'Aaron, et il les écrivit aussi dans le creux de l'assiette avec le charbon des allumettes qu'il enflammait les unes après les autres. Les noms s'accrochaient les uns aux autres, s'harmonisaient en une dansante farandole sur la porcelaine blanche.

Puis Zohar se mit à écrire, toujours en lettres hébraïques, d'autres textes, et encore des textes, sur le pourtour de l'assiette. Et il enflammait des allumettes et il écrivait, concentré, fermant les yeux par moments, pour retrouver les formules, les marmonnant entre ses lèvres. Puis il se dressa devant Aaron, toujours affalé sur sa chaise.

— *Ani mashbia*, dit-il en hébreu, je conjure ! *Ani, Zohar ben Zohar, ani mashbia*, moi Zohar fils de Zohar, je conjure… Moi Zohar, dernière âme de la lignée des

Zohar, je conjure… et il poursuivit en hébreu, en prenant soin de traduire à chaque phrase :

— Au nom de Yahou, car vous ne connaissez pas son nom, il se nomme Yahou, au nom de Yahou, rocher sur lequel repose le monde, pierre aussi dure que l'acier, au nom de Yahou, ce nom de feu, assis sur son trône de feu, dans son palais de feu, perché là-haut dans sa montagne de feu…

Et il enflammait des allumettes, les unes après les autres, à chaque fois qu'il prononçait le mot « feu »…

— Yahou… Lui dont chaque nom est fait de feu, qu'une ceinture de feu cache à la vue, au nom de tous les noms entourés d'un grand cercle de feu…

De ses allumettes enflammées, il parcourait le corps d'Aaron, le visage, d'abord, puis la poitrine, le bas-ventre, les jambes, et lorsqu'elles avaient brûlé, il les jetait dans l'assiette couverte de cette étrange écriture dansante.

— Et, à la vue des soixante et dix noms de feu, les anges brillent de mille feux, et devant lui, se dresse un ange de feu tenant une épée de feu. Tremblez, misères, devant le feu de Yahou ! Il est feu, feu qui répand le feu, feu qui dévore le feu. Il commande son armée de feu qui se répand depuis les cieux jusqu'au centre de la Terre, jusqu'au feu de la Terre… Aucun feu ne lui échappe, lui qui est feu, qui se repaît des feux.

Zohar posa alors l'assiette sur la tête d'Aaron et lui ordonna :

— Ferme les yeux, Aaron !

Et l'autre ferma les yeux. Maintenant debout derrière lui, Zohar poursuivait ses imprécations en brandissant un marteau.

— Sors, feu, sors du corps d'Aaron, le fils de Roushiel, la fille de Yankel, sors ! Et toi, feu de Yahou, descends, rejoins tes anges, tous faits de feu. Moi, Zohar, fils de Zohar, je te conjure de descendre et de brûler le feu qui sort d'Aaron. Feu, brûle le feu ! Anéantis le feu ! Fais en sorte qu'il ne puisse revenir sous forme d'éclair. Feu, je t'en conjure, brûle le feu !

À ces mots, Zohar fracassa l'assiette d'un coup de marteau. Les allumettes et les tessons se répandirent sur le vieux pull en laine d'Aaron. Zohar ramassa quelques fragments répandus sur le sol, les jeta en l'air en criant : « Étincelles de feu, rejoignez le feu, le grand feu ! »... et il s'affala à son tour dans un fauteuil, les yeux mi-clos. Il haletait, il semblait essoufflé.

Aaron se leva, étonné, regarda autour de lui, vit ses deux compagnons, Paulette et Lucien, qui le regardaient, médusés.

— Ça va ? lui demanda Paulette.

— On dirait que quelque chose s'est calmé, oui ! Je me sens curieusement apaisé. Mais va donc savoir si ce n'est pas une diversion, un truc de prestidigitateur. Comme dit le proverbe yiddish : « Pour oublier tes ennuis, porte des chaussures qui te serrent les pieds »... Le Zozo là, il m'a serré les pieds et j'ai oublié mes soucis.

Ses intestins serrés autour de son cou jusqu'à l'étouffer

Cela faisait un mois que Paulette passait toutes ses nuits avec Zohar, dans sa chambre avec balcon. Tous les soirs, elle le bombardait de questions. Elle revenait sans cesse sur la scène de l'assiette. Elle lui demandait ce qu'étaient ces folies qu'il avait pratiquées sur Aaron, des tours de magie, sans doute. Elle voulait savoir où il avait appris cela et surtout s'il y croyait... « Tout de même pas, n'est-ce pas ?... Tu ne vas pas me dire que tu y crois... » Et lui, imperturbable, répondait qu'il ne savait pas ce qu'il avait fait, que ça lui était venu comme ça, sans réfléchir...

— Et les paroles que tu as prononcées, tu ne les as tout de même pas inventées...

— Je ne sais pas..., répétait Zohar, je ne sais pas...

— Allons ! Ce n'est pas possible. Ces paroles en hébreu...

— Et en arabe, aussi !

— Ah bon ! En arabe, aussi ? Raison de plus ! Elles ne sont pas descendues du ciel, tout de même, toutes ces paroles...

— Ça doit me venir des Belles Personnes ! avait-il fini par lui lâcher.

— Les Belles Personnes ? De qui veux-tu donc parler ?

Il ne lui expliqua certes pas tout, pas grand-chose en vérité, juste qu'il existait un groupe, là-bas, dans un quartier du Caire qu'on appelle Bab el-Zouweila. « Bab el-Zouweila, ça veut dire "la porte Zouweila", comme ici, à Paris, tu as la porte d'Ivry ou la porte de Champerret, tu vois ? Et ce groupe qui vit là, dans ce quartier de Bab el-Zouweila, se nomme les Belles Personnes, voilà tout. » Comme elle insistait, lui demandant qui étaient ces « belles personnes », il finit par lui dire que ces gens étaient les gardiens de la terre... « ... C'est-à-dire qu'ils prennent soin des forces qui permettent la vie. » À ce moment, elle poussa un cri. Est-ce qu'il se fichait d'elle, ou quoi ? Elle ne voyait vraiment pas le rapport ! Comment ces gens, là-bas, qui, selon lui, protègent la terre d'Égypte, pourraient lui enseigner à lui, Zohar, qui ne vit plus en Égypte, des paroles pour soigner Aaron, un pauvre Lituanien égaré à Paris ? Il répondit que ces gens n'avaient rien à voir avec Aaron, juste avec lui, Zohar... Qu'il les aimait et les respectait plus encore que ses propres parents.

— Alors, là, je n'y comprends rien ! conclut-elle.

Ce n'est pas tant qu'elle ne comprenait pas, la belle Paulette, c'est qu'elle ne trouvait pas comment ces magies pourraient lui être appliquées. Car c'était bien cette idée qui lui tournait dans la tête. Si Zohar avait le pouvoir de soulager Aaron – ce qui restait encore à démontrer –, pourquoi n'en ferait-il pas autant pour elle, tout aussi orpheline, sans un seul parent survivant, n'ayant pour seule « sœur » que cette Jeanne

Bloch, une compagne de camp, qu'elle avait retrouvée par hasard, errant sur le boulevard Saint-Germain. Elle lui avoua qu'elle se sentait comme Aaron, exactement comme lui, à la seule différence qu'elle, ses folies, elle les gardait secrètes. Et elle ajouta :

— Encore, Aaron, il s'intéresse un peu à la Bible, mais moi, alors moi, pas du tout !... La Bible, le Diable et le bon Dieu, toutes ces conneries sorties du Moyen Âge, ce n'est pas pour moi ! Mon père, tu vois, il était communiste !... Mais pas communiste en idées, non ! Un vrai communiste, un dur ! Dur comme ça ! Et elle cognait du doigt sur le recoin de la table... Avec la photo de Staline au-dessus du lit conjugal qui veillait sur le couple... Et une autre, sur le buffet du salon. C'est tout juste s'il ne fallait pas faire sa prière au Petit Père des peuples, le soir, avant de se coucher... Chez nous, communiste, c'était la religion de la famille, si tu veux. Ma grand-mère était communiste, mon grand-père aussi, un militant, qui s'était battu pour la révolution prolétarienne... Qu'est-ce que j'ai entendu cette expression ! Avant, l'arrière-grand-père, tout ça, je ne sais pas... En tout cas, ma famille, ce n'était pas le genre à faire des salamalecs au bon Dieu...

— Laisse tomber ! proposa Zohar qui, en vérité, n'aurait pas su répondre à ses questions.

Il lui avait dit la vérité, pourtant. Il avait appris sans qu'on lui ait jamais enseigné. Il savait sans être conscient de son savoir. Il pouvait seulement affirmer que, lorsqu'une personne était débordée par une force à l'intérieur d'elle-même, qu'il était agi et non pas acteur, il ne fallait pas retenir cette force ou tenter de la chasser mais, au contraire, faire en sorte de la laisser s'exprimer. Voilà ce qu'il avait vu depuis sa naissance, en observant sa mère et toutes les femmes de Bab el-Zouweila, ce qu'il avait compris, aussi, en y réfléchissant... Rien de plus. Il n'y avait aucune magie là-dedans. Mais elle insistait, la Paulette. Elle avait de l'endurance.

— Dis-moi au moins ce que tu penses. Pourquoi de telles paroles pourraient-elles soulager Aaron ? C'est bien ce que tu lui as proposé, n'est-ce pas ?... Je veux dire la première fois que tu l'as vu, au café... Tu lui as bien proposé de le soulager... Tu as dû penser que ce que tu savais pouvait être bon pour lui, non ?

— Je pense que lorsqu'on est égaré, le plus sage est de se mettre sous la protection de ses ancêtres.

À ces mots, Paulette explosa.

— De ses ancêtres ?... Et si tes ancêtres étaient des idiots qui n'ont pas su prendre soin de toi... des inconscients dont les inconséquences t'ont jeté dans la gueule du loup... hein ? Et si, à cause de tes ancêtres, tu t'es retrouvé livré à des barbares sans âme, des fous, qui t'ont emprisonné, battu, humilié, torturé, violé, hein ?... Tu leur demanderais tout de même de te protéger ? Tu leur ferais encore confiance après tout ça, alors qu'ils ont été, d'une certaine façon, à l'origine de ton malheur ?... Eh bien, moi, je trouve que c'est idiot !

Paulette n'arrêtait ses questionnements que pour faire l'amour. Zohar n'était pas dupe. Il sentait bien que, pour elle, l'amour, ce n'était pas par amour, seulement une drogue, comme certains prennent une cuite ou de l'opium pour oublier leurs malheurs. L'amour, c'était son opium ! C'était peut-être pour cette raison qu'elle l'émouvait. Elle passait sans transition de l'excitation anxieuse à la passion érotique. Il sentait bien que ce montage était un signe de fragilité, qu'elle frôlait chaque jour le désespoir. Il savait certes l'apaiser par ses caresses, l'envelopper de sa tendresse. Mais ce n'était rien qu'un moment de répit. Il aurait voulu lui offrir davantage, lui constituer une carapace d'amour, une sorte de forteresse à l'intérieur de laquelle elle aurait pu doucement panser ses blessures. Mais il ne savait comment s'y prendre.

Un matin, devant leur café, alors qu'ils poursuivaient la discussion de la nuit, de toutes les nuits, Lucien vint les rejoindre, la tête ensommeillée, bâillant à s'arracher la mâchoire.

— Aaron est parti au boulot ? demanda Lucien... Et n'attendant pas la réponse, il poursuivit : Vous parliez encore de lui, c'est ça ? Un jour il va mieux, le lendemain ça recommence. C'est toujours pareil... Eh bien moi, je détiens la solution.

— Vas-y ! le défia Paulette. Explique !

— La solution, il nous l'a fournie lui-même. Malheureusement, il ne peut la mettre en œuvre.

— Allez ! Dis-le !

— La solution, c'est Filbert !

— Merci ! ironisa Paulette, et ce Filbert qu'il poursuit depuis dix ans, tu l'as ramené dans ton panier...

— Non ! Mais j'ai appris le nom sous lequel il se cache...

Dieu sait s'ils l'avaient cherché, le Filbert ! Avec Aaron d'abord, depuis les premiers moments de leur rencontre. Dans la région parisienne, personne ne semblait avoir entendu parler de ce salaud. Dès 1946, les Américains avaient dressé des listes de nazis en cavale, des listes qu'ils réactualisaient tous les ans. Lucien avait trouvé le moyen de consulter ces listes. À l'entrée « Filbert », on ne trouvait aucun renseignement : lieu actuel de résidence, néant, nouvelle identité, néant, famille, épouse, enfants, néant… Néant à toutes les questions. Il s'était volatilisé. Lucien pensait parfois qu'il était peut-être mort, disparu durant les combats, le corps déchiqueté, réduit en miettes. Sans corps, plus de Filbert !

Un résistant rentré de Buchenwald leur avait conseillé de chercher en Alsace où s'étaient cachés un grand nombre de SS en cavale. « S'il n'est pas là-bas, il s'est peut-être engagé dans la Légion. Va savoir s'il n'est pas parti en Indochine, ton Filbert ! » Ils avaient tout de même suivi des pistes, à Strasbourg, puis du côté de Nancy, et même jusqu'en Champagne. Ils avaient fait des descentes dans les villages, interrogé des paysans, bousculé des épiciers, avec l'air d'en savoir… Les gens tremblaient de peur. Dans les premières années d'après-guerre, on parlait tellement d'exécutions sommaires de collabos par des pseudo-résistants en maraude. Malgré leurs efforts, les journées d'interrogatoires, leurs recherches n'avaient jamais abouti. Des années plus tard, un jour de 1952, Lucien était rentré en criant victoire. Cette fois, il tenait une vraie piste. Il avait déniché un ancien des Einsatzkommandos, un Français, un certain Jean Le Chevalier, qui, en août 44, au moment de la déroute du front est, avait abandonné la division Charlemagne pour suivre dans sa fuite le trouble Otto Skorzeny, un mercenaire SS égocentrique. D'après les informations de Lucien, Le Chevalier avait été impliqué dans les réseaux d'évasion des anciens SS. Sa connaissance de la frontière espagnole lui avait permis d'en faire passer des groupes entiers de l'autre côté. Après la guerre, il s'était lui-même établi en Espagne sous un faux nom. Ils s'étaient renseignés sur l'homme, s'étaient rendus dans son village d'origine, dans le Sud-Ouest, près de Mont-de-Marsan. De sa famille, il ne restait plus personne, ils étaient tous partis. Lui, le Jeannot, leur avait-on raconté, c'était un violent, un furieux. Il s'était engagé dans la milice avant de rejoindre les SS français, la LVF, la Légion des volontaires français contre le bolchevisme. Il avait passé la sélection, fait les camps d'entraînement en France puis il était parti en Allemagne. Il rêvait de faire la peau à tout ce qui ressemblait à un Juif ou à un communiste. La guerre tournant au vinaigre pour les Allemands, toute sa compagnie avait ensuite été expédiée sur le front est. Personne ne savait ce qu'il était devenu. Un soir de beuverie avec Paulette, ils s'étaient dit qu'un petit voyage à trois, en Espagne, ce ne serait pas une mauvaise idée. Alors, ils étaient partis ensemble pour Malaga, de sinistre mémoire, qui avait vu, en 1937, cent vingt mille républicains massacrés par les troupes de Franco, et qui était devenue un refuge pour d'anciens SS. Ils n'avaient pas eu de mal à le retrouver, le franco-nazi à la retraite, recyclé dans une agence de tourisme. Ils s'étaient pointés dans son bureau à l'heure de la fermeture, l'avaient ligoté sur une chaise, bâillonné. Et là, ils l'avaient cuisiné comme ils savaient le faire, au couteau chauffé au rouge à la flamme d'une cuisinière. Il avait déparlé, le gros, tout dévidé, le preux chevalier Jean. Il avait donné les noms des anciens SS qu'il avait accueillis en Espagne ou exfiltrés en Argentine, leurs pseudos, leurs couvertures, tout ! Il leur aurait même raconté la vie sexuelle de Franco s'ils le lui avaient demandé tant il était terrorisé… Mais ils avaient beau faire, Filbert, ça non, il ne connaissait pas. Il n'en avait jamais entendu parler. Ils y avaient passé tout un week-end. À la fin, de guerre lasse, ils l'avaient emmené faire une promenade en mer. Le lascar manquait sans doute d'exercice physique, il avait beaucoup grossi. Son corps, jeté au large, avait dû nourrir quelque temps les mollusques de la baie.

En rentrant, ils étaient tristes, surtout Aaron, qui ne disait plus un mot. Ils avaient dîné au restaurant, s'étaient payé un plateau de fruits de mer… « avant que les coquillages ne soient infestés de sang nazi », avait tenté Paulette pour dérider ses deux complices. Ils n'avaient même pas souri.

— Ben quoi ! avait fini par lancer Lucien, pour une fois qu'on se paie un week-end au soleil !

Et voilà qu'aujourd'hui le même Lucien relançait l'affaire, prétendant qu'il avait retrouvé la piste de l'insaisissable Filbert. Paulette n'était pas enthousiaste. Elle se souvenait combien Aaron avait été affecté par leur échec espagnol. Après leur escapade, il avait sombré dans une espèce de mélancolie qui avait duré des semaines. Ils avaient veillé sur lui jour et nuit. Il les inquiétait. Ils se disaient qu'il était bien capable de faire une bêtise, de se tirer une balle dans la bouche pour arrêter le chant lancinant qui résonnait indéfiniment dans sa tête… comme il menaçait parfois de le faire.

— Tu ne crois pas qu'on devrait laisser tomber ? Tu te souviens que cette affaire ne réussit pas à Aaron.

— Alors quoi, s'était exclamé Lucien, tu vas lui demander d'oublier ? Tu es bien placée pour savoir que ce n'est pas possible.

Pour une fois, elle s'était rangée à ses arguments. Zohar avait acquiescé. Lui aussi était hostile à l'oubli. « Plus tu te dis que tu dois oublier, plus tu t'en souviens… », avait-il commenté à son tour. Alors, puisqu'ils étaient tous trois d'accord, Lucien leur avait raconté ce qu'il tenait de son ami officier supérieur dans l'armée américaine.

— Alfred Filbert ne s'est pas beaucoup creusé la tête pour chercher un nouveau nom. Il se ferait maintenant appeler Alfred Selbert et vivrait à Mannheim.

— C'est tout ?

— Comment ça, « c'est tout » ?

— C'est tout ce que tu as appris ? Mannheim, c'est grand, Mannheim ! Autant chercher une aiguille dans une botte de foin. A-t-il un métier ? Pignon sur rue ? Une adresse ? Vit-il avec une femme, des enfants ? Entouré de gardes du corps, peut-être… Il nous faut en apprendre davantage avant de laisser espérer Aaron une nouvelle fois.

Lucien tomba d'accord. Et ils convinrent de poursuivre leurs recherches sur Filbert à l'insu d'Aaron.

— Je n'en peux plus de ce Filbert, je le vomis ! s'exclama Paulette. Il n'a pas seulement tué des centaines ou peut-être des milliers de Juifs, il a une victime de plus sur la conscience, il m'a anéantie. Je ne supporte plus son nom. Ne le prononcez plus jamais devant moi jusqu'au jour où on lui arrachera les yeux avec une cuiller à soupe. Que Dieu lui sorte les intestins du ventre, qu'il les enroule autour de son cou et les serre jusqu'à l'étouffer.

— Parce que tu crois en Dieu, maintenant ? ironisa Zohar.

La vie, ça c'est une bonne affaire.
La preuve, on nous la donne pour rien !

Le temps avait passé. La bande des quatre de la rue Geoffroy-Marie avait monté son affaire d'import-export. Lucien en avait eu l'idée, Zohar s'était procuré les liquidités et Aaron y travaillait comme un damné. Quant à Paulette, qui se prétendait premier mannequin de la société « Peaux et Fourrures, Vente en gros et au détail », elle exhibait manteau de vison et cape en zibeline aux soirées mondaines qu'elle écumait.

L'amour de Zohar et de Paulette n'avait pas duré. Au bout de quelques semaines, elle s'était lassée. Elle ne l'avait pas rejeté, bien sûr, ce n'était pas son genre, mais, comme les autres, elle l'avait transformé en « frère », remplaçant l'érotisme passionnel du début de leur relation en une tendresse de grande sœur. Au début, Zohar s'était senti blessé, puis il l'avait accepté, comprenant qu'en agissant ainsi elle sauvegardait leur petite communauté. Ils avaient déménagé rue Charlot, au-dessus de leur boutique, dans un grand appartement de six pièces ou chacun avait sa chambre. Plus ils se découvraient, plus ils s'appréciaient. Ils partageaient le quotidien et, quand venait le soir, ils tentaient de pallier les manques de leur éducation en d'interminables discussions. « À nous quatre, nous sommes une véritable encyclopédie ! » avait dit Paulette. Ils savaient au fond d'eux-mêmes qu'une bande d'orphelins réunis par le sexe, l'amour et la vengeance tentaient de reconstituer une famille, de remplacer la nostalgie des disparus par l'intensité de l'inattendu. Ils montaient des coups, gagnaient de l'argent, s'étourdissaient de fêtes et de secrets, et s'engageaient quelquefois en de violentes aventures. Ils étaient jeunes. Ils se sentaient beaux et purs. Ils rêvaient d'embrasser le monde. Il leur devait bien ça, le monde !

Une fois par mois, c'était institué, ils retrouvaient leur groupe de vengeurs dans l'arrière-salle d'un café de Ménilmontant. Ils étaient de moins en moins nombreux. Le groupe avait fondu. De la cinquantaine de rescapés qui se réunissaient en 1947, il n'en restait guère plus de vingt. Ils cédaient l'un après l'autre, c'était inéluctable, aux sirènes des institutions établies. Les uns s'engageaient au parti communiste ou dans les syndicats, « pour poursuivre la lutte », prétendaient-ils. D'autres choisissaient le combat sioniste et disparaissaient, parfois en émigrant en Israël. Et puis, il y avait ceux qui, lentement, sombraient dans la normalité, qui se mariaient, faisaient des enfants, recherchaient un emploi stable et tentaient de se fondre dans la masse. Paulette se moquait de ceux-là, leur prédisant un jour ou l'autre la résurgence explosive de leurs passions étouffées. « Ils ne savent pas, disait-elle à qui voulait l'entendre, ils ne savent pas que des gens comme nous, qui avons vécu ce que nous avons vécu, ne deviendront jamais des gens normaux. Vous m'entendez ?... Jamais ! » Durant les réunions, ils se donnaient mutuellement des nouvelles de leurs cibles, du Kapo qui les avait persécutés au jour le jour dans les camps, du milicien qui avait participé à la capture de leur famille, du collabo qui les avait dénoncés pour leur voler leurs meubles, leurs tableaux ou pour s'approprier leur appartement, du bourreau de la police française qui les avait torturés en salle d'interrogatoire… Puis ils évoquaient les grands nazis dont on parlait dans la presse, ceux qu'on signalait au Caire, à Damas ou Buenos Aires, les Alois Brunner, Martin Bormann ou Josef Mengele. Les réunions duraient deux heures. Ils se séparaient ensuite, se donnant rendez-vous pour le mois suivant. Les demandes de soutien pour des actions de représailles avaient progressivement disparu. Il ne restait plus que la joie de se retrouver, pour se rappeler qu'ils n'étaient pas seuls à rejeter la bouillie bien-pensante qui commençait à occuper la scène publique. Eux, ils l'affirmaient haut et clair, ne voulaient ni de la repentance ni du pardon. Ils avaient choisi le secret et la fidélité au devoir de vengeance. Et puis, on le sentait, ils éprouvaient ce plaisir si particulier, jamais formulé pourtant, de se reconnaître entre semblables. Paulette avait raison. Ce groupe, c'était le seul endroit où ils se sentaient normaux.

Les choses avaient brutalement changé en 1961, précisément le 11 avril, le jour où avait débuté le procès d'Adolf Eichmann. Une justice collective avait soudain usurpé la mission dont ils se sentaient investis. Voir à la télé ce grand nazi, l'un des principaux responsables de la solution finale, dans la cage de verre d'un tribunal, avec des juges, des témoins, des défenseurs, et tout le rituel judiciaire… et cela à la vue du monde entier... Ça leur avait provoqué un étrange malaise. Ils étaient heureux, bien sûr, d'apprendre la capture de ce salaud qui se planquait à l'autre bout du monde, en Argentine. Mais ils n'avaient pas sauté de joie. Car, tout de même, un nazi, un seul, pour six millions de Juifs... ? Et même s'ils en attrapaient dix comme lui, ou cent ou même mille... Le compte n'y était pas. Il n'y serait jamais. Et voilà de plus qu'ils le traitaient comme un criminel, mais ce n'était pas un criminel, c'était l'agent d'une force démoniaque... Aaron ne quittait plus l'appartement, le nez collé à l'écran du téléviseur. Et lorsqu'un après-midi il vit apparaître Abba Kovner sur l'écran, Kovner, son chef dans le ghetto de Wilno, grand et mince, les yeux enflammés, vêtu de cette chemise immaculée au col large ouvert sur la poitrine... lorsqu'il l'a reconnu à la barre, il a failli s'évanouir. Il a monté le son à fond. « Abba ! s'est-il écrié. C'est Abba ! Regardez ! Mais regardez-le, bon sang ! Quelle classe ! Et le calme quand il s'exprime... "Le Professeur", c'est ainsi qu'on l'appelait... ce n'est pas pour rien ! » Kovner avait expliqué que les nazis obtenaient la soumission totale de leurs victimes en associant la terreur et l'espoir... l'espoir que mon sort pourrait être différent de celui de mon voisin, que moi, je m'en sortirais peut-être alors que lui partirait dans un camion pour la forêt de Poneriai... Cette association de la terreur et de l'espoir, c'était diabolique ! C'est ainsi qu'ils nous tenaient ! « Il a raison, bordel ! avait hurlé Aaron. Nous, dès la première exécution de masse, nous avions délibérément choisi le désespoir. Le désespoir, telle était la vraie résistance ! Non pas le désespoir qui paralyse, mais celui qui donne des ailes, qui débarrasse une fois pour toutes de la peur de la mort ! »

Aaron n'avait raté aucune diffusion des séances du procès, avait avalé les paroles des cent onze témoins qui avaient défilé à la barre. Et plus on parlait des tortures, des souffrances et des morts, plus il semblait fasciné. On eût dit qu'il se retrouvait là-bas, en compagnie des morts, qu'il marchait sur un champ couvert de cadavres, qu'il examinait une par une les dépouilles des disparus. On eût dit qu'à ce moment il voyait la lumière. On le sentait, non pas heureux, ce n'était pas possible, mais presque normal. Et puis est tombée la sentence. C'était le 11 décembre 1961. Adolf Eichmann, déclaré coupable des quatre chefs d'inculpation, était condamné à la mort par pendaison.

— Tout ça pour ça ? s'était écrié Aaron, en rage. Tout ce cirque, ces témoignages, ces interminables discussions, ces arguties juridiques à n'en plus finir, pour accoucher d'une simple sentence de mort. Ah, les nazis ne s'embarrassaient pas d'un tel spectacle avant de nous descendre !

— Mais qu'aurais-tu souhaité à la place d'un procès ? s'étonnait Paulette.

— Un procès, un procès… Mais qu'est-ce que tu crois ? Malgré toutes les précautions juridiques, je te parie que demain, l'un ou l'autre crétin viendra prétendre que le procès n'était pas suffisamment équitable, que les droits de la défense n'ont pas été respectés, que sais-je encore… Si tu commences à discuter…

— Peut-être…, avait répondu Paulette, peut-être as-tu raison. Mais tu ne m'as pas répondu. Qu'auraient-ils pu faire ?

Et Aaron qui poursuivait :

— Tu vas voir ! Je mets ma main à couper que quelqu'un viendra prétendre qu'Eichmann n'était qu'un quelconque bureaucrate dans le système nazi, qu'on s'est finalement trompé de cible, qu'on s'en est pris au lampiste… et ainsi de suite… Qui veut justifier son action à tout prix sera nécessairement contredit par un rhéteur plus habile.

— Alors quoi d'autre ? Tu ne m'as pas répondu.

— Des listes !

— Quelles listes ?

— Plutôt que citer interminablement le nom des victimes, publier les listes des criminels, de tous les criminels…

— Et on peut se tromper, aussi… On ne peut pas accuser ainsi des gens à tort…

Une fois le procès en appel terminé, la grâce refusée, la sentence fut exécutée le 31 mai 1962. À compter de ce jour, un malaise insidieux avait commencé à lézarder la relation des quatre amis de la rue Geoffroy-Marie. Ils avaient été soudés par cette obligation de vengeance qui les tenait aux tripes. Le temps avait un peu érodé leur rage et le procès d'Eichmann était venu enfoncer un coin dans leurs certitudes. Et puis la vie… La vie faisait pression dans le monde et dans leurs veines.

Paris, le 23 août 1962.

Une autre nouvelle aurait pu bouleverser Aaron. Par ses informateurs dans l'armée américaine, Lucien avait appris que le fameux Filbert avait été arrêté en Allemagne, en plein Berlin, dans son appartement du 49, Bamberger Strasse qu'il occupait sous le nom d'Alfred Selbert. Il avait été inculpé du meurtre d'un nombre inconnu de personnes de nationalité soviétique. On parlait de dizaines de milliers. Lucien le savait depuis des mois mais s'était bien gardé de le dire à Aaron, de peur de nouvelles folies. S'il lui prenait l'idée d'investir la prison allemande pour égorger Filbert de ses mains, ou pire encore… Et là, il venait de recevoir de nouvelles informations. Le procès de Filbert-Selbert s'était terminé quelques semaines auparavant, le 22 juin. Il avait écopé de la réclusion à perpétuité. Dans sa conclusion, le tribunal régional de Berlin avait précisé que le prévenu avait agi avec préméditation et de manière inhumaine, s'efforçant d'abattre tous les Juifs dont il parvenait à s'emparer. Il valait mieux qu'Aàron l'apprenne le plus tard possible, lorsque la vie lui aurait proposé de nouveaux plaisirs…

Il ne faisait vraiment pas chaud pour un mois d'août et un vilain crachin rendait les pavés glissants. Aaron conduisait lentement la vieille Traction, Zohar à côté de lui. Ils descendaient le boulevard Saint-Germain depuis la Concorde. Les essuie-glaces couinaient en cadence. Eux étaient sur la piste de Boucheseiche.

La fin de la guerre d'Algérie avait fait réapparaître d'anciens truands dont on avait perdu la trace. Parmi eux, beaucoup étaient des repentis de la collaboration en mal de respectabilité. Ils avaient été recrutés par le gouvernement français pour casser la rébellion des ultras de l'OAS. Roger Frey, le ministre de l'Intérieur, ayant décidé de répondre aux attentats en utilisant les mêmes méthodes que les terroristes, avait promu ces malfrats en assassins d'État. Ils avaient d'abord sévi de manière clandestine en Algérie. Là, ils s'étaient vite fait repérer et avaient subi de cuisantes déculottées par les combattants de l'OAS. Si bien que les journaux satiriques leur avaient trouvé un surnom, à ces agents secrets qui ne savaient pas garder le secret. Ils les avaient appelés les « barbouzes ». Ça leur était resté. Maintenant que l'Algérie était devenue indépendante, on les utilisait à d'autres tâches, tout aussi clandestines. Quelqu'un avait raconté à Aaron que Georges Boucheseiche, ce même Boucheseiche qui avait fait subir à Lucien les supplices de la baignoire et de l'électricité, qui l'avait affamé durant des semaines, battu à la barre de fer, qui s'était amusé à l'entailler au rasoir sur la poitrine et sur les jambes avant de le livrer à la Gestapo… eh bien, cette ordure de Georges Boucheseiche faisait partie des fameux barbouzes.

— Tu es sûr de ta source ? lui avait demandé Zohar.

— Il m'a donné des précisions. Il m'a même raconté que Boucheseiche, qui se planquait jusque-là au Maroc, était rentré en France. Il paraît qu'en ce moment il élimine des suspects à l'arme blanche pour qu'on accuse les Arabes. Tu me demandes si je suis sûr… enfin… Sûr autant qu'on peut l'être… C'est pour cette raison que je t'emmène avec moi, pour que tu me donnes ton avis sur le tuyau.

— Ton type, là, qu'on va voir, je veux dire, on peut lui faire confiance ?

— Ah, tu verras ! C'est un vengeur, lui aussi, à sa manière.

Ils avançaient au pas, pare-chocs contre pare-chocs.

— Quel bordel ! s'exclama Zohar.

Ils étaient presque arrivés au carrefour de la rue de Rennes. Aaron repéra une place à deux pas de la brasserie Lipp et stationna la voiture.

— Où va-t-on ? lui demanda Zohar.

— Juste là. Je t'offre une bière.

Ils s'installèrent au fond, sur une banquette, le dos contre le mur.

— On attend quelqu'un ?

Le maître d'hôtel s'est aussitôt présenté. C'était un grand blond aux yeux bleus, bien bâti, les bras larges comme des cuisses. « C'est lui ! » dit Aaron.

— Monsieur Weisz ! Un plaisir de vous revoir ici.

— Je vous présente mon ami, dit Aaron, il s'appelle Zohar.

— Zohar ! s'exclama le maître d'hôtel, quel beau nom ! Avec un nom pareil, il doit en savoir, des choses… des choses cachées, sans doute…

Et il serra vigoureusement la main de Zohar.

Laszlo était un Juif hongrois. Il avait à peine dix-sept ans quand ses parents ont été arrêtés puis abattus en pleine rue. C'était en mars 1944. Les nazis venaient d'envahir la Hongrie. Il avait alors choisi de se dissimuler dans l'antre de la bête, au sein même de la Waffen SS. Il avait changé son nom et, fort de son allure nordique, s'était enrôlé dans la 25e division, la Hunyadi. Il n'avait qu'une idée en tête, identifier les assassins de ses parents pour leur faire la peau. À la fin de la guerre, fait prisonnier par les Russes, il eut le plus grand mal à leur expliquer qu'il n'était pas un nazi, qu'en vérité il était juif et ne s'était trouvé là que pour accomplir une vengeance personnelle. Pour l'éprouver, les Russes le chargèrent d'infiltrer les groupes de prisonniers allemands et de leur signaler les criminels de guerre cachés parmi les soldats. Une fois libéré, il poursuivit sa quête. Il rejoignit la Légion étrangère de l'armée française, qu'il savait infestée d'anciens SS. Il cherchait toujours les meurtriers. Par la suite, il les avait poursuivis aussi longtemps qu'il avait pu. Il les avait poursuivis en Indochine. Il racontait qu'à Diên Biên Phu, les haut-parleurs du Vietminh diffusaient en allemand les messages destinés à terroriser les soldats français. Car les Vietnamiens savaient que la majorité des Français étaient d'anciens SS allemands. Il les avait poursuivis en Algérie, durant toute la guerre, toujours au sein des bataillons de la Légion étrangère. Et puis cette guerre où l'on brûlait des villages, où l'on torturait des civils, avait fini par le dégoûter. Parvenu au terme de son engagement, il ne le renouvela pas. Durant toutes ces longues années, s'il n'avait pas réussi à retrouver ceux qu'il cherchait, il avait tout de même égorgé une bonne vingtaine d'anciens SS. Il n'était pas satisfait, avait-il confié à Aaron, mais gardait tout de même l'impression d'avoir un peu vengé sa famille. Fatigué des combats, de retour dans la vie civile, il avait facilement trouvé à s'embaucher comme maître d'hôtel. À part le hongrois, il parlait parfaitement l'allemand, le russe et l'anglais. Le français aussi, bien entendu. Il n'eut pas de mal à faire valoir ses qualités. De son poste à la brasserie, il gardait un œil sur le gratin des politiques, des journalistes et des gangsters. Il surveillait, repérait les rendez-vous suspects, écoutait les conversations, et n'hésitait pas à signaler un nazi ou un collabo en cavale lorsqu'il le reconnaissait.

Laszlo allait et venait, s'arrêtant chaque fois à la table des deux compères, poursuivant son récit par intermittence. Soudain, il ouvrit les bras en poussant un cri. Une femme venait d'entrer, une jolie femme blonde, très mince, avec de grands yeux verts.

— La comtesse ! s'écria-t-il... Mais oui, madame, je vous installe à la table que vous préférez. Là, au fond, près de ces deux messieurs.

— Très bien, monsieur Lazlo, répondit la femme. Pourriez-vous vous charger de faire garer ma voiture ? Je l'ai abandonnée en double file. Elle lui tendit les clés en ajoutant : C'est la Jaguar blanche. Vous la connaissez, n'est-ce pas ?

— Mais certainement, madame !

Elle avait la voix grave. Elle ne parlait pas, ça parlait plutôt, comme au cinéma ou à la radio. Ce n'étaient pas des paroles mais de la musique. Ses gestes étaient naturellement harmonieux. Elle ne marchait pas, elle dansait, elle planait quelques centimètres au-dessus du sol. Entièrement vêtue de noir, elle sentait le parfum rare qui avait imprégné ses laines et ses soies. Elle n'était ni comtesse ni baronne, en vérité, mais elle avait de l'assurance et de la classe. C'était une dame. Elle levait sans cesse les yeux de son magazine, guettant la porte d'entrée. Elle semblait attendre quelqu'un. Elle retira une Benson, la tapota contre la boîte métallique rouge et la porta à ses lèvres. Aaron se précipita aussitôt pour lui offrir du feu.

C'était ainsi que tout avait commencé.

Ils avaient parlé tous les trois. Elle attendait cet homme qui n'arrivait pas. Eux n'attendaient personne mais ils étaient prêts pour l'inattendu. Ils n'osaient lui demander qui elle était. Alors, ils ont parlé d'eux, de leurs origines lointaines, de Lituanie et d'Égypte. Elle ne venait pas d'aussi loin, juste d'Olivet dans le Loiret. Lorsqu'elle leur répondait, elle ne disait que quelques mots, ne souhaitant pas s'engager dans une conversation. Elle souriait, seulement. Ils l'amusaient, ces deux-là. Et l'homme n'arrivait toujours pas. Alors ils continuèrent à parler, longtemps.

Laszlo passait et repassait. Il s'étonnait. Aaron lui avait dit qu'il viendrait avec un ami pour parler de Boucheseiche, et voilà qu'ils ne lâchaient pas la comtesse. De guerre lasse, il vint les saluer, leur annonçant qu'il terminait son service.

— Pour la question que vous m'avez posée, messieurs…, commença-t-il.

— Une autre fois, monsieur Laszlo, l'interrompit Zohar, nous reviendrons.

— Oui ! ajouta Aaron, nous reviendrons demain. Aujourd'hui, c'est juste la vie qui s'exprime. Et comme dit le proverbe yiddish : « La vie, ça c'est une bonne affaire… »

Laszlo, qui connaissait évidemment l'expression, termina la phrase :

— « … la preuve, c'est qu'on nous la donne pour rien ! »

Comme les tombes des mécréants, elles ont des jardins à l'extérieur et du foin à l'intérieur

— Puisque votre chauffeur n'est pas venu, dit Zohar, je me propose de vous reconduire.

— Vous savez bien que ce n'était pas mon chauffeur que j'attendais.

Il ouvrit la portière arrière et l'invita à entrer. Après tout n'avait-il pas été quelque temps chauffeur de maître, et même de roi… Elle s'amusa de sa proposition et s'installa sur la banquette. Il prit le volant.

— Madame excusera ma tenue, dans ma précipitation à la servir, j'ai oublié ma casquette.

La Jaguar était neuve. C'était une Mark 2, une 3,8 litres, avec son intérieur en cuir rouge et son tableau de bord en acajou, un bijou. En démarrant, il fit un petit signe à Aaron qui repartait au volant de la Traction. L'autre haussa les épaules. Elle habitait rue de Rivoli, presque au niveau de la place de la Concorde. Elle était veuve, il s'en était douté, à son assurance, sa façon de ne pas craindre les hommes, de les défier sans les provoquer. Depuis le décès de son mari qui lui avait laissé quelques biens et ce somptueux appartement, elle avait eu quelques liaisons, qui s'étaient révélées sans lendemain. C'étaient des hommes mariés, des amis du défunt. Le dernier, celui qui venait de lui poser un lapin, c'était même son associé.

Zohar trouva un emplacement le long des arcades.

— Madame constatera que nous sommes arrivés.

Elle ne bougeait pas, ne parlait plus, la tête penchée, le menton au creux de sa main, elle réfléchissait.

Il vint lui ouvrir la portière. Elle le regarda, le toisant de haut en bas. Il était jeune, l'air désinvolte, un peu fripon. Une mèche lui barrait le front. Il avait la taille fine, le corps nerveux et une flamme dans les yeux. Elle lui sourit et d'un seul coup décida de se prendre au jeu.

— J'ai quelques paquets dans le coffre. Voulez-vous les porter chez moi ?

— Certainement ! répondit Zohar.

L'appartement était immense. Depuis les fenêtres du salon, on apercevait l'obélisque. Zohar y vit un signe. Peut-être ne faisait-il que suivre jusqu'à son socle parisien le phallus érigé d'un ancêtre pharaonique.

Elle s'affala sur un sofa et d'un geste négligent du pied se débarrassa de ses escarpins. Elle demanda encore :

— Vous trouverez une bouteille de champagne dans le réfrigérateur... Vous n'oublierez pas les coupes, là, des coupes dans le vaisselier du salon.

Il était vingt-deux heures. La nuit venait de tomber. Les draps étaient de satin d'une jolie couleur saumonée, les oreillers finement ornés de dentelle. Il tira les rideaux de lourd velours de cette même couleur rose orangé. Ils s'aimèrent là, dans cette chambre qui fut naguère celle du couple, dans ce grand lit sérieux qu'ils firent chanter. Ils s'aimèrent tout de suite, avant même de se parler. Quelquefois la connaissance des corps précède celle des âmes. Ils s'aimèrent longtemps, se déshabillant mutuellement, maladroitement, se parcourant d'abord des mains, dans l'obscurité, comme deux aveugles, les amants. Ils aimèrent se goûter, le long de leurs peaux vibrantes de tous leurs nerfs, soudain sensibles à la moindre émotion. Ils s'aimèrent en silence. Seuls leurs souffles se murmuraient des musiques et des rythmes. Ils aimèrent chercher les gestes qui emboîtaient leurs corps. Étonnée et heureuse de le sentir libre de toutes les caresses, elle lâcha la bride à sa passion. Il s'enhardissait à ses plaisirs. Ils s'aimèrent dans toutes les positions. Elle était sur lui quand il la pénétra. Elle était dans lui quand il l'aima encore. Soudain, il s'arrêta, se redressa, sauta du lit pour prendre la bouteille à moitié vide. Elle poussa un cri quand le surplus de champagne se répandit au creux de son nombril. Elle rit quand il but à même son corps les gouttes de plaisir. Ils s'aimaient encore lorsque cessèrent les bruits de la ville, jusqu'au cœur de la nuit. Et puis, envahis de volupté, ayant perdu tout repère, ne sachant distinguer les limites de l'un ni les contours de l'autre, ils explosèrent tous deux dans un même cri.

Un long moment de silence. Il leva la tête.

— Comment tu t'appelles ?

— Marie !... Marie Desnoyel.

— Qui est Marie ?

Tout de suite elle lui raconta qu'elle était une fille du péché. Simone, sa mère, scandaleuse fille mère, avait été chassée de la maison par son père, le sévère

Louis Desnoyel, un notable, dont certains se souviennent encore dans la région du Loiret où il exerça quelques responsabilités dans la commune d'Olivet. Sans remords ni regrets, Simone qui avait à peine dix-huit ans, monta à Paris avec son bébé de quelques mois et sa beauté à crever les yeux. Et là, elle se jeta dans la danse à corps perdu. Elle gagnait sa vie dans les cabarets de Pigalle, le corps à peine voilé, les seins poursuivis par les spotlights, mimant *Les Mille et Une Nuits* sur des musiques endiablées.

— En ce temps, lui racontait-elle fièrement, les soupirants se jetaient à ses pieds par dizaines mais elle, la belle Simone, n'appartenait à personne. Si, en artiste, elle savait déclencher le désir des hommes, elle ne se livrait au plaisir que lorsqu'elle le décidait. C'était une femme libre…

— Comme toi ! ne put s'empêcher de commenter Zohar.

Elle sourit.

— J'essaie. Mais elle me dépasse, et de loin ! Me croirais-tu si je te disais qu'elle était bigame ?…

Zohar fit mine de s'étonner :

— Bigame ? Allez…

— Oui ! Elle avait deux maris, l'un pour s'occuper de l'enfant, l'autre l'accompagnant la nuit au cabaret. L'enfant, c'était moi… Je ne te choque pas ?

Et elle racontait, la belle Marie. Le plaisir ouvre l'appétit à certains, à d'autres il délie la langue.

— Le premier « mari » s'appelait Georges-Henry de Vieillepierre, rien que ça, d'ascendance aristocratique, à ce qu'il paraît, le second Pierrot l'estafion, à cause de la balafre qui lui barrait le front.

L'aristo sortait de la Grande Guerre qu'il avait faite dans l'aviation, le prolo venait de la zone, celle de Levallois-Perret, où il avait poussé comme le chiendent, frotté aux coups de bâton des maquignons et aux surins des margoulins.

— Alors, demanda Zohar, qui tu préférais ? Le prolo ou l'aristo ?

— Attends ! Je te raconte. Je les aimais tous les deux, évidemment ! Georges, qui faisait la cour à Simone, lui avait présenté un jour Pierrot et ils se sont aimés. Puis Simone a aimé Georges, puis à nouveau Pierrot. Finalement, ils se sont aimés tous les trois. Elle dormait tantôt dans le lit de l'un, tantôt de l'autre. Parfois, trop fatigués, ou ayant trop bu, ils s'endormaient tous les trois dans le même. Ils étaient devenus inséparables.

— Si bien que l'enfant, la petite Marie, qui jusqu'alors n'en avait pas, hérita soudain de deux pères à la fois.

— Exactement !

— Tu t'en souviens ?

— Et comment ! C'était la belle vie !

— Une femme et deux maris, commenta encore Zohar qui pensait à ses amis de la rue Geoffroy-Marie, c'est peut-être la meilleure formule pour élever correctement les enfants…

Marie éclata de rire.

— Peut-être, répondit-elle, peut-être est-ce la bonne formule, s'ils parviennent à vivre ensemble. Au début, c'était un amour idéal, un amour parfait. Mais un jour, le monde s'est effondré…

— La jalousie ?

— Pas du tout ! Ils partageaient une même passion pour l'automobile.

— L'automobile ?

— Oui ! Toute la journée, ils parlaient voitures. Les hommes, bien sûr, mais ma mère aussi ! Sitôt qu'ils le pouvaient, ils filaient essayer leur bolide à Montlhéry. Souvent, ils m'emmenaient avec eux. Ils la fignolaient, leur belle auto, jusqu'au dernier boulon.

Et les larmes lui montèrent aux yeux. Zohar la prit dans ses bras.

— Une catastrophe ?

Sa réponse fut entrecoupée de sanglots :

— Dans une pente, sa voiture – il l'appelait la silk-en-six, la soyeuse six cylindres... sa voiture est partie tout droit. Le choc a été terrible... La voiture a explosé contre un arbre. Papa Georges est mort sur le coup. J'avais huit ans... Peu de temps après, papa Pierrot, le mécano, fou de tristesse, a quitté Paris pour rejoindre à Marseille une bande de truands... J'ai souvent posé la question à maman. Elle prétendait ignorer ce qu'il était devenu. Ou bien n'en voulait-elle rien savoir... Maman était morte depuis longtemps quand j'ai appris, il y a peu, qu'il avait été abattu par des gars des FFI à la Libération.

— Ah ! C'était un collabo...

— Comme beaucoup de truands...

— Je sais ! dit simplement Zohar.

L'amour avait toujours été l'allié de Zohar. Il lui avait ouvert les portes des univers, et les femmes avaient été ses passeuses. Mais cette fois, c'était trop ! Ce monde-là, celui des biens mal acquis, des profiteurs de guerre, ce n'était pas pour lui. Il se prit à penser que le magnifique appartement de la rue de Rivoli dans lequel il se prélassait, la Jaguar aux fines senteurs de cuir et de tabac anglais qu'il avait adoré conduire, tout ce luxe auquel il avait pris plaisir, tout cela provenait peut-être de vols, de rapines, de spoliations. Elle était si belle, pourtant… Il voulut en avoir le cœur net. Il fouilla dans la boîte de photos, en tira une où l'on voyait sa mère, la belle Simone, apprêtée comme une courtisane, vêtue d'un extravagant manteau de fourrure, les bouclettes blondes s'échappant d'un chapeau fou. Elle se tenait fièrement au bras d'un officier allemand. Il la lui tendit.

Elle, se raidissant soudain :

— Et alors ?

— Elle aussi ?

— Ma mère, je te l'ai dit, était une femme libre. Elle a toujours été entretenue.

— Et toi ?

— Moi ?

— Oui, toi ! Tu as connu la guerre ?

— Bien sûr ! Qu'est-ce que tu veux dire ?

— Mais tu as quel âge ?

Il lui donnait trente ans, trente-deux ou trente-trois tout au plus. Pour le convaincre, elle lui tendit sa carte d'identité. Née le 2 avril 1922, à Olivet, dans le Loiret. Elle n'avait pas menti. Elle en avait quarante. Durant la guerre, c'était déjà une jeune fille, une jeune femme.

— Tu vivais avec ta mère ?

— Bien sûr ! Jusqu'à son départ en sana, en 1947.

Sans rien laisser paraître, Zohar se referma intérieurement. Qu'elle fût une courtisane, cela ne le gênait pas, bien au contraire, il avait toujours aimé les femmes pour leur liberté, mais une collabo, une fille à Boches, de celles qu'on avait tondues en place publique après-guerre... Maintenant, il ne pensait qu'à la façon de s'échapper de là. Il ne se voyait pas dormant ici. Il était une heure du matin. Dans sa tête, revenait une phrase en arabe, un proverbe que disait parfois la grand-tante Maleka, quand elle parlait des maisons qu'il fallait éviter : « Comme les tombes des mécréants, elles ont des jardins à l'extérieur et du foin à l'intérieur. » Et lui, l'écervelé, il n'avait rien trouvé de mieux que de s'y fourrer. Elle disait foin pour ne pas dire fumier, sans doute.

Devant le silence de Zohar, Marie, qui pensait qu'il évitait de parler de son mari, devança ses questions.

— Mon mari, vois-tu... Elle ravala un sanglot. Je ne peux pas dire... Il a été si bon... Mais il était certainement trop vieux, je veux dire trop vieux pour moi. On n'était pas de la même génération. Il m'a fait du bien, cependant. Il s'est occupé de moi.

— Ton mari ?

— Oui !

— Qui était ton mari ?

— Tu l'as vu !

— Moi ?... J'ai vu ton mari ?

— Oui ! Sur la photo. L'un des hommes... Et devant la tête qu'il faisait, elle s'est empressée de préciser : Pas l'officier allemand, non, quand même... L'autre photo, celle où on voit l'amoureux en imperméable qui embrassait ma mère à pleine bouche sur les quais de la Seine. C'était lui. Mon mari !

Et elle a déroulé toute l'histoire. Durant la guerre, sa mère avait attrapé la tuberculose.

— Ça ne se soignait pas vraiment à l'époque ! En 1947, elle est partie en sanatorium. Quand elle est morte, je n'avais personne, pas de famille, pas de frères, pas de sœurs, pas de cousins... Personne ! C'est lui qui s'était occupé d'elle jusqu'au dernier souffle. Ah ! Il l'aimait ! Il l'aimait vraiment ! Après ça, quand elle est partie, il était comme moi. Lui non plus n'avait plus personne. On a rapproché nos douleurs... On les a mariées.

C'est à ce moment que Marie s'est effondrée. Elle s'est mise à pleurer. Elle a pleuré longtemps, elle ne pouvait plus s'arrêter.

— Excuse-moi !... Ça ne m'arrive jamais. Je ne sais pas pourquoi...

Et Zohar, qui connaissait la puissance des morts, se dit que celui-là occupait tout l'appartement, qu'il le faisait vibrer, qu'il n'était pas seulement dans le lit, mais dans les plafonds, dans les meubles qui craquaient, dans le plancher qui crissait, dans l'eau des toilettes qui gouttait. Il était dans chacun des livres alignés dans la bibliothèque, sous les touches du piano, il était stylo à la plume d'or abandonné devant l'écritoire, il était peignoir pendu au mur de la salle de bains. Il était dans l'air, dans les bruits, dans les silences. Il était présence. Il se demanda s'il n'était pas déjà entré en lui. Il eut un frisson. Et Marie qui sanglotait maintenant en silence. Il éprouva dans un même élan pitié et désir.

Il se rapprocha d'elle. Il la prit dans ses bras.

— Qu'est-ce que tu veux ?

— Je veux vivre ! lui répondit-elle. Fais-moi un enfant.

Qui a enfanté n'est pas mort, mais presque…

Durant trois ans, Zohar vécut d'allers et de retours, dans la ville et dans sa tête. Il ruminait sans cesse tout au long des trois kilomètres qui séparaient la rue de Rivoli de la rue Charlot, la rue Charlot de la rue de Rivoli. Il ne savait rester, ni ici, ni là, il ne savait partir, ni de là, ni d'ici. S'il ne parvenait pas à choisir, le destin finirait par décider pour lui. Alors, il attendait… un événement qu'il n'avait pas prévu, une rencontre, une nouvelle qui arriverait de loin… Il ne savait pas vraiment ce qu'il attendait.

Une fois, une seule, il s'était rendu à la synagogue des Égyptiens, rue de la Victoire, pour l'office de Kippour, le jour du Grand Pardon. Il avait éprouvé une telle nostalgie en entendant les mélodies qui avaient bercé son enfance, les prières que chantait son père, les rites, aussi, la sortie des rouleaux de la Torah, les fidèles qui se précipitent pour la toucher de la main, pour l'embrasser… Les Juifs sont des adorateurs du Livre ! Et cet accent lorsqu'ils prononçaient l'hébreu, le même, aimait-il à dire, que celui des habitants de Judée dans l'Antiquité… Et quand, à la tombée de la nuit, il a vu le rabbin souffler dans la corne de bélier pour rassembler le peuple autour de son dieu, quand il a entendu le son du shofar, cet appel venu des tréfonds, les pulsations du destin, le cri des montagnes, il n'a plus tenu, il a fondu en larmes. Cette émotion, il ne pourrait jamais la partager, ni avec ses amis ni avec Marie.

« Alors, tu les as vus, tes Égyptiens ? lui avait demandé Aaron à son retour. — Nuls ! avait menti Zohar, tellement nuls... Ils se sont trompés dans la prière... »

Il s'était senti si seul... Où étaient passés les siens ?

Il avait de quoi se réjouir, pourtant, les affaires étaient florissantes. La société Peaux et Fourrures, Vente en gros et au détail, réalisait des chiffres à faire rêver. Les associés avaient investi les bénéfices dans l'automobile et la pharmacie. L'argent enfantait l'argent, qui produisait encore plus d'argent. Les quatre s'enrichissaient mais n'en voulaient rien montrer, s'arc-boutant pour ne rien changer à leur vie d'étudiants... d'étudiants qu'ils n'avaient jamais été. Un jour, lors d'une fête, ils s'étaient pris de bec avec des étudiants, des vrais, ceux-là, des situationnistes, des anarchistes de salon, qui les avaient moqués, traités de bourgeois qui s'habillaient en clodos mais circulaient en Jaguar. Aaron avait piqué une de ses colères. Il s'était levé, avait saisi le jeune homme par le col de son veston et s'était mis à l'insulter. Son nez collé à celui de l'insolent, il lui avait demandé : « Tu veux faire la révolution, avorton ? As-tu même jamais de ta vie touché une arme à feu, hein ? Est-ce que tu connais l'odeur de la poudre une fois qu'on a tiré une rafale de mitraillette ? Ça tourne la tête, le sais-tu ? Et le sifflement de l'obus de mortier avant son explosion ? Connais-tu l'effort qu'on doit faire pour enfoncer un poignard dans le ventre d'un ennemi ? » À ces mots, il lui avait fortement appuyé de son poing sur le ventre. L'autre avait blêmi, balbutié des mots incompréhensibles... Lucien et Zohar avaient prestement saisi leur ami pour le tirer hors de cette soirée.

— Je ne pouvais pas permettre qu'ils nous traitent ainsi... Quoi ? Vous pensez que j'ai eu tort ?... Dites-le-moi franchement...

— Je crois seulement qu'on a vieilli..., lui avait répondu Zohar.

Les gamins n'avaient pas vingt ans, eux bientôt le double. Le monde enchanté qu'ils avaient réussi à créer, adossés aux souvenirs de terreur, ce monde né de la magie de leur rencontre, commençait, ils le sentaient, à s'étioler. Aaron avait fini par apprendre lors d'une de leurs réunions de vengeurs que Filbert était incarcéré en Allemagne. On lui avait raconté ce qui avait été dévoilé durant le procès du nazi, que dès la fin de 1941 Filbert avait été accusé de malversations, rétrogradé, rapatrié et cantonné dans un emploi de bureau. Aaron comprit que si, malgré ses recherches, il n'avait pas réussi à le retrouver durant les trois dernières années de la guerre, c'est que Filbert n'était plus au front. Il le cherchait en Lituanie, en Ukraine, en Pologne alors que l'autre se morfondait dans un cagibi à Berlin. « Sale con ! » s'était-il contenté de dire. Même les nazis s'étaient rendu compte que c'était un sale con ! En dépit de ce que redoutaient ses amis, Aaron n'avait pas sombré dans la mélancolie, n'avait pas fait de grandes crises de terreur. Il s'était en quelque sorte recentré sur lui-même. Mesurant d'un regard le gouffre de sa solitude, il prit soudain conscience qu'il lui restait un long chemin à parcourir pour rejoindre les humains. Pour cela, bien sûr, et ses amis le lui répétaient chaque jour, pour cela, il lui fallait trouver une femme. « Non pas une femme, lui avait assené Zohar, mais ta femme ! »

Et pour adoucir la formule, il avait ensuite ironisé :

— Une rébézzé, comme vous dites vous autres Ashkénazes, une « femme de rabbi », une bonne Juive qui adore son mari et lui pond une marmaille. Voilà ce qu'il te faut !

— N'importe quoi ! avait répondu Aaron, tout de même attiré par l'idée. Franchement... Elle deviendrait folle avec moi, tu ne crois pas ?

— Mais non ! Elles ont eu le temps de s'exercer durant des siècles. Tu veux que je te la trouve ?

Zohar n'avait pas oublié les leçons de son vieux maître Abou l'Hassan, le chef des musiciens de la confrérie de Bab el-Zouweila, qui lui avait expliqué un jour : « Lorsqu'une femme est habitée par un être qu'on ne parvient pas à apprivoiser, il ne reste qu'une solution, la marier ! Ce n'est pas idéal pour le pauvre mari, mais, vois-tu, il y en a qui aiment ça ! » Dans ce cas, ce n'était pas une femme qui était habitée, mais un homme, et pas n'importe lequel, Aaron, un rescapé de l'enfer, qui avait fait un séjour dans le monde des morts et en était revenu. L'être qui l'accompagnait depuis plus de vingt ans, qui avait échappé à toutes les tentatives de le saisir, s'appelait Alfred Filbert. Et cet être avait été fixé dans un autre espace, une prison d'Allemands, arrimé là comme on attache les zars à la jarre ou au piquet du jardin. Un bon thérapeute doit reconnaître ses limites. L'être était parti, disparu là où l'on ne pourrait jamais le chercher. Restait à consoler l'humain affligé. Et pour cela, quoi de mieux qu'une épouse ?

Pour Lucien, c'était différent ! Dès qu'on l'avait informé de la présence de Boucheseiche dans les parages, il s'était mis en chasse. Il avait fait appel à toutes ses connaissances mais s'était heurté à un mur. Personne ne voulait l'aider. Son ami, l'officier dans l'armée américaine qui, au nom de la fraternité des armes, l'avait toujours renseigné, s'était lui aussi refermé comme une huître. Il lui avait même fortement déconseillé de poursuivre ses recherches. « Méfie-toi, l'avait-il prévenu, j'ai pris mes renseignements. Ton Boucheseiche, là, il est protégé. Si tu ne veux pas avoir les services de la DST au cul, tiens-toi à distance ! Je les connais, ce sont des salauds ! » Lucien n'avait pas tout de suite compris. Ce n'est que plus tard, quand il s'était adressé à ses contacts dans le milieu, surtout Joe la fêlure, un malfrat qu'il avait connu à Buchenwald, que ça l'avait refroidi.

— Boucheseiche est sur un coup, lui avait expliqué Joe, un gros coup qui devrait lui refaire une virginité.

— Et tu crois que ça me fait peur ?

— Ce n'est pas Boucheseiche qui devrait te faire peur, mais ses complices, rien que des agents de la DST.

— Mais qu'est-ce que vous avez tous à me parler de la DST ?

— La DST, tu vois, c'est l'État. Tu sais ce que c'est ? Alors, s'ils ne te tirent pas une balle dans la tête un soir dans une rue sombre, avec un 38 à silencieux, tu verras débarquer chez toi les agents des finances pour examiner tes comptes à la loupe, tu seras mis sur écoute, tu seras suivi du matin au soir, tu ne pourras pas faire deux pas sans voir surgir deux mecs patibulaires… C'est ça que tu veux ?

Il apprit à cette occasion que les services avaient recruté une pleine brassée de barbouzes dans la perspective d'une action d'envergure.

— Une action d'envergure ?

— Je ne peux pas t'en dire davantage mais il s'agit d'une grosse affaire, une affaire d'État. Alors dis-toi bien que ce ne sont pas les humeurs d'un petit loquedu comme toi, d'un énergumène qui se prend pour un justicier, qui vont les arrêter.

Joe l'avait convaincu. Il lui fallait renoncer, du moins jusqu'à la prochaine occasion. Lucien, qui commençait à prendre ses marques dans le monde des affaires, rangea Boucheseiche dans un coin de sa tête, parmi les créances non honorées, et poursuivit son ascension sociale.

C'est de Paulette, comme c'était prévisible, qu'arriva la catastrophe. Paulette, c'était leur liant, ce qui les faisait tenir ensemble. Sa bonne humeur de tous les instants, son enthousiasme à chaque proposition de l'un ou de l'autre, son érotisme au quotidien, aussi, c'était leur instinct de vie incarné. Elle s'était rendue indispensable, comme la lumière, celle qu'on est assuré de retrouver chaque jour au réveil.

Un matin, pourtant, elle avait disparu, après avoir déposé un simple morceau de papier sur la table de la cuisine : « Salut les garçons ! Merci pour la compagnie ! Ras le bol de voir traîner vos caleçons, je m'en vais faire ma vie.» Et elle avait ajouté un second couplet: «Avec vous, c'était devenu le train-train, le ronron. Alors, pour vous pousser au cul, vous aider à faire le plongeon, elle vous laisse sa photo, la Madelon, et un bisou sur le bout de chaque nez. Ciao ! » Et c'était vrai ! Elle avait laissé un petit bout de photo froissée, où on la voyait amaigrie, plate comme une galette, sans forme, dans une longue robe crasseuse. La photo avait sans doute été prise dans les jours qui avaient suivi son évasion. C'est Aaron, toujours premier levé, qui avait trouvé le petit mot. Il avait été abasourdi. Il s'était précipité dans la chambre de Zohar, puis dans celle de Lucien en criant: «Elle est partie ! »

Selon leur philosophie, chacun vivait sa vie, Paulette plus encore que les trois autres, auraient-ils pu ajouter car elle n'avait jamais voulu entrer dans leurs affaires. Ils lui avaient proposé de tenir le secrétariat, pourtant, de faire l'hôtesse ou même la représentante. Elle avait toujours refusé. «Vous ne voulez pas me filer une pioche pour que je casse des cailloux, en plus… non mais ! » Ses frasques, ils s'y étaient habitués. Ses amoureux d'un soir, ses intellos bidon, ses philosophes de salon, ses poètes pique-assiettes… Ils lui pardonnaient tout. Elle était leur soleil. La vie est étrange. Paulette, il lui arrivait de disparaître durant des semaines sans donner signe de vie. Les garçons ne s'étonnaient pas, ne s'inquiétaient pas, ne la cherchaient pas. Mais il avait suffi ce mot griffonné sur un coin de table où elle leur annonçait qu'elle les quittait pour de bon, et c'était écrit noir sur blanc, sur un sac en papier de maraîcher, et voilà qu'ils réalisaient soudain. Qu'allaient-ils faire sans Paulette ?

Elle l'avait vraiment fait, la Paulette, elle avait disparu au loin. Deux mois plus tard, ils avaient reçu une lettre, oh, pas un roman, une petite lettre, où elle leur apprenait qu'elle était au Vietnam avec son amoureux, un Américain, son âme sœur (« … Et une âme sœur de plus ! » avait persiflé Lucien). L'Américain, c'était un reporter-photographe, mais un grand ! (« C'est sûr ! Et même le plus grand », avait ricané Aaron)… Ils avaient rejoint la base américaine de Da Nang. Lui suivait les marines qui partaient au combat et prenait des photos extraordinaires (« Il n'aurait pas pu prendre des photos ratées, ou même banales… »). Elle rédigeait les reportages. Elle s'était même mise à militer… contre l'utilisation du napalm par l'armée américaine, contre la guerre. Elle semblait avoir trouvé sa cause. Elle semblait heureuse. C'était un soir en rentrant du boulot. Ils s'étaient affalés sur les fauteuils du salon, se repassant la lettre de Paulette.

— Qu'est-ce qu'on fait ? avait demandé Aaron.

— Qu'est-ce que tu veux qu'on fasse, avait répondu Lucien, qu'on déclare la guerre aux Américains pour hâter la victoire des Vietnamiens ?… Ou quoi ?

— Qu'est-ce qu'on devient ? insistait Aaron.

— Voilà la bonne question ! avait conclu Zohar.

Ce soir-là, Zohar était parti rejoindre Marie dans l'appartement de la rue de Rivoli. Il n'avait pas eu le cœur à partager la tristesse des deux autres. Ils se reprocheraient mutuellement de n'avoir pas su retenir Paulette, de ne pas l'avoir suffisamment intéressée à leurs rêves, à leurs projets… Ils s'auto-accuseraient pour mettre l'autre en cause ; ils entreraient dans d'interminables chamailles. La faute à qui si Paulette était partie ? En vérité, personne n'était responsable car Paulette était dans le vrai ! Orphelins, sans famille, sans communauté, avec personne au monde sachant qui avaient été leurs grands-pères, personne pour partager les sonorités de leurs langues maternelles, personne pour leur dire cette phrase magique, cette phrase qui apaise : « Chez nous, c'est ainsi qu'on procède ! » Une solitude absolue qui aurait pu les conduire à l'esclavage. Paulette avait compris de longue date qu'on ne compose pas avec ça. Elle avait compris que la plus grande des solitudes ne pouvait être compensée que par la plus grande des libertés. Dans ses fibres, dans ses nerfs, dans ses tripes, dans ses refus, dans ses passions, elle l'avait compris de l'intérieur. C'est ce qu'elle mettait en œuvre. Liberté ! Aujourd'hui, c'était le Vietnam… Bon vent, Paulette, ma grande sœur !

Il négligea l'ascenseur et gravit lentement, une à une, les marches recouvertes de l'épais tapis rouge. Elle ouvrit au premier coup de sonnette. Perchée sur ses escarpins à talons aiguilles, Marie le dépassait d'une demi-tête. Elle était vêtue du tailleur noir qu'il aimait, sans chemisier, sans soutien-gorge, on voyait pointer la rondeur nerveuse de ses mamelons. Elle était maquillée, les lèvres humides, les yeux pétillants, soulignés d'un trait de bleu. Elle était plus belle que jamais. Sur la table, les couverts étaient mis, la bouteille de champagne débouchée, deux bougies languissaient leur flamme.

— Je ne t'ai pas attendu. J'ai bu la moitié d'une coupe pour me donner du courage.

Leur relation, houleuse à ses débuts, s'était apaisée avec le temps, au fur et à mesure qu'ils prenaient conscience des limites à ne pas franchir. Il s'était interdit d'évoquer ses amours passées, elle se gardait de le questionner sur ses nuits d'absence. Ils avaient marqué leurs territoires pour profiter pleinement de l'amour et de la tendresse. Et, comme les grands fauves, c'était toujours après l'amour que leurs instincts se réveillaient. Au moment de sa jouissance, la panthère se retourne soudain et gifle, griffes sorties, le présomptueux qui l'instant d'avant avait cru la posséder. Le mâle expérimenté guette l'instant du plaisir de sa belle pour s'écarter d'un bond... Un temps, avant de revenir. Telle était Marie qui pleurait toujours après l'amour; tel était Zohar qui partait fumer une cigarette sur le balcon... Un temps, avant de revenir, de recommencer, et encore...

Marie aimait Zohar sans raison, elle le désirait au-delà de la raison. Zohar désirait Marie à la passion, il l'aimait comme le chat aime sa maison.

— Parce qu'il t'arrive de manquer de courage, toi ? lui demanda-t-il en souriant.

— Pour ce que je vais t'apprendre, oui ! Regarde. J'en tremble.

La première idée qui vint à l'esprit de Zohar était qu'un homme avait surgi du passé de Marie. Il se raidit.

— Dis-moi.

— Retire ton manteau. Assieds-toi au moins. Veux-tu une coupe de champagne ?

— Allez ! Tu as décidé de me le dire. Alors, dis-le !

— Il est venu.

— Qui ça ? demanda Zohar, une violence contenue dans la voix.

— Il est là !

— Où ça ?

— Ici, lui dit-elle en lui montrant son ventre. Ton enfant. Je suis enceinte.

Depuis qu'ils se connaissaient, elle n'avait jamais pris de précautions. Il le savait. Elle l'avait prévenu dès leur première nuit qu'elle voulait un enfant. Après cela, ils n'en avaient plus jamais parlé. Elle l'attendait cet enfant, elle le guettait. Lui n'y avait pas pensé un instant. Mois après mois, elle vérifiait anxieusement s'il n'était pas venu. Elle était peut-être trop âgée, son corps trop abîmé, meurtri de tant d'avortements clandestins. Elle ne voulait pas y renoncer, pourtant. Elle espérait. Et soudain, il était là.

« Je ne resterai pas ! pensa Zohar. Je ne suis pas fait pour être un père de famille. »

Il s'approcha, la prit dans ses bras. Ils roulèrent sur le sofa du salon. Ils se répandirent sur le tapis. Ils s'aimèrent sans se déshabiller, ils s'aimèrent, debout, couchés, ils s'aimèrent à se brûler.

Ils s'étaient arrêtés. Ils buvaient. Elle lui demanda :

— On l'appellera comment ?

— Puisque c'est un Français, on l'appellera François.

Dans la nuit, Zohar se réveilla, atteint d'une de ses insomnies qui survenaient toujours à trois heures du matin. Une phrase en arabe tournait dans sa tête, un proverbe égyptien, qui sonnait à son oreille comme une condamnation : « Qui a enfanté n'est pas mort ! » Il ajouta par-devers lui : « ... mais presque ! »

Le lendemain, il annonçait à ses deux compères qu'il se mariait.

Souviens-toi que tu étais dans les pleurs

J'ai pris le vol Air France de dix-huit heures quinze. Il était évidemment en retard d'une heure. Du coup, il a atterri à minuit et demi. Comme à chaque fois, ils ont épluché mon passeport, pourtant diplomatique, examinant chaque page, lisant les détails de chaque tampon. Ils y sont allés de leurs questions, s'arrêtant sur mon nom : « Vous vous appelez Zohar ?… Vous vous appelez bien Zohar, monsieur Zohar ? » Mon nom figurait sur leurs listes…

— Redites-nous votre prénom, s'il vous plaît…

— François…

— François ? Vous êtes sûr ?…

Comment ça si je suis sûr… Je connais tout de même mon prénom à la longue. Pour leur faire plaisir, j'ai ajouté mes deuxième et troisième prénoms : François, Marie, Motty… « Vous voyez ? ont-ils aussitôt repris, vous ne vous appelez donc pas François… Faisant un effort pour ne pas m'énerver, je leur ai expliqué : « Je m'appelle François, mais je porte aussi les prénoms de ma mère et de mon grand-père. C'est interdit ? » Inlassablement, je déclinais mon identité : François Zohar, né le 25 octobre 1965 à Paris, dans le XIVe arrondissement… Vous voulez connaître aussi le nom de l'hôpital?... Ils ont scanné mon passeport à plusieurs reprises. La machine leur fournissait l'identité d'un autre Zohar, lui aussi né un 25 octobre, mais au Caire, quarante ans plus tôt. Je n'allais pas leur raconter que c'était mon père. J'ai fait mine de ne rien comprendre. Au bout d'un moment, ils se sont lassés mais ils ont collé une étiquette jaune sur mon passeport avant de me le rendre. Il était plus de deux heures du matin quand les Mukhabarat, les services de renseignement, m'ont libéré. Le temps de sortir, d'errer dans l'aéroport à la recherche du chauffeur, Dieu soit loué, il était là, accoudé au bar, fumant des cigarettes. Il m'a tout de suite reconnu et gratifié de tous les titres honorifiques qu'il connaissait, m'appelant «Excellence», «Président», «Général», me donnant, en veux-tu en voilà, du Ostaz, du Bey et du Pacha, pour excuser les tracasseries des douaniers et du contre-espionnage... «Tout de même, une personnalité comme vous, vous traiter de la sorte...» Il m'a conduit au pas de course jusqu'à la voiture, sans même jeter un regard en arrière pour vérifier que je le suivais. J'ai grimpé près de lui dans la Peugeot et nous nous sommes engouffrés dans une circulation délirante... Il fait une chaleur d'étuve. Je transpire à grosses gouttes sur les sièges en skaï de la 407. Après chaque parcours en auto dans cette ville, j'éprouve ce même sentiment d'être un miraculé. On y risque sa vie à chaque carrefour. Des milliers de voitures surgissent de partout, même en pleine nuit, de toutes les rues, de la moindre ruelle, sans respecter les feux rouges, le conducteur se contentant de bloquer son klaxon. Nous arrivons enfin rue Charles-de-Gaulle. J'ai envie d'embrasser mon chauffeur tellement j'ai eu peur.

Nouvelle attente devant le portail de l'ambassade de France. On m'avait pourtant assuré qu'on laisserait des instructions pour mon accueil. Deux chaouiches, deux gardes égyptiens, semblent seuls éveillés à cette heure tardive, mais ils ne sont pas autorisés à ouvrir les grilles. Nouveau conciliabule. Le plus âgé se décide enfin à téléphoner au service de sécurité. Les gendarmes français mettent un temps infini pour arriver. Le soleil pointe son nez lorsque je me glisse dans les draps.

Je resterai une semaine au Caire pour prendre part à une réunion des diplomates français de la région, excepté ceux qui exercent en Israël, naturellement. Lors d'une réunion précédente de ce même groupe, à Rabat, je n'ai pu m'empêcher de poser la question. « Monsieur le directeur, j'ai une question de géographie élémentaire : Israël ne fait-il donc pas partie du Moyen-Orient ? » Il m'a jeté un regard de commisération comme s'il me prenait pour un débile et a haussé les épaules sans répondre. Jobert, mon collègue en poste en Algérie, m'a glissé à l'oreille : « C'est pour ménager les susceptibilités, tu comprends... » Je n'ai pas insisté mais, dans ma tête, je me répétais la phrase que j'aurais dû lui répondre : « L'art de la diplomatie, c'est de choisir la personne dont on veut ménager la susceptibilité... » Durant mon séjour, je serai logé à l'ambassade, dans une petite chambre, sous les combles. Mercredi, nous avons quartier libre. Mercredi, j'irai là-bas. Je ferai ce qu'on me demande.

Lors de ma dernière visite à Neuilly, Livia a enfin vidé son sac. Jusque-là, elle voulait me préserver. Lorsqu'elle approchait de la question, elle usait d'euphémismes. « Attendez, me disait-elle, il faut restituer l'événement dans le contexte de l'époque… » Et elle y allait de ses explications, repartant dans des récits infinis. Douce Livia, Schéhérazade de mes après-midi de liberté ! Si elle avait quarante ans de moins, je quitterais ma femme pour l'épouser.

— Aujourd'hui, mon cher François, m'annonça-t-elle d'emblée, j'ai décidé de vous dire pour quelle raison votre père vous a abandonnés, ta mère et toi. Je crois que maintenant vous en savez assez pour comprendre sans condamner. Durant tous ces mois, je vous sentais aigri. Il n'est pas bon de nourrir de l'animosité envers son père… Je suis resté interloqué. Elle a ajouté, du ton détaché de qui se refuse à faire la leçon : Un père, c'est un père !

Puis elle m'a fourni la pièce du puzzle qui me manquait.

C'était le mardi 28 novembre 1967. Marie, ma mère, était partie faire des courses. J'étais resté seul avec mon père. Il lisait et relisait la même page du *Monde*. Ce jour-là, je gambadais comme un fou à travers l'appartement. J'ai cassé une bouteille et me suis entaillé la main en jouant avec les tessons. Je ne m'en souviens pas, j'avais à peine deux ans. J'en garde encore la cicatrice, juste à l'articulation du pouce. La veille, de Gaulle avait donné sa fameuse conférence de presse durant laquelle il avait annoncé le changement de politique de la France au Moyen-Orient. Il aurait pu se contenter de dire que les intérêts économiques et politiques du pays l'y avaient conduit. Mais non ! C'était tout de même de Gaulle ! Il ne se laissait pas diriger par les événements, non ! Lui, il faisait l'Histoire ! Alors, il y était allé de son couplet pour expliquer que tant que les Juifs étaient des errants dans la misère, ils méritaient sa sympathie... Mais, dès lors qu'ils avaient refondé une nation, les bougres étaient redevenus ce qu'ils avaient toujours été : « un peuple d'élite, sûr de lui, et dominateur [1] ». Et lui, de Gaulle, véritable homme d'élite, sûr de lui et pas dominateur pour un sou, il avait décidé de leur donner une leçon, à ces drôles. Il les avait prévenus, du reste... Si seulement ils l'avaient écouté ! Mon père fulminait, se disant que ça commençait à sentir mauvais, se demandant s'il n'allait pas, une fois de plus, reprendre le chemin de l'exil. C'est alors qu'on a sonné à la porte. C'était Aaron et Lucien.

— Tu nous offres un verre ?

— Pas du champagne, je déteste ! avait aussitôt ajouté Aaron. Une vodka bien frappée, plutôt... heu... s'il te plaît !

---

1. « Et certains même redoutaient que les Juifs, jusqu'alors dispersés, et qui étaient restés ce qu'ils avaient été de tout temps, c'est-à-dire un peuple d'élite, sûr de lui-même et dominateur, n'en viennent, une fois qu'ils seraient rassemblés dans les sites de son ancienne grandeur, n'en viennent à changer en ambition ardente et conquérante les souhaits très émouvants qu'ils formaient depuis dix-neuf siècles : "l'an prochain à Jérusalem"... » et, plus loin : « Le 2 juin, le gouvernement français avait officiellement déclaré qu'éventuellement il donnerait tort à quiconque entamerait le premier l'action des armes. Et c'est ce qu'il répétait en toute clarté à tous les États en cause. C'est ce que j'avais moi-même, le 24 mai, déclaré à M. Ebban, ministre des Affaires étrangères d'Israël que je voyais à Paris », Charles de Gaulle, conférence de presse du 27 novembre 1967, Paris.

Ça faisait des lustres qu'ils n'avaient pas débarqué chez lui, comme ça, et sans prévenir, qui plus est… depuis leur explication au café Monte-Carlo, cette nuit où il leur avait fait part de sa décision de se marier. Ils n'en avaient jamais reparlé, ils se battaient froid. Lorsqu'ils se croisaient au bureau, ils se contentaient d'échanger les informations utiles, en quelques phrases, mais leurs regards étaient de feu. Zohar avait laissé quelques affaires dans l'appartement de la rue Charlot, comme s'il voulait se réserver une porte de sortie, et les deux autres se gardaient bien de le lui rappeler. Quant aux bouffes à n'en plus pouvoir, aux ivresses délirantes, aux interminables élucubrations politiques jusqu'au bout de la nuit, tout ça, c'était fini ! Et voilà que ces deux-là réapparaissaient comme des diables sortant de leurs boîtes.

— Qu'est-ce que vous mijotez avec vos airs de conspirateurs ?

Eux sirotaient doucement en le regardant pardessous, avec un sourire entendu.

— Assieds-toi ! lui dit Lucien, tu me donnes le tournis.

— Il faudrait même que tu sois bien assis.

— Que se passe-t-il ?

Un événement hors de l'ordinaire, c'était certain. Zohar imagina que Paulette était peut-être rentrée des États-Unis, c'était bien son style de faire des surprises, ou bien que Lucien avait décroché un contrat particulièrement juteux…

C'est Aaron qui commença :

— Tu te souviens du bonhomme que tu poursuivais, là ? lui demanda-t-il.

— Un taré, ajouta Lucien, les cheveux blonds, un œil vert et l'autre marron…

— Un allumé de la sulfateuse…

— Un militant de la blondeur des peuples, tu vois ce que je veux dire ?

— Un mec qui se dorait la pilule au Caire après avoir viré tous les youpins…

Une bouffée de chaleur envahit mon père, un feu qui venait du ventre, irradiant sa poitrine, flambant son visage.

— Mais sans doute que tu es loin de tout ça, maintenant…

— Oui ! On vient te déranger alors que tu préfères changer les langes de ton moutard…, ajouta Aaron pour enfoncer le clou.

— Dieter…, balbutia mon père.

— Dieter, c'est ça… Dieter comment déjà ?… Ah oui : Boehm, Dieter Boehm !

Zohar s'assit à califourchon sur une chaise, répétant :

— Dieter Boehm…

Et ils lui avaient alors rapporté ce qu'ils avaient appris.

Dans l'imminence d'une guerre avec Israël, les conseillers russes de Nasser avaient exigé l'expulsion de tous les anciens nazis qui continuaient à sévir dans l'administration égyptienne. Ils craignaient que les Américains ne prissent prétexte de leur présence pour justifier un appui massif aux Israéliens. Et Nasser s'était exécuté, sans grâce pour la plupart d'entre eux qui lui avaient été bien utiles dans l'organisation de ses services de renseignement, mais avec un certain soulagement lorsqu'il se fut agi de se débarrasser de

Boehm. C'est que l'âge ne l'avait pas rendu serein, le vaillant Hauptsturmführer, ça lui avait même quelque peu ramolli le bulbe. Il refusait désormais de porter l'uniforme de l'armée égyptienne et avait sorti de ses malles sa tenue Hugo Boss 1942, noire avec les deux étoiles dorées sur les épaulettes et le double S en forme d'éclair sur les pattes de collet. Il se baladait accoutré ainsi dans le tramway du Caire, et lorsque, passant devant la gare, il apercevait l'immense statue de Ramsès II, il se dressait, le bras levé, en hurlant : « *Heil, mein Führer Ramsès !* » Il demandait sans cesse à être reçu par le nouveau Ramsès, qu'on appelait maintenant Nasser. Il faisait le siège de la présidence. Les Juifs s'étaient armés, leur messie était arrivé. Et lui, Boehm, avait les moyens de protéger le pharaon, de lui éviter de périr en poursuivant Israël. Il faut décidément accorder crédit aux paroles des fous ! Il aurait peut-être pu sauver le nouveau Ramsès. Le passé, c'est l'avenir.

Les services égyptiens avaient discrètement pris contact avec leurs homologues paraguayens à la recherche de main-d'œuvre pour mater la rébellion communiste réfugiée dans la jungle amazonienne. Voulant leur refourguer Boehm, ils avaient vanté son expérience en matière de répression. Ils avaient surtout convaincu les Paraguayens en évoquant ses habitudes sexuelles. Le président, Alfredo Stroessner qui, tout le monde le savait, cultivait ses tendances pédophiles, avait alors personnellement appuyé la demande d'immigration du dénommé Dieter Boehm.

— On dispose de son adresse, susurra Lucien, au cas où ça pourrait t'intéresser quand même…

Et il sortit un papier froissé de la poche de son manteau. Zohar lui arracha le papier des mains. Ne parvenant pas à le déchiffrer, il le lui tendit d'un geste nerveux.

— Je ne lis pas ton écriture de cochon...

— Le docteur Dieter Boehm, commença Lucien, alias Sami Ibrahim, se fait désormais appeler Diego Borbón. D... B... Diego Borbón... Je te fais remarquer qu'il a conservé ses initiales. Voilà déjà deux ans qu'il a discrètement quitté Le Caire. Le señor Diego Borbón habite un appartement coquet, situé Calle del Doctor Luís Enrique Migone, dans un quartier chic d'Asunción, à deux cents mètres du garage Mercedes où il fait réviser sa voiture.

Lucien se cala dans son fauteuil, regardant Zohar dont on pouvait apercevoir la mâchoire qui se crispait nerveusement.

— Tiens ! Bois un coup... Si tu as envie d'un petit séjour sous les tropiques, ajouta Aaron, je suis du voyage ! L'Amazonie, sa forêt, ses perroquets...,

— Il va sans dire que je ne vous laisserai pas partir seuls à la pêche aux piranhas, renchérit Lucien.

Zohar reprit le papier et l'enfouit dans sa poche.

Ce soir-là, ils sont sortis tous les trois jusqu'à une heure avancée de la nuit, pour une « tournée des grands-ducs », comme ils disaient. Livia n'en savait pas davantage sinon que, le lendemain, Zohar avait quitté Paris, seul.

— Et puis ? lui ai-je demandé.

— Et puis plus rien ! Votre père a disparu. Certains ont affirmé que c'est à cause du discours du Général, d'autres qu'il ne put résister à l'exigence de vengeance, parti en Amérique du Sud à la poursuite de Dieter Boehm. En tout cas, personne ne le revit plus, ni à Paris, ni à Naples, ni à Rome… Enfin… jusqu'à ce qu'il reprenne contact avec vous, il y a deux ou trois ans, je crois. Une fois votre père parti, Lucien et Aaron se sont occupés de la boutique, mais le commerce des peaux déclinait… Ils ont vivoté quelque temps, puis ils ont disparu à leur tour. Des gens qui les connaissaient m'ont assuré qu'ils se sont retrouvés tous les trois, quelque part…

— Mais ce n'est pas possible ! Non ! Tout le monde ne s'est pas ainsi volatilisé du jour au lendemain… Le monde est un village…

— Oui, mon cher François, un village constellé de cachettes !

Mercredi.

Le vieux Mabrouk m'a donné rendez-vous devant la porte de la mosquée, à deux pas de Bab el-Zouweila.

Je me suis rendu au Proche-Orient bien des fois, je connais Beyrouth comme ma poche, je pourrais me débrouiller sans problème à Amman, mais là, au Caire, je me sens toujours perdu. Chaque fois que je crois reconnaître un carrefour, une ruelle, le nom d'une boutique, je me rends compte qu'il s'agit d'un autre quartier qui lui ressemble comme deux gouttes d'eau, à l'autre bout de la ville. Et dans certaines rues, la foule est si dense, avec le soleil qui cogne, et ces minuscules grains de sable en suspension et ce nuage imperceptible de fumées d'échappement, de vapeur de mazout, j'étouffe !

Au chauffeur de taxi qui me demande où je souhaite me rendre, je réponds, en anglais : « À Bab el-Zouweila, vous connaissez ? » Il hoche la tête et me répond :

— Il y a beaucoup de touristes en ce moment, surtout des Chinois.

Puis, il me regarde dans le rétroviseur et me fait un clin d'œil :

— Vous êtes attiré par les Chinoises, sir ?

Pourquoi me pose-t-il cette question ? J'ai l'air d'un touriste sexuel, ou quoi ? Je ne réponds pas. Il se faufile entre les voitures en klaxonnant. Il sort constamment la main pour adresser un geste obscène à un automobiliste ou un piéton qui tente vainement de traverser au feu rouge.

Dans la rue Charles-de-Gaulle, la circulation est presque fluide. Nous longeons le Nil sans encombre. Sur l'autre rive, je reconnais l'extrémité de l'île de Gezira et ses luxueux hôtels flottants.

Le chauffeur m'épie d'un œil. Il revient à la charge.

— Des Égyptiennes, plutôt, sir ? Une danseuse du ventre, qui sait bouger les fesses... C'est cela que tu cherches ? J'en connais des pulpeuses...

— Conduisez-moi au plus vite à la mosquée Al-Muayyad, je vous prie.

Le chauffeur éclate carrément de rire.

— À la mosquée, à la mosquée..., répète-t-il, il n'y a pas de demoiselles à la mosquée, sir.

Il vient de passer le premier pont et s'engage dans l'immense avenue El-Tahrir, l'avenue de la Libération, mais lorsqu'il parvient en vue du second pont, le célèbre Qasr el-Nil, la circulation est totalement bloquée. Nous restons à cuire dans sa Fiat hors d'âge, surchauffée. Et lui qui continue à me proposer des demoiselles. À la fin, ne supportant plus ses sous-entendus graveleux, je lui dis :

— Je suis en deuil. Mon père vient de mourir. Vous comprenez que je n'ai pas la tête aux filles…

— C'est pas bon, sir, pas bon du tout.

— Qu'est-ce qui n'est pas bon ?

— De penser aux morts, sir ! Comme on dit chez nous : « Ce qui est passé est mort »… À l'envers, c'est encore plus vrai : « Celui qui est mort est passé »… Et il me répète les deux phrases en arabe.

Je lui concède qu'il a raison.

— Nous autres Égyptiens, reprend mon chauffeur, dans les temps d'autrefois, nous mangions avec les morts, nous chantions et dansions avec les morts. Nous buvions, aussi, de la bière, beaucoup de bière ! Pour nous, la mort, c'était une fête…

— C'était une fête ?

— Mais oui !

Le trajet a duré plus d'une heure. Lorsque je sors du taxi, le chauffeur me retient par la manche.

— Je reviens vous chercher après la prière, sir ? Je pourrai vous conduire auprès d'une fille, vierge à cent pour cent, garantie ! Vous l'épousez pour la nuit, mais n'ayez crainte, vous divorcerez au matin. Et vous ferez trois heureux, sir : vous d'abord, elle aussi… et moi, bien sûr !

Je souris.

Tais-toi ! Tu ne sais pas parler, tu n'es même pas né. Les enfants, on peut les gronder quand ils parlent de travers, mais ceux qui, comme toi, sont encore des fœtus dont on ne peut distinguer la forme qu'ils prendront lorsqu'ils sortiront du ventre, ceux-là, qui ne savent ni voir ni parler, se tiennent ici, sans bouger.

Nous n'échangeons pas un seul mot. D'un signe, Mabrouk m'ordonne de le suivre à travers les ruelles. Nous parvenons à un endroit où la ruelle devient étroit sentier de terre. Nous entrons dans la cour d'une maison que nous traversons sans rencontrer personne et débouchons dans la cour d'une deuxième maison. Là, des gens sont attablés devant un repas. Ils nous invitent. Nous remercions. Nous traversons seulement. Nous passons dans une troisième cour, une quatrième... Nous traversons les maisons, nous traversons les cours, comme si nous faisions partie de chaque famille, de toutes les familles, et, chaque fois, nous retrouvons le sentier qui serpente, et encore des cours, et encore des maisons. Soudain se dresse devant nous un mur très haut, qu'on ne pourrait certes franchir. Dans le mur, une petite porte à la peinture écaillée s'ouvre comme par enchantement à notre arrivée. Un bawab, un portier, en galabeya, un tarbouche sur la tête, nous invite à entrer en se courbant. Derrière le mur, un jardin et une soudaine sensation de fraîcheur. Et là, au centre du jardin, sur un terre-plein circulaire, une femme à demi étendue sur une chaise longue, à l'ombre d'un gigantesque acacia. La femme est vieille, vieille comme la terre. Elle se tient les yeux mi-clos, elle semble rêvasser. Autour d'elle s'activent les femmes de la maison. Mabrouk me fait signe de ne pas bouger et s'avance vers la vieille. Il lui murmure quelque chose à l'oreille. Elle lève la tête vers moi, dit quelques mots que je n'entends pas puis referme les yeux.

Des joueurs de taraboka, sortis d'on ne sait où, s'approchent de moi en dansant, égrenant les triolets de leurs doigts qui frappent si vite qu'on ne les voit plus. Un gros homme surgit de la maison en un saut, il tient un bendir, le gros tambourin qu'il frappe d'un bâton. Un autre le suit, avec un autre bendir. Et encore un nouveau tambour, un peu plus gros, que l'homme porte à l'aide d'une bandoulière. Les graves battent en contrepoint des aigus des tambourinaires. Ils se fondent en un lancinant balancement. Bientôt, depuis les portes ouvertes, on entend les femmes qui frappent dans leurs mains, scandant le rythme qui descend du ciel, s'emparant de la maison. Au début était le rythme, le battement du cœur. Puis la chair est venue envelopper le cœur. Je me balance. Le soleil m'éblouit. Je vacille. Je chemine dans le désert au dos d'un chameau. Mabrouk me tend la olla, le canari de terre. « Bois ! C'est l'eau du puits ! » Longtemps, le rythme seul, brut, qui entre par tous les sens, jusqu'à épouser les pulsations du corps, gommer la distinction entre ce qui est et ce qui vient, entre perçu et senti. Je dois m'asseoir. Il n'y a aucun siège. Je chancelle jusqu'à un mur sur lequel je m'appuie. Soudain, un jeune homme surgit de la maison. Je le reconnais, c'est celui que j'ai vu au cimetière de Pantin, conduisant la procession, lors de l'enterrement de mon père. Il danse en tenant dans ses bras la simsimiyya, la lyre égyptienne. Il a un sourire radieux. Il chante.

« Nous sommes les compagnons de Bab el-Zouweila, la Société des Belles Personnes. Moi, l'enfant de la rue, je suis le premier d'entre eux. Un jour, j'ai trouvé dans une poubelle une lyre et, juste à côté, un maître pour m'apprendre à en jouer. Allez, ô compagnons, bénissez le dieu à la large matrice, avancez pour accueillir l'étranger. Le visiteur est notre souverain, le voyageur, notre seigneur. » Et les vieux reprennent la phrase : « Le visiteur est notre souverain, le voyageur, notre seigneur. » Et les femmes poussent des zaghloutas, des youyous, et elles frappent dans leurs mains.

Alors s'avance un très vieux, qui semble être le maître de la musique. Il a une voix profonde, grave, éraillée, travaillée par le tabac. Il chante à son tour :

« Plus personne ne chantait à Bab el-Zouweila. La musique avait disparu. Je m'emmourais sur mon lit de malheur. Et l'enfant est venu jouer de sa lyre, l'enjôleur. Laisse-moi, je suis si vieux, lui ai-je dit, laisse-moi mourir dans ma mort. Les Seigneurs t'appellent, Ali la candeur. Lève-toi et danse ! Nous sommes les compagnons de Bab el-Zouweila, la Société des Belles Personnes. »

Et voilà un nouvel instrument, une sorte de clarinette, tenue par un grand maigre, les hanches ceintes d'un foulard. C'est le nay, la flûte traditionnelle à six trous. Il pousse une note, pure, aiguë, infinie, une note qui dure l'éternité, avant de reprendre le thème de la chanson des Belles Personnes.

« Nous sommes les compagnons de Bab el-Zouweila, la Société des Belles Personnes. Notre berceau est le fleuve, notre bateau, le soleil. Viens, l'étranger, le divin visiteur, viens tourner avec nous tout autour de la terre. Tourne, compagnon, tourne comme une boule de feu poussée par les vents. »

Et les hommes se mettent à tourner sur eux-mêmes, toupies des dieux, et les femmes poussent des youyous. Et les tambours accélèrent leur rythme. Je suis pris de vertige. Je vois la terre tourner. Je vois mes pieds. Je vois le ciel. Et je tombe. Ils redoublent de musique et de chants, ils s'agitent de danses en un final mouvement. Silence. Je m'absente. Quelques instants, une heure, un siècle ? Lorsque je reviens, Mabrouk me passe un linge mouillé sur le front. Je peux me lever. La vieille ouvre les yeux, me fait signe d'approcher. Je m'avance. Lorsque je suis auprès d'elle, elle me prend la main, la palpe, longuement, l'approche de ses yeux, l'examine. Puis elle prononce une phrase que je ne comprends pas. Mabrouk traduit :

— Elle dit que tu n'es pas né.

— Que je ne suis pas né ?

Et la vieille fronce les sourcils. Elle entre dans une longue explication. Je demande ce qu'elle a dit. Mabrouk pose un doigt sur ses lèvres.

— Tais-toi, l'enfant, tu ne sais pas parler. Tu n'es même pas né. Tu n'as pas de nom.

— Que dois-je faire, alors ?

— Quand arrive un enfant, il prend la place d'un autre être vivant. C'est ainsi ! Cela a toujours été ainsi, depuis la création de l'homme d'une goutte de sang. Un mort s'en va lorsque arrive un vivant. C'est pourquoi, à chaque naissance, on sacrifie un mouton.

— Bien ! Dis-moi ce que je dois faire.

— Acheter le mouton. Donne l'argent à la vieille !

Lorsque je sors les dix billets de cent dollars de mon portefeuille, les femmes poussent des youyous. La vieille fourre la liasse dans son corsage. Pour la première fois, elle sourit. Elle parle encore. Mabrouk me traduit.

— Elle dit : Ce ne sera pas une mauvaise personne... On l'appellera Karim, le généreux.

— Elle parle de moi ?

— Oui !

Mabrouk éclate de rire.

— Elle te donne un conseil, aussi. Il rit encore. Elle a dit : Souviens-toi qu'au moment de ta naissance tout le monde était dans la joie et toi dans les pleurs. Prends exemple sur ton père. Fais en sorte qu'au moment de ta mort, tout le monde soit dans les pleurs et toi dans la joie. »

Et les hommes éclatent de rire à leur tour, et les femmes frappent dans les mains en poussant des youyous. Et je souris.

Table

Du même auteur :
(non exhaustif)

Œuvres littéraires

L'Évangile selon Youri, roman, Paris, Stock, 2018 et Le Livre de Poche, 2020.
Ce pays qui te ressemble, roman, Paris, Stock, 2015 et Le Livre de Poche, 2017.
Les Nuits de Patience, roman, Paris, Rivages, 2013 et Rivages/Noir, 2014.
Qui a tué Arlozoroff ?, roman, Paris, Grasset, 2010 et Points Seuil, 2011.
Mon patient Sigmund Freud, roman, Paris, Perrin, 2006 et Points Seuil, 2011.
Serial Eater, roman, Paris, Rivages, 2004 et Rivages/Noir, 2006.
613, roman, Paris, Odile Jacob, 1999 et Rivages/Noir, 2004.
La Damnation de Freud (avec Isabelle Stengers et Lucien Hounkpatin), pièce en 4 actes, Paris, Les Empêcheurs de penser en rond, 1997.
Dieu-Dope, roman, Paris, Rivages, 1995 et Rivages/Noir, 1997.
Saraka bô, roman, Paris, Rivages, 1993 et Rivages/Noir, 1994.

Essais

Jésus le Guérisseur, Paris, Flammarion, 2017.
Les Âmes errantes, Paris, L'Iconoclaste, 2017.
Les Secrets de vos rêves, Paris, Odile Jacob, 2016.
Quand les dieux sont en guerre, Paris, La Découverte, 2015.
L'Étranger… ou le pari de l'autre, Paris, Autrement, 2014.
Philtre d'amour. Comment le rendre amoureux ? Comment la rendre amoureuse ?, Paris, Odile Jacob, 2013 et Odile Jacob Poche, 2015.
Tous nos fantasmes sexuels sont dans la nature. Psychanalyse et copulation des insectes, Paris, Fayard, Mille et une nuits, 2013.
Ethno-roman, Grasset, Paris, 2012, prix Femina de l'essai 2012.
La Nouvelle Interprétation des rêves, Paris, Odile Jacob, 2011 et Odile Jacob Poche, 2013.
Du commerce avec les diables, Paris, Les Empêcheurs de penser en rond, 2004.
Nous ne sommes pas seuls au monde, Paris, Les Empêcheurs de penser en rond, 2001 et Points Seuil, 2007 et 2015.
Médecins et sorciers (avec Isabelle Stengers), Paris, Les Empêcheurs de penser en rond, 1998 et La Découverte, 2012.
L'influence qui guérit, Paris, Odile Jacob, 1994.
Le Sperme du diable. Éléments d'ethnopsychothérapie, Paris, PUF, 1988.
La Folie des autres. Traité d'ethnopsychiatrie clinique, Paris, Dunod, coll. « Psychismes », 1986 et 2013.

RETROUVEZ TOBIE NATHAN
AU LIVRE DE POCHE

PAPIER À BASE DE FIBRES CERTIFIÉES

Le Livre de Poche s'engage pour l'environnement en réduisant l'empreinte carbone de ses livres. Celle de cet exemplaire est de :
250 g éq. CO_2
Rendez-vous sur www.livredepoche-durable.fr

Composition réalisée par MAURY-IMPRIMEUR

Achevé d'imprimer en France par
CPI BRODARD & TAUPIN (72200 La Flèche)
en juin 2023
N° d'impression : 3053112
Dépôt légal 1re publication : juillet 2023
LIBRAIRIE GÉNÉRALE FRANÇAISE
21, rue du Montparnasse – 75298 Paris Cedex 06

87/1156/4